MARKED MEN

À propos de ce livre

Veuillez noter que cette œuvre de fiction contient des éléments explicites et sombres ainsi que des passages qui sont susceptibles de heurter la sensibilité d'un public non averti.

Pour la présente édition :
Collection dirigée par Arthur de Saint Vincent
Ouvrage dirigé par Sophie Le Flour

Département de Hugo Publishing
59, quai Alphonse Le Gallo
92100 Boulogne-Billancourt
www.hugopublishing.fr

ISBN : 9791042901455 / 001
Dépôt légal : avril 2025
Imprimé en Espagne par Liberdúplex en mars 2025
sur papier provenant de forêts gérées de manière durable.

JAY
CROWNOVER

MARKED MEN

TOME 2
JET

Traduit de l'américain
par Charlotte Connan de Vries

Hugo Poche

NEW ROMANCE®

CELA A COMMENCÉ COMME ÇA

AYDEN

Cela allait totalement à l'encontre de tout ce que j'étais censée faire de ma nouvelle vie : demander à un garçon très mignon qui jouait dans un groupe de me ramener à la maison. Il y avait des règles. Il y avait des critères. Il y avait simplement des choses que je ne faisais plus pour éviter de me retrouver là où j'étais avant, et rester ici en attendant Jet Keller était tout en haut de la liste. Car il y avait quelque chose chez lui, quand on le voyait hurler sur scène, qui transformait mon cerveau d'ordinaire si raisonnable en bouillie.

Pas la peine de demander son avis à ma meilleure amie. Depuis peu, elle était à fond sur les mecs couverts de tatouages de la tête aux pieds et de piercings à des endroits que Dieu n'a pas créés pour être percés. Elle me répondrait que je suis séduite par l'allure de quelqu'un de si différent, qui n'est évidemment pas mon genre, mais je savais que ce n'était pas cela.

C’était un enchanteur. Chacune des personnes présentes dans le bar avait les yeux rivés sur lui et ne pouvait pas s’en détacher. Il faisait ressentir, je veux dire vraiment ressentir, au public le charabia qu’il criait, et c’était impressionnant. Je détestais le heavy metal. Pour moi, ce n’était que des cris et des hurlements par-dessus des instruments encore plus bruyants. Mais le spectacle, l’intensité, et l’indéniable onde de pouvoir qu’il dégageait rien qu’avec sa voix… Cela m’avait poussée à tirer Shaw jusque devant la scène car je ne pouvais pas le lâcher des yeux.

Bien sûr, il était beau. Comme tous les gars avec qui traînait le copain de Shaw. Je ne restais pas insensible à un joli visage et un corps bien fait, d’ailleurs à un certain moment, cela s’était avéré être un point faible qui m’avait attiré des ennuis. Maintenant, j’avais tendance à m’intéresser à des garçons pour qui mon attirance était plutôt intellectuelle. Pourtant, j’étais en train d’oublier tous mes nouveaux critères à cause d’un verre de Patrón en trop et de je ne sais quelle phéromone qu’il exhalait.

Ses cheveux laissaient croire qu’il venait de quitter la fille qui les avait ébouriffés. Pendant le concert, il avait enlevé son marcel pour révéler un torse mince aux muscles fermes, sur lequel s’étendait du bas de son cou jusque sous sa ceinture un ange de la mort en noir et gris. Il portait le jean noir le plus serré que j’aie jamais vu, décoré de diverses chaînes qui pendaient de sa ceinture à sa poche arrière, et qui laissaient peu de place à l’imagination. C’était certainement pour cela que Shaw et moi n'étions pas les seules groupies collées devant la scène.

Jet venait assez souvent au bar où je travaillais. Je savais que ses yeux qu'il avait fermés en beuglant une note étaient d'un marron foncé et profond et qu'ils brillaient d'un humour détendu et d'un penchant pour la drague outrancière. Le tout associé à un sourire briseur de cœurs. Jet était le charmeur de la bande et n'avait pas de scrupules à en abuser.

J'ai senti une main tiède atterrir sur mon épaule et je me suis retournée pour regarder le copain de Shaw, Rule. Il s'élevait au-dessus du reste du public et je voyais, d'après son expression, qu'il voulait partir. Shaw n'a même pas attendu qu'il le demande pour se tourner vers moi avec des yeux verts francs.

– Je vais partir avec lui. Tu y vas aussi ?

Shaw et moi appliquions un principe de solidarité, pas de laissée-pour-compte, mais je n'étais pas du tout prête à terminer la soirée. Nous devions hurler pour nous entendre à cause des guitares tonitruantes et des voix assourdissantes qui nous bombardaient car nous étions en première ligne, donc je me suis penchée pour crier dans son oreille.

– Je vais rester encore un peu. Je verrai si le pote de Rule peut me ramener en voiture.

J'ai vu son regard curieux, mais elle devait déjà gérer ses propres histoires de cœur et je savais qu'elle n'essaierait pas de me convaincre. Elle a passé son bras sous celui de Rule et m'a fait un sourire retenu.

– Appelle-moi si tu as besoin.

– T'inquiète.

Je n'étais pas le genre de fille qui a besoin d'être accompagnée en soirée. J'avais l'habitude d'être en solo et je prenais soin de moi depuis tellement longtemps que c'était devenu une seconde nature. Et puis je savais que Shaw se dépêcherait de revenir si personne ne pouvait me ramener ou qu'un taxi mettait trop longtemps à arriver.

J'ai assisté au reste du concert avec une fascination captivée, et j'étais sûre qu'en lançant son micro par terre après la dernière chanson, Jet m'avait fait un clin d'œil avant de s'envoyer un verre de Jameson. Si avant cela j'étais encore en lutte avec moi-même, ce clin d'œil a été la goutte d'eau qui a fait déborder le vase. Cela faisait trop longtemps que je ne m'étais pas laissée aller et Jet était le guide parfait pour un cours de révision.

Il a disparu de la scène avec les autres membres du groupe et je suis retournée vers le bar. Le coloc bourré de Rule, Nash, avait apparemment été rapatrié par les tourtereaux. Rowdy, le meilleur pote de Jet, était occupé à aspirer la bouche d'une fille qui traînait par là et qui avait regardé Shaw et moi d'un œil mauvais toute la soirée. Quand il a relevé la tête pour respirer, je lui ai jeté un regard qui voulait dire : « Tu peux mieux faire », et j'ai trouvé un tabouret libre près du bar.

Le problème aux concerts de heavy metal, c'est qu'il y a des métaleux de tous les côtés. J'ai passé l'heure qui a suivi à esquiver les tentatives de drague et les verres offerts par des mecs qui avaient l'air de ne pas avoir vu de douche ou de rasoir depuis des années. Cela commençait à m'agacer voire à m'énerver, quand une main couverte de bagues argentées s'est posée sur mon genou. Je me suis tournée pour regarder ses yeux foncés et rieurs tandis que Jet commandait un autre verre de Patrón pour moi et un verre d'eau pour lui.

– Ils t'ont lâchée, hein ? Quand on voit comme ils se regardaient tous les deux, je suis surpris qu'ils soient restés la moitié du concert.

J'ai fait tinter mon verre à shooter contre le rebord du sien, et lui ai lancé le sourire que j'avais toujours utilisé pour arriver à mes fins par le passé.

– Je crois que Nash s'est battu contre la tequila mais c'est la tequila qui a gagné.

Il a rigolé et s'est retourné pour parler à quelques gars qui venaient le féliciter pour le concert. Quand il est revenu vers moi, il avait l'air un peu gêné.

– Je trouve toujours ça bizarre.

J'ai haussé un de mes sourcils noirs et me suis penchée un peu vers lui.

– Pourquoi ? Vous êtes bons et on voit bien que ça plaît aux gens.

Il a jeté sa tête en arrière pour rire et j'ai remarqué pour la première fois qu'il avait un barbell au milieu de la langue.

– Ça plaît aux gens, mais pas à toi, c'est ça ?

J'ai fait une grimace et haussé une épaule.

– Je viens du Kentucky.

Je me suis dit que c'était une explication suffisante.

– Rule m'a envoyé un message pour me dire qu'il fallait que quelqu'un te raccompagne. Il faut que j'aille retirer Rowdy des bras de cette meuf et aider les gars à charger le matos dans le van, mais si tu veux bien attendre une petite demi-heure, je te ramène sans problème.

Je ne voulais pas paraître trop pressée, je ne voulais pas qu'il sache combien je voulais qu'il me ramène, donc j'ai encore haussé les épaules.

– Super. Ça me va.

Il a serré mon genou entre ses doigts et j'ai dû retenir le frisson qui m'a parcourue de la tête aux pieds. Il y avait forcément quelque chose si un simple contact comme celui-là pouvait me faire trembler.

Je me suis retournée vers le comptoir, ai commandé un verre d'eau et ai demandé à payer mon addition. J'ai été surprise que le serveur me dise qu'elle était déjà réglée, et un peu agacée de ne pas savoir qui remercier. J'ai tourné sur le tabouret et ai observé attentivement les gens, les filles en particulier. J'étais loin d'être une sainte, mais je n'avais aucun respect pour des filles prêtes à s'offrir pour une seule nuit de plaisir juste parce que Jet était sexy dans son jean moulant.

Je ne savais pas ce que je ressentais, mais c'était plus profond. Je ne pouvais pas mettre de mot dessus mais j'étais plutôt bourrée et l'ancienne moi me manquait trop pour que je puisse l'ignorer. Lorsqu'il est revenu, je faisais semblant d'être intéressée par la conversation que j'avais avec un mec qui semblait avoir dévalisé le placard de Glenn Danzig. Il me détaillait tous les différents genres de metal et m'expliquait pourquoi les gens qui écoutaient tel ou tel genre étaient géniaux ou débiles. Je faisais des efforts pour ne pas lui fourrer un morceau de chewing-gum dans la bouche et ainsi éloigner son haleine lourde et alcoolisée de moi.

Jet a salué le mec poing contre poing, avec l'autre main sur son épaule.

– C'est parti, Gambettes.

J'ai grimacé à cause de ce surnom, car j'en avais déjà entendu toutes les variations possibles. J'étais grande, pas autant que son mètre quatre-vingt-dix, mais je dépassais de loin le mètre cinquante de Shaw et c'est vrai que j'avais de très grandes et belles jambes. À cet instant précis, elles étaient un peu chancelantes et instables, mais je me suis reprise et j'ai suivi Jet vers le parking.

Le reste du groupe et Rowdy se sont entassés dans un immense fourgon Ford, et nous ont crié toutes sortes de choses graveleuses par la fenêtre en sortant du parking. Jet n'a fait que secouer la tête et a appuyé sur sa clé pour déverrouiller sa Dodge Challenger noire et classe qui avait l'air puissante et rapide. J'ai été étonnée qu'il m'ouvre la portière, ce qui l'a fait sourire. En m'installant sur le siège, j'ai essayé de planifier mon attaque. Après tout, c'était un mec qui avait l'habitude que les groupies et autres pouffes se jettent sur lui quotidiennement, et je ne voulais surtout pas m'ajouter à leur nombre.

Il a baissé la musique sortant d'enceintes qui avait dû lui coûter très cher, et a démarré pour sortir du parking sans me dire un mot. Il avait trouvé le temps de remettre son tee-shirt et avait rajouté une veste en cuir qu'il avait visiblement beaucoup portée, ornée de clous en métal et d'un écusson d'un groupe que je n'avais jamais entendu. Le rockeur mignon, ajouté à la tequila et à l'odeur entêtante du cuir et de la sueur commençait à me faire tourner la tête. J'ai ouvert un peu la fenêtre et ai regardé les lumières du centre-ville défiler.

– Ça va ?

J'ai penché ma tête dans sa direction et ai vu une vraie inquiétude dans son regard sombre. Dans la lumière tamisée, j'ai remarqué qu'un cercle doré et brillant entourait l'extérieur de ses iris, comme un halo divin.

– Oui. Je n'aurais pas dû essayer de concurrencer Nash en début de soirée.

– Ouais, ce n'était pas une bonne idée. Les gars peuvent s'en enfiler pas mal.

Je n'ai pas répondu car en général je tenais l'alcool aussi bien que n'importe quel mec, mais c'était quelque chose dont je n'aimais pas parler. J'ai changé de sujet en passant mon doigt sur l'intérieur flambant neuf de la voiture.

– C'est une super bagnole. Je n'imaginais pas que ça payait aussi bien, de crier dans un micro.

Il a pouffé de rire et m'a jeté un regard en coin.

– Il faut que tu sortes de la country « classique », Ayd. Il y a plein de groupes de country indé et même quelques groupes d'americana, je suis sûr que tu les aimerais.

J'ai haussé les épaules.

– J'aime ce que j'aime. Sérieusement, ton groupe est assez connu pour que tu puisses te permettre une voiture comme ça ? Rule m'a dit que vous marchiez bien à Denver, ce qui semble évident vu le concert de ce soir, mais même avec tout ce monde, ça ne me paraît pas assez pour vivre de votre musique.

J'étais indiscrète, mais je venais de me rendre compte que je ne savais pas grand-chose de ce mec, à part qu'il faisait battre mon cœur à toute allure. Il poussait aussi ma tête à créer toutes sortes de scénarios intéressants où nous figurions tous les deux avec beaucoup moins de vêtements. Il tapotait en rythme sur le volant avec ses doigts aux ongles vernis de noir et je ne pouvais pas le lâcher des yeux.

– J'ai un studio d'enregistrement ici. Je suis là depuis longtemps donc je connais pas mal de groupes et de mecs du milieu. J'écris beaucoup de musiques qui sont parfois enregistrées par d'autres et Enmity marche assez bien pour que je n'aie pas à m'inquiéter de mourir de faim. Il y a plein de gens qui s'en sortent rien qu'en jouant de la musique. C'est difficile et il faut s'acharner, mais je préfère être fauché et faire quelque chose que j'aime, qu'avoir du fric et bosser dans un bureau tous les jours.

Voilà une chose qui n'avait aucun sens pour moi. Je voulais à tout prix de la stabilité et un avenir basé sur la sécurité. Je voulais savoir que je pourrais subvenir à mes besoins et que je ne devrais jamais m'en remettre à quelqu'un d'autre. Le bonheur n'avait rien à voir là-dedans. J'allais lui poser d'autres questions mais l'appartement que je partageais avec Shaw se rapprochait rapidement, et je n'avais même pas essayé de lui faire comprendre que j'étais intéressée par autre chose qu'un trajet en voiture.

Je me suis tournée dans le siège pour être entièrement face à lui, et ai plaqué mon plus beau sourire *« baise-moi »* sur mon visage. Il a haussé un sourcil en me regardant mais n'a rien dit, même quand je me suis penchée et que j'ai posé ma main sur sa cuisse ferme. J'ai vu son pouls s'affoler sur sa gorge, et cela m'a fait sourire. Cela faisait longtemps que je n'avais pas été aussi ouvertement intéressée par quelqu'un, et c'était agréable de voir qu'il ne restait pas insensible à mes avances.

– Tu veux monter prendre un verre ? Shaw est chez Rule, donc je suis sûre qu'on ne la reverra pas tout de suite.

Ses yeux foncés se sont encore assombris, avec une émotion que je n'arrivais pas à identifier. Mais il a posé sa main sur la mienne et l'a serrée gentiment. Je voulais le respirer, je voulais plonger en lui. Il y avait un truc, quelque chose de spécial chez lui qui tirait sur toutes mes cordes sensibles, celles que je pensais avoir coupées en laissant mon ancienne vie derrière moi.

– Je crois que ce n'est pas une bonne idée, Ayd.

Sa voix était grave et pleine de sous-entendus. Je me suis redressée sur le siège et ai tourné sa tête avec mon autre main, pour qu'il me regarde.

– Pourquoi ? Je suis célibataire, tu es célibataire, nous sommes des adultes consentants. Je trouve que c'est une idée fabuleuse.

Il a soupiré, a pris mes deux mains et les a reposées sur mes genoux. Je le regardais attentivement maintenant, car même si j'avais changé ces dernières années, je savais encore que j'étais plus jolie que la majorité des raclures de bar qui lui avaient tourné autour. Et puis surtout AUCUN mec ne m'avait jamais refusé un coup d'un soir sans conséquences.

– On a des amis qui sortent ensemble. Tu as bu une demi-bouteille de tequila ce soir et, soyons honnêtes, tu n'es pas le genre de fille qui rentre avec un mec qu'elle connaît à peine pour une nuit. Tu es intelligente, ambitieuse, et tu n'as pas la moindre idée de ce que ton accent me fait ou de la vitesse à laquelle on terminerait tout nus et tout emmêlés. Tu es une fille parfaite sur tous les plans. Comprends-moi bien, quand je vais me refaire cette conversation en boucle demain matin, je vais avoir envie de me frapper, mais crois-moi, tu ne veux pas faire ça. Peut-être que si j'étais sûr qu'on ne se reverrait jamais, qu'on ne passerait plus jamais de temps ensemble, je pourrais le faire, mais je t'aime bien, Ayden, donc je choisis de ne pas foutre ça en l'air.

Il avait tellement tort. Je voulais carrément le faire, me le faire, mais le fait qu'il croit savoir quel genre de fille j'étais a eu l'effet d'un seau d'eau froide sur ma libido. J'ai laissé tomber ma tête en arrière tellement vite qu'elle a percuté la vitre de la portière, et j'avais soudain l'impression d'étouffer dans cette voiture. Je me suis dépêchée de tirer sur la poignée et je suis sortie à toute vitesse. J'ai entendu Jet crier mon nom, je l'ai entendu me demander si cela allait, mais il fallait que je m'éloigne de lui. J'ai tapé le code à la porte et j'ai couru jusqu'à l'appartement.

Ce n'est qu'une fois que j'avais fermé à clé et que j'étais sous la douche que je me suis rendu compte que j'avais failli foutre en l'air tout ce pour quoi j'avais travaillé. Je ne savais pas ce que Jet me faisait ressentir, mais c'était bien trop dangereux et essayer d'y remédier de cette façon n'était pas une bonne idée. Non seulement cela s'était terminé dans l'humiliation et la panique, mais j'avais mis en péril toutes les choses qui comptaient pour moi désormais, et je ne pouvais pas me le permettre.

Jet Keller allait devoir rester dans la boîte où j'avais enfermé l'Ayden d'avant le Colorado. Et j'allais m'assurer qu'elle ne s'ouvrirait plus jamais. Cela ne valait pas le coup de prendre des risques.

CHAPITRE 1

AYDEN, UN AN PLUS TARD

Mon ordinateur était ouvert et je travaillais sur un devoir pour mon cours de biochimie. Ma coloc Cora était assise sur le canapé, et se mettait du vernis vert fluo sur les ongles avant d'aller travailler, quand la porte de la chambre du fond s'est ouverte. J'ai remonté mes lunettes sur mon nez et ai jeté un regard complice à Cora. Elle a pivoté sur le canapé, et s'est appuyée sur les coussins en laissant ses bras pendre derrière le dossier. Nous avons attendu et observé.

C'était devenu notre rituel ces trois derniers mois, depuis que Jet était venu vivre avec nous. Au moins deux ou trois fois par semaine, la fille qui était rentrée avec lui la veille était soumise à un *walk of shame*, humiliant pour elle, hilarant pour nous. Cora et moi avions décidé de les noter sur une échelle de un à dix en fonction de leur allure le lendemain. Jusqu'ici, Jet avait collectionné de bons 7 et 8, mais certaines étaient parties si énervées contre lui car il n'avait voulu prolonger l'expérience, que nous avons dû leur donner des 4 ou 5 ; celle qui s'était enfermée dans la salle de bains et ne s'en était allée que lorsque Cora avait menacé de l'arroser de bombe lacrymogène a écopé d'un 1.

Celle d'aujourd'hui n'était pas mal. Elle était blonde, avait de gros seins et de longues jambes. Le maquillage de la veille n'était plus si flatteur maintenant qu'il dégoulinait sur son visage, mais son menton était bien rougi par le frottement du début de barbe de Jet. Elle avait le regard rêveur et amoureux, comme la plupart des filles en sortant de cette chambre. J'ai automatiquement augmenté son score car au lieu d'avoir remis son soutien-gorge, elle le serrait dans sa main comme une ligne de sauvetage. J'étais quasi sûre que son haut soyeux était à l'envers. Son regard a sauté de Cora à moi puis à nouveau sur Cora, et son visage a rougi d'embarras.

Je ne comprenais pas pourquoi Jet ne disait jamais aux filles qu'il avait des colocataires féminines. Je supputais que c'était parce qu'il était tordu et aimait le fait qu'elles doivent subir cette épreuve quand il en avait fini avec elles. Mais il ne me l'a jamais confirmé ou infirmé quand je lui posais la question.

– Euh, salut.

La pauvre petite a sorti deux mots balbutiants, ce qui a fait sourire Cora comme une folle. Cora était grande gueule et bruyante, même au pire de sa forme. Il suffisait de lui donner des munitions ou de lui montrer une faiblesse, et elle était comme un piranha qui sent du sang dans l'eau. Ma coloc était une sorte de princesse haute comme trois pommes, enfin, une princesse qui se serait mise au punk pour une journée. Du fait de sa petite taille, les pauvres filles qui s'aventuraient à travers le salon étaient souvent surprises par les attaques qu'elle leur préparait. Celle-ci flottait encore sur son nuage post-orgasmique et je savais que dans seulement quelques secondes, Cora allait lâcher tout son culot et son impertinence façon côte est.

– Tu as passé une bonne soirée ?

C'était une question assez innocente, mais venant de la blonde piquante aux yeux vairons, je savais que c'était loin de l'être.

– Oui. Je vais, euh, je vais y aller là. Dites à Jet que j'ai laissé mon numéro sur la commode.

Cora a fait de grands signes de la main devant elle.

– Bien sûr, il est évident qu'il va te rappeler ! Hein, Ayd ? Il ne voudrait surtout pas perdre ce numéro.

Je n'aimais pas quand elle essayait de m'attirer dans ses joutes verbales, donc j'ai juste haussé les épaules et levé ma tasse de café devant ma tête pour cacher mon sourire réticent. J'avais l'impression de regarder un accident de voiture se produire sous mes yeux. Cora a fait de grands gestes théâtraux avec ses bras et a dit à la blonde perplexe :

– Je suis sûre qu'il a rappelé la rousse qui est partie hier matin. Je suis sûre qu'il a rappelé la brune qui est restée tout le week-end et je suis absolument certaine qu'il va te rappeler, hein Ayd ?

Elle a levé les yeux au ciel et s'est affalée sur le canapé, comme si elle ne venait pas de démolir les rêves et les espoirs de romance de cette pauvre fille. Celle-ci m'a regardée, puis a ramené ses yeux vers Cora. J'ai vu sa bouche se pincer avant qu'elle prononce « Connasse » en sortant. Je lui ai rajouté des points en voyant sa culotte de la veille dépasser de la poche de son jean. Sans même lever les yeux, Cora a levé les mains au-dessus de sa tête et a tendu sept doigts en l'air.

– Elle n'avait même pas de repartie. Je lui aurais donné un huit si elle m'avait dit d'aller me faire foutre. Au moins ça !

J'ai secoué la tête.

– Tu as un peu été une connasse.

Elle a ricané.

– Il faut bien que je m'amuse. Combien tu lui donnes ?

J'allais lui répondre quand une autre silhouette est sortie de la chambre. Après trois mois passés à le croiser devant la salle de bains que nous partagions, ou à le voir se balader torse nu lorsqu'il se préparait à sortir, ou même quand il se promenait à moitié à poil sur scène, on pourrait croire que j'étais immunisée. Mais tandis que Jet avançait dans le couloir, en enfilant un tee-shirt noir uni, j'ai oublié tout ce à quoi j'étais en train de réfléchir et mon cerveau est devenu vide, comme d'habitude.

Après l'épisode désastreux de l'année dernière, nous avions développé une sorte d'amitié particulière. Je savais que je devais garder Jet au-delà de certaines limites, et lui me traitait comme une espèce de déesse virginale qu'il ne pouvait pas se permettre d'abîmer. Cela marchait pour nous, enfin je crois. Quand Shaw avait finalement décidé d'aller vivre avec Rule et Nash, Cora et moi nous demandions qui allait la remplacer pour payer sa part du loyer. C'est alors que la fille avec qui vivait Jet avait pété un câble, et balancé toutes ses affaires sur la pelouse devant chez elle pendant sa dernière tournée. Il s'était retrouvé SDF et avait débarqué. Je le voyais tous les jours et je passais pas mal de temps à traîner avec lui.

Malgré cela, l'image de ses abdos, l'encre qui les recouvrait et les deux anneaux à ses tétons réduisait en bouillie toutes mes bonnes intentions. Quand je le regardais, j'avais du mal à me rappeler qu'il m'avait repoussée, et je laissais son maudit sourire briser toutes mes réactions normalement sous contrôle et je sentais mon cerveau se liquéfier. J'ai détourné mon regard et me suis ordonnée de ne pas inspirer lorsqu'il s'est penché au-dessus de moi pour choper la deuxième moitié de mon bagel. Je n'avais pas le droit de me mettre à le renifler, même s'il sentait la tentation et le rock.

Il a levé un sourcil en me regardant et a fait un geste vers Cora avec le bagel.

– C'était quoi ce bordel ? J'ai entendu la porte claquer à l'autre bout de la maison.

Il a étendu ses longues jambes devant moi, vêtues d'un jean noir super serré, et je me suis demandé une fois de plus comment il arrivait à l'enfiler. Je n'avais jamais vu un mec porter des pantalons aussi moulants, mais cela lui allait bien. Je passais une inquiétante partie de mon temps à me demander comment le lui enlever.

– Cora souhaitait juste bon vent à ta dernière conquête.

Il a fait une pause avant de croquer dans le bagel et a pointé son regard sur l'arrière de la tête de Cora.

– Qu'est-ce que tu lui as dit, en vrai ?

Nous voyions les épaules de Cora secouées d'un rire silencieux, mais elle ne s'est pas retournée.

– Rien. Enfin, rien qui ne soit pas vrai.

Il a pris une grosse bouchée de mon petit déjeuner et a plissé les yeux. Ils étaient tellement foncés que c'était dur de savoir où se terminait l'iris et où commençait la pupille, mais l'extérieur était cerclé d'un intrigant contour doré qui semblait briller quand il était énervé ou enthousiasmé par quelque chose.

– Je crois que tu es juste énervée parce que Miley Cyrus a copié ta coupe de cheveux et tu te défoules sur d'innocentes jeunes femmes.

Un rire surpris m'a échappé tandis que Cora a sauté sur ses pieds et a jeté le flacon de vernis à ongles qu'elle utilisait à la tête de Jet. Heureusement, il avait de bons réflexes et l'a rattrapé en vol avant de le prendre en pleine face ou qu'il s'éclate par terre sur le parquet.

– J'ai cette coupe depuis toujours ! Ce n'est pas ma faute si elle a décidé de devenir rock and roll tout à coup.

Elle est sortie de la pièce en trombe et j'ai partagé un sourire avec Jet.

– Tu sais que c'est un point sensible chez elle. Sois sympa.

– Ce n'est pas sympa non plus d'avoir un barème pour noter chaque fille que je ramène, mais je ne me plains pas, si ?

Je ne savais pas quoi répondre alors je me suis retournée vers l'écran de mon ordinateur.

– Un de ces jours je vous en ramènerai une qui vaudra dix points et vous ne saurez plus où vous mettre.

J'étais étonnée qu'il soit au courant de notre barème. Cela en disait long sur le respect qu'il avait pour les filles qu'il ramenait à la maison. J'ai coincé mes cheveux derrière mes oreilles, car ils étaient désormais assez longs pour former un carré court et élégant. Je l'ai regardé par-dessus mes lunettes.

– Pourquoi tu n'as rien dit, si tu savais ce qu'on faisait ?

Il a haussé une épaule et j'ai regardé sa bouche se tordre d'un côté. Jet avait un visage expressif. Je crois que cela venait de sa volonté de projeter tous ses sentiments, toutes ses passions sur le public lors de ses concerts. Je connaissais bien cette demi-grimace, elle voulait dire qu'il pensait à son père, et donc, à sa façon de traiter les femmes.

– Elles ont ce pour quoi elles sont venues et elles rentrent chez elles satisfaites. Si elles doivent faire face à deux andouilles en partant, je me dis que ça fait partie du ticket d'entrée.

Il a remonté son regard vers moi et a froncé les sourcils pour de bon.

– Tu étais où hier soir ? Tout le monde est venu au Cerberus et on est restés un moment. Shaw m'a dit que tu devais nous y retrouver, mais tu n'es jamais arrivée.

Je me suis éclairci la voix et j'ai joué avec l'anse de ma tasse.

– J'avais rendez-vous avec Adam. Il ne voulait pas y aller et au retour je lui ai demandé de me déposer ici. J'en ai profité pour bosser un peu.

J'ai vu ses yeux s'écarquiller, et leur cercle doré s'est allumé vivement. Jet n'était pas un fan d'Adam, et Adam détestait de tout son être le fait que je vive avec Jet. J'essayais de faire en sorte qu'ils ne se voient pas, mais c'était de plus en plus compliqué maintenant qu'Adam souhaitait que nous fassions plus que sortir ensemble de temps en temps. Nous nous fréquentions depuis environ quatre mois, et je savais qu'il était temps de prendre une décision dans un sens ou dans l'autre, mais il y avait toujours quelque chose qui m'en empêchait.

– Évidemment qu'Adam ne voulait pas venir. Est-ce que ce mec fait quoi que ce soit que tu as envie de faire ? Putain, Ayd, tu vas laisser ce crétin te traîner à combien d'opéras, de ballets et d'expos artistiques à la con ? Pourquoi est-ce qu'il ne pourrait pas venir rencontrer tes amis et se poser dans un bar deux minutes ?

Nous avions eu cette conversation plus d'une fois, donc j'ai répondu par un soupir.

– Il est intimidé par mes amis. Rule et Nash ne forment pas vraiment un sympathique comité d'accueil, et Rowdy et toi adorez tellement vous foutre de la gueule des gens que vous n'aimez pas. Ce serait gênant pour nous tous, donc je préfère éviter ça. Adam est un mec sympa.

Je me répétais cela au moins dix fois par jour. Adam était un mec sympa et il était bien plus adapté à un avenir stable qu'un mec qui avait l'intention de jouer du heavy metal pour gagner sa vie. Sans parler du fait qu'Adam ne me donnait pas envie de perdre le contrôle et d'abandonner toute notion de prudence, contrairement à Jet.

– On est tes potes, Ayden, et Shaw est ton amie. Si ce mec a l'intention de rester, tu ne crois pas qu'il devrait ravaler tout ça et s'habituer à nous ? Ou est-ce que tu as l'intention de tous nous lâcher pour rejoindre les bourges dès que tu en auras l'occasion ?

Le ton de sa voix me disait qu'il s'agissait d'une conversation plus profonde qu'elle n'en avait l'air. Mais comme toujours, avant que je puisse creuser davantage, il a décidé de changer de sujet pour se concentrer sur quelque chose de plus superficiel.

– De toute façon, s'il ne veut pas que Rowdy et moi le fassions chier, il suffirait qu'il arrête de porter ses foutus pulls sans manches tous les jours. Non mais franchement, qui porte encore ça ?

Je lui ai donné un petit coup de pied sous la table.

– Sois gentil. Les pulls sans manches, c'est pas si mal.

Il a fait une grimace et s'est levé. J'ai essayé de ne pas baver quand il a étiré ses bras au-dessus de ses cheveux en bataille et que le bas de son tee-shirt est remonté au-dessus de son jean. Il faudrait me torturer pour que je l'admette, mais mon principal but dans la vie était de découvrir jusqu'où s'étendait cette putain de faucheuse tatouée, et de la suivre tout entière du bout de la langue.

Je me suis éclairci la voix pour essayer de me sortir son pantalon de la tête, et j'ai remarqué qu'il m'observait de près.

– C'est bien ça, tu ne vois pas de problème à sortir avec un mec qui pense que les pulls sans manches donnent l'air cool, et je ne vois pas de problème à me taper des filles qui se font noter par mes connasses de coloc le lendemain. C'est deux mondes, Ayden, deux mondes différents.

Il m'a ébouriffé les cheveux et plusieurs de mes longues mèches se sont coincées dans ses bagues quand il est parti. Je l'ai fixé gravement jusqu'à ce qu'il rentre dans sa chambre, avant de lâcher le soupir que je retenais. Il m'a fallu une minute pour desserrer mes doigts autour de ma tasse.

Jet n'avait pas la moindre idée de qui j'étais sous tout le vernis et les décorations que j'avais appliquées avant de déménager dans le Colorado. Personne ne le savait vraiment. J'en avais parlé brièvement et vaguement à Shaw, mais même ma meilleure amie ne se doutait pas de la vie que je menais avant de commencer mes études.

Je n'avais que vingt-deux ans, mais j'avais l'impression d'avoir déjà vécu cent vies dans ce court laps de temps. La fille bien, la fille que Jet considérait comme intouchable et si différente de lui, n'était qu'une illusion que je ne pouvais maintenir qu'au prix d'une lutte quotidienne. L'avoir si proche de moi et si présent mettait à rude épreuve mon désir de garder l'ancienne Ayden enfouie dans les collines du Kentucky, chaque minute de chaque jour qui passait.

– Hey ! j'ai lancé, indignée, quand un torchon m'a soudainement fouetté le visage.

Cora s'est laissée tomber sur la chaise que Jet venait de quitter et m'a jeté un regard entendu.

– Je me suis dit que tu en aurais besoin pour le filet de bave qui coule sur ton menton.

J'ai plissé les yeux en la regardant.

– Arrête ça.

– Comme tu veux. À chaque fois, Ayd, c'est comme si tu étais en chaleur. Je ne sais pas comment vous faites pour ignorer tous les craquements, les crépitements et les claquements qui explosent dès que vous êtes à moins de deux mètres l'un de l'autre, mais c'est épuisant de voir ça.

J'ai ouvert la bouche pour lui dire, très clairement, que nous n'étions pas attirés l'un par l'autre, mais elle a levé une main et m'a lancé un regard perçant comme un laser avant que je puisse dire un seul mot.

– Et ne me sors pas tes conneries d'« on est juste amis ». J'ai des amis mecs. D'ailleurs, j'ai plus de copains que de copines, et il n'y en a pas un seul que je regarde comme si je voulais lui tirer les cheveux, lui laisser des marques de dents et casser des lits avec lui. La façon dont tu le regardes quand il ne fait pas attention, Ayd… – elle remua le torchon comme un éventail imaginaire –, à chaque fois j'ai l'impression qu'il me faut une douche froide.

Je ne savais pas quoi répondre à ça, donc je m'en suis tenue à ce que je connaissais.

– On est amis. Je ne suis pas son genre et vice versa, et je t'ai dit ce qu'il s'était passé l'unique fois où j'ai laissé l'alcool me convaincre du contraire.

Elle s'est appuyée contre le dossier de la chaise et m'a fixée de ses yeux fous. Son œil couleur noisette avait un regard de reproche entendu et le turquoise était rieur et plein de compassion amicale. C'était dur de faire gober quoi que ce soit à Cora, mais ce n'est pas pour autant que j'allais arrêter d'essayer. Pour construire l'existence que je voulais, la vie que je mourais d'envie d'avoir, il fallait que tout le monde pense que je la méritais depuis le début. La personne que j'étais avant ne pouvait pas faire partie de celle que j'étais maintenant. Peu importe combien Jet était sexy ou combien il me donnait envie de dévier de mon chemin pavé de bonnes intentions, je ne pouvais pas me le permettre.

– En plus, on attend de la vie des choses fondamentalement opposées. Quand j'aurai ma licence, je m'inscrirai directement dans un master. Jet joue la rock star depuis qu'il est ado. Je ne comprends pas qu'il n'ait pas l'ambition de devenir plus que ça, d'avoir un avenir stable. On veut des choses complètement différentes.

Sans parler du fait qu'il me donnait envie d'oublier tout ce que je savais des dangers de la débauche, et cela me faisait très peur.

Elle a secoué la tête comme une Fée Clochette réprobatrice. C'était dur de comprendre comment autant d'insolence était contenue dans une si petite personne.

– Je vais être honnête avec toi, ma puce. Vu de l'extérieur, ce garçon et toi voulez exactement les mêmes choses, mais vous avez tous les deux trop peur de l'admettre. Et soit dit en passant, personne, je dis bien personne, n'a l'air classe avec un pull sans manches, donc tu devrais arrêter de faire passer ce pauvre Adam pour le copain parfait.

Elle s'est levée et a appuyé ses mains sur la chaise, et de façon très Cora, elle a sauté du coq à l'âne tandis que j'essayais encore d'assimiler la dernière partie de son discours.

– Bon tu ne m'as pas donné ta note pour la groupie du jour, tu en penses quoi ?

Cela m'énervait chaque fois que je voyais une fille sortir de cette chambre, mais je refusais de le reconnaître, donc j'ai levé neuf doigts et ai joué le jeu comme mon rôle l'exigeait.

– Je lui donnais sept à cause de l'absence de soutif et du tee-shirt à l'envers, mais après qu'elle t'a traitée de connasse et avec sa culotte dans sa poche arrière, je lui ai rajouté deux points.

Cora a éclaté d'un rire bruyant et se tenait les côtes. Elle gloussait tellement fort que j'avais peur que tout ce bruit fasse sortir Jet de sa chambre.

– Merde, je n'ai pas vu la culotte. Il a raison, tu sais, un de ces jours, on va en voir une à dix points, et ce ne sera même pas drôle, parce qu'on saura qu'elle a eu ce qu'il y a de meilleur.

J'ai mordu l'intérieur de ma joue pour m'empêcher de lui lancer un regard noir.

– J'ai hâte.

Cora voyait clair dans mon jeu.

– Mais bien sûr…

J'étais agacée par cette conversation et par la matinée dans son ensemble, j'ai fermé mon ordinateur et je me suis levée.

– Je vais aller courir avant d'aller à la fac.

Je ne l'avais annoncé à personne en particulier, car Cora trifouillait son téléphone et Jet n'était pas là. Je me suis changée pour enfiler des vêtements assez chauds pour un mois de février à Denver, et j'ai mis mes chaussures de course déjà bien usées.

J'adorais courir. Cela m'aidait à m'éclaircir les idées et comme je vivais dans l'un des États les plus axés sur la santé, je n'étais toujours qu'une personne parmi des centaines à sortir pour faire un peu d'exercice. J'ai pris mes écouteurs et ai lancé ce que Jet appelait « cette pop-country de l'horreur », le plus fort possible. J'aimais la musique pour laquelle je n'avais pas besoin de réfléchir, et la plupart des chansons de country disaient les choses très clairement pour leur public. La fille était en colère parce que le gars la trompait, le gars était en colère parce qu'on avait défoncé son pick-up, tout le monde était triste parce que le chien était mort et Taylor Swift avait autant de chance que moi avec les hommes. Je savais que Jet préférait le genre lourd et bruyant, mais en réalité il était snob sur le plan musical et après un an à le connaître, j'étais lassée de débattre de ce qui était bien ou pas.

L'air froid brûlait mon visage mais j'avais trouvé mon rythme et je me dirigeais vers Washington Park sur mon trajet habituel. Quand je courais, j'aimais bien tout bloquer dans ma tête, éteindre le bourdonnement incessant de ce qui m'obsédait, et simplement sentir la terre sous mes pieds et l'air frais sur mon visage. Mais aujourd'hui, je n'y arrivais pas très bien. Je ne pouvais pas ignorer le fait que je vivais dans un mensonge. Il y avait Ayden Cross, moins que rien, de Woodward dans le Kentucky et Ayden Cross, étudiante en chimie, de Denver dans le Colorado. C'était les deux parties d'un tout et parfois je pensais que l'une allait étouffer l'autre et qu'il ne resterait plus rien, si ce n'est des cendres et des mauvais souvenirs.

Woodward n'était pas une ville horrible, mais c'était petit, très petit, et tout le monde se connaissait. Quand on faisait partie de la famille sur laquelle tout le monde lançait des rumeurs, dont tout le monde parlait, sur laquelle tout le monde racontait des histoires, la vie n'était pas vraiment facile. Ma mère n'était pas une mauvaise femme, mais elle n'était pas faite pour être maman à seize ans, et encore moins pour être la mère d'une fille dure à gérer et d'un fils qui est né pour chercher les ennuis. Il n'y avait pas un seul délit que mon grand frère Asa n'ait pas envie de commettre ou une seule loi qu'il n'ait pas cherché à enfreindre. Comme ni son père, ni le mien n'étaient restés, ma mère s'était retrouvée seule avec nous deux, et elle avait essayé de limiter les dégâts. J'ai appris par l'expérience qu'à force d'entendre que l'on était quelque chose, on finissait par le croire.

Même si je savais que c'était une mauvaise idée, j'étais tombée dans le genre de fréquentations qui détruisent un bel avenir, poussée par un grand frère qui ne voulait que sauver sa peau et son arnaque du moment. Nous étions des ordures, nous ne valions rien, et avec tous les ennuis et les scandales qu'Asa provoquait, c'était un miracle que nous soyons encore en vie. Si je n'avais pas eu un professeur de sciences très perspicace et plein de bonnes intentions au lycée, j'aurais probablement fini comme ma mère, enceinte et vivant toute ma vie sous l'œil jugeant des habitants de Woodward.

Mais j'ai envoyé mon dossier à l'université, j'ai décroché des bourses d'études et j'ai bossé d'arrache-pied du matin au soir pour être sûre de ne jamais terminer là-bas. Je n'allais plus jamais donner à personne de raison de penser que j'étais facile, stupide et bonne à rien. J'allais prendre soin de moi, j'allais construire un futur solide comme du béton, et si Dieu le voulait, j'allais sortir ma mère de cette ville minuscule. J'allais lui montrer qu'il y avait autre chose dans la vie qu'un pack de bière, un paquet de clopes et le routier qu'elle avait trouvé pour le mois. D'après moi, Asa était une cause perdue ; aux dernières nouvelles il était en prison, mais je n'étais plus au centre du moulin à potins de Woodward, donc je n'étais pas sûre. Mais au fond j'avais dépassé la période où je voulais à tout prix sauver mon frère de lui-même.

J'avais fait beaucoup d'erreurs et beaucoup de mauvaises choses, mais j'étais sur la bonne voie maintenant. Je me disais que puisque je vivais enfin ma vie de façon saine, ma récompense était d'avoir de bonnes notes à la fac, d'entretenir des amitiés avec des gens bien qui m'aimaient inconditionnellement, et de ne plus jamais avoir peur de me réveiller sans rien. Si cela voulait dire que je devais étouffer l'attirance que j'avais pour Jet, alors je le ferais. S'il me voyait comme une petite élève d'école catholique qui n'avait pas eu le droit de passer le portail, alors autant que je me comporte ainsi. Je n'avais pas de raison de lui dire que non seulement il se trompait, mais que j'aurais pu être une sérieuse adversaire face à ces filles qu'il ramenait pour la nuit.

J'ai passé le coin du parc, et j'ai commencé à ralentir car j'entrais dans la partie plus fréquentée, où les gens promenaient leur chien et jouaient avec leurs enfants. La première fois que Cora m'avait demandé mon avis sur le fait de louer l'ancienne chambre de Shaw à Jet, j'avais voulu dire non. Après l'épisode dans la voiture l'hiver dernier, j'avais beaucoup de mal à être avec lui sans en revivre le moindre détail horriblement gênant. Je remerciais Dieu chaque jour car je n'avais pas fait de vrai premier pas. Je ne voyais pas comment j'aurais pu me regarder dans un miroir après ça. Mais quand je pensais à l'expérience terrifiante de Shaw avec son ex, l'idée qu'un inconnu vive avec nous me faisait trop peur, alors j'ai cédé à contrecœur.

Je pensais qu'être exposée à lui brutalement, l'avoir sous mon nez aiderait peut-être à tuer le faible que j'avais encore pour lui. C'est vrai, il était sarcastique et lourd par moments. Mais l'inverse s'était produit. Je l'aimais bien. Je veux dire, j'avais toujours envie de lui faire des choses inavouables, mais maintenant je l'appréciais aussi en tant que personne. Il était étonnamment drôle, et plus intelligent que devrait l'être un gars avec autant de tatouages et d'aussi mauvais goûts musicaux. Il ne prenait pas le mauvais caractère de Cora au sérieux, et ne m'embêtait jamais quand je me renfermais sur moi-même. Nous prenions généralement le petit déjeuner ensemble, et au moins une fois par semaine, nous nous retrouvions dans tel ou tel bar pour prendre un verre. Bien que je déteste – et je pèse mes mots – la musique qu'il jouait, j'allais le voir en concert au moins deux fois par mois.

Il était de loin mon compagnon de boisson préféré. Il n'était pas cru comme Rule, ne se mettait pas à déprimer comme Nash, et n'aimait pas faire de scandales comme Rowdy. Il était juste relax et aimait passer un bon moment. Il ne devenait fermé et distant que lorsque quelqu'un venait lui parler de son groupe ou le traitait comme s'il était important. Pour un mec né pour être une rock star, il avait clairement beaucoup de mal à assumer sa célébrité. C'était étrange, mais aussi touchant, raison de plus pour laquelle j'aimais être avec lui.

J'ai failli trébucher quand un berger allemand s'est échappé des mains de son maître et a foncé devant moi. Il m'a fallu une minute pour reprendre mon souffle et je me suis penchée en avant, les mains sur mes genoux. Maintenant que je ne bougeais plus, le vent soufflait sur ma peau en sueur et cela me fit frissonner. J'aurais dû mettre un bonnet et peut-être des gants, mais c'était trop tard, et il fallait que je rentre si je ne voulais pas arriver en retard en cours.

Je venais à bout de mes cours de licence avec les yeux rivés sur un master, que je voulais obtenir avant mes vingt-cinq ans. J'avais toujours été bonne avec les chiffres et les sciences étaient naturelles pour moi, alors quand j'ai envoyé mes dossiers, j'ai fait attention de choisir des universités aussi loin de Woodward que possible, mais qui avaient également les meilleurs départements dans mon domaine. Je n'étais pas sûre de ce que je voulais faire une fois que je serais diplômée, mais je savais que je voulais un nombre à cinq chiffres sur mes fiches de paie, des possibilités d'évolution constante et une retraite généreuse. Je savais que ces objectifs étaient ambitieux pour quelqu'un de mon âge, avec un passé si peu reluisant, mais je ne voulais plus maintenir mes exigences au minimum.

J'ai continué en trottinant tranquillement et ai enlevé mes écouteurs en me rapprochant de la maison. J'ai ralenti en tournant au coin de la rue, car j'aurais juré reconnaître l'homme qui marchait sur le trottoir d'en face. Certes, j'étais toujours méfiante depuis l'agression de Shaw, mais il y avait dans la démarche de ce mec quelque chose qui me clouait au trottoir, à essayer de comprendre. Il est passé droit devant moi de l'autre côté de la rue, sans même me jeter un regard, alors je me suis dépêchée de monter l'escalier jusqu'à la porte d'entrée. J'allais l'ouvrir quand Jet m'a pris de court et est apparu de l'autre côté, ce qui a manqué de me faire tomber et dévaler les marches. J'ai lâché un cri de surprise et j'ai essayé de m'agripper à la rampe, mais c'était inutile. J'avais trop d'élan et je me suis étalée sur le béton.

Jet a voulu me rattraper, mais c'est allé trop vite. Lorsqu'il a pris ma main, le seul résultat a été que je l'ai entraîné dans ma chute. Nos yeux ont tout juste eu le temps de se croiser avant que nous nous écrasions sur le sol, brutalement. Il a atterri à moitié sur moi. J'ai lâché un juron quand ma tête est entrée en contact avec une grosse dalle du trottoir, assez violemment pour me faire voir de petites étoiles. Entre son torse pressé contre le mien, mon pantalon de course tout fin et son jean hyper serré, il n'y avait pas un centimètre de nos corps qui ne soit pas intimement collé l'un à l'autre. J'ai oublié de respirer, oublié que je m'étais fait mal, et surtout, j'ai oublié que je savais que c'était une très mauvaise idée.

J'avais envie de me frotter contre lui. J'avais envie de passer mes mains dans ses cheveux décoiffés. J'avais envie d'embrasser et de lécher l'endroit de son cou où son pouls tambourinait vite et fort, mais rien de tout cela n'allait arriver. Il s'est relevé en poussant sur ses bras et m'a regardée avec de grands yeux. L'or du contour s'était élargi, et cela lui donnait l'air d'un animal sauvage lorsqu'il a pris ma tête dans sa main et a murmuré :

– Ça va ? Je suis vraiment désolé. Je ne savais pas que tu étais là.

Ses bagues étaient froides lorsqu'elles touchèrent le côté de mon visage et le trottoir dans mon dos m'engourdissait.

– Oui, ça va. Je ne faisais pas attention. Ce n'est pas ta faute.

Mon accent était un peu plus prononcé quand j'étais perturbée et j'ai vu que Jet l'avait remarqué.

– Tu es sûre ? Je peux t'emmener chez le médecin pour vérifier. On ne peut pas prendre le risque que ton cerveau géant s'abîme.

J'aurais voulu avoir n'importe quelle autre conversation avec lui quasi allongé sur moi. J'ai enroulé mes mains autour de ses poignets et ai tiré pour qu'il me lâche.

– Sérieusement, je vais bien. Tu veux bien me laisser me relever ?

Dans ses yeux sombres, quelque chose a bougé, que je n'avais jamais vu avant. C'était comme s'il réfléchissait à la question et que la réponse était « non », mais cela n'a pas duré longtemps, et il s'est remis debout en m'aidant à me relever. Il ne m'a pas complètement lâchée et tenait toujours mes mains, ce qui me brûlait. Il fallait que je m'éloigne de lui, et vite. J'ai dû retenir un grognement quand il m'a tournée et a commencé à nettoyer mon dos avec la paume de sa main.

– Tu es sûre que ça va ? Je ne suis pas vraiment un poids plume.

C'était vrai. Il était grand et solide, mais pas plein de muscles ou ridiculement gonflé. Il était en forme à force de courir sur scène et de transporter le matériel, mais ce n'était pas un athlète pour autant. J'ai bougé pour qu'il arrête, et j'ai poussé les cheveux de mon visage.

– Ouaip. Je n'ai rien de cassé et tu sais aussi bien que moi que j'ai la tête dure. J'étais perdue dans mes pensées. Il faut juste que je fasse plus attention, sinon je vais finir la gueule en sang.

Il m'a lancé un drôle de regard et a mis ses mains dans les poches de sa veste en cuir. Je m'étais toujours demandé comment il pouvait la porter en hiver. Je me disais que la fermeture Éclair et les boutons devaient être froids comme de la glace, mais cela faisait tellement partie de son look que Jet ne serait plus lui-même sans sa veste.

– OK, si tu es sûre que ça va, il faut que j'y aille. J'ai une session avec un groupe du Nouveau-Mexique cet après-midi, et une répèt' après. Un des groupes avec qui on a joué au Metalfest l'année dernière part en tournée cet été, et ils ont besoin de nouveaux morceaux.

J'ai frissonné car je commençais à avoir froid et car je détestais l'idée qu'il parte en tournée. Cela me donnait mal au ventre. J'avais entendu les histoires que les gars racontaient sur ce qu'il se passait quand un mec célibataire d'un groupe populaire partait en tournée. Ce n'était pas du joli. Je me suis forcée à sourire et ai fait quelques pas en arrière vers l'escalier.

– Oui, journée chargée pour moi aussi. J'ai cours, et je fais la fermeture ce soir, donc je rentrerai tard.

Il me regardait, je le regardais, et je me suis rendu compte que Cora avait raison. J'étais un génie en matière de chimie, et ce qu'il se passait entre nous était condamné à exploser à un moment ou à un autre. Je l'avais gardé sous pression, à ébullition lente et stable, et aucune matière réactive ne pouvait supporter une telle chaleur très longtemps. Il s'est gratté le menton avec un doigt et a haussé un sourcil.

– Peut-être que si je finis tôt avec les gars, on pourra passer prendre une bière.

J'ai ravalé une vague de panique et ai forcé un sourire auquel je suis certaine qu'il ne croyait pas.

– Super.

Je n'ai pas attendu sa réponse et j'ai foncé vers la porte. Cette fois, je suis rentrée dans la maison sans incident mais j'étais en retard, donc j'ai dû sauter sous la douche, enfiler un jean et un tee-shirt à manches longues avant de monter dans ma Jeep et de foncer vers le campus.

L'université de Denver n'était pas très loin de la maison, mais se garer là-bas avait tendance à être une grosse galère et j'étais déjà stressée, donc quand mon téléphone a sonné, je ne me suis pas embêtée à répondre. J'étais la dernière à entrer dans la classe et j'ai dû subir des regards agacés car j'avais interrompu le professeur en avançant jusqu'à une place libre. J'ai essayé de me concentrer mais mon esprit était à des millions de kilomètres et après avoir passé mon TD et mon deuxième cours comme une somnambule, j'ai réalisé que je devais me sortir la tête du brouillard ou le boulot ce soir allait être un cauchemar.

Je travaillais dans un bar sportif assez fréquenté dans LoDo, au sud du centre-ville de Denver. Nous devions porter des tenues ridicules qui montraient plus de peau qu'elles n'en cachaient. Nous étions juste à côté du Coors Field[1], donc même après la fin de la saison de football américain, le bar était toujours plein de fans de hockey et de basket. Je gagnais assez d'argent pour payer mon loyer et tout ce qui n'était pas compris dans mes bourses d'études. Cela ne me dérangeait pas de secouer un peu mon cul, du moment que je pouvais payer mes factures.

Je devais rester attentive, car il y avait toujours des mains baladeuses, et des habitués débordants d'affection. Je devais aussi me méfier de mes

1. Stade de base-ball *(N.d.T.)*

collègues mesquines. Ces filles-là ne vivaient que pour les potins et toutes les sales histoires qu'elles pouvaient trouver. Shaw et moi avions une vieille querelle avec Loren Decker, la reine des abeilles, et si j'arrivais au travail dans mon état actuel, elle y verrait une occasion de me pourrir ma soirée. Ce n'est que dans le vestiaire derrière le bar, alors que j'enfilais mon uniforme débile de pom-pom girl, que je me suis souvenue que mon téléphone avait sonné.

J'ai cligné des yeux de surprise en voyant que j'avais cinq appels manqués d'un numéro qui commençait par 502. Je ne voyais pas pourquoi quelqu'un essayait de me joindre depuis le Kentucky, et encore moins comment ce quelqu'un avait eu mon numéro. Il n'y avait pas de message vocal ni de texto, alors j'ai calé mon téléphone dans mon soutien-gorge, sa place pendant que je travaillais, et ai noté mentalement que je devrais essayer d'appeler le numéro le lendemain.

J'étais en train de lisser mes cheveux bruns et d'y glisser une épingle brillante quand la voix écœurante de Loren s'est élevée derrière mon épaule. Je n'étais franchement pas d'humeur à la supporter, donc j'ai serré les dents en me retournant pour la regarder. Elle s'intégrait parfaitement à un bar comme le Goal Line. Elle était la version adulte du fantasme de la pom-pom girl qu'ont tous les garçons, accompagnée de double D factices. Elle avait autant de bon sens qu'une figurine en plastique, et je ne comprenais pas pourquoi elle essayait de me provoquer, car elle ne gagnait jamais. En plus, elle faisait peut-être dix centimètres de moins que moi, encore plus quand je portais les talons à clous que je mettais pour augmenter mes pourboires, et je finissais toujours par la regarder de haut. Au propre comme au figuré.

– Comment ça va, Ayden ?

– Je passe une journée de merde, Loren. Qu'est-ce que tu veux ?

Elle jouait avec le bout de ses cheveux, ce qui m'a donné envie de lui arracher ses mèches blondes parfaites les unes après les autres.

– Je me demandais si tu pourrais me rendre un tout petit service ?

J'ai levé les yeux au ciel et ai claqué la porte de mon casier.

– Je travaille déjà tout le week-end, donc je ne peux pas te remplacer.

Elle a cligné de ses grands yeux couleur de bleuet en me regardant, et je jure que cet instant a cristallisé toute la haine que j'avais pour elle jusqu'à la fin des temps. J'ai dû inspirer un grand coup, car je savais que j'étais irritable sans raison.

– Non, je me demandais si tu pouvais parler à Jet et voir s'il peut nous faire rentrer à l'Ogden pour voir Bryan Walker avec quelques copines. Il connaît plein de gens, non ?

Bryan Walker était un chanteur pop, dans le genre de Justin Bieber, mais beaucoup moins connu. Il n'y avait absolument pas moyen que je demande à Jet de faire rentrer cette abrutie à ce concert. Je suis passée devant elle en fronçant les sourcils.

– Pourquoi tu ne le lui demandes pas toi-même ? Il m'a dit qu'il passerait sûrement boire une bière ce soir.

Elle m'a regardée comme si je venais de débarquer d'une autre planète.

– Je ne peux pas lui parler.

Cela m'a prise de court et je me suis retournée vers elle avec un regard perdu.

– Et pourquoi ? Il est là tout le temps. Je sais que tu l'as déjà servi.

Elle a secoué la tête comme si j'étais une idiote finie et a échangé un sourire avec l'une de ses copines.

– Oh, Ayden, tu es trop mignonne. Je trouve ça tellement chou que tu traînes avec tous ces mecs super sexy, super miam-miam sans avoir la moindre idée de comment faire pour qu'ils te mangent dans la main. Si je demande un service à Jet, ça veut dire qu'il saura que moi, je sais qui il est et combien il est important dans cette ville. Si je veux qu'il me remarque, il faut que je l'ignore et que je le traite comme s'il n'était personne. Sinon je serai comme toi, coincée dans la *friendzone* pour toujours, et je sortirai avec un mec qui a des pulls sans manches de toutes les couleurs de l'arc-en-ciel.

J'étais tellement abasourdie que je n'ai fait que la fixer dans les yeux. J'étais certaine que tout mon sang avait migré vers mon visage car, d'une, je n'arrivais pas à croire qu'elle soit intéressée par Jet alors que Shaw avait mis un stop à son intérêt pour Rule de façon impitoyable. Et de deux, je n'arrivais pas non plus à croire qu'elle critiquait Adam ou mes goûts en matière d'hommes. Loren avait tout ce qu'il fallait pour devenir une femme-objet qui se ferait tromper dès qu'elle aurait perdu de son éclat. Elle n'imaginait même pas ce que pouvait être un vrai avenir ou ce qu'un mec fiable comme Adam avait à offrir.

Je m'apprêtais à déverser un torrent de saloperies sur elle. J'étais prête à la démembrer verbalement, et peut-être même physiquement, avec ma mauvaise humeur du jour. Mais la pulsion s'est calmée lorsque Lou, le videur du bar, a passé la tête par la porte et nous a dit de nous magner le cul. Un troupeau de mecs venait de débarquer pour boire un verre après le boulot, et payer mes factures était bien plus important que de remettre Loren à sa place. Le droit chemin ne faisait pas de détours pour s'attaquer aux bimbos. Je lui ai fait un sourire pincé et lui ai lancé par-dessus mon épaule :

– Et je trouve ça trop chou que tu baves sur ces mecs super sexy et super miam-miam avec qui je traîne, comme si tu avais la moindre chance d'arriver un jour dans leur *friendzone*. Ces gars-là repèrent la fausseté à dix kilomètres, Loren, et c'est pour ça que malgré tous tes attributs…

J'ai lancé un regard appuyé et dédaigneux sur ses faux seins.

– … ils ne t’adressent même pas la parole.

J’ai fait une sortie théâtrale et me suis dirigée vers ma section, en espérant que cette histoire de service à demander à Jet était bien finie. Les mecs repéraient la fausseté, je les avais vus faire plus d’une fois. En toute honnêteté, c’était un miracle qu’ils pensent encore tous que j’étais une fille bien, qui méritait leur amitié et leur protection. S’il fallait que j’apprenne à aimer les pulls sans manches pour que la mascarade continue, alors je le ferais, et avec le sourire !

CHAPITRE 2

JET

Cette danse dans la *friendzone* avec Ayden devenait de plus en plus lassante et fatigante. Lorsque j'avais emménagé avec les filles, au début, j'ai pensé qu'avec la présence de Cora et sa grande gueule, ça irait. Quand j'ai vu que ça n'aidait pas, je me suis dit qu'avoir une nouvelle fille tous les soirs dans ma chambre ferait l'affaire, mais rien ne semblait y faire. Je pensais à elle tout le temps, elle était dans ma tête quand j'essayais de travailler, dans ma peau quand j'étais avec une autre, et on aurait dit que cet accent doux et traînant était fait pour me retourner de l'intérieur chaque fois qu'elle me parlait. Je détestais tout cela et je ne savais pas quoi faire. Les filles, cela avait toujours été facile pour moi, mais cette fille-là était tout sauf facile.

Un an plus tôt, j'avais eu une occasion de faire avec elle tout ce dont je rêvais la nuit. En fait, je crois que j'étais un peu tombé amoureux d'elle la première fois que je l'avais vue au Goal Line, dans son uniforme sexy, avec ses talons qui lui faisaient toucher les nuages. Elle avait mauvais caractère, des jambes immenses et des yeux couleur de whisky qui me montaient à la tête plus vite et plus méchamment que le Jameson. Je la voulais, je la voulais comme un drogué veut sa dose, mais elle était beaucoup trop bien pour moi, nous ne jouions pas dans la même catégorie, c'était même surprenant que nous ayons réussi à maintenir une certaine forme d'amitié distante.

Rule m'avait clairement mis en garde : si j'énervais Ayden, et que donc cela énervait Shaw, j'aurais droit à un règlement de comptes comme Denver n'en avait pas connu depuis des années. Je savais me défendre en règle générale, et j'avais passé pas mal de temps à essayer de ne pas me faire défoncer dans les fosses de nombreuses salles de concert du pays, mais je savais de source sûre que Rule était quelqu'un qu'il valait mieux ne pas emmerder. Il faisait encore plus peur maintenant qu'il protégeait Shaw comme un homme des cavernes.

Alors j'avais fait ce qu'il fallait, ce qui était correct, et je lui avais dit non alors que tout ce que je désirais était lui dire oui. Maintenant, j'étais coincé dans cette situation atroce où nous étions amis, mais pas vraiment, et où je faisais sans cesse des rêves impliquant cette voix et ces jambes alors qu'elle dormait tranquillement de l'autre côté du couloir. Ça craignait vraiment et je ne savais pas quoi faire à part déménager ou complètement arrêter de lui parler ; deux options qui n'étaient ni pratiques ni agréables. J'aimais bien vivre avec les filles. Cora était une tempête à elle seule et Ayden n'était presque jamais là, mais quand nous étions tous ensemble, c'était marrant et spontané. Je n'avais pas à craindre de retrouver toutes mes affaires sur le trottoir à côté des poubelles parce que mon départ en tournée les aurait énervées.

Mon studio était dans un vieux hangar près de California Street, dans le centre-ville. L'acoustique était top, et depuis la dernière tournée du groupe j'avais eu assez d'argent pour l'aménager vraiment correctement. Je connaissais toutes les personnes qui avaient un rapport avec la musique dans cette ville. Certes, Denver n'est pas Los Angeles ou New York, mais c'est pile au milieu du pays. La population est tellement importante et diverse que c'est une vraie destination pour les groupes, certains plus gros que d'autres, qui veulent venir enregistrer des morceaux.

Mon groupe était très apprécié localement, et après la tournée que nous avions faite avec Artifice l'an passé pour le Metalfest, nous commencions à être connus à l'échelon national. Ce qui payait mes factures, c'était le studio et les chansons que je faisais pour d'autres. Je m'en fichais car tant que je pouvais faire de la musique et écrire des chansons, j'étais un homme heureux. La musique était ce qui me donnait envie de me lever le matin et me suivait jusqu'au coucher. Je chantais dans un groupe de heavy metal mais quand j'étais plus jeune, j'étais à fond dans le punk et la scène indé. En réalité, j'aimais simplement la bonne musique. Je me fichais du style, même si je faisais sans cesse chier Ayden à cause de son addiction à la country du Top 50. En vérité, j'aimais juste l'embêter pour voir ses yeux d'ambre faire des étincelles.

Mon programme de la journée était de me perdre dans le travail. Le groupe d'aujourd'hui était bon, et nous avions déjà mis au point une bonne sélection de morceaux pour leur nouvel album. Ce que je n'avais pas prévu, c'était de me garer à ma place habituelle près de la porte et d'y trouver mon vieux qui m'attendait. Je n'ai pas pu empêcher mes sourcils de se froncer automatiquement, et j'ai dû faire un réel effort pour décrisper mes doigts un par un, serrés autour du volant, afin de sortir de la voiture et d'aller à sa rencontre.

Il portait des lunettes d'aviateur et un jean trop large pour quelqu'un de son âge, mais c'était mon père, il refusait de laisser tomber sa jeunesse et tous ses bons moments, peu importe qui cela blessait au passage. J'ai soupiré et ouvert la portière, en le regardant avec méfiance tandis qu'il faisait le tour du capot.

– Qu'est-ce que tu fais là, papa ? J'ai du travail. Je n'ai pas le temps de tailler une bavette.

Parfois, c'était mieux de le couper avant qu'il ne commence, mais apparemment, aujourd'hui n'était pas mon jour de chance.

– Tu es revenu de ta tournée il y a trois mois et tu n'as pas pensé à passer un coup de fil à ton vieux père ? Je veux tout savoir du Metalfest. Vous avez enfin signé avec un gros label, toi et tes gars ?

On aurait pu croire que c'était une question assez classique venant d'un parent à son enfant, si seulement cela avait été un autre parent que lui. Dave Keller avait passé toute sa vie comme roadie professionnel. Il avait tourné avec tout le monde, de Metallica à Neurosis, et tout ce qu'il voulait était que son fils unique soit une grande star. Pas pour que je puisse m'occuper de lui ou lui acheter une villa à Malibu, mais pour pouvoir repartir en tournée et revivre la folie du sexe et de la drogue, comme s'il avait toujours vingt ans. Cela le rendait dingue que je me contente de rester dans le coin, que je me fasse largement assez d'argent en enregistrant et en faisant une tournée de temps en temps, et que l'idée de la célébrité et de la reconnaissance mondiale me foute la pire des trouilles.

Lui, il nous avait laissés tomber, maman et moi, à maintes reprises. Il était tout sauf un mari modèle ou le père de l'année. Je n'ai jamais compris pourquoi ma mère, gentille, aimante, douce et généreuse, était restée mariée à une telle ordure. Mais peu importe combien je la poussais ou combien je l'implorais, elle refusait de le quitter ; il était très difficile pour moi de ne pas haïr sa gueule de fainéant, de traître et de voleur.

– Je ne parle pas avec les grands labels, papa, je te l'ai dit un million de fois.

Il a pouffé de rire.

– Est-ce que les autres mecs du groupe savent que tu prends leur avenir en otage ? Ils n'ont pas leur mot à dire pour des décisions comme ça ?

Ce n'était pas une conversation que je souhaitais avoir avec lui. D'ailleurs je ne souhaitais aucune conversation quelle qu'elle soit avec lui, mais il n'allait pas partir à moins que je ne l'y oblige. Le groupe que j'enregistrais allait arriver d'une minute à l'autre et la dernière chose que je voulais était qu'il joue la groupie grisonnante.

– Les gars savent ce que je pense et où est la sortie si ça ne leur plaît pas. Je joue avec Boone et Von depuis qu'on a quatorze ans, donc je doute que ce que je fasse les surprenne beaucoup. Catcher vient d'un groupe qui était dans la production de masse et il a détesté ça, donc ça ne l'intéresse plus. Ne t'occupe pas de mes affaires, papa. Ça ne te concerne pas, à moins que tu veuilles m'emprunter de l'argent ; dans ce cas-là, demande à maman de m'appeler. Je lui ferai le virement à elle, pas à toi.

Il a remonté ses lunettes de soleil sur sa tête pour que je ne puisse plus simplement regarder mon reflet en lui parlant. J'avais hérité de ses yeux et de ses cheveux foncés, mais la ressemblance s'arrêtait là. Il était marqué par une vie remplie de trop de drogues et de trop de nuits blanches qui avaient laissé des traces. Tout ce que je pouvais faire quand je le regardais, c'était me demander comment quelqu'un d'aussi horrible avait pu convaincre une personne aussi merveilleuse que ma mère de l'épouser. J'étais très en colère contre lui, d'une façon que je ne pouvais pas exprimer dans une conversation. La seule manière que j'avais de tout faire sortir était de me purger sur scène, par des textes saignants et des mélodies qui déchirent l'oreille.

– Tu devrais faire plus attention à ce que tu me dis, mon fils. Je suis toujours ton père et elle est là quand je rentre, contrairement à toi.

Il y avait un million de choses que j'aurais voulu répondre à cela, mais je n'ai rien dit, je ne disais jamais rien. J'avais beau aimer ma mère à la folie, je n'avais pas pu rester dans cette maison et le regarder la détruire encore et encore. Cela la secouait tellement quand mon père et moi nous engueulions, à cause de son manque total de respect pour elle et pour ses sentiments, que j'étais parti quand j'avais à peine quinze ans. C'était soit cela, soit envoyer mon père six pieds sous terre. Heureusement que Phil, l'oncle de Nash, avait participé à la création d'un foyer pour ados malheureux et n'avait eu aucun problème à m'intégrer dans la troupe.

Je savais que ma mère était triste que je ne vienne pas souvent, sachant qu'ils n'habitaient qu'à quelques kilomètres. Mais je ne pouvais simplement pas tolérer qu'il l'abandonne et la blesse constamment. Je savais qu'il faisait des ravages sur son état émotionnel, et ce n'était pas impossible qu'il soit allé encore plus loin. Mais j'étais perdu et ne savais pas quoi faire par rapport à cela. Ma mère était une grande dame et elle méritait quelqu'un qui la traite comme une reine, pas comme un lot de consolation.

– Qu'est-ce que tu veux ?

J'arrivais au bout de ma patience. Nous nous sommes fixés en silence pendant une longue minute avant qu'il remette ses lunettes sur son nez et me fasse un sourire narquois qui me donnait envie de lui mettre un coup de poing.

– Le groupe que tu as aidé à faire signer, Artifice, ils sont énormes en ce moment. Tu as écrit une bonne partie de leur album, non ?

– Et ?

– Et je me disais qu'ils te doivent une fière chandelle, et ça ne te tuerait pas de leur passer un coup de fil pour voir s'ils veulent un peu d'aide, du côté européen, à propos de leur tournée qui arrive.

Deux secondes de plus et je l'aurais attrapé par le col de sa chemise de bowling ridicule et l'aurais plaqué contre le mur du bâtiment, mais il a levé une main avec un petit rictus.

– Je sais que tu aimes ta maman, fils. Tu penses un peu à elle ? Tu veux vraiment me laisser avec elle indéfiniment ? Qui sait comment ça va se passer cette fois ? On ne rajeunit pas, ni l'un ni l'autre.

Le ton de défi dans sa voix était clair, tout comme sa menace envers ma mère. Je lui ai lancé un regard noir et me suis fait un discours dans ma tête pour ne pas lui arracher la tête, donner un coup de pied dedans et la faire voler sur le parking comme un ballon de foot.

– Tu es complètement fou, mon vieux. Je te déteste. Tu veux vraiment t'engager dans cette voie avec moi ?

– Elle ne va jamais me quitter, fiston, et tu le sais. Tu ne peux rien me faire car ça t'inquiète de me savoir avec elle à la maison, on le sait tous les deux. Mets quelque chose en place avec Artifice. Je ne demande pas à être leur tourneur, ni même leur ingé son, mais je veux faire partie du spectacle. J'ai besoin d'un peu d'aventure et de beaucoup de bons moments.

J'avais envie de l'écorcher vivant et d'utiliser sa carcasse comme décor sur scène. Je suis passé en le bousculant avec un grognement.

– Je vais voir ce que je peux faire, mais si elle m'appelle et que j'ai le moindre signe que tu l'as blessée, je te jure que je t'écraserai avec ma voiture comme le sale chien que tu es. Si tu crois que tu vas faire fonctionner cette relation par le chantage, tu ne me connais pas du tout.

– Tu as bien raison, je ne te connais pas. Mon fils ne devrait pas gâcher son talent divin dans cette ville alors qu'il pourrait faire le tour du monde, gagner des millions et faire tomber des culottes dans toutes les villes.

Je l'ai regardé par-dessus mon épaule en ouvrant la porte.

– Mon rêve suprême serait de ne pas être ton fils, mais je ne suis pas si chanceux. Va-t'en, papa, avant de me forcer à faire quelque chose que l'un de nous deux regrettera.

Je suis entré dans l'espace sombre, et j'ai allumé les lumières en passant. Je devais faire un véritable effort pour refouler toute l'exaspération et la rancœur qui se mettaient à bouillir dès que j'avais affaire à lui.

J'étais né avec le talent qu'il avait désespérément voulu. La vie dont il avait toujours rêvé frappait à ma porte, et cela le rendait fou que tout ce que je veuille soit que ma pauvre mère reconnaisse qu'elle méritait mieux et qu'elle le quitte. Je ne prétendrai jamais être un saint quand je pars en tournée, et je ne nie pas qu'être dans un groupe est une solution infaillible pour coucher avec toutes celles qui le veulent bien. Mais je n'avais jamais laissé quelqu'un en promettant que je me comporterais bien, et je n'avais jamais eu à la maison quelqu'un qui attendait que je rentre. Je ne faisais pas de promesse que je ne pouvais pas tenir. J'avais appris cela de lui.

J'ai préparé la zone d'enregistrement et ai parcouru la liste de chansons que les gars de Black Market Alpha avaient déposée. C'était un nom de groupe débile, mais les gamins avaient du talent et beaucoup de potentiel pour devenir des grands. Ils étaient plus pop que ce que j'aimais, plutôt du genre Avenged Sevenfold. Ils étaient assez hard pour que les mecs accrochent, mais avec suffisamment d'harmonie et de mélodie pour que les filles apprécient aussi. En plus ils étaient jeunes ; le chanteur devait avoir dix-sept ou dix-huit ans, donc ils avaient toute la vie pour s'améliorer ou s'essouffler et mourir, ce qui était sûrement le scénario le plus probable. J'avais accepté de travailler avec eux parce que le batteur qui écrivait tous les morceaux avait beaucoup de talent et me faisait penser à moi à son âge.

Être dans un groupe demande du travail, et être dans un bon groupe représente souvent plus de travail que ce que l'on obtient en récompense. J'avais de la chance que les gars avec qui je jouais comprennent que cela me plaisait d'être un gros poisson dans une petite mare, plutôt qu'un grain de sable dans un océan qui avale tous les nouveaux groupes. Si j'étais un peu prétentieux dans certains domaines, je me connaissais assez bien pour connaître mes forces et mes faiblesses en musique. Je savais que je chantais bien et je pouvais défoncer n'importe quelle guitare que l'on me mettait entre les mains. J'avais une bonne dose de colère contre mon père, qui s'était accumulée pendant toute ma vie, pour servir de carburant à mon écriture, ce qui donnait des morceaux à la fois puissants et sensés. Je savais aussi que j'avais assez de présence et de caractère pour m'approprier toutes les scènes sur lesquelles je montais et que, si je voulais que mon public ressente la même chose, je pouvais les attirer et ne pas les lâcher. J'étais un bon *front man*.

En revanche, je n'avais pas la patience de jouer le jeu, ni l'envie de laisser d'autres croire qu'ils avaient des droits sur ce que j'avais créé. Je n'avais pas assez de tolérance pour supporter l'hypocrisie et le léchage de bottes nécessaires pour être un grand nom dans l'industrie de la musique. J'étais aussi terrifié par ce qui pourrait arriver à ma mère si mon père découvrait un jour que j'avais signé avec un gros label. Cela lui ferait complètement péter un plomb, et il l'emmènerait avec lui dans son délire. Elle méritait mieux que cela.

J'ai levé la tête quand la porte s'est ouverte et que le groupe a commencé à entrer avec tous ses instruments. Le chanteur était un gamin du nom de Ryan qui était un bon gars, mais tellement imbu de lui-même qu'il pouvait facilement se mettre les gens à dos. Il avait du caractère et une présence folle pour mener un groupe, mais il était immature et bien plus intéressé par l'argent et les filles que par la production d'une musique de qualité. J'ai remarqué que son bras était recouvert de cellophane et de sparadrap quand il s'est penché sur la console de mixage pour me saluer en tapant contre mon poing. J'ai fait un signe de tête vers son tatouage visiblement tout neuf et lui ai demandé :

– Tu es allé voir un de mes potes ?

Lors de notre tournée, tous les gars de BMA étaient tombés amoureux des œuvres que nous avions tous, les membres d'Enmity, fournies par

The Marked, le salon de tatouage où travaillaient mes potes.

L'ange qui s'étendait d'une clavicule à l'autre et descendait bien en dessous de mon nombril était sûrement ma pièce la plus appréciée. J'avais aussi un dragon japonais qui couvrait tout mon bras, fait par Nash alors qu'il débutait, et mon autre avant-bras était recouvert d'un savant mélange de tableaux de Salvador Dalí que Rowdy avait fini récemment. Il ressemblait plus à une peinture sur peau qu'à un tatouage.

Chacun d'eux avait ses points forts. Rule adorait les lignes épaisses et les pièces gothiques qui prenaient une énorme quantité de peau, et il avait tendance à forcer sur le côté traditionnel. Nash adorait les couleurs et les motifs audacieux. On reconnaissait vite son style urbain et son esthétique *new school* dans tout ce qu'il faisait. Rowdy, bien qu'étant le plus irrévérencieux de tous, considérait vraiment son travail comme un art. Il avait pour principe de créer des pièces sur mesure, que personne d'autre n'aurait, et perfectionnait son talent comme un véritable artisan. Le tatouage était une forme d'art supplémentaire pour lui. D'ailleurs, je l'avais engagé pour faire toutes les pochettes de disques et tous les motifs des tee-shirts que nous vendions pour le groupe. Les mains et les aiguilles de Cora étaient sûres et l'équipe de The Marked faisait du super boulot. J'avais zéro réclamation et je n'hésitais pas à les recommander.

– Ouais mec, c'était trop cool. J'ai carrément donné ton nom et le mec avec les flammes sur le crâne m'a trouvé une place tout de suite.

Il a levé les yeux au ciel comme si je lui avais caché des informations essentielles avant de lui suggérer d'aller voir le salon.

– Tu ne m'avais pas dit que ça débordait de talent, là-dedans. La blonde qui est à l'accueil, putain de merde, mec, c'est la fille de mes rêves.

J'ai retenu un rire car Cora était la fille des rêves de tous les rockeurs jusqu'au moment où elle ouvrait la bouche. Avec ses yeux dépareillés et son charme, elle trompait son monde. Les mecs comme Ryan étaient attirés par ses cheveux barrés, par le fait qu'elle ait un bras totalement tatoué et un petit écarteur noir dans chaque oreille. Elle était bavarde, autoritaire et elle nous traitait tous comme des élèves de maternelle égarés, mais tous ces traits de caractère ne se révélaient que quand le pauvre mec, ne se doutant de rien, était déjà fou amoureux. J'ai secoué la tête et l'ai prévenu :

– Elle est trop vieille pour toi et trop compliquée pour valoir le coup. Crois-moi. Qu'est-ce que tu t'es fait ?

Il a enlevé la protection et a fièrement exhibé une gargouille rugissante. Le tatouage était cool, bien fait mais, honnêtement, pas très original. Je voyais que Nash avait essayé de lui insuffler un peu de caractère, pour le rendre unique, mais c'était le tatouage qu'un gamin s'était fait uniquement parce qu'il pensait que cela le rendrait cool sur scène et sur les photos. Comme ils me payaient plus de mille balles de l'heure, j'ai acquiescé et je lui ai dit d'aller dans le studio avec les autres. Je voyais qu'il aurait voulu plus d'émerveillement, mais j'étais à court de patience, donc j'ai fermé ma gueule au lieu de dire quelque chose qui me vaudrait des ennuis.

Pendant les trois heures suivantes, j'ai bidouillé la voix et les instruments sur les cinq premiers morceaux. Les mecs du groupe étaient plutôt motivés à produire un bon premier album, mais Ryan était difficile et j'ai compris que cela commençait à l'énerver que je m'en remette à Jorge, le batteur du groupe, puisqu'il était le principal auteur des morceaux. J'avais besoin de comprendre ce qu'il y avait derrière une chanson pour pouvoir lui rendre justice, mais il était évident que Ryan voulait que toute l'attention se porte sur lui, et cela nous compliquait la tâche. Le gamin avait un bel organe et une bonne cargaison de charisme, mais s'il ne se sortait pas les doigts du cul, ils ne seraient jamais qu'une très bonne première partie pour des groupes bien meilleurs.

La session d'enregistrement a duré tellement longtemps que, quand mes camarades d'Enmity sont arrivés pour répéter, je travaillais encore sur le bridge du refrain de la deuxième chanson. Les membres de mon groupe avaient l'habitude de patienter pendant que je gagnais ma vie. Quand les gosses ont vu qu'ils avaient un vrai public à impressionner, ils se sont repris et j'ai réussi à leur extirper les quatre premiers morceaux.

Von était le premier guitariste d'Enmity et m'aidait à écrire les morceaux, Catcher jouait de la basse et Boone s'occupait de la batterie. Nous étions un groupe assez soudé. Cela valait mieux, car nous passions énormément de temps ensemble, et quand ils m'ont demandé comment cela se passait sur le ton de la blague, je n'ai pas eu besoin de parler pour être compris.

Les gamins sont sortis du studio pour dire bonjour à tout le monde et j'ai eu envie de donner une claque à Ryan quand il a demandé s'ils pouvaient rester et nous regarder répéter. J'en avais marre des ados métaleux, je voulais faire une répèt' rapide pour pouvoir ensuite aller boire une bière, manger des ailes de poulet et embêter Ayden. Il ne fallait pas que je m'approche d'elle, je le savais, mais je n'arrivais pas non plus à rester trop loin. Plutôt que de perdre du temps à débattre, j'ai accepté qu'ils restent.

J'ai mené tout le monde vers l'arrière-salle que nous utilisions pour répéter et les gars et moi avons pris place, comme nous le faisions au moins deux fois par semaine depuis cinq ans. Nous étions une machine bien huilée, nous savions ce que nous faisions, et nous savions qu'aucun groupe ne marchait si la force motrice était l'ego d'un membre. Je pensais que voir à quoi ressemblait un vrai groupe pourrait aider Ryan à descendre de son piédestal. Boone a battu un rythme d'échauffement et m'a regardé par-dessus sa batterie.

– On fait les morceaux du concert ou il te faut quelque chose de plus violent ?

Quand j'étais de mauvaise humeur, ils le savaient. J'ai passé mes mains dans mes cheveux bruns et décoiffés comme à leur habitude et ai fait rouler mes épaules. Le micro était comme une extension de mon bras quand je le retirais du pied. J'ai croisé les regards curieux tout autour de moi et ai hoché la tête vers Boone.

– Ouais, on fait du noir et on passe aux morceaux normaux après.

Avant même que j'aie fini ma phrase, des rythmes profonds s'élevaient de la batterie et les sons graves de la basse faisaient trembler le sol sous mes rangers aux lacets défaits. Von a fait résonner l'air de la salle avec des accords de guitare assez aiguisés pour décoller le papier peint des murs et j'ai commencé à chanter. J'ai laissé se déverser toute la colère que j'avais contre mon père. J'ai laissé la frustration d'essayer de me battre avec de jeunes artistes exploser dans ma voix. Au moment où nous avons attaqué le deuxième morceau, les gars de BMA s'étaient tous installés sur les caisses vides des instruments et nous regardaient avec de grands yeux et des mâchoires tombantes. Lorsque nous sommes passés aux chansons plus calmes, ce que nous jouions pour les bars, j'ai vu que Jorge écoutait attentivement la puissance des paroles, qui signifiaient quelque chose. J'ai aussi senti que Ryan allait sûrement reproduire tout ce que je faisais au millimètre près lors de leur prochain concert.

Après avoir assez hurlé, sué et purgé les mauvaises énergies qui m'avaient traversé aujourd'hui, j'ai laissé tomber le micro par terre et ai pris le bas de mon tee-shirt pour m'essuyer le visage. Je me sentais vide, mais mieux. Je me suis tourné vers les gars et leur ai dit que j'allais rejoindre Rowdy pour prendre une bière, s'ils voulaient venir. En général, nous essayions de nous voir au moins une fois par semaine pour prendre des nouvelles, mais Catcher s'occupait d'une démo pour un autre groupe, Von et sa copine venaient d'avoir un bébé et Boone luttait pour prolonger sa courte période de sobriété. Ces derniers temps, je sortais de plus en plus avec Rowdy et les autres mecs du salon.

Je connaissais Rule et Nash depuis le lycée, mais ces deux-là étaient très proches et quand le grand frère de Rule, Rome, était en ville, c'était encore pire. Je me sentais parfois exclu. J'étais content quand Rowdy était arrivé car il était décalé, imprévisible ; c'était toujours marrant de passer un moment avec lui. Ils étaient tous de bons amis et j'aimais croire qu'ils pensaient la même chose de moi, mais le courant passait particulièrement bien avec Rowdy. Nous nous comprenions, aussi était-il devenu mon pote de premier choix.

Les mecs des deux groupes étaient en train de sortir mais Jorge est resté pendant que j'engloutissais une bouteille d'eau et rangeais notre bordel.

– Ça va ?

Il a passé sa main dans sa nuque et il fixait le bout de ses tennis au lieu de me regarder.

– Les gars, vous êtes tellement meilleurs que nous, bien meilleurs que la moitié des groupes avec qui on a tourné au Metalfest. Pourquoi est-ce que vous nous aidez et que vous n'êtes pas dans un studio en train de faire vos propres albums ? Je me demande juste comment ça se fait.

– Vous êtes bons, les gars, mais si vous n'arrivez pas à faire descendre Ryan d'un ton, vous allez finir par vous séparer avant d'arriver quelque part. Vous avez attiré pas mal l'attention depuis Metalfest, vous devriez utiliser ça à bon escient. Vous me payez pour vous aider, Jorge, mais ça ne veut pas dire que je ne reconnais pas le talent quand j'en vois. Tu écris de très bonnes chansons, mais n'importe qui peut les chanter. Tu n'as pas besoin d'un leader qui n'est pas capable de voir ça.

Il a levé les yeux vers moi et a souri.

– Merci.

– Pas de problème.

– La chanson sur laquelle vous terminez, *Whiskey in the Morning*, ça parle d'une fille, non ?

J'ai soupiré et je lui ai donné une tape dans la nuque en le guidant hors du hangar.

– Toutes les bonnes chansons parlent d'une fille, non ? Peu importe que ce soit du metal, de la country, du blues ou du rock ; toutes les chansons dont on se souvient et qui nous donnent envie de chanter parlent de filles, mais pas n'importe lesquelles, celles sans qui on ne peut pas vivre mais dont on ne peut jamais s'emparer.

– Tu en as une comme ça ?

J'ai éclaté d'un rire amer et me suis arrêté à côté de la Challenger.

– Oh, oui !

J'ai envoyé un message à Rowdy pour lui dire que j'étais en route et il a répondu que j'avais intérêt à me dépêcher car il y avait foule. Les serveuses étaient toutes super sexy et vêtues de petits uniformes sportifs qui faisaient passer les filles de chez Hooter's pour des prudes. Le bar était généralement plein, donc ce n'était pas une grande nouvelle. Nous y allions tellement souvent que Lou, le videur, nous trouvait toujours un coin où s'asseoir même s'il n'y avait pas de place ou que beaucoup de monde attendait au comptoir.

Quand je suis entré, j'ai remarqué que la blonde avec les faux seins géants me regardait avec insistance, mais je ne lui ai même pas adressé un seul coup d'œil. Je savais que Ayden la détestait et c'était mon devoir, en tant qu'« ami » – mon Dieu, ce que je détestais ce mot quand je parlais d'elle –, d'éloigner tous nos ennemis communs, même si l'ennemie en question semblait vouloir me lécher à la première occasion.

Lou m'a fait un signe de tête et m'a montré de son doigt épais la section du bar qui était sur le côté. C'était près du patio ouvert en été, et je n'ai eu aucun mal à repérer la tête brune d'Ayden et la tête blonde, bien plus voyante, de Rowdy. Je ne savais pas pourquoi il avait décidé que la coiffure style banane lui irait bien, accompagnée de favoris soigneusement entretenus, mais depuis environ un an, il se coiffait comme James Dean et s'habillait comme un gamin des années 50. Rowdy était excentrique, il aimait briller et être au centre de l'attention, donc je m'en accommodais car cela faisait partie de sa personnalité, et puis, il me faisait tellement marrer.

J'ai croisé le regard d'Ayden et lui ai fait un sourire. Elle m'a fixé pendant une seconde puis a regardé ailleurs, sans même faire un début de sourire. Cela m'a fait froncer les sourcils tandis que je m'asseyais sur le tabouret en face de Rowdy. Même s'il y avait une sérieuse tension sexuelle entre nous, en temps normal elle était toujours contente de me voir.

– Qu'est-ce qu'elle a, ce soir ?

Je m'en voulais encore de l'avoir fait tomber ce matin, mais elle m'avait répété qu'elle allait bien, donc je ne voyais pas ce que j'avais pu faire pour l'énerver. À moins qu'elle n'ait senti la trique instantanée provoquée par mon atterrissage sur elle.

On ne pouvait pas me tenir responsable, c'est une réaction incontrôlable. Elle était belle mais elle ne savait pas à quel point je voulais être allongé sur elle tout le temps. Rowdy a poussé un shooter rempli d'un liquide de la même couleur que les yeux d'Ayden dans ma direction et a montré le bar du doigt, doigt où était tatoué un crâne miniature avec deux os croisés.

– Il s'est pointé il y a une vingtaine de minutes, et depuis elle se promène comme si elle avait un poteau en métal dans le cul.

J'ai tourné la tête et j'ai lâché un juron dans ma barbe lorsque je l'ai vu dans la foule agglutinée devant le comptoir. Je ne comprenais pas ce qu'elle pouvait bien trouver à ce mec. D'accord, il était inscrit dans la même fac qu'elle. D'accord, il faisait un stage au gouvernement, pour faire je ne sais quelles recherches révolutionnaires sur les carburants biochimiques ou une connerie du genre. D'accord, il n'était pas moche, enfin dans le style pain grillé tout sec, yaourt nature et riz blanc. D'accord, c'était un mec gentil et un gentleman par-dessus le marché, mais tout chez lui criait « ennui » !

De plus, il portait un putain de pull sans manches et ne semblait pas avoir la moindre idée de quoi faire de toute cette Ayden Cross. Elle était spéciale, une fille pour qui, à une autre époque, des hommes se seraient battus à mort avec des pistolets clinquants ou des épées fringantes. Mais ce mec, cet idiot coincé aux pulls sans manches, restait poli et courtois avec moi, alors qu'il savait que je faisais des rêves sales, sexy et classés X avec sa copine. J'essayais de le cacher autant que je le pouvais, mais j'étais sûr et certain que c'était écrit dans mes yeux quand je la regardais.

– Génial.

J'ai avalé le shooter, ai pris celui que Rowdy n'avait pas encore bu et l'ai englouti aussi. Il m'a regardé et s'est penché en arrière, les bras croisés sur son large torse. Nous faisions à peu près la même taille, un mètre quatre-vingts et des brouettes, mais il avait l'air de pouvoir vaincre un taureau à mains nues car il avait été une star du football américain dans une autre vie. Nous n'avions jamais vraiment discuté des raisons pour lesquelles il avait arrêté de jouer, mais je me disais que comme il avait trouvé sa voie dans le monde du tatouage, ce n'était pas très important, et s'il voulait m'en parler, il savait que je l'écouterais.

– Il lui a apporté un énorme bouquet de fleurs et une boîte de chocolats à la con, en tout cas une connerie en forme de cœur. Je crois qu'il essaie de l'avoir pour la Saint-Valentin.

Un frisson glacé a parcouru mon échine et j'ai senti mon regard se durcir contre mon gré.

– Elle est censée venir au concert au Fillmore avec Rule et Shaw.

C'était important pour le groupe. C'était important pour moi, et je voulais qu'elle soit là. J'avais supposé qu'elle viendrait. Rowdy a haussé son épaule imposante.

– Ils sont ensemble depuis un moment maintenant. Je parie que c'est la soirée où il a l'intention de tout donner. Tu vois ce que je veux dire, le dîner chic, le cadeau cher et la soirée qui se termine dans un hôtel de luxe. Ça a l'air d'être son genre et il la pousse depuis quelque temps, si j'ai bien compris les papotages que Cora nous impose au salon.

J'ai grincé des dents et j'ai retenu l'envie de me lever et d'aller étrangler le mec avec son propre pull jacquard. Un pichet de bière est apparu devant Rowdy, un autre gobelet a atterri devant moi, ainsi qu'une assiette d'ailes de poulet, avec en prime le regard méfiant d'Ayden.

– Arrête.

J'ai essayé de prendre un air innocent mais je devais bien admettre que, même dans mes bons jours, je n'y arrivais pas.

– Quoi ?

– Arrête de tirer cette gueule à Adam. Il est juste passé me dire bonjour. Je lui ai dit de venir boire un verre avec vous mais lorsqu'il t'a vu, avec cet air de fomenter un meurtre, il m'a dit non.

Je n'allais pas le nier, donc j'ai pris le shooter et j'ai laissé mon regard se balader sur sa tenue. Aujourd'hui c'était pom-pom girl, ma préférée. Sa minuscule jupe plissée était orange et bleu, les couleurs des Broncos, et était surmontée d'un pull blanc très serré qui laissait peu de place à l'imagination. Elle était déjà plus grande que la moyenne et quand elle portait ces fameux talons elle faisait presque la même taille que moi, et cela embellissait encore ses jambes, qui méritaient une ode à leur magnificence. J'étais perdu quelque part dans mes pensées, dans lesquelles ces jambes étaient enroulées autour de ma tête ou de ma taille – je ne ferais pas le difficile –, lorsqu'elle m'a ramené à la réalité.

Ayden m'a mis une claque sur le côté de la tête.

– Arrête ça. Je ne sais pas ce que tu as ce soir, mais sors-toi la tête du cul. Tu es sûr que ce n'est pas toi qui t'es cogné quand on est tombés ce matin ?

J'ai frotté mon oreille qui avait un petit piercing pointu sur le dessus, où elle m'avait tapé. J'ai avalé le shooter qu'elle m'avait apporté et ai poussé l'assiette vers Rowdy. Il fallait peut-être que je me bourre la gueule, cela donnerait une bonne excuse à mon besoin urgent de faire des conneries.

– Tu te défiles pour le concert de la Saint-Valentin ?

J'ai entendu l'intensité de ma voix et j'ai détesté cela. Ce qu'elle faisait ou avec qui elle choisissait de passer son temps n'était pas censé être important, mais cela l'était. Je voulais qu'elle me choisisse, même si je savais que je n'avais pas le droit de la choisir.

– Je ne sais pas. Shaw va être toute collée à Rule et Cora a tendance à se barrer et à faire son truc dans son coin. Toi…

Elle a montré Rowdy du doigt.

– Tu me laisses toujours tomber pour une pouffe. Quant à Nash, il a proposé de conduire, donc il ne va pas boire et il va être grincheux et méchant toute la soirée.

Ses yeux dans lesquels dansaient toutes les nuances de l'or et du bronze ont atterri sur moi et elle s'est mordu la lèvre.

– Toi, tu seras sur scène, donc je vais me retrouver livrée à moi-même. Adam m'a invitée à dîner et a prévu une soirée, alors je ne sais pas.

Nous nous sommes fixés sans rien dire pendant un moment, pendant tellement longtemps que cela a fini par devenir gênant. Je voulais lui demander de laisser tomber Adam et de venir ; je crois qu'elle voulait que je lui demande de laisser tomber Adam et de venir. Mais si elle voulait une soirée de Saint-Valentin ennuyeuse et prévisible avec un pauvre naze en pull sans manches, ce n'était pas à moi de l'en empêcher. Je ne serais jamais un mec avec un diplôme supérieur et des projets sur cinq ans. Je ne serais jamais un mec qui s'attache à la sécurité plus qu'à la passion et à la créativité. Je n'allais certainement pas être un mec qui porte des pulls à losanges, jamais de ma vie.

– Eh bien, tu devrais passer un bon moment. Sors avec Adam et laisse-le t'offrir une belle soirée romantique. Tu le mérites.

J'ai failli m'étrangler en le disant, mais j'ai réussi à sortir ces mots. Quelque chose que je n'ai pas réussi à déchiffrer est passé sur son beau visage. Ayden était très bonne pour cela, cacher ses émotions derrière un sourire charmeur et une réplique cinglante. Je ne savais pas ce qu'était ce « quelque chose » mais cela avait disparu le temps qu'elle prenne mon verre vide et me demande si j'en voulais un autre. J'ai hoché la tête sans rien dire et me suis retourné vers Rowdy. Il me regardait froidement et a poussé sa pinte de bière encore pleine vers moi.

– On se bourre la gueule ?

J'ai essayé d'expirer malgré l'élastique qui s'était resserré autour de ma poitrine, et j'ai fait un signe de tête ferme.

– Ouaip, ça me paraît bien.

CHAPITRE 3

AYDEN

J'ai essayé de rappeler le numéro du Kentucky tous les jours pendant la semaine suivante, et personne n'a jamais répondu. J'ai appelé ma mère mais elle n'avait pas la moindre idée de qui cela pouvait être. Elle m'a affirmé qu'elle n'avait pas eu de nouvelles d'Asa depuis des mois et elle s'est énervée quand je lui ai demandé s'il était en prison. C'était facile de croire mon frère sur parole, il était charmant et semblait inoffensif. Il était séduisant et suave sans faire d'efforts. C'était le genre de mec qui pouvait vous voler ce que vous aviez sur le dos, puis vous convaincre que c'était votre idée depuis le début. Il donnait envie de prendre soin de lui, même s'il ne renvoyait jamais l'ascenseur.

Je ne voyais pas pourquoi il aurait eu un besoin urgent de me contacter, mais cela me donnait quand même un sentiment d'inquiétude dont je ne parvenais pas à me débarrasser. En plus de cela, j'aurais juré avoir revu le même mec que je pensais avoir reconnu lors de mon jogging, d'ailleurs il se baladait dans le quartier les deux dernières fois que j'étais allée courir. J'avais été tentée de m'arrêter et de lui demander si nous nous connaissions, mais je gardais toujours mes distances avec les inconnus depuis l'agression de Shaw à notre ancien appartement. Certes, elle avait été piégée par son ex dérangé, mais je me disais qu'il valait mieux prévenir que guérir.

J'aurais pu en parler à Jet, techniquement l'homme de la maison, mais ces derniers jours j'avais l'impression qu'il était énervé contre moi et qu'il m'évitait. Il s'était passé quelque chose lorsque je lui avais dit que je ne savais pas si j'allais venir à son concert samedi, un truc qui avait changé les choses entre nous, et je ne savais pas ce que c'était ni quoi faire. En toute honnêteté, je n'avais pas envie de passer la Saint-Valentin avec Adam. C'était un mec très gentil et il avait tout ce que j'étais convaincue de devoir chercher chez un partenaire à long terme. Mais quand il avait débarqué dans le bar avec des fleurs et sa boîte de chocolats ridicule, on aurait dit une scène de *Pretty Woman* et tout ce que je voulais était trouver un endroit où me cacher.

Je savais qu'il voulait faire de la Saint-Valentin une soirée importante. Les dernières fois que nous nous étions vus, il avait insisté pour que notre relation soit plus sérieuse, mais même si j'essayais, je n'arrivais pas à faire monter pour lui ne serait-ce qu'une goutte du désir que j'avais pour Jet.

En réalité, la dernière fois que j'avais couché avec quelqu'un, c'était avec un étudiant en chimie qui s'appelait Kyle. Je m'étais servi de lui pour essayer de me débarrasser du souvenir humiliant de ma première soirée avec Jet. J'avais obtenu pour seul résultat de me sentir encore plus mal qu'avant, et cela m'avait rappelé que le sexe de fille sage était d'un ennui mortel et même pas satisfaisant. C'était pourquoi une si grande partie de moi était autant attirée par Jet. Et si ses projets d'avenir, ou plutôt leur absence, étaient inquiétants, la vraie raison pour laquelle je devais me tenir loin de lui se trouvait dans la façon dont il me donnait envie de tout lâcher pour simplement être avec lui. Cela me glaçait le sang et faisait hurler mon bon sens. Je détestais peut-être voir des filles aller et venir dans sa chambre en permanence, mais j'étais assez honnête avec moi-même pour admettre qu'aucune d'entre elles n'était partie avec l'air d'être restée sur sa faim ou de ne pas avoir été satisfaite. Cela me donnait envie de l'attacher et de m'y attaquer moi-même, mais ce n'était pas au programme, donc pour le moment il fallait que je décide quoi faire avec Adam.

Je savais que ce n'était pas juste de continuer à le faire marcher si je n'avais pas l'intention de m'engager dans quelque chose de plus sérieux. Je savais que ce n'était pas juste de continuer à faire rentrer ces mecs dans un rôle que je voulais qu'ils remplissent pour ma vision d'un avenir parfait, pour finir par décréter qu'ils n'allaient pas. Malheureusement, je ne voyais pas de solution. Au fond, je savais ce que je voulais vraiment, ce que je désirais plus que tout, mais nous n'allions pas ensemble. Il n'allait pas avec ma vision idéale et j'avais l'intuition que si j'essayais de le faire rentrer dans un rôle autre que celui qu'il occupait déjà, cela détruirait plus que notre amitié. Jet n'était pas le genre de mec à respecter les limites.

Je ruminais tout cela et ne faisais pas attention à ce qu'il se passait autour de moi lorsqu'un gros livre d'anatomie s'est abattu devant moi, sur la table à laquelle j'étais assise. J'ai sursauté et lancé un regard noir à ma meilleure amie qui s'asseyait en face de moi. Shaw Landon était tout l'opposé de moi, sur tous les plans. Elle était petite, avait des cheveux blonds presque blancs, des yeux verts comme une feuille d'arbre et venait d'une famille inondée d'argent et persuadée que tout lui était dû. Elle était assez timide, gentille et, ces derniers temps, si heureuse et amoureuse que c'en était ridicule. Il fallait faire beaucoup d'efforts pour ne pas en avoir un haut-le-cœur.

Comprenez-moi bien. J'étais très heureuse qu'elle ait enfin avoué ses sentiments à Rule et, qu'après un gros bordel et une belle réconciliation, ils aient trouvé comment fonctionner. Je devais bien admettre que j'étais un peu jalouse de voir que même s'ils paraissaient si différents ce n'était qu'un détail, car ils voulaient juste être ensemble. Je ne savais pas comment faire cela. Si je le savais, je ne serais pas frustrée sexuellement, et je ne songerais pas à faire du mal à un mec très bien pour la seule raison qu'il n'avait pas de jeans serrés sur lesquels fantasmer.

– Je t'ai appelée au moins quatre fois. Tu avais l'air de réfléchir à des choses bien compliquées.

Nous allions toutes les deux à l'université de Denver, et nous étions toutes les deux en troisième année. Shaw voulait être médecin, elle se préparait donc à un plus long parcours que moi, mais c'était sympa d'avoir quelques cours en commun cette année. Je ne la voyais pas souvent excepté quand nous sortions ou quand nous travaillions ensemble, et même dans ces cas-là, il y avait de fortes chances qu'elle rentre tôt pour retrouver Rule ou réviser. Elle me manquait. Cora était drôle et j'aimais passer du temps avec elle, mais ce n'était pas la même chose que de parler avec Shaw.

J'ai suivi les contours de l'image sur la couverture du livre avec mon ongle, refusant de lever les yeux vers elle.

– Je crois qu'il est temps de libérer Adam.

– Hum… Ça n'aurait pas quelque chose à voir avec la Saint-Valentin, si ?

J'ai fait une grimace et me suis adossée au dossier de la chaise en soupirant.

– Peut-être.

Regarder ses yeux verts était comme fixer un morceau d'émeraude pure. Elle m'a observée pendant une seconde avant d'adopter la même position que moi, les bras croisés.

– Qu'est-ce que tu as envie de faire, demain soir ?

Je crois que la vraie question était qui j'avais envie de me faire demain soir, et la réponse n'était clairement pas Adam. J'ai poussé un soupir qui a fait voler mes cheveux bruns sur mon front.

– Je voulais aller au concert avec tout le monde, mais Adam s'est pointé au bar avec des fleurs et des chocolats et s'est donné en spectacle pour m'inviter au resto. Rowdy était là et il a tout vu. Jet est arrivé après et m'a dit que je devrais passer une soirée romantique, que je le méritais ; donc maintenant je n'ai pas la moindre idée de ce que je veux faire, mais je sais qu'ils m'agacent tous les deux pour des raisons différentes.

Elle a haussé son pâle sourcil et a tapoté, du bout de ses ongles au motif léopard, sur la couverture du livre.

– Donne-moi ces raisons.

– C'est bête.

– Si ça t'empêche d'entrer dans la bibliothèque, alors qu'il fait à peine quatre degrés dehors, ce n'est pas bête. Il y a quelque chose qui te perturbe et il faut qu'on en parle.

J'ai soupiré et ai passé mes mains anxieuses dans mes cheveux. En temps normal je les avais beaucoup plus courts, mais entre l'école et le travail, je ne parvenais pas à trouver le temps de m'en occuper, pas plus que de ma situation avec les mecs.

– J'aime bien Adam. Il est sympa et on s'amuse bien ensemble, mais ça m'agace qu'il ne veuille jamais voir mes amis. Il est presque trop standardisé, tu vois ce que je veux dire ?

J'ai attendu qu'elle acquiesce.

– Il a un avenir génial tout tracé, il a une super famille qui vient d'ici et je sais qu'il m'aime beaucoup. Il est mignon et on a un million de choses en commun, mais…

Il n'y aurait pas dû y avoir de « mais », pourtant il était là.

– Mais quoi, Ayd ?

Elle ne me laisserait pas le dire poliment.

– Mais quand il m'embrasse ou qu'il essaie de me toucher, je pourrais aussi bien être en train de me limer les ongles ou de regarder la télé. Il n'y a pas d'étincelle, putain, il n'y a même pas de petite brise. C'est ennuyeux et vide, et je déteste ça.

– Bon, ce n'est pas super.

J'ai ricané.

– Tu crois ? Je ne suis pas attirée par le mec avec qui je suis censée sortir, mais il suffit que le mec qui vit de l'autre côté du couloir sorte sans tee-shirt pour que je sois prête à m'enflammer. Voir Jet sur scène, être assez proche pour le toucher par accident ou le sentir, ça me fait plus de choses, ça m'excite plus que tout ce que Kyle ou Adam ont pu faire en un an, et c'est pour ça que je suis énervée et qu'il m'énerve. Je ne veux pas être attirée par Jet, Shaw. Je veux être attirée par un mec comme Adam, avec qui je peux éventuellement bâtir un avenir, et ça m'est insupportable de ne pas y arriver.

Elle m'a regardée d'un air complice pendant une longue minute. Shaw savait tout de ma désastreuse tentative de séduction avec Jet et m'avait toujours dit que cela lui semblait bizarre. Certes, il pensait que j'étais toute virginale, gants blancs et pureté immaculée, mais elle était convaincue qu'il y avait une autre explication. Elle m'encourageait toujours à laisser sortir un peu plus de l'ancienne moi, pour qu'il puisse me faire descendre du piédestal sur lequel il avait décidé de me placer. La dernière fois que j'avais fait cela, il m'avait blessée et m'avait fait fuir, aussi je n'aimais pas vraiment l'idée de laisser sortir l'ancienne Ayden pour qu'il la démonte à nouveau, et j'étais honnêtement terrifiée à l'idée d'abandonner toute prudence.

– Bon, on sait toutes les deux que tu ne peux pas continuer une relation avec un type qui ne t'intéresse même pas physiquement ; pour Jet, tu as peut-être besoin de te le sortir de la tête. Peut-être que s'il n'est plus celui que tu n'as jamais pu avoir, tu n'auras plus autant envie de lui. Ce qu'il s'est passé entre vous il y a un an, ça t'a laissé sur ta faim. Peut-être que tu as juste besoin d'une bonne dose de ce qu'il a à donner, et ensuite tu pourras te concentrer sur ta recherche d'un mec comme Adam pour construire une relation sérieuse.

– J'ai déjà essayé ça. Il m'a dit que c'était une mauvaise idée, tu te souviens ?

Je ne pouvais pas retenir l'amertume qui transparaissait dans ma voix. Shaw a croisé ses bras et s'est avancée sur la table, pour que je ne puisse pas éviter ses yeux incroyablement verts.

– Alors fais-lui croire que c'est une super idée. Tu penses vraiment que si tu avais pour objectif de le séduire, il te dirait non ? Je me souviens de ce qu'il t'a dit la dernière fois, Ayd. Il a émis quelques réserves et tu t'es enfuie le plus vite possible parce que ça te rappelait trop quelque chose que tu aurais pu faire dans une autre vie. On ne parle pas beaucoup du Kentucky, mais j'ai la nette impression que la fille de Woodward ne se serait pas contentée d'un refus.

J'ai grogné et j'ai laissé tomber ma tête dans mes mains pour cacher mon visage.

– La fille de Woodward ne lui aurait jamais donné l'impression qu'elle était une gentille fille, elle aurait juste joué avec le feu. La personne que j'étais avant n'était pas belle à voir, Shaw. Je te le dis, mais je ne crois pas que tu te rendes compte à quel point c'est vrai.

Elle a fait un geste nonchalant de la main et s'est levée en reprenant son gros livre, prête à partir. Ce truc avait l'air de peser plus lourd qu'elle.

– On s'en fiche, de tout ça. C'est pour cette Ayden-ci que je m'inquiète. Cette Ayden mérite d'être heureuse, peu importe ce que l'avenir lui réserve, et cette Ayden est celle qui doit décider si elle se contente de lait et de biscuits, alors que ce qu'elle veut vraiment, c'est des menottes en fourrure et de la peinture comestible pour le corps.

Cela m'a arraché un rire surpris et je me suis levée pour la suivre.

– Qu'est-ce que tu y connais, en peinture comestible ?

Elle a jeté ses longs cheveux derrière son épaule, et le noir du dessous a étincelé contre le blond pâle.

– Mon copain est tatoueur, tu sais. Il aime bien dessiner.

Nous avons échangé un regard entendu et nous sommes séparées pour rejoindre nos cours respectifs. Je détestais le fait qu'elle ait raison. Je pouvais faire durer les choses indéfiniment avec Adam mais cela ne me mènerait nulle part. Il était trop gentil pour cela, et maintenant j'étais quelqu'un de bien et je ne pouvais pas le faire souffrir et le laisser attendre en vain des choses que je ne voulais tout simplement pas lui donner. Je savais qu'être avec quelqu'un comme Adam m'aidait à oublier mes mauvaises habitudes du passé. Être avec un mec comme lui ne laissait pas de place à la spontanéité ni aux décisions irréfléchies qui aboutissaient souvent à des conséquences cruelles. Adam était stable et n'avait pas grand-chose à offrir en matière d'excitation et de passion, et mon côté rationnel savait que c'était ce que je devrais vouloir. Cependant la part instinctive et émotionnelle savait qu'il ne ferait jamais l'affaire, surtout pas sur le plan physique.

J'ai passé tout le cours suivant à y réfléchir et cela ne me menait nulle part. Malheureusement, Adam était l'assistant du cours de chimie minérale dans la salle juste en face donc, quand je suis sortie, il m'attendait devant la porte. J'ai fait de mon mieux pour ne pas tiquer quand il s'est penché pour poser un petit baiser sur ma bouche rigide. Cela ne devrait pas être aussi dur. Il était assez beau, avec des cheveux châtains et des yeux bleus, même s'il s'habillait comme un ringard. Mais il n'y avait rien, pas d'étincelle, pas de chatouillis, rien du tout.

Il a proposé de porter mes livres, mais j'ai fait non de la tête. Je m'apprêtais à lui dire que nous devions annuler la soirée de la Saint-Valentin, que je ne pensais pas que ce soit une bonne idée de continuer à se voir, lorsqu'il a pris ma main et y a posé un bisou.

– Je savais que tu hésitais à ce qu'on passe la Saint-Valentin ensemble demain, donc je me suis permis de réserver au restaurant brésilien que tu aimes bien. Je veux vraiment qu'on passe la soirée tous les deux, Ayd. Cette relation est très particulière pour moi. Tu es très importante pour moi.

J'ai ravalé un mélange de bile et de culpabilité, et j'ai essayé de lui sourire en sachant que cela ressemblait plus à une grimace.

– C'est très gentil, Adam, mais comme je te l'ai dit, je ne suis pas sûre pour le dîner et la soirée ensemble. Je crois que je ne me sens pas aussi avancée que toi dans cette relation.

J'ai vu que mes mots l'avaient blessé et je me suis sentie très mal, mais je savais que c'était la vérité. Je ne pouvais pas me servir de lui comme d'un garde-fou. Peut-être que j'avais vraiment changé, ou peut-être que je faisais semblant, mais dans tous les cas, il n'avait pas à en payer les frais pendant que j'essayais de tirer cela au clair.

– Je suis désolée, je sais que ce n'est pas ce que tu voulais entendre.

Il a serré la main qu'il tenait dans la sienne et m'a fait un sourire triste et touchant.

– Eh bien, qu'est-ce que tu dis de ça : on va au restaurant et tu me laisses essayer de te charmer. Après, tu pourras décider ce que tu veux faire. Il faut bien qu'on mange et j'ai eu du mal à nous réserver une table au dernier moment. Je crois que tu risques de louper quelque chose de vraiment chouette si tu ne nous donnes pas une chance.

J'avais envie de répondre par un grognement, mais j'ai juste retiré ma main et trituré la poignée de mon sac. Je savais que la meilleure chose à faire était de m'en aller, mais il avait l'air tellement déçu. Il s'était investi ces quatre derniers mois et j'avais du mal à arracher le pansement d'un coup sec.

– Écoute, j'avais prévu d'aller voir le concert d'un ami demain soir. Je vais dîner avec toi, mais il faut que tu comprennes que ce ne sera qu'un dîner. Je ne crois pas que je vais changer d'avis. Tu es un mec adorable, Adam, mais il manque quelque chose, et après quatre mois je pense qu'il est temps d'arrêter.

Il a rigolé et j'ai entendu une pointe d'amertume.

– Je sais ce que ça veut dire quand une fille me dit que je suis un mec adorable, Ayd. Pas la peine d'essayer d'épargner mes sentiments. Tu t'ennuies avec moi. J'ai vu les mecs avec qui tu traînes quand tu n'es pas à l'école ou au travail. Aucune personne saine d'esprit ne les appellerait des mecs adorables, surtout pas celui avec qui tu vis, celui qui a un groupe.

Nous étions arrivés jusqu'au parking, devant ma voiture ; j'ai ouvert la portière et ai jeté mes affaires à l'intérieur. J'ai bougé mes pieds et ai essayé de ne pas avoir l'air coupable.

– Ça n'a rien à voir. C'est juste que je sais qu'il y a un truc qui ne marche pas et je ne vais pas faire traîner. Crois-moi, Adam, il y a une période où j'aurais continué à sortir avec toi jusqu'à te vider, puis je serais partie sans même m'excuser ou me retourner. Mais maintenant je sais qu'on mérite tous les deux mieux que ça, donc si tu veux annuler le dîner, je comprends parfaitement.

J'avais l'espoir secret que c'était ce qu'il allait faire. Je ne voulais pas passer un dîner gênant avec un mec à qui je venais de dire, plutôt clairement, qu'il ne m'attirait pas. Mais Adam était un gentleman et ses bonnes manières le lui interdiraient.

– Non, j'ai déjà réservé et je veux toujours t'inviter. Je ne veux pas passer la Saint-Valentin tout seul, surtout que je pensais que les choses avançaient positivement entre nous.

Merde, il était sympa même en se faisant larguer. J'ai soupiré et suis montée dans ma voiture.

– D'accord. Je suis vraiment désolée, Adam.

Il a secoué la tête tristement et a glissé ses mains dans les poches arrière de son pantalon.

– Pour être honnête, Ayd, à certains moments, quand on était ensemble, j'avais l'impression que tu étais là, présente, et la minute suivante, c'était comme si une inconnue me regardait. Tu es très difficile à cerner, mais je pensais vraiment que ça valait le coup d'essayer.

Cela a provoqué un petit tressaillement dans mon œil, il fallait que je m'éloigne de lui.

– On se voit demain.

– Je viendrai te chercher à 20 heures.

Je mourais d'envie de lui dire que je le rejoindrais au restaurant, pour pouvoir aller au concert juste après sans qu'il me ramène, mais je me suis dit que j'avais fait assez de dégâts pour la journée. Sa remarque disant que j'étais double résonnait encore dans ma tête, alors je suis partie.

En arrivant à la maison, j'ai été étonnée de voir la Mini Cooper de Cora garée dans l'allée. En général, elle faisait la fermeture du salon de tatouage où elle travaillait et allait déposer les recettes du jour à la banque. Elle rentrait juste quand je partais pour mon service au bar. J'étais aussi agacée que soulagée de voir que la Challenger n'était pas là. Jet s'était fait rare, ces derniers temps, ce qui m'avait rendue à la fois curieuse et soulagée de ne pas avoir à gérer son humeur, qui était changeante depuis peu.

Quand je suis entrée dans le salon, je me suis arrêtée net en voyant la petite silhouette recroquevillée sur le canapé. Cora n'était pas du genre à s'emmitoufler dans une grosse couverture pour regarder des films tristes à la télé, donc le fait que ces deux choses soient en train de se produire m'a fait lâcher mon sac et courir jusqu'à elle. J'ai été surprise de voir que son œil marron comme le bleu étaient brillants de larmes, et que son sourire normalement enjoué avait disparu derrière une lèvre tremblotante et des joues rougies. Cora avait quelques années de plus que moi, mais à cet instant on ne lui donnait pas plus de cinq ans.

– Qu'est-ce qu'il y a ?

Je ne savais pas quoi faire, aussi, j'ai posé ma main sur son genou qui était recouvert par la couverture. Elle s'est mouchée avec un Kleenex et a essuyé son visage humide avec le dos de sa main. Elle ressemblait à un lutin tout triste.

– J'ai juste passé une très mauvaise journée.

J'ai froncé les sourcils et me suis mieux installée sur le canapé.

– Je te connais depuis un moment maintenant et tu n'as jamais loupé une journée de travail, même quand tu avais une intoxication alimentaire à cause de la bouffe thaï. Qu'est-ce qu'il s'est passé ?

Elle a soupiré et s'est lourdement retournée sur le dos. Elle a soulevé un bras au-dessus de ses yeux gonflés et a sifflé entre ses dents serrées :

– Mon ancien fiancé va se marier à la fin de l'année. Ce trou du cul m'a envoyé un faire-part par courrier.

J'ai eu un moment de surprise car je ne savais même pas qu'elle avait été fiancée. Je ne l'aurais jamais imaginée comme le genre de fille qui reste accrochée à quelqu'un.

– Je suis désolée. Ça doit être dur.

Elle a lâché un chapelet de gros mots dont Rule et les gars auraient été fiers et s'est relevée en position assise, les bras autour de ses genoux repliés.

– Ça ne devrait pas avoir d'importance. C'était un con et il m'a trompée tout le temps qu'on a été ensemble. C'était le propriétaire du salon où je travaillais à Philadelphie. J'y suis retournée un soir parce que j'avais oublié un truc, et je l'ai trouvé en train de se taper une de ses clientes dans l'arrière-salle. Et ce n'était même pas ça le pire. Je pensais qu'on était une famille, que le salon était ma maison, mais en fait, tout le monde savait et personne n'avait rien dit. J'ai eu l'air d'une conne.

Elle a glissé ses mains dans ses cheveux courts et a grondé comme un chiot en colère.

– C'est le premier mec que j'ai vraiment aimé, tu vois ? J'étais tellement sûre d'être passée à autre chose, mais quand j'ai vu son faire-part de merde, j'ai eu l'impression de tout revivre. Si Phil ne m'avait pas sortie de cette ville au bon moment, je ne sais pas ce que je serais devenue. C'est juste nul qu'il ait trouvé une nouvelle fille qui ne se doute de rien, et que je sois toujours seule.

Je suis allée lui chercher une bouteille d'eau dans la cuisine et lui ai tendu une serviette en papier pour qu'elle s'essuie le visage.

– Ce n'est pas comme si tu n'avais aucune occasion. Je suis déjà sortie avec toi, tu te fais draguer tout le temps.

Elle a frotté ses yeux bicolores et a soupiré.

– Je me fais draguer par le même genre de mec à chaque fois ; tatoué, tourmenté et qui ne cherche qu'un bon moment. Je travaille avec des gars comme ça, et certains de mes meilleurs amis sont comme ça, Ayd. Je sais comment ils fonctionnent. Je me suis fait piétiner le cœur et je pourrais sûrement passer un moment avec eux, mais je finirais quand même seule avec mon cœur brisé.

– Alors sors avec quelqu'un de différent.

Elle m'a regardée sous ses cils mouillés et une pincée de son caractère est remontée à la surface.

– Dit la fille qui sort avec un mec qui a un look à fumer la pipe et à lire du Chaucer[2].

---

2. Geoffrey Chaucer est un écrivain et poète anglais né à Londres dans les années 1340 et mort en 1400 dans cette même ville. Son œuvre la plus célèbre est *Les Contes de Canterbury*.

Maintenant, c'était mon tour de soupirer et de m'affaler sur le canapé. J'ai croisé les bras sur mon ventre et l'ai regardée du coin de l'œil.

– J'ai rompu avec lui aujourd'hui.

Elle a haussé un de ses sourcils blonds, celui avec le clou rose.

– C'est vrai ? Je croyais que tu te préparais un avenir radieux et chiant où vous iriez au cinéma et enfanteriez des petits génies grâce à des séances de missionnaire fastidieuses.

– Ouais, eh bien, il aurait au moins fallu que j'ai envie de coucher avec lui pour enfanter quoi que ce soit et ça n'arrivera pas, missionnaire ou pas. Je ne pouvais plus le faire marcher.

Elle m'a donné un coup sur l'épaule avec son tout petit poing et m'a adressé un grand sourire.

– Tant mieux. Maintenant tu peux arrêter de faire comme si tu n'avais pas envie de faire plein de choses à poil et à l'horizontale avec Jet.

J'ai tourné la tête d'un coup et l'ai fixée avec la bouche grande ouverte.

– Tu es la deuxième personne en une journée à me dire que je devrais coucher avec lui.

Elle a haussé les épaules et a poussé la couverture par terre.

– On en parle souvent, Shaw et moi. Jet est sexy, genre tellement sexy que ça fait mal de le regarder, donc on comprend carrément. Ce qu'on ne comprend pas, c'est pourquoi tu luttes autant pour le garder à distance. Je te vois le mater toute la journée, et quand il est sur scène, Ayd, tu devrais voir comment tu le regardes.

Je jouais avec mes mains, encore une fois j'ignorais que l'effet qu'il me faisait et la guerre intérieure que je menais pour ne pas poser les mains sur lui étaient aussi transparents.

– Tout le monde le regarde comme ça quand il est sur scène. Il est impressionnant et bourré de talent.

Elle s'est levée et s'est étirée. Elle a tapoté le dessus de ma tête avec son bras tatoué en sortant de la pièce et a lancé par-dessus son épaule :

– Ouais, c'est vrai, mais tu es la seule qu'il cherche dans le public. Quand tu es là, il vérifie que tu le regardes, et seulement toi.

Cela m'a coupé la respiration et mon pouls s'est affolé. Je savais très bien que mon attirance était réciproque, mais j'étais aussi assez maligne pour savoir que depuis qu'il m'avait dit non l'hiver dernier, il y avait toujours eu quelqu'un dans son lit, sans pour autant qu'il ait de relation sérieuse. Il fallait plus qu'une étincelle et des flammes pour qu'un couple fonctionne.

En plus, il ne connaissait pas la vraie moi, et celle qu'il connaissait, il l'avait jugée trop propre et ne voulait pas l'abîmer. Que quelqu'un d'autre me dise qu'il pourrait me regarder, se rendre compte de toutes les choses interdites que je voulais lui faire et voir derrière l'image parfaite que j'essayais de projeter, cela me rendait vraiment inquiète. J'avais du mal à être près de lui, et s'il avait la moindre idée de ce que je voulais vraiment, je ne savais pas si je serais capable de garder mes mains hors de son pantalon très longtemps.

J'ai ramassé mes affaires en marmonnant dans ma barbe et je suis allée jusqu'à ma chambre. J'ai jeté un regard sombre à la porte fermée de Jet et je me suis installée pour faire quelques devoirs et broyer du noir. Je ne voulais pas aller dîner avec Adam, et maintenant, avec la révélation de Cora, je ne voulais pas vraiment aller au concert non plus. Peut-être que quand j'avais fait mon sac pour quitter le Kentucky, j'aurais dû me renseigner pour devenir bonne sœur. À cet instant précis, cela me semblait bien plus facile à gérer.

***

Le rouge allait bien avec mes cheveux foncés et la couleur particulière de mes yeux. En plus c'était la Saint-Valentin, donc j'ai pensé que ma robe rouge vif évasée à col bateau avec les épaules dénudées était le choix parfait. Mes cheveux étaient trop courts pour pouvoir en faire grand-chose, donc je les ai bouclés autour de mon visage et j'ai ramené les longues mèches en arrière à l'aide d'une épingle avec un gros cœur brillant. J'étais allée à suffisamment de concerts de Jet pour savoir que des talons n'étaient pas la meilleure option, mais je n'avais rien d'autre qui allait avec cette robe, donc je me suis décidée pour une paire de babies noires vernies. Lorsque je me suis regardée dans le miroir, j'ai dû admettre que j'étais bien trop pomponnée pour un simple dîner avec mon ex-plus-ou-moins-copain, et que je m'étais habillée pour quelqu'un d'autre. Ce n'était pas malin, mais je m'en fichais et je ne me suis pas changée.

Adam est arrivé pile à l'heure dans sa Subaru très raisonnable et a conduit vers le centre-ville. Dans la voiture, notre conversation était poussive et forcée, même s'il m'avait dit que j'étais très jolie et qu'il était parfaitement poli. Nous avons fini par parler des cours et de chimie. Au moment où nous nous sommes assis au restaurant, j'avais du mal à m'empêcher de regarder mon téléphone toutes les cinq minutes pour voir l'heure. J'étais nerveuse et un peu inquiète à cause de sa remarque, son impression que j'étais deux personnes différentes. C'était une chose contre laquelle je me battais régulièrement, et je pensais avoir trouvé le moyen de garder l'ancienne moi bien enfermée à l'intérieur.

Je serais la première à avouer que j'ai probablement été le pire rendez-vous de Saint-Valentin de toute l'histoire de cette fête. Quand il a commandé une bouteille de vin pour le dîner, j'ai voulu grogner car cela faisait trop rencard, mais je lui devais au moins d'essayer d'être agréable. Je l'ai laissé me servir un verre et j'ai forcé un sourire.

– Merci, Adam.

– Je suis content que tu sois venue. J'aimerais vraiment que tu réfléchisses encore à un moyen de faire en sorte que ça marche entre nous. Je t'aime beaucoup, Ayden. Tu es intelligente, drôle et belle. Et puis on a tellement de choses en commun.

Qu'est-ce qui n'allait pas chez moi ? Ce gars était sympa, gentil et pensait visiblement que j'étais géniale. C'était le mec parfait dont plein de filles rêvaient, mais pour je ne sais quelle raison, plus il chantait mes louanges, plus cela me refroidissait. J'ai poussé le verre de vin et ai pris un verre d'eau.

– Adam, je ne crois pas que tu me connaisses vraiment. Par exemple, je déteste le vin. En général je bois de la tequila, beaucoup de tequila, et puis je me déteste le lendemain matin. On a la chimie en commun à la fac, mais à part ça, pas grand-chose. Je n'aime pas du tout la danse classique ni l'opéra, je suis plutôt du genre danse country et rodéo. Je pensais que cela me ferait du bien de sortir avec un gars comme toi, parce que tu es tellement gentil et attentionné, mais cela m'a surtout démontré que quand on essaie de forcer les choses, ça ne marche pas.

Il s'est éclairci la voix et a aussi posé son verre de vin.

– Tu aurais pu me dire tout ça il y a des mois, Ayden. Tu ne m'as jamais donné une chance de te connaître. Tu avais déjà décidé, avant même qu'on commence, quelle version de toi j'allais voir, sans penser que j'aimerais peut-être assez les deux pour rester. Peut-être que moi aussi, j'aime la country.

Il avait parfaitement raison et je me suis sentie encore plus mal. J'ai passé le reste du dîner à faire la gueule, et Adam a quand même proposé de payer l'addition. Je ne pouvais pas le laisser faire ça, donc j'ai payé la moitié et le pourboire, pour compenser un peu le fait d'être une conne. Il m'a emmenée en voiture au Fillmore et j'avais l'intention de sauter de la voiture pour courir à l'intérieur, mais en voyant le public qui attendait dehors, une foule de jeans et de clous, il a décidé qu'il devait se garer et m'accompagner.

Je voulais lui dire que ce n'était pas la peine. J'étais allée à un bon nombre de ces concerts depuis un an, et même si ma robe rouge attirait quelques regards bizarres, la majorité des mecs s'en foutait. Ils venaient pour la musique. Mais j'avais déjà assez gâché sa soirée, aussi ai-je laissé Adam m'amener jusqu'à la porte d'entrée. Je n'ai pas manqué son air renfrogné quand j'ai dit à la fille qui s'occupait des billets que j'étais sur la liste. Elle a cherché mon nom et m'a mis un bracelet au poignet pour indiquer que j'avais plus de vingt et un ans. Elle a lancé un regard interrogateur à Adam, qui a haussé les épaules et a payé un billet. Il faisait tache, et je n'avais pas le cœur de lui dire que ce serait encore pire une fois que nous serions rentrés. Nous avons dû faire un peu la queue pour passer la porte et j'ai essayé de lui dire que c'était bon, mais il insistait pour au moins m'accompagner jusqu'à ce que je rejoigne mes amis. Comme la tête d'affiche était Enmity, je savais que Jet se serait arrangé pour qu'ils aient des gradins VIP sur le balcon au-dessus du bar. Il m'a fallu quelques efforts pour retrouver le reste de la bande, d'autant qu'Adam restait bouche bée devant des filles à peine habillées et des mecs qui avaient l'air de manger du verre et du métal au petit déjeuner.

Shaw était collée à Rule et portait une robe noire à petits cœurs roses qui lui allait bien. Pour la Saint-Valentin, Rule avait teint l'avant de ses cheveux d'un rose vif choquant. Il n'y avait qu'un mec comme Rule pour se teindre les cheveux en rose sans se soucier une seconde de se faire botter le cul. Nash était en pleine conversation avec Cora, qui avait l'air d'aller beaucoup mieux aujourd'hui. Rowdy essayait de capter l'attention de Jet mais c'était inutile. Dès que le regard de Jet s'est posé sur Adam et moi, ses yeux foncés sont devenus noirs et le cercle doré ardent comme des braises. J'ai dû ravaler une boule dans ma gorge, car je ne comprenais absolument pas pourquoi il était si énervé. Avant que je puisse dire quoi que ce soit, il s'est éloigné et est parti à grandes enjambées sans rien dire à personne.

Je me suis raidie automatiquement, quand Shaw a échappé à Rule pour m'envelopper dans ses bras.

– Salut toi, tu es super jolie.

Je me suis éclairci la voix et ai fait un geste de la main vers toute la tablée.

– Adam, voici tout le monde, tout le monde, voici Adam.

Je n'ai pas attendu de voir si quelqu'un allait lui parler. J'ai fixé mon regard sur Rowdy et me suis dirigée directement vers lui. Il regardait encore Adam derrière moi et sirotait une Coors Light. Je me suis mise en plein dans son champ de vision et j'ai croisé les bras.

– Jet a un problème ?

Je me retenais de taper du pied comme un gamin mécontent et je pense qu'il l'a vu, parce qu'il m'a juste souri et a soulevé sa bière.

– Tu devrais probablement le lui demander.

Cela m'a agacée et j'ai poussé son torse massif.

– C'est à toi que je le demande. Il a eu l'air énervé toute la semaine. Qu'est-ce qu'il a ?

Il a reposé sa bière et m'a regardée en plissant les yeux. Rowdy était le blond aux yeux bleus typique, au corps sculpté par les dieux, un véritable cadeau à la gent féminine. Mais il y avait quelque chose tapi derrière son regard océan qui laissait deviner qu'il était plus qu'un beau sourire et un bon moment. Il y avait des profondeurs au-delà de toute cette peau tatouée et de ces cheveux parfaitement coiffés. Je ne le connaissais pas aussi bien que les autres, mais je sentais chez lui comme un lien de parenté.

– C'est la Saint-Valentin, Ayd, et tu te ramènes pomponnée comme une pin-up, au bras d'un mec qui s'habille comme un papa. Je te l'ai dit, tu devrais peut-être aller lui demander ce qui ne va pas. Je crois qu'il est plus que temps que vous ayez une conversation honnête tous les deux, avant que les dégâts soient irréparables.

J'ai pris une inspiration à travers mes dents et ai posé ma main sur mon cœur qui battait vite. La première partie commençait et je savais que Jet était dans les coulisses pour vérifier que son groupe était prêt. J'ai regardé par-dessus mon épaule et j'ai vu Adam qui regardait tour à tour Rule comme s'il venait d'une autre planète, et Shaw, comme si elle était folle de lui faire des câlins. Il ne comprenait pas, et même si j'avais essayé de faire en sorte que notre couple fonctionne, il n'aurait jamais compris.

– Tu crois qu'ils me laisseront aller en coulisses pour lui parler ?

– Ma belle, avec ce que tu portes, aucune personne saine d'esprit n'essaiera de t'arrêter.

J'ai dû lui accorder un sourire pour cette phrase.

– Tu veux bien garder un œil sur Adam ? Vérifie que Rule ne l'assassine pas ou que Cora ne le persuade pas de faire une connerie, du genre déménager en Antarctique.

Il a acquiescé et est retourné à sa bière.

– Je te couvre, Ayd.

J'ai tourné les talons et ai dévalé les marches pour ensuite traverser le rez-de-chaussée jusqu'à l'escalier à côté de la scène. Le premier groupe avait commencé à jouer donc il y avait déjà du monde, et j'ai dû me tortiller plus que prévu pour me faufiler. En haut des marches, l'agent de sécurité a essayé de m'arrêter mais j'ai dit que je connaissais le groupe, que j'étais avec Jet, et comme Rowdy l'avait prévu, le gars a jeté un regard à ma tenue, s'est attardé sur mes jambes et m'a laissée passer. Il m'a fallu une minute pour trouver la bonne pièce. Quand je l'ai eu trouvée, il n'y avait que Von et Catcher assis sur les grands fauteuils en cuir qui jouaient de leur instrument. Ils ont levé des yeux surpris vers moi et j'ai senti mon cœur sursauter en voyant que Jet n'était pas là.

– Euh, salut.

– Salut, m'ont-ils répondu à l'unisson.

– Je, euh, je cherche Jet. Vous l'avez vu ?

Ils ont échangé un regard que je n'ai pas compris et Catcher s'est éclairci la voix. Il a fait un signe de tête vers la porte au fond de la pièce.

– Il est arrivé et il a éclaté une bouteille de Jameson contre le mur. Il est rentré là-dedans il y a quelques minutes.

J'ai regardé la porte, puis les gars. Si la porte était fermée et qu'il ne me laissait pas rentrer, je ne savais pas ce que j'allais faire. J'ai slalomé maladroitement entre les tas de câbles et les pédales qui parsemaient le sol. J'allais ouvrir la porte quand Von m'a lancé :

– On a un peu besoin qu'il se réveille le plus vite possible, donc essaie de ne pas le mettre encore plus en colère.

J'ai hoché la tête distraitement et ai cogné doucement à la porte.

– Jet ?

Pas de réponse, mais j'ai pu tourner la poignée sans problème, aussi, je me suis glissée par la porte en priant pour qu'il ne soit pas en train de faire quelque chose de gênant. Il me tournait le dos et était appuyé sur le lavabo, il se regardait dans le vieux miroir. Son regard a croisé le mien dans la vitre sale et l'on ne pouvait pas se tromper sur l'hostilité qui marquait son beau visage ou la violence dans ses yeux. L'or du bord de ses iris était chaud et liquide, et il avait l'air d'être au bord de perdre le contrôle. Ses biceps se contractaient et se tendaient comme s'il allait arracher le lavabo du mur pour le jeter.

– Qu'est-ce que tu veux, Ayden ?

Voilà une question qui était lourde de sens.

– Je voulais juste savoir ce qui ne va pas. J'ai eu l'impression que tu étais en colère contre moi toute la semaine et je ne comprends pas pourquoi.

J'ai vu ses mains se raidir et ses doigts se serrer. J'ai aussi remarqué qu'au lieu du vernis noir qu'il avait normalement sur les ongles, ses deux majeurs étaient décorés d'un vernis rouge de la même couleur que ma robe. Cela n'aurait pas dû être sexy, mais sur lui c'était irrésistible.

– Pourquoi as-tu amené ce mec à mon concert ?

La salle de bains était petite et étouffante. Je sentais l'intensité de ce qu'il ressentait vibrer contre ma peau. Je ne l'avais jamais vu aussi à vif, à part quand il était sur scène, et je n'étais pas sûre de savoir comment le gérer.

– Je ne l'ai pas amené. On est allés dîner et je voulais qu'il me dépose, mais il a à moitié paniqué en voyant tout le monde dehors et il a décidé d'entrer avec moi. Et qu'est-ce que ça a à voir avec ton attitude de petit con envers moi ? Tu ne peux pas être énervé que je sois avec un mec que je vois depuis des mois, alors qu'il y a une fille qui est sortie de ta chambre avec sa culotte dans la poche il y a à peine une semaine.

J'ai laissé un silence.

– Alors Jet, explique-moi.

J'ai pensé qu'il allait peut-être s'en prendre à moi. J'ai pensé qu'il allait peut-être me dire que je n'avais pas le droit de le juger, hurler que je ne devrais pas amener quelqu'un qu'il n'aimait pas, alors qu'il se préparait à donner un concert important. Ce à quoi je n'étais pas prête, c'était qu'il lâche le lavabo et fonce vers moi, ses yeux sombres enflammés. Que ses mains rugueuses chargées de bagues me poussent contre la porte et passent dans mes cheveux. Jet a plaqué sa bouche contre la mienne si violemment que j'ai gémi, et pendant une seconde j'ai tellement été sous le choc que je n'ai rien pu faire d'autre que rester là et le laisser me dévorer.

Le temps que mon cerveau se ranime, il commençait à se reculer, mais maintenant que cette étape était franchie, c'était impossible d'arrêter l'inondation.

Le désir s'enflammait et j'ai passé mes bras autour de son cou pour qu'il reste là où il était. Il avait le goût de whisky et de la tentation la plus douce qui existe. Le désir me faisait me presser contre lui le plus près possible et j'ai senti son genou remonter sous le bas de ma robe. Le choc du contraste entre chaud et froid, alors que le barbell dans sa langue glissait contre la mienne, m'a fait prendre une petite inspiration, ce qui n'a fait que lui donner un meilleur accès. Nous étions parfaitement emboîtés, son corps s'appuyant fermement contre le mien, et je ne me rappelais d'aucun baiser qui ait été aussi puissant que celui-là.

Je ne voulais plus le lâcher.

CHAPITRE 4

JET

Je vivais dans un état de fureur permanent. J'étais toujours furieux que mon père narcissique et dominateur pense qu'il pouvait me faire du chantage avec ma mère. J'étais fou que ma mère le laisse se servir d'elle. J'étais hors de moi car je n'arrivais pas à me sortir Ayden de la tête, et j'étais carrément en colère de voir que je me souciais de savoir si elle voulait passer sa Saint-Valentin avec moi ou avec monsieur Parfait. En fin de compte, je me comportais comme un connard avec tous ceux qui osaient croiser mon chemin ces derniers jours. Les gars du groupe en avaient marre de mes conneries et si Rowdy me répétait encore une fois de simplement la mettre dans mon lit, j'étais sûr que j'allais lui péter les dents de devant.

Tout ce que je voulais était donner le concert, décider de ce que j'allais faire avec mes parents et peut-être organiser une petite tournée pour pouvoir sortir de cette ville et mettre un peu de distance entre moi et une certaine petite brune. Mais elle était arrivée en robe rouge sang, comme si elle sortait des pages d'un magazine de voitures, avec ce con et son pull sans manches qui traînait derrière elle comme un petit chien paumé. C'était juste trop pour moi. Ces jambes interminables et ces lèvres rouge vif me faisaient totalement disjoncter. Elle était venue avec un mec, donc je suis parti au milieu de ma conversation avec Rowdy et me suis dirigé vers notre loge dans les coulisses. Le reste des mecs se préparait et s'échauffait, mais l'idée de monter sur scène alors que j'étais si explosif a fait craquer quelque chose en moi. J'ai attrapé la première chose que j'ai trouvée, une bouteille de whisky que je buvais tout à l'heure, et je l'ai balancée contre le mur.

Les gars ont arrêté ce qu'ils étaient en train de faire et m'ont regardé, curieux et inquiets. Comme j'avais l'impression que j'allais éclater en un million de morceaux, j'ai crié : « Pas maintenant ! » et j'ai décidé de me barricader dans la salle de bains pour reprendre mes esprits. J'avais du mal à respirer et je voyais combien mes yeux foncés avaient l'air déchaînés dans le miroir. J'allais m'asperger le visage d'un peu d'eau pour essayer de reprendre un minimum de contrôle lorsque j'ai entendu mon nom, prononcé avec un doux accent du Sud, de l'autre côté de la porte. J'allais lui marmonner de me laisser tranquille, mais je n'en ai pas eu le temps, car elle a ouvert la porte et a croisé mon regard dans le miroir. Tout ce que je pouvais faire était la fixer, alors que tout ce qui tourbillonnait sous la surface était en train de remonter. Je l'ai entendue me demander ce qui n'allait pas, et je me suis entendu exiger de savoir à quoi elle pensait en amenant ce mec ici. Mais tout cela n'était que du bruit blanc contre le rugissement de quelque chose de bien plus fort et de bien plus puissant qui tambourinait dans mon sang chaud.

Je ne me suis pas rendu compte que je m'avançais vers elle. Je ne me suis pas rendu compte que je la poussais contre la porte avec toute la hauteur de mon corps. Je ne me suis pas rendu compte que j'enroulais ses cheveux bruns soyeux autour de mes doigts et qu'ils s'accrochaient dans mes bagues. Je l'ai entendue inspirer quand mon piercing à la langue a touché la sienne. J'allais me reculer, lui présenter mille excuses et lui dire que j'avais juste passé une semaine de merde, mais avant que j'aie eu le temps de le faire, ses bras se sont enroulés autour de mon cou et j'ai senti le peu de résistance qu'elle avait et le peu de contrôle qu'il me restait s'évaporer dans un murmure de plaisir.

Nous étions exactement à la bonne hauteur pour que je glisse mon genou entre ses jambes de folie et me presse encore plus fort contre elle, et elle s'est collée à la porte derrière elle. Elle avait un goût de vin et de tentation et j'étais quasi sûr que les deux étaient en train de me monter à la tête.

Quand elle a chuchoté mon nom, toutes les pensées rationnelles me disant que je ne devrais pas toucher cette fille, surtout pas dans la salle de bains d'une loge, s'étaient envolées par la fenêtre. Les doigts d'une de ses mains sont descendus de ma nuque et se sont glissés sous mon tee-shirt. C'était meilleur que tout ce que j'avais connu, mais être collé à elle des pieds à la tête ne me suffisait pas, alors j'ai lâché ses cheveux et ai bougé mes mains sous le rebord de sa robe. J'ai agrippé sa cuisse ferme, je m'attendais à plus de résistance quand je l'ai enroulée autour de ma taille et ai remonté mes doigts affamés jusqu'à une zone bien plus intime. Ce fut un court voyage qui n'a rencontré aucun obstacle mais a provoqué quelques exclamations de surprise. J'ai vu ses yeux ambrés s'écarquiller, mais au lieu de me demander d'arrêter ou de me dire d'aller me faire foutre, elle a chuchoté mon nom. J'ai senti le bout de ses doigts s'enfoncer à la base de ma colonne vertébrale, juste au-dessus de mon cul.

Nous étions à la même hauteur, nos fronts se touchaient presque, et je voyais la moindre de ses réactions scintiller dans les profondeurs liquides de ses yeux. Lorsque j'ai passé mes doigts sous le bord de sa culotte en dentelle, j'ai vu quelque chose flamboyer et cela a rendu ma queue encore plus dure qu'elle ne l'était déjà. Je savais que ce n'était franchement pas confortable. Elle a frissonné, et je ne savais pas si c'était à cause du contact du métal de mes bagues contre sa peau nue, ou parce que je l'avais coincée et que je m'apprêtais à la toucher d'une façon dont j'avais seulement rêvé. Peu importe, son autre main s'est serrée dans mes cheveux ébouriffés presque jusqu'à me faire mal et ses yeux brillants se sont à moitié fermés. Elle a tiré ma tête plus près, pour que nos bouches soient alignées, et elle m'a embrassé. Je suis rentré dans toute sa chaleur mouillée, dans sa bouche et ailleurs ; j'ai lâché un juron parce qu'elle était chaude, glissante, elle était comme du feu en fusion contre ma langue et mes doigts explorateurs.

Je me suis baissé pour appuyer mon avant-bras contre la porte au-dessus de sa tête, me permettant de mieux me placer. Mon piercing à la langue a claqué contre ses dents et je me suis reculé pour sucer le pouls qui papillonnait rapidement juste sous son oreille. Ses mains étaient tendues dans mes cheveux et sur ma peau. Je bougeais mes doigts en elle, les faisant rentrer et sortir, et je frottais contre la partie d'elle qui palpitait et brûlait d'envie que je la touche. Chaque gémissement me faisait bouger plus vite d'une manière qui allait la faire basculer. Je l'ai sentie frémir contre mes doigts et je suis revenu pour l'embrasser fort et vite, juste avant qu'elle ne soit paralysée et que ses yeux explosent dans un feu d'artifice de désir et de satisfaction. Sa poitrine montait et descendait rapidement, mon esprit redevenait un peu plus clair, lorsqu'un poing a frappé la porte derrière sa tête relâchée.

– Jet, mec, on y va dans genre dix minutes. Tu peux arrêter de faire le débile et sortir de là pour qu'on puisse faire ce foutu concert ?

La voix de Von était agacée et je ne pouvais pas lui en vouloir. Je faisais n'importe quoi, et nous avions effectivement un public qui avait payé une certaine somme pour nous voir jouer. Je me suis éloigné de la porte et j'ai laissé mes mains retomber. Elle s'est penchée en arrière, nous nous sommes regardés avec circonspection, sans dire un mot. Je me suis passé les mains sur le visage, ce qui était une grossière erreur car elles avaient son odeur, et cela ne m'aidait pas à canaliser ce qu'il se passait dans mon pantalon. Il était déjà serré mais elle le rendait totalement inconfortable.

– Il faut que j'y aille.

Elle a pris sa lèvre inférieure rebondie entre ses dents, et tout ce que je voulais était qu'elle fasse un meilleur usage de cette jolie bouche.

– Jet ?

Je n'avais ni le temps, ni les ressources nécessaires pour discuter des conséquences de ce batifolage avec elle, donc j'ai juste secoué la tête et tendu la main vers la poignée.

– Écoute, on sait tous les deux que c'est tout ce qu'un mec comme moi peut te proposer, un coup vite fait dans des toilettes en coulisses, et on sait aussi que tu mérites une nuit dans un lit king size et des draps en soie. Je ne vais pas m'excuser, mais je peux te dire que ça n'arrivera plus. D'accord ?

Elle s'est décollée de la porte. Je pensais qu'elle aurait un air de remords ou de honte, mais je ne m'attendais pas qu'elle soit énervée. Ses yeux de whisky se sont allumés d'un feu que je n'avais jamais vu chez elle et avant même que j'aie pu réagir, elle m'a mis une claque si forte qu'elle a fait cogner mes molaires et m'a brûlé la joue.

– Putain de merde, Ayd !

Elle a recoiffé ses cheveux bruns et m'a poussé de son chemin pour ouvrir la porte elle-même. Je détestais le fait que j'adorais la voir toute froissée avec un air perché et en être le responsable.

– Au cas où tu l'aurais oublié, je t'ai proposé une nuit dans un lit king size avec des draps en soie, pauvre con. Tu m'as dit non. Tu m'as dit que je n'étais pas ton genre. Si tu avais pris une seconde pour arrêter de me dire ce que je mérite ou pas, tu aurais peut-être vu que l'endroit n'est pas important, mais la personne, si.

Elle m'a laissé bouche bée, elle était méchamment en colère et n'avait clairement pas fini.

– Et juste pour te dire, j'ai quitté Adam hier parce que chaque fois qu'il essayait de me toucher, chaque fois qu'il essayait de m'embrasser, je devais imaginer que c'était toi pour tenir. Mais tu as raison, Jet, ça n'arrivera plus, parce que tu ne sais pas la moitié de ce que tu crois savoir sur moi. Chaque fois que je crois que tu es en train de comprendre ou au moins que tu essaies, tu finis par me faire me sentir comme une merde.

Elle m'a poussé et a ouvert la porte d'un grand geste dans un tourbillon d'indignation. Les mecs du groupe me fixaient tous avec des regards complices, alors qu'elle filait de la pièce comme une déesse royale. J'ai vu Von ouvrir la bouche, mais j'ai juste plissé les yeux et ai pointé un doigt vers lui.

– Ne commence même pas.

J'ai pris ma Les Paul et ai passé la sangle au-dessus de mon épaule. J'ai secoué la tête pour essayer de calmer mon cerveau et ma libido, et j'ai coincé un médiator entre mes dents.

– J'ai envie de commencer par un truc un peu différent. Vous croyez que vous pouvez me suivre ?

Nous jouions ensemble depuis des années et il n'y avait pas une seule fois où, quand j'avais changé le set spontanément, ils n'avaient pas été capables de jouer le morceau ou de comprendre le rythme et de suivre mon exemple. Boone a plissé les yeux et a pris sa basse.

– Ça va être un de ces concerts-là ?

J'ai soufflé et ai essayé de ne pas penser à combien cela avait été bon avec Ayden, à son goût parfait et à sa façon de bouger contre moi. C'est vrai, j'avais un faible pour elle depuis un bon bout de temps, mais je n'étais pas préparé à ce que la réalité mette une telle tarte au fantasme. C'était une fille qui voulait des choses que je ne pouvais pas lui donner, dans la vie. Cela ne devait pas me faire dérailler chaque fois que nous étions proches, car je savais qu'il n'en sortirait jamais rien de bon.

Même si je n'étais pas opposé à représenter un bon moment pour n'importe quelle jolie fille, quelque chose me disait que quand elle partirait, après s'être amusée, elle prendrait avec elle plus de moi que je ne voulais lui donner.

L'ingé son de la salle nous a appelés sur scène et, dès que nous sommes arrivés, la foule a rugi. J'ai levé la main et j'ai vu Von faire un petit salut. Ici, nous étions des rois. Ce qu'il se passait ailleurs ne comptait pas, ne devait pas compter. J'adorais jouer sur scène. J'adorais offrir au public un spectacle qui le faisait chanter et bouger. C'était ma façon d'évacuer le poison qui courait dans mon sang, pour qu'il ne me tue pas. Les lumières se sont éteintes et le projecteur rouge s'est allumé en plein sur moi. J'ai parcouru le public des yeux, en refusant d'admettre que je cherchais toujours une certaine tête brune dans la masse. Je me suis contraint à faire un sourire, j'ai passé mes mains dans mes cheveux, et j'ai entendu quelques demoiselles siffler.

– C'est la Saint-Valentin, mes petits connards !

Tout le monde a hurlé et Von a joué un long accord de guitare. J'ai chopé le micro à deux mains en plissant les yeux face à la lumière.

– Malheureusement pour tous les tourtereaux, vous êtes venus voir un concert de metal, et on ne chante pas de chansons d'amour.

Les gens ont encore crié et quelqu'un a lancé : « Je t'aime, Jet ! » de toutes ses forces. J'ai rigolé et j'ai senti l'intensité monter d'un cran. J'ai baissé une hanche et j'ai sorti mon plus beau ricanement, alors que je sentais encore tout ce qu'il s'était passé avec Ayden me brûler sous la peau.

– Normalement on ne fait pas de reprises, mais ce soir, oh ce soir, je crois qu'on va rajouter un peu de metal à une de mes chansons préférées.

Je sentais l'appréhension sur ma peau, je voyais Von et Catcher qui se regardaient d'un air un peu inquiet, mais avant qu'ils puissent m'arrêter, j'ai commencé l'intro de *Love the One You're With* de Crosby, Stills, Nash & Young. J'adorais le vieux rock and roll, quand les chansons étaient écrites pour une raison précise, et celle-ci semblait correspondre parfaitement à ma soirée. J'ai pris les notes de blues, les relents de folk et les ai braillés par-dessus des riffs de guitare hurlant soudainement. Stephen Stills aurait été horrifié, car je chantais toute la dissonance que je ressentais. Je chantais directement pour elle, même si elle ne le savait pas. Le public a adoré. La tranche la plus âgée chantait les paroles et les plus jeunes l'adoptaient comme une anti-chanson d'amour.

Quand je l'ai terminée, toute la salle était électrique et les gars du groupe n'avaient plus peur que je foute tout en l'air. Nous avons enchaîné le reste des morceaux et je savais que c'était un bon concert. Quand à la fin j'ai jeté mon médiator dans le public, j'ai vu trois filles se battre par terre pour le récupérer, ce qui était un signe indéniable de réussite. Nous sommes repartis dans les coulisses et j'étais intensément déçu d'avoir explosé cette bouteille de whisky qui n'avait rien demandé. J'ai dû me contenter de prendre un shooter de tequila avec Von et Catcher, tandis que Boone est resté sérieux et a avalé un Red Bull. Von m'a donné une grande claque sur l'épaule et m'a regardé droit dans les yeux.

– Tu veux nous dire pourquoi on a joué cette petite vieillerie ?

Je ne pouvais pas croiser son regard, alors j'ai ramassé mon étui de guitare et j'ai haussé les épaules.

– Tu sais que j'aime bien changer et mélanger les choses de temps en temps.

– C'est vrai, mais pourquoi j'ai l'impression que c'était dirigé vers quelqu'un en particulier ? Ça ne te ressemble pas de balancer une dédicace comme ça.

Il n'avait pas tort. Je n'avais jamais dédié une chanson à personne, jamais, mais ce soir j'étais retourné et je n'arrivais pas à reprendre le contrôle de la situation, alors j'ai haussé les épaules.

– Il y a une première fois pour tout.

Normalement, nous faisions un after énorme après les concerts le week-end, mais avec Rule et Shaw tout amoureux, Nash et Rowdy s'étaient sûrement dégoté des filles pour ce soir, et je savais que personne n'allait traîner. L'idée d'essayer de draguer une fille ou, plus probable, de laisser une fille me draguer, après ce qu'il s'était passé avec Ayden, me donnait presque la nausée. Je ne voulais vraiment pas rentrer à la maison, mais après avoir tué autant de temps que possible en coulisses, j'ai bien été obligé d'y aller. Il n'y avait plus personne avec qui discuter, alors je suis parti. Au fur et à mesure de mon trajet vers Washington Park, ma peur de la confrontation avec ma coloc sexy montait.

Il faisait noir quand j'ai passé la porte d'entrée, il y avait seulement de la lumière sous la porte de Cora. J'ai essayé de traverser le couloir sans faire de bruit, mais mes rangers étaient aussi bruyantes qu'un troupeau de buffles sur le vieux parquet. Ayden n'a pas sorti la tête de sa chambre, ce qui était à la fois une source de soulagement et d'agacement pour moi. Après m'être déshabillé et m'être nettoyé des odeurs de sexe et de sueur, j'ai passé une serviette sur ma tête et j'ai fixé la porte fermée de ma chambre jusqu'à ne plus tenir. J'ai enfilé un survêtement noir et j'ai traversé le couloir pieds nus pour aller frapper à sa porte.

– Ayd ? Il faut qu'on parle.

J'ai attendu quelques secondes et j'ai froncé les sourcils car elle ne me répondait pas. C'est vrai que nous avions franchi une limite importante ce soir, mais nous vivions ensemble, et nous allions bien devoir trouver une solution pour que l'ambiance ne soit pas bizarre, du moins pas plus bizarre qu'elle ne l'était déjà.

– Ayden, allez, ne fais pas ça, ouvre la porte pour qu'on puisse parler.

J'ai tapé à la porte à coups de poing et je pensais sérieusement à l'enlever de ses gonds si cela s'avérait nécessaire, lorsque j'ai entendu la chambre de Cora s'ouvrir et vu sa tête blonde en sortir. Elle me jetait un regard noir, mais son pyjama rose vif en fausse fourrure ne la rendait pas très crédible.

– Elle n'est pas là.

Elle avait une voix dure et je n'aimais pas la méchante lueur dans ses yeux.

– Où est-elle ?

L'idée qu'elle ait pu rentrer avec cet idiot et son pull sans manches me rendait dingue. J'ai senti mes poings se serrer et j'ai dû me concentrer pour ne pas donner un coup dans la porte. Cora a croisé les bras et a haussé un de ses sourcils clairs.

– Ça t'intéresse ?

J'ai serré les dents et j'ai compté jusqu'à dix pour ne pas me mettre à secouer son petit corps comme une poupée de chiffon.

– Évidemment, ça m'intéresse. Je ne t'aurais pas posé la question si je m'en foutais.

– Eh bien ça, c'est intéressant, parce qu'après t'avoir parlé, elle est revenue avec l'air un peu… chamboulée… et très très énervée. Shaw a proposé de la ramener, mais elle a dit qu'elle voulait rester voir le concert, enfin, jusqu'à ce que tu commences avec cette chanson. Mais pourquoi tu as fait ça, Jet ? Ayden n'est pas débile. Ce n'est pas une de tes groupies qui pense que tu es parfait parce que tu as une belle voix et un petit cul sympa. Elle savait exactement ce que tu essayais de lui dire et ça lui a fait péter les plombs.

J'ai senti mon cœur faire une embardée dans ma poitrine et ma gorge se serrer. J'ai fermé les yeux et j'ai laissé ma tête tomber en arrière, et elle a cogné contre la porte de la chambre.

– Où est-elle allée ?

– Le mec avec qui elle était a proposé de la ramener chez lui…

J'ai grondé une insulte, tellement fort que j'ai vu Cora sursauter.

– Relax. Elle lui a dit non, qu'elle se débrouillerait. Comme tu as de la chance et que Rowdy est un super ami, il a débarqué pour jouer le chevalier sur son cheval blanc. Elle est rentrée avec lui, et avec un peu de chance, tu vas profiter de cette nuit pour te sortir la tête du cul. Parce que sinon, je vais prendre cet anneau que j'ai mis au bout de ta bite et je vais lui faire des choses qui te feront pleurer chaque fois que tu penseras au sexe. Je ne sais pas ce qu'il se passe entre vous deux, mais calmez le jeu.

Elle s'est retournée dans une flopée de cheveux blonds en pics et a claqué la porte derrière elle avec assez de force pour me faire grimacer. Je n'arrêtais pas d'énerver toutes les femmes importantes de ma vie ces derniers temps, et cela me fatiguait. Je suis retourné dans ma chambre et je suis allé déterrer mon téléphone de mon pantalon, qui était en tas sur le sol. J'ai tapé le nom de Rowdy et j'ai attendu trois sonneries avant qu'il réponde.

– Qu'est-ce qu'il se passe ?

Il s'est tu pendant un moment et quand il a parlé, j'ai été étonné d'entendre du reproche dans sa voix.

– Je ne sais pas. À toi de me le dire, non ?

Je me suis laissé tomber sur le bord du lit et ai frotté mon front.

– J'ai merdé.

Il a pouffé.

– Et pas qu'un peu. La fille après qui tu cours dort sur mon canapé parce que tu es énervé contre ton père et que tu fais le con. Il faut que tu règles tes problèmes avant de griller toutes les chances que tu peux avoir avec elle. Il y avait déjà de l'eau dans le gaz avec le mec qui s'habille comme un prof de collège, et on aurait dit qu'il se foutait qu'elle soit revenue comme si tu venais de te la taper.

J'ai lâché un gros mot dans ma barbe tout en me perdant dans mes réflexions. Je me suis étalé sur le lit et ai regardé le plafond dans le noir.

– Je n'ai pas la moindre idée de ce que je suis en train de foutre avec elle.

– Tu fous le bordel.

– À part ça.

– Personne n'est parfait, Jet. On a tous des dossiers, des histoires qui font de nous qui on est, et peut-être qu'il faut que tu voies sous la surface quand tu regardes cette fille.

Je commençais à me dire qu'elle avait raison, que je ne savais pas la moitié de ce que je croyais savoir, mais il a continué.

– Oui, ton père a fait de ta mère l'ombre d'elle-même et c'est nul, mais il faut t'y faire. Ça ne veut pas dire que tu ne peux pas être en couple ou que l'histoire doit se répéter.

– Mec, je crois que ce n'est même pas comme ça entre nous. C'est juste beaucoup d'attraction mutuelle qui a fini par atteindre son summum. Mon avenir et le sien ne vont pas vraiment ensemble.

Il a marmonné quelque chose que je n'ai pas compris et m'a lancé une autre insulte qui m'a fait sourire, même si je me sentais horriblement mal.

– Je doute fortement qu'elle pensait à la compatibilité de vos avenirs quand vous étiez dans les toilettes des coulisses. Elle m'a dit qu'elle travaillait à 10 heures demain, donc ramène ton cul pour l'y emmener et rattraper le coup. Je pensais que tu aurais fini par comprendre tout seul mais, maintenant après ton petit coup de ce soir, je commence même à me demander pourquoi on est amis.

J'ai retenu un petit rire et ai appuyé une phalange entre mes yeux.

– Parce qu'on est bêtes et que personne d'autre ne veut vraiment traîner avec nous.

– Pas faux. Jet…

J'entendais que sa voix était sérieuse donc je me suis tu.

– Je ne vais pas te laisser faire n'importe quoi avec cette fille. Je l'aime bien, elle est intelligente et marrante, et puis c'est la copine de Shaw et je ne veux pas m'occuper de Rule si tu aggraves encore les choses. Remets ta tête sur tes épaules, ou laisse tomber, mais ne reste pas entre les deux parce que ça ne marche pas et, honnêtement, ça n'énerve pas que moi.

Je ne pouvais rien répondre à cela, donc je lui ai dit : « À plus tard » et j'ai posé mon téléphone sur la table de nuit à côté du lit. Je me suis allongé en travers du matelas, j'ai croisé mes mains sur mon torse, et j'ai continué à regarder les ombres au plafond.

Rowdy avait soulevé quelque chose de très juste. Je n'étais pas mon père. Je détestais tout chez lui donc j'essayais, jour après jour, de prendre des décisions qui me mèneraient dans la direction opposée. Cela voulait aussi dire que je ne laissais pas de place dans ma vie pour qu'une fille se rapproche. Je sortais, j'avais des coups d'un soir, et je squattais chez des filles que je pouvais quitter facilement, qu'il était facile d'abandonner. J'essayais de choisir celles qui connaissaient les règles, comme ça, quand je partais en tournée ou que je passais à autre chose, ce n'était pas très grave. J'avais vingt-cinq ans, je réussissais ma vie, j'avais un super groupe d'amis et des tas d'opportunités, et pourtant j'étais seul. Je n'avais personne avec qui le partager, personne avec qui profiter de tout cela, car j'avais une peur bleue de ce qu'il se passerait si je laissais quelqu'un avoir autant d'importance pour moi.

Lors de cette soirée avec Ayden, l'hiver dernier, je savais déjà. J'avais déjà conscience, alors que nous étions encore des inconnus, que si j'étais monté dans cet appartement avec elle, je n'aurais pas pu m'en aller, l'oublier et faire en sorte qu'elle ne compte pas. Déjà à ce moment-là, l'idée de combien elle pourrait être importante pour moi me terrifiait absolument. Elle me déséquilibrait et je n'aimais pas cela du tout.

Je ne savais pas si être avec Ayden de façon plus sérieuse était vraiment une chose à laquelle je devais penser, mais je savais que l'idée de me transformer en trader pour lui faire plaisir n'était pas envisageable, parce que je ne sacrifierais jamais la musique ni ce que j'aimais pour aucune fille. Je ne savais pas quoi faire de tout cela, mais après ce baiser, il était clair que les choses devaient changer.

CHAPITRE 5

AYDEN

Je n'avais pas bien dormi, même si Rowdy s'était donné du mal pour être un bon hôte. Il m'avait emmitouflée dans un survêtement beaucoup trop long et beaucoup trop grand et m'avait donné un tee-shirt avec le logo du salon où il travaillait. Il avait mis une couverture et un coussin sur le canapé et, encore plus utile, il m'avait sorti un shooter de Jäger du congélateur et m'avait laissée me plaindre de Jet pendant une heure sans essayer de le défendre ou de justifier ses actes. Il était comme un nounours blond et géant, mais recouvert d'encre et arborant des favoris très classe et une ancre tatouée sur le côté du cou. Il a beaucoup hoché la tête et grogné en réaction à ce que je disais, mais ne m'a jamais interrompue ou dit de me calmer. Au moment où mes paupières ont été trop lourdes pour que je les garde ouvertes, le soleil se levait, et alors que je plongeais dans le sommeil, je n'ai plus rien vu d'autre que Jet qui ricanait et disait au public qu'il ne jouait aucune chanson d'amour.

Je me suis réveillée décidée. Décidée à ne plus me sentir coincée entre le passé et le présent. Décidée à ne plus essayer de réfléchir aux vingt étapes suivant chaque pas que je faisais, car peu importe ce que je faisais, de bien ou de mal, je finissais par être blessée et me sentir très mal. Je faisais souffrir des gens, j'agissais impulsivement, et la seule excuse que j'avais était des sentiments sérieusement tordus pour un mec qui ne me voyait pas telle que j'étais. Ma résolution était ferme, j'avais l'impression de mesurer trois mètres jusqu'à ce que la porte d'entrée de l'appartement s'ouvre alors que je rangeais mon lit de fortune. La cause de toute ma lutte actuelle était là avec des cafés, comme s'il n'avait pas complètement retourné mon monde avec une simple caresse et le baiser de tous les baisers. Ses yeux foncés étaient encore plus sombres que d'habitude et sa bouche était serrée, comme s'il devait s'empêcher de dire quelque chose. Cela m'a encore plus énervée de voir qu'il était très, très beau avec son début de barbe sur le visage.

Je lui ai lancé un regard noir et ai croisé les bras sur ma poitrine.

– Qu'est-ce que tu fais là ?

Il m'a tendu un des cafés, mais j'ai fait non de la tête et je me suis déplacée pour que le canapé soit entre nous. Je ne savais pas s'il était rentré seul la veille, je ne savais pas s'il était rentré tout court, et c'était l'une des principales raisons pour lesquelles j'avais accepté la proposition de Rowdy. Si Jet avait été seul, j'aurais été tentée de l'étouffer dans son sommeil. S'il était rentré avec une autre fille, non seulement j'aurais dû déménager le lendemain matin, mais j'aurais aussi dû engager un avocat car un double homicide aurait été inévitable.

– Cora m'a dit que tu étais là, et j'espérais qu'on puisse parler avant que je te ramène à la maison pour que tu te prépares pour le travail.

Il avait l'air un peu perdu, comme s'il n'était pas vraiment sûr de ce qu'il faisait là. Je ne pouvais pas oublier qu'il pensait que j'étais une petite fleur fragile qui ne devait pas être touchée par des mains sales. J'en avais tellement marre qu'il croie savoir qui j'étais ou ce que je ressentais vraiment pour lui.

– J'ai entendu tout ce que tu avais à dire hier soir, reçu cinq sur cinq, Jet. Pas besoin de le répéter ; d'ailleurs, ne le fais pas s'il te plaît. Je t'ai largement assez entendu m'expliquer comment sont les choses entre nous.

Il a soupiré et j'ai senti que cela venait de très loin. Il a posé les deux cafés sur la table devant le canapé puis a plongé ses mains dans les poches de son jean. Je me suis demandé comment il avait assez de place.

– C'était merdique, ce que j'ai fait hier soir. Je suis désolé.

Je me suis hérissée involontairement car même si j'étais incroyablement en colère contre lui, je ne voulais pas qu'il soit désolé de m'avoir touchée et de m'avoir fait ressentir tant de choses. Je voulais qu'il soit aussi affecté que moi par ce qu'il s'était passé et qu'il ne puisse pas s'empêcher de recommencer.

– Je croyais que tu n'allais pas t'excuser, juste t'assurer que ça n'arrive plus.

Il y avait là une amertume que je n'arrivais pas à dissimuler. Ses yeux de velours se sont soudain dilatés et les cercles dorés brûlaient d'une passion traversant la distance qui nous séparait.

– Je ne m'excuse pas pour ça, Ayd. Putain, je n'ai pas dormi de la nuit à force d'y penser, de penser à toi. Je suis désolé pour la chanson, désolé que tu te sois sentie mal à cause de moi, désolé d'être un salaud. Tu n'arrêtes pas de me dire que je ne te connais pas et que je suis loin d'imaginer qui tu es, mais en réalité on ne se connaît pas et je ne sais pas si, tous les deux, on est chacun prêt à gérer l'autre. Ce que je sais, c'est que je te veux plus que je ne veux respirer.

Son ton semblait si sincère, et si sérieux, que j'ai senti quelque chose commencer à se débloquer dans ma poitrine et s'ouvrir en deux lorsqu'il a continué d'une voix rauque :

– Mon père est un cinglé et un bulldozer émotionnel. Il a mis ma mère enceinte quand c'était encore une gamine et depuis, il a passé tout son temps à la maltraiter émotionnellement. Il l'a transformée en une femme sans aucune volonté, aucun désir et aucune motivation pour faire quoi que ce soit, à part le satisfaire. Il la trompe, il se barre pendant des mois sans l'appeler ou lui dire quand il reviendra. Il n'a jamais eu un boulot stable, et encore aujourd'hui elle se tue à la tâche pour gagner assez pour eux deux, tout en me répétant inlassablement que ce n'est pas si terrible que ça.

J'ai vu ses sourcils se froncer au-dessus de ses yeux et ses poings se fermer.

– Je sais que je ne veux jamais rien qui ressemble à ça, je ne veux jamais être comme ça. Je sais aussi que ça fait longtemps que personne ne m'a touché comme tu me touches. Les filles vont et viennent, j'aime penser qu'on passe toujours un bon moment, mais aucune n'est jamais restée dans ma tête comme toi. Peut-être que tu n'es pas cette quintessence de la vertu que je m'imagine. D'ailleurs, après avoir mis les mains sur toi et en toi, je suis à peu près sûr que tu en es loin. Pourquoi tu ne me donnes pas une chance de connaître cet autre aspect de toi ?

– Qu'est-ce que tu essaies de me dire exactement, Jet ? Tu veux qu'on soit amis et sex friends ? Tu veux traverser le couloir pour qu'on couche ensemble de temps en temps ? Il faut que tu clarifies ce dont on parle, parce qu'hier soir je t'aurais étranglé avec plaisir.

Ma voix a un peu craqué, ce qui trahissait combien ses mots et son attitude nonchalante m'avaient blessée. Il a fait quelques pas vers moi et j'ai lutté pour ne pas prendre une grande inspiration tendue. Je craignais que si l'on m'en donnait l'opportunité, toutes les choses que je gardais au fond de moi concernant ce mec ne se libèrent, ce qui m'ôterait le pouvoir de choisir ce que nous étions l'un pour l'autre. Il paraissait toujours tellement plus grand et tellement plus puissant que toutes les choses contre lesquelles je luttais.

Un côté de sa bouche est remonté dans un sourire et j'en ai senti les effets dans le fond de mon ventre. Il n'avait pas besoin de draguer ni d'essayer d'être charmant, pas avec ce sourire assez malicieux pour promettre tellement plus qu'un moment fantastique.

– Je veux du sexe, Ayden. Beaucoup, beaucoup de sexe… avec toi, et toi seulement. Est-ce qu'il faut que ce soit plus que ça, pour l'instant ? Après hier soir, est-ce que tu peux nier que c'est ce que tu veux aussi ?

J'ai secoué la tête et ai soufflé lentement. J'allais lui demander ce qui avait changé, alors que toutes les complications qui semblaient le bloquer quand nous nous étions rencontrés existaient toujours, mais il a repris.

– Je ne dis pas que ça ne pourrait pas mener à plus, mais pour l'instant je me sens un peu cassé de partout et je ne sais pas s'il reste assez de pièces du puzzle pour me reconstruire.

Cela m'a brisé le cœur mais je ne pouvais pas lui reprocher son honnêteté. En fait, je pense que j'appréciais plus cela que le tir à la corde qui me rongeait depuis un an. Nous nous sommes fixés en silence jusqu'à ce que mon téléphone sonne, quelque part à côté de lui. Il l'a pris et me l'a lancé sans regarder l'écran. J'ai froncé les sourcils en voyant que c'était le même numéro du Kentucky qui m'avait déjà appelée. J'ai glissé mon doigt sur l'écran pour répondre et j'ai été accueillie par du vide. J'ai lancé « allô » plusieurs fois dans le téléphone, sans réponse. J'ai laissé tomber mon portable sur le canapé, ce problème pouvait attendre, et je me suis tournée vers Jet.

– Laisse-moi te dire les choses très clairement, Jet. On habite de chaque côté d'un même couloir, on a tous nos amis en commun, et on a des visions très différentes de la façon dont on souhaite bâtir notre avenir. Rien de tout cela n'a changé depuis la première fois que tu m'as repoussée, donc dis-moi comment tu vois cette situation évoluer.

Je savais ce que je voulais : c'était lui. J'avais l'impression de l'avoir voulu depuis toujours. Je n'allais pas devenir folle et dire que j'étais amoureuse de lui, que je ne pouvais pas vivre sans lui, mais il me faisait quelque chose, me touchait comme aucun autre. Il pensait peut-être qu'il était cassé, mais je savais la vérité, qu'il était drôle, gentil et indéniablement talentueux. J'avais plus de pièces que nécessaire à ma disposition si je voulais le reconstruire. Il avait tellement à offrir, même si ce n'était pas ce que j'avais imaginé durant ces dernières années, et je me suis demandé si je pourrais partager tous mes secrets avec lui et enfin arrêter de me les trimballer toute seule.

Il s'est balancé sur le talon de ses bottes ; les piques dans ses oreilles lui donnaient un air particulièrement diabolique. Sa bouche était tordue par un demi-sourire et on comprenait vite pourquoi toutes les filles de cette ville mouraient de désir pour lui.

– Ça évolue au jour le jour et à chaque instant. J'ai l'impression que si on fait plus que ça, ça te fera partir en courant.

J'ai senti mes yeux s'écarquiller et ma bouche s'ouvrir en grand. Je suppose que la franchise a du bon, mais je ne m'attendais pas à cela. Je ne m'étais pas rendu compte qu'il me connaissait assez bien pour savoir que c'était très probablement ce que j'aurais fait. Je n'ai pas eu l'occasion de répondre car, visiblement, il ne souhaitait plus parler. Il s'est avancé vers moi et m'a soulevée dans ses bras forts.

Cette fois, lorsqu'il m'a embrassée, il n'y avait plus rien de la colère, du désespoir et de la douleur qui remplissaient l'espace entre nous la veille. C'était un baiser chargé de promesses, de toutes les choses qui étaient restées chaudes et lourdes entre nous depuis si longtemps. J'ai oublié que j'étais dans l'appartement de Rowdy et que j'étais furieuse contre lui quelques instants plus tôt. J'ai tout oublié mis à part ce que je ressentais, et je me suis perdue dans le glissement de sa langue sur la mienne et la prise de ses doigts sur mes hanches. J'avais attendu ce garçon depuis toujours, je l'avais voulu, je l'avais convoité depuis tellement longtemps que l'envie était comme un être vivant en moi.

Jet, par le simple frôlement de ses doigts et de sa langue qui tournait de façon artistique, faisait remonter à la surface toute l'envie, tout le désir enfoui. Il m'embrassait comme si nous avions tout le temps du monde pour le faire encore et encore. Il m'embrassait comme s'il essayait de mémoriser tous les mouvements, tous les sons et tous les goûts, pour pouvoir en écrire des chansons. Il m'embrassait comme si j'étais la seule fille qu'il embrasserait à tout jamais, et cela me faisait tourner la tête et respirer par à-coups. J'avais envie de sucer la barre au milieu de sa langue comme une sucette.

J'avais les mains tout emmêlées dans ses cheveux noirs et je me rapprochais pour l'escalader comme un arbre, quand Rowdy s'est éclairci la voix et s'est faufilé hors de la cuisine. Il tenait une banane dans une main et nous regardait avec des yeux bleu clair amusés.

– Je ne voulais pas vous interrompre mais j'aime bien mon canapé et je n'ai pas besoin que Jet le baptise. En plus, je crains que vous ne fassiez pas attention à l'heure, ni l'un ni l'autre. Ayd, il faut que tu y ailles si tu ne veux pas arriver au boulot en retard.

J'ai lâché un juron et j'ai foncé vers l'endroit où mon portable était tombé. Il avait raison, j'avais à peine le temps de rentrer à la maison pour récupérer mon uniforme. J'ai regardé Jet avec de grands yeux.

– Il faut que j'y aille.

Il a hoché la tête, a regardé Rowdy et a montré du doigt le café abandonné sur la table.

– Même si tu as cassé l'ambiance, ne te gêne pas pour finir ça.

Rowdy a rigolé et a haussé un sourcil.

– J'ai sauvé ton petit cul de paumé, et tu le sais.

Je ne savais pas de quoi ils parlaient et je n'avais pas le temps de m'en soucier, donc j'ai juste attrapé Jet par le coude et l'ai tiré vers la porte. Nous sommes restés tous les deux assez silencieux dans la voiture, sur la route de la maison. Je voulais lui demander s'il était rentré tout seul la veille, mais je me suis dit que si cela n'avait pas été le cas, Cora ne lui aurait pas dit où j'étais. Je lui ai à peine laissé le temps d'entrer dans l'allée avant de bondir de la voiture pour aller chercher toutes mes affaires. Il est resté devant la porte de ma chambre, mal à l'aise, à me regarder courir comme une folle. Je l'ai observé par-dessus mon épaule en jetant mon uniforme dans mon sac et en passant frénétiquement une brosse dans mes cheveux.

– Qu'est-ce qu'il y a ?

Il a haussé une épaule et s'est appuyé contre l'encadrement de la porte.

– C'est juste que je ne sais pas ce qu'on va faire, maintenant.

Je n'étais pas entièrement sûre de savoir comment répondre à cette question non plus, donc je me suis arrêtée en face de lui et je l'ai embrassé longuement.

– Moi non plus, mais on aura le temps d'y réfléchir plus tard. Pourquoi est-ce que, pour l'instant, on ne se concentrerait pas sur la partie où il y a beaucoup, beaucoup de sexe, et puis on avisera à partir de là ? Je crois qu'on est d'accord que pour nous, de ce côté-là, on n'a pas besoin de se poser trop de questions et comme tu disais, au jour le jour, ça me va très bien.

Quand je l'ai frôlé en partant, j'ai bien vu l'impatience qui brillait dans son regard de minuit. Il n'a rien dit d'autre, ce qui m'a soulagée car j'avais l'impression que je venais de sauter d'une très haute falaise sans avoir aucune idée de ce qui m'attendait en bas, et c'était terrifiant. Je n'avais aucune garantie qu'il resterait une fois qu'il connaîtrait toute l'histoire, mais je voulais lui accorder le bénéfice du doute. En réalité je voulais lui donner beaucoup plus que cela, ce qui suffisait à me couvrir d'urticaire. J'avais le mauvais pressentiment que Jet pourrait me faire abandonner tout contrôle et toute prudence.

Quand je suis arrivée au travail, un pick-up que je connaissais bien était garé devant et je voyais très clairement une tête très blonde et une autre plus foncée avec des pics roses, tournées l'une vers l'autre. Les fenêtres étaient fermées donc je ne pouvais pas entendre ce qu'ils se disaient, mais Shaw avait l'air énervée et Rule avait les sourcils froncés, méchamment. Lorsqu'elle m'a vue passer, elle m'a fait un signe de la main et a commencé à se tourner vers la portière. J'ai ri toute seule quand Rule l'a promptement tirée vers lui et a plaqué un baiser bouillant sur sa bouche ouverte avant de la laisser partir. Elle était toute rouge et elle respirait vite en faisant le tour du véhicule pour me rejoindre. Je lui ai jeté un regard chargé et elle a levé les yeux au ciel. La fenêtre côté conducteur est descendue et Rule a sorti sa tête. Aucun garçon ne devrait être aussi beau, surtout avec la moitié de son visage troué et plein de bijoux, mais il y avait quelque chose chez lui qui absorbait l'attention et ne pouvait être ignoré. J'ai dû lui sourire quand il m'a demandé :

– Tu veux que je piétine la tête de Jet pour toi ? Il a vraiment fait son connard, hier soir, et ce serait un plaisir de le faire.

J'ai secoué la tête et ai laissé Shaw passer son bras sous le mien.

– Nan, on s'est un peu réconciliés.

Il a haussé son sourcil où passaient deux anneaux et m'a adressé un sourire lascif.

– Ça veut dire que vous vous êtes enfin vus tout nus ?

Shaw a eu une exclamation de surprise et a lancé « Rule », mais j'ai juste ri jusqu'à ce que des larmes apparaissent au coin de mes yeux.

– Non, pas encore, mais j'y travaille.

Il a tapé contre sa portière du plat de la main.

– Bien joué !

Il a montré Shaw du doigt.

– Pense à ce que je t'ai dit ce matin, Casper.

Shaw a fait une grimace à côté de moi mais a crié : « Je t'aime, crétin ! » alors qu'il remontait sa vitre. Il lui a soufflé un bisou, ce qui lui a valu un doigt d'honneur de sa part, et elle a commencé à me tirer vers le bar. J'ai essayé de ralentir son rythme effréné mais elle était visiblement excitée et pas d'humeur à ce qu'on la calme.

– Qu'est-ce qu'il se passe entre vous deux ?

Elle m'a lancé un regard de côté et a ouvert la lourde porte de service.

– Ce n'est pas à moi de te demander ça ? Tu t'es tirée comme s'il y avait le feu, et je n'ai eu aucune nouvelle. Je sais que tu devais être énervée contre Jet, alors que s'est-il passé ?

J'ai jeté mon sac sur le banc et j'ai commencé à fouiller dedans.

– Toi d'abord. Tu me racontes pendant que je me change, et après je te dis ce qui est arrivé.

J'avais l'impression d'avoir besoin d'un peu d'énergie après la débâcle de la veille, donc j'ai choisi l'uniforme de football américain. J'aimais bien le short blanc avec les coutures et les lacets bleus, et en réalité il cachait plus de peau que l'uniforme d'arbitre ou de pom-pom girl. En plus, je pouvais le porter avec des tennis et être quand même assez sexy pour avoir de bons pourboires. J'ai entendu Shaw soupirer et je l'ai regardée tripoter ses longs cheveux bicolores pour en faire une tresse.

– Rome rentre à la maison dans quelques mois. Genre, il rentre vraiment. Il va sortir de l'Armée pour de bon.

Rome était le grand frère de Rule et ils étaient très proches. À cause de la révélation récente d'un secret de famille étonnant, il était furieux contre ses parents. Je crois qu'il ne s'entendait même pas très bien avec Rule en ce moment, mais il était censé avoir pardonné à Shaw d'avoir gardé le secret pendant des années.

J'ai mis un peu de produit dans mes mains et l'ai passé dans mes cheveux pour les aplatir, puis j'ai tiré sur les cheveux de devant pour les faire gonfler un peu. J'ai glissé une fleur orange et bleu en soie derrière mon oreille et suis passée au maquillage.

– Bon, c'est bien, non ?

Elle a grogné et a laissé sa tête tomber contre la porte du casier auquel elle était adossée.

– Rule s'est mis dans la tête que quand Rome va revenir il ne voudra pas du tout retourner à la maison, et qu'il lui faudra un endroit où vivre. Il veut acheter une maison pour nous et laisser Rome reprendre le bail de l'appartement avec Nash.

J'ai arrêté d'appliquer mon rouge à lèvres et je l'ai regardée, incrédule.

– Pourquoi tu n'es pas contente ? Ce serait génial. La plupart des filles ont des fleurs et des chocolats pour la Saint-Valentin, et toi, l'homme de tes rêves propose de t'offrir une maison.

Elle s'est tournée pour me regarder et je l'ai vue mordiller sa lèvre comme elle le faisait quand elle était stressée ou inquiète.

– Je ne sais pas. Je crois que c'est parce que j'ai toujours pensé que je ferais les choses dans l'ordre, tu vois ? Tomber amoureuse, me marier, acheter une maison, avoir des enfants. Tout ça, ça va ensemble et je ne suis pas près d'avoir fini mes études. Ça me paraît être un grand pas et s'il change d'avis ou je ne sais pas quoi, qu'est-ce que je ferai ?

– Shaw, ce mec t'aime comme si tu étais sa raison de vivre. Il ne va pas changer d'avis, et à moins que tu doutes, pourquoi l'ordre serait important ?

Elle a encore soupiré et a joué avec le bout de sa tresse.

– Je sais que pour moi c'est pour toujours, et je crois qu'il ressent la même chose, mais Rule devient dangereux quand il se sent enfermé. J'ai peur de ce qu'il pourrait faire quand il devra rembourser un emprunt et voir la même personne tous les soirs en rentrant du travail.

Je l'ai poussée sur l'épaule.

– Il te voit déjà tous les soirs. Arrête de flipper. Vous vous aimez tous les deux et peu importe si c'est dans un appartement, dans une maison ou dans une putain de tente dans la nature. Vous vous aimerez toujours, et ça ira très bien pour Rule. En plus, est-ce que tu as pensé une seconde qu'il voulait peut-être faire quelque chose pour faciliter la vie de Rome ? Il vous a toujours protégés, tous les deux. Peut-être que c'est sa façon de lui rendre la pareille.

J'ai vu quelque chose s'allumer dans ses yeux verts et la tension de son visage s'est un peu relâchée.

– Merci, Ayd, j'avais besoin d'entendre ça.

J'ai haussé les épaules et ai calé mon téléphone dans mon soutien-gorge.

– Pas de problème.

– Dooooonc, toi et Jet ? J'ai vu de quoi tu avais l'air quand tu es revenue à notre table. Je pensais que j'allais devoir te trouver un alibi, t'aider à déplacer le cadavre ou te refroidir au tuyau d'arrosage.

– Rowdy m'a ramenée chez lui et m'a laissée vider ma rage pendant une heure. J'étais énervée, mais Jet s'est pointé ce matin et on a discuté. Maintenant, c'est bon.

– Qu'est-ce que ça veut dire, « c'est bon » ?

– Je ne suis pas vraiment sûre. Je crois qu'on s'est mis d'accord sur le fait que, pour l'instant, on est attirés l'un par l'autre assez intensément, et que l'on devrait voir où ça nous mène.

Elle a haussé un sourcil pâle alors que nous allions chercher Lou et demander nos postes du jour.

– Donc, vous vous êtes mis d'accord pour coucher ensemble ?

J'ai levé les yeux au ciel.

– On s'est mis d'accord pour voir comment les choses évolueraient tout en restant amis. Jet n'est pas le genre de mec que tu épouses et avec qui tu as des enfants. C'est le mec qui te fait oublier ton nom et fait valser ton monde. On s'aime bien et ça devient lassant de faire comme si de rien n'était. Mais on a aussi des idées très différentes sur certaines choses, donc c'est peu probable que ça devienne plus qu'une alchimie intense et, avec un peu de chance, de très bons moments le temps que ça durera.

J'étais fière de voir combien j'étais restée calme en disant tout cela, car mon cœur tambourinait sous l'examen minutieux de Shaw. Au début elle est restée silencieuse, et j'ai voulu continuer à parler, mais Lou nous a enveloppées dans un câlin géant. Les portes étaient ouvertes et nous devions nous mettre immédiatement au travail. Elle m'a regardée par-dessus son épaule et a lancé un « Fais attention, Ayd » que j'ai choisi de ne pas surinterpréter.

Je savais que Shaw était le genre de fille qui croyait au grand amour. Elle s'était battue longtemps et de toutes ses forces pour avoir Rule. Elle s'était battue contre sa famille et la sienne aussi, et son plus gros obstacle avait été Rule lui-même. Je ne crois pas que j'aurais fait autant d'efforts. La seule chose sur laquelle je me concentrais, la seule chose pour laquelle j'avais vraiment travaillé et pour laquelle j'avais sué, c'était me construire une vie qui ne pouvait pas basculer et m'assurer un avenir solide comme du béton. Je voulais que l'ancienne Ayden soit enterrée si profondément qu'elle n'aurait aucun moyen de remonter à la surface.

La sécurité gagnerait toujours dans un jeu où l'amour et les émotions entraient en considération, et il fallait que ce soit comme ça. Je voulais bien voir ce que Jet et moi pouvions faire de toute cette chaleur entre nous, tant que le feu était maîtrisé. Dès qu'il nous échapperait, qu'il brûlerait trop fort, je devrais l'éteindre et m'en aller, peu importe combien cela nous ferait du mal, à lui comme à moi.

CHAPITRE 6

JET

J'étais à l'ouest, j'avais trop de temps libre et j'étais agité car je ne savais toujours pas vraiment ce que j'allais faire de ce truc qui se passait entre Ayden et moi.

Elle était au travail, Cora était de mauvaise humeur, et les gars étaient occupés à droite et à gauche. Je me suis dirigé vers Federal Heights, et plus précisément vers une maison en brique que je connaissais bien et que j'évitais généralement comme la peste. J'avais appelé avant pour être sûr que le vieux n'était pas dans le coin, et je me suis garé dans la rue au milieu de nombreuses autres voitures. Je gagnais assez d'argent pour proposer à ma mère un autre endroit beaucoup plus agréable, plus près du centre-ville, plus sûr et plus chic, mais je ne le ferais pas tant qu'elle n'aurait pas quitté ce trou du cul. Elle refusait de voir l'évidence. J'ai monté les marches en ciment craquelées en trottinant et j'ai sonné à la porte, grinçant des dents lorsque j'ai reçu une petite décharge électrique sans entendre aucun bruit. S'il ne s'embêtait pas à réparer une sonnette, je n'imaginais même pas toutes les autres choses qu'il avait dû négliger.

J'ai cogné à la porte avec la tranche de mon poing et ai lancé un regard mauvais à ma mère lorsqu'elle a ouvert. C'était une femme menue, bien plus petite que moi. Même sous les rides prématurées de son visage et sous sa couronne de cheveux châtains ternes, il était facile de voir qu'un jour elle avait été une belle femme. Maintenant elle avait juste l'air fatiguée et usée. Le sourire qu'elle m'a adressé était fragile et si fugace que j'aurais cru l'avoir imaginé si elle ne m'avait pas pris dans ses bras de petit oiseau, dans une étreinte faite de désespoir et de chagrin.

– Salut, maman, ça fait un bail.

J'ai tapoté son dos maladroitement et j'ai senti un frisson la parcourir. Tout chez elle me donnait envie de me servir de mon père comme d'une cible pour du tir d'entraînement. C'était lui qui lui avait fait ça, qui avait volé sa vitalité, l'avait transformée en ce fantôme ambulant de femme. La haine que je lui vouais se concentrait tellement en moi que je savais que ce serait dangereux pour tout le monde quand elle exploserait. Les flammes de ma colère commençaient déjà à lécher ma colonne vertébrale et à s'y enrouler.

– Je croyais que tu étais encore en tournée.

Elle m'a tiré dans la maison grisâtre, et j'ai essayé de ne pas retrousser le nez devant les cannettes de bière éparpillées et les mégots de cigarette qui recouvraient la moindre surface. Peu de choses avaient changé depuis que j'étais parti alors que je n'étais qu'un gamin, cela semblait juste pire. Il était clair que mon père continuait à grimper les échelons chez les petites merdes inutiles. Je l'ai suivie dans la cuisine et me suis assis à la vieille table. Le bois a grincé tandis que j'étendais mes jambes et prenais la bière qu'elle venait de sortir du frigo. Je l'ai ouverte et ai bu une longue gorgée.

– Ça fait un moment que je suis revenu. Papa ne t'a pas dit ?

Elle a secoué la tête, et j'ai vu quelque chose qui allait au-delà de la tristesse passer comme une ombre dans ses yeux perdus.

– Pourquoi tu ne m'as pas appelée toi-même ? J'aurais pu faire à manger, quelque chose.

Je ne lui disais jamais quand je partais ou je revenais, car elle finissait toujours par vouloir passer du temps en famille, et cela ne se terminait jamais bien. J'arrivais à peine à tolérer mon père dans les bons jours, et le regarder la rabaisser et lui donner des ordres dans la maison qu'elle avait payée était simplement trop pour moi.

– J'étais occupé, je travaille avec de nouveaux groupes, et j'ai rencontré une fille.

J'arrangeais un peu la réalité, car je connaissais Ayden depuis plus d'un an, mais après ce matin, j'avais l'impression qu'elle me laissait enfin entrer, que l'on m'avait enfin présenté la vraie Ayden. J'ai vu les yeux de ma mère briller quand j'ai parlé d'une fille et elle a tendu la main pour la poser sur la mienne. Je voyais les veines bleues qui couraient juste sous sa peau et je me suis une nouvelle fois demandé comment elle s'était laissée devenir cette créature délicate qu'un coup de vent pouvait balayer.

– C'est formidable ! Il te faut une fille gentille avec qui t'installer. Tu es trop exceptionnel et tu as trop à offrir pour te contenter de t'amuser un peu partout en ville, comme je sais que vous aimez le faire, toi et tes copains.

J'ai haussé les sourcils et ai fait rouler la cannette entre mes mains.

– Comment sais-tu ce que j'aime faire, avec les gars, maman ?

– J'ai été jeune, Jet. Je sais la présence qu'a un beau jeune homme dans un groupe de musique. Vous étiez tous difficiles quand vous étiez ados, et je n'imagine pas dans quels ennuis vous vous fourrez maintenant que vous êtes grands et indépendants. Parle-moi de cette fille. Elle doit être exceptionnelle, si elle t'a fait oublier de me dire que tu es revenu depuis si longtemps.

J'entendais une accusation dans sa voix. Elle savait pourquoi je ne venais pas souvent, pourquoi je ne restais pas en contact avec elle. Pourtant, elle ne pouvait s'empêcher d'essayer de me garder près d'elle. J'ai pris une autre gorgée de bière et je l'ai regardée avec un sourire en coin.

– Elle est différente, intelligente, ambitieuse et déterminée. Elle est différente de ce que je connais. Je l'aime bien, beaucoup, en fait.

J'ai vu les yeux de ma mère s'ouvrir en grand, et pour la première fois depuis longtemps, j'y ai vu une autre émotion que de la détresse extrême.

– Eh bien tant mieux. Il te faut quelqu'un d'aussi ambitieux et d'aussi talentueux que toi.

Je n'étais pas sûr de la finalité de cette conversation donc je suis resté silencieux, j'ai fini ma bière et je me suis levé pour la jeter dans la poubelle. J'ai croisé les bras sur ma poitrine et lui ai lancé un regard sérieux car j'avais décidé de changer de sujet pour m'éloigner de ma vie sexuelle.

– Maman, tu savais qu'il était venu me voir pour me demander de le renvoyer sur la route avec des copains d'un autre groupe ?

La lumière qui filtrait encore dans ses yeux brumeux s'est éteinte immédiatement. Elle a été remplacée par son regard plat, plein de solitude et de l'aveu qu'elle n'était pour lui qu'un paillasson et un bouche-trou tandis qu'il partait vivre sa vie sans elle. Elle s'est tordu les mains et a baissé les yeux vers la table.

– Ton père est un vieil homme, maintenant. Pourquoi est-ce qu'il voudrait retourner sur les routes avec une bande de jeunes ? Dans quel but ?

J'ai passé mes mains dans mes cheveux et je me suis mordu la langue pour ne pas lui dire qu'il n'avait pas de but autre que sa façon de vivre égoïste. Ce genre d'attaque ne me menait jamais à rien. J'ai soufflé par le nez et ai fait claquer mon piercing à la langue contre l'arrière de mes dents.

– Maman, quand est-ce qu'il a fait quelque chose qui avait un but ? Il m'a carrément dit que si ça ne se faisait pas, il allait rentrer à la maison et se défouler sur toi. Comment peux-tu rester là et le laisser te faire ça ? Comment peux-tu le laisser nous manipuler tous les deux comme ça ?

Mes bagues tapaient un rythme rapide sur le comptoir et j'attendais qu'elle me réponde. Depuis des années, j'attendais qu'elle se rende compte que je pouvais prendre soin d'elle et qu'elle n'avait pas besoin de se soumettre à tous ses caprices et à son comportement égoïste. Je ne pouvais pas supporter qu'elle me répète encore et encore qu'elle l'aimait et qu'elle ne laisserait pas sa famille se désintégrer, bien que je ne me sois pas retrouvé dans la même pièce que mon père de mon plein gré depuis que j'étais ado.

Elle ne me regardait pas et sa voix était à peine un murmure quand elle a répondu :

– Tu ne comprends pas comment c'est entre nous, Jet. Tu n'as jamais compris.

Je me suis décollé du comptoir pour marcher jusqu'à elle, qui se repliait sur elle-même en face de moi. J'ai posé une main sur son épaule et me suis accroupi pour qu'elle n'ait d'autre choix que de croiser mon regard.

– Maman, tu ne crois pas que le problème est que je comprends trop bien ? Tu sais que tu peux trouver mieux que lui, mieux que ça. Tu as toujours pu.

J'ai vu sa lèvre inférieure trembler et cela m'a touché par-delà toute la colère qui vivait dans mon torse. Je détestais le fait que, quand j'essayais de la sortir de ce cauchemar, cela lui faisait du mal. Elle aurait dû me remercier, partir avec moi le plus vite possible, fuir cet endroit, et pourtant elle y restait plantée si obstinément que peu importe combien je creusais, je ne pouvais pas l'en sortir. Les racines étaient trop profondes.

– Si tu peux lui faire plaisir en le renvoyant sur la route, tu devrais peut-être le faire. Ce n'est pas comme s'il te demandait beaucoup de choses.

Je me suis éloigné d'elle et j'ai senti une flambée chauffée à blanc partir dans mon cou. J'avais envie de la secouer, j'avais envie de balancer mon poing dans le premier mur venu. J'avais envie de sortir en trombe de la cuisine miteuse de cette horrible maison du mauvais côté de l'autoroute et de ne jamais me retourner. Mais j'ai simplement fermé les yeux et je lui ai fait un bisou sur le dessus de la tête.

– On verra, maman. Je dois bosser avec ces gars-là. Je ne suis pas sûr de vouloir leur demander une si grosse faveur. Ça m'a fait plaisir de te voir. Prends soin de toi.

J'allais partir avant de faire une bêtise, comme lui crier dessus, mais elle a attrapé mon avant-bras. Ses yeux étaient si tristes quand elle m'a regardé que j'ai senti une partie de mon cœur mourir.

– Viens avec ta copine. J'adorerais la rencontrer.

C'était le dernier endroit sur Terre où je voulais amener Ayden, mais je me suis forcé à faire quelque chose qui devait ressembler à un sourire.

– D'accord, maman, peut-être que je pourrai faire ça un de ces jours.

Ayden était l'opposé de cette femme à tant d'égards que cela faisait presque mal d'y penser. Elle était tellement forte et indépendante qu'elle ne laisserait jamais personne lui dicter sa vie, ses actions, ou minimiser sa valeur. L'idée que Ayden voie ma mère brisée et se demande pourquoi je n'avais pas empêché que cela arrive m'était insupportable. Ces mêmes questions me rongeaient de l'intérieur tous les jours. À cet instant, en regardant ma mère, je me suis souvenu de toutes les occasions où elle avait choisi cette vie et ce connard plutôt que moi, et ce souvenir, s'il remontait trop à la surface, pouvait me briser.

C'est à ce moment-là que mon téléphone a sonné et que Memphis May Fire s'est élevé de ma poche. J'ai dit à ma mère qu'il fallait que j'y aille et je me suis dépêché de descendre les marches devant la maison. J'avais l'impression non seulement de fuir ma mère, mais aussi de fuir toutes les mauvaises choses qui étaient arrivées dans cette maison. C'était la tête tatouée de Nash qui me fixait depuis l'écran de mon téléphone.

– Comment ça va, mec ?

– Tu es où ?

Je me suis glissé dans la voiture et ai appuyé ma tête contre le dossier du siège conducteur.

– Je suis allé rendre visite à ma mère. Le vieux est sur mon dos pour que je lui arrange un coup avec Artifice et je me suis dit, encore une fois, que je pourrais peut-être arrêter tout ça. Erreur ! Comme d'habitude, je ne comprends pas, elle va le laisser faire. C'est la merde, putain.

Nash connaissait l'histoire avec mes parents, mieux que les autres mecs. Quand j'étais parti, ado, il avait des problèmes de son côté avec sa mère et son nouveau mari riche comme Crésus. Heureusement pour nous deux, l'oncle de Nash, Phil, était décidé à nous éviter la prison et à nous faire rester à l'école. Il nous a ramassés tous les deux et nous a maintenus dans le droit chemin, dans un mélange d'amour vache et de simple coolitude. Personne ne contredisait Oncle Phil, et encore aujourd'hui il était notre adulte de référence lorsque nous n'arrivions pas à nous en sortir seuls.

– Un jour tu vas juste devoir laisser tomber, Jet. C'est absurde de continuer à essayer de l'éloigner de lui si elle est coincée aussi profondément.

– Je sais, mais c'est ma mère, et apparemment je n'arrive pas à m'en empêcher.

Il a marmonné un juron et je l'ai entendu parler à quelqu'un d'autre.

– On va tous au bowling. Tu devrais nous rejoindre au Lucky Strike, sur la seizième.

– Pourquoi au bowling ?

– Parce que la saison de football américain est finie et que Rule fait les cent pas dans l'appart comme un tigre en cage. Ça me rend taré. Rowdy y sera dans vingt minutes, et puis ils ont de la bière. Qu'est-ce qu'on peut faire d'autre, un dimanche ?

Je n'étais vraiment pas d'humeur, mais rester tout seul dans mon coin était la recette d'un désastre assuré, dans mon état actuel.

– Tu as appelé Cora pour savoir si elle voulait venir ? Elle avait l'air un peu tendue ces derniers jours.

– Elle ne répond pas. Mais je lui ai laissé des messages.

J'ai froncé les sourcils car elle était à la maison quand j'étais parti, en train de râler dans la cuisine. Le salon était fermé le dimanche, elle ne travaillait donc pas, et cela ne lui ressemblait pas d'ignorer les appels d'un des gars.

– Je vais passer à la maison pour voir ce qu'il y a, et je te rappelle.

– Ça marche. Au fait, c'était vraiment con ce que tu as fait au concert hier soir. Ayden est cool, tu as de la chance qu'elle ne t'ait pas pendu par les couilles après.

– Je sais. Je me suis excusé. On va tenter quelque chose.

– Tant mieux, parce que si ce n'est pas Rule qui te casse en deux, cc sera moi.

Je n'avais pas besoin qu'il me le dise deux fois. Elle n'était pas une groupie, une inconnue dont tout le monde se foutait et qu'on oublierait en une seconde si je la lâchais. C'était une fille qui faisait partie de nos vies, de notre groupe, et si je lui faisais volontairement du mal, ils ne le laisseraient pas passer. L'ironie de la chose était qu'elle était parfaitement capable de prendre soin d'elle, ce qui rendait les menaces des gars inutiles.

J'ai poussé mon téléphone sur le tableau de bord, j'ai monté le son des Morbid Angel dans l'autoradio et j'ai fait demi-tour pour voir comment allait Cora. Les textes hurlants et la ligne de basse de folie ont fait brûler les restes de colère qui flottaient encore à la surface. Je pouvais haïr mon père autant que je le voulais, je pouvais supplier ma mère de le quitter jusqu'à en perdre mon souffle, mais les choses ne changeraient jamais et je ne pouvais pas porter ce fardeau éternellement. J'avais construit toute ma vie en essayant de vivre au-delà de l'héritage que mon père m'avait laissé. Maintenant, je commençais à percevoir qu'il était plus que temps que je commence à vivre sur les bases de l'héritage que je me laisserais.

Je me suis garé dans la rue avec l'intention de rentrer deux minutes pour voir ce que faisait la petite boule de feu blonde. Alors que je sortais de la voiture, la porte d'entrée de la maison s'est ouverte et un mec que je ne reconnaissais pas a dévalé les marches, avec Cora sur ses talons. J'ai senti ma mâchoire tomber grande ouverte quand j'ai remarqué qu'elle avait dans la main un taser qu'elle secouait dans tous les sens, et qu'elle hurlait des insultes de toutes ses forces. J'ai voulu bouger, courir après le mec, mais avant que l'un de nous ait eu le temps de l'atteindre, il a jeté une jambe par-dessus une moto garée sur le bord du trottoir et a démarré à toute vitesse. J'ai essayé de regarder la plaque d'immatriculation, mais Cora a jeté son petit corps contre mon torse tellement fort que j'ai fait un pas en arrière et que j'ai failli me renverser.

– Putain, qu'est-ce qu'il se passe ?

Elle tremblait un peu et je lui ai pris le taser des mains au cas où elle m'assommerait par accident.

– Je ne sais pas. Quelqu'un a frappé à la porte et j'ai pensé que c'était un voisin ou un vendeur. Je veux dire, attends, on est à Denver pas à Harlem, ces merdes ne sont pas censées arriver ici. Dès que j'ai ouvert la porte, il m'a poussée et il est rentré dans la maison. J'ai couru vers la cuisine parce que j'ai toujours les trucs que j'ai achetés pour nous protéger quand Shaw vivait ici et qu'elle s'inquiétait à cause de son ex. Il m'a poursuivie et n'arrêtait pas de me demander où IL était.

J'ai secoué la tête, perdu, car elle parlait à cent à l'heure.

– Où était quoi ?

– Je ne sais pas. Il a paniqué quand il a vu le taser et je crois qu'il a entendu ta voiture arriver. Il est parti.

– On devrait appeler les flics.

J'ai tapoté son dos car je la sentais trembler. Cora était une dure, et il n'y avait pas grand-chose qui la déstabilisait, mais voir un inconnu rentrer chez soi de force avait dû être terrifiant. Elle a laissé sortir un petit souffle contre mon torse où elle était calée et elle a cogné son poing contre mes côtes.

– Non.

– Quoi ? Et pourquoi, s'il te plaît ?

– Parce qu'ils ne peuvent rien faire. Il n'a rien pris et il n'a pas eu l'occasion de me toucher. Ils vont venir voir et nous dire que c'est la vie. Je suis bête d'avoir ouvert la porte, de toute façon. Je sais bien que je ne devrais pas faire ça.

Je l'ai décollée de moi en fronçant les sourcils sérieusement.

– Tu aurais pu être gravement blessée.

Elle a fait un signe de la main.

– Non, je n'aurais pas pu être blessée. Il cherchait quelque chose, ce n'est pas après moi qu'il en avait. Ça m'a fait peur, c'est tout. Et qu'est-ce que tu fais là, de toute façon ? Je croyais que tu étais allé jouer au gentil avec Ayd.

Je n'aimais pas cela du tout. Tout en moi me disait d'appeler la police, car une fille qui comptait pour moi avait déjà subi de dures épreuves à cause d'un danger public. Je n'allais pas laisser cela se reproduire. Je l'ai soulevée dans un gros câlin qui l'a fait couiner et rigoler en même temps.

– Il faut que tu fasses attention, Cora. On ne saurait plus quoi faire sans toi.

Elle a pouffé de rire.

– Tu crois vraiment que je vous laisserais vous balader en ville sans surveillance ? La population féminine de Denver n'y survivrait pas. Pense à dire à Ayden de faire attention. Je ne sais pas ce qu'il se serait passé si elle avait été à la maison et pas moi.

Cela me plaisait encore moins. Je ne savais pas comment toute la fureur que je peinais à contenir resterait enfouie s'il arrivait quelque chose à cette fille. Non seulement je m'enflammerais, mais de plus, il y avait un risque que je finisse par brûler aussi tous ceux qui m'entourent.

– Je n'aime pas ça, Cora. Je veux que vous soyez toutes les deux en sécurité.

Elle a passé son bras sous le mien.

– Ça va aller, Jet. Sérieusement, il s'est probablement juste trompé de maison, ou il cherchait de l'argent pour acheter de la drogue. Aucun endroit n'est parfait et on peut se protéger. Tu ne m'as pas répondu, a-t-elle dit en plissant les yeux. Tu as arrangé les choses avec Ayden ?

J'ai soupiré et je l'ai laissée me traîner dans la maison.

– Si on veut. Je lui ai présenté mes excuses pour avoir été un petit con et je lui ai dit que je ne pouvais plus me battre contre ce truc entre nous. Je ne sais pas pour elle, mais moi, je peux voir au jour le jour pour l'instant.

– Elle était d'accord avec ça ?

– Je suppose. Honnêtement, je crois que c'est le seul moyen qu'elle soit d'accord. Elle n'est pas facile à apprivoiser, tu sais.

– Jet, tu as beaucoup de choses à offrir à n'importe qui. Ce qui est bien, c'est que Ayden n'est pas du genre fusionnel. Elle peut subvenir à ses propres besoins et se contentera de prendre ce qu'elle veut chez toi. C'est à toi de lui faire voir combien tu es prêt à donner et combien elle serait mieux avec le lot complet. Donne-lui envie d'être apprivoisée, et pas juste sur le plan sexuel.

Je l'ai regardée sans rien dire. Souvent ce petit lutin comprenait bien mieux nos vies que nous-mêmes.

– Je m'en souviendrai.

Elle a tapoté mon menton du bout du doigt.

– Tant mieux.

– Les gars sont tous au bowling. Tu veux venir ? Nash s'inquiétait parce que tu ne répondais pas au téléphone, donc j'ai décidé de venir voir.

Elle a retroussé le nez et a passé une main dans ses cheveux blonds ébouriffés.

– Non. Je crois que j'ai eu assez d'émotions pour aujourd'hui. En plus, je faisais tranquillement la gueule avant l'expérience effraction. J'aimerais bien m'y remettre.

J'ai senti mes sourcils se froncer. Cora n'était pas quelqu'un qui faisait la gueule. Elle était joyeuse et honnête à l'excès.

– Pourquoi tu boudes ? Ça ne te ressemble pas.

Elle a soupiré et s'est laissée tomber sur le canapé.

– C'est dur pour moi de voir Rule s'occuper aussi bien de Shaw. Je n'aurais jamais cru qu'il allait tomber amoureux, jamais cru que quelqu'un pourrait lui faire voir plus loin que son nombril, mais elle a réussi, et ils sont tellement parfaits ensemble. Je pensais que les gars comme lui, comme toi, étaient des causes perdues. Maintenant je me demande si ce n'est pas moi qui suis une cause perdue. Je veux dire, tu es super, Ayden est super. Donc, quoi que vous arriviez à faire, c'est destiné à être super et j'ai juste le sentiment de louper quelque chose.

Nous étions amis et elle comptait beaucoup pour moi. Je savais aussi qu'elle avait conscience que sa beauté faisait tourner la tête des hommes. Je ne comprenais pas vraiment son célibat, mais j'avais toujours pensé qu'elle voulait rester seule.

– Cora, attends. Tu peux te trouver un mec en une seconde. La moitié des mecs du groupe t'ont mise sur leur liste d'or.

Elle a levé les yeux au ciel d'une manière très expressive.

– Je veux quelque chose de vrai, Jet. Quelque chose de puissant, qui change la vie, quelque chose qui me fasse oublier tous les autres. Je ne vois pas vraiment ça arriver et ça me rend triste.

– Je crois que tu cherches peut-être quelque chose qui n'existe pas.

– Regarde Rule et Shaw. Ça existe.

Je ne pouvais pas vraiment la contredire sur ce point, mais je ne savais pas quoi dire d'autre. Je croyais à l'amour. Je ne lui faisais simplement pas confiance et je me méfiais de ce que le résultat pouvait être si deux personnes n'étaient pas réellement faites l'une pour l'autre. Toutes les bonnes chansons étaient chantées par amour. Je savais que l'amour était assez fort pour changer les gens. Ma mère s'accrochait à son amour pour mon père comme si c'était un radeau au milieu de l'océan d'horreur qu'était sa vie. D'après mon expérience, l'amour ne changeait jamais les gens en mieux, Rule étant l'exception qui confirmait la règle. Il avait toujours fait les choses à sa façon de toute manière.

– Eh bien, si un gars finit par arriver, tu vas lui mettre beaucoup de pression.

– Je sais, donc je suis condamnée à rester seule et grognonne pour le reste de ma vie. En plus d'être frustrée sexuellement.

– Arrête de dire des bêtises et débarrasse-toi de ces conneries. Va mettre des chaussures et viens avec nous au bowling. On va se marrer.

Elle a marmonné jusqu'à ce que j'en aie simplement marre, je l'ai soulevée et je l'ai amenée jusqu'à sa chambre. Elle a protesté en cours de route, mais après lui avoir fait remarquer que le pantalon que je portais allait inévitablement se déchirer si j'essayais de lancer une boule de bowling, elle a enfilé des Converse en ronchonnant et m'a suivi dehors. J'ai refusé de prendre sa petite voiture, nous avons donc sauté dans ma Challenger et l'avons fait rugir jusqu'aux blocs tentaculaires du centre commercial de la seizième rue, où tous les touristes et les dégénérés de Denver venaient passer le temps. En général, j'évitais cette partie de la ville. Cela me rappelait trop l'époque où j'avais séché les cours et volé de l'alcool à Phil avec Rule et Nash.

Le bowling était éclairé de lumières bleues et des canapés en velours étaient éparpillés. Personnellement, je trouvais que cela ressemblait plus à un bar à strip-tease qu'à un bowling. Les gars avaient de la bière et ils semblaient bien s'amuser à se raconter des conneries en jouant chacun leur tour. La boule de bowling rose ressemblait à un petit jouet dans les mains costaudes de Rowdy, et lorsqu'il l'a lancée sur la piste, elle a rebondi tellement fort qu'elle a atterri directement dans la rigole. Cora a ri et lui a tapé dans la main, pendant que Rule et Nash lui offraient des applaudissements ironiques ridicules.

À quelques pistes de nous, un groupe d'adolescentes nous regardait bêtement et j'ai cru qu'elles allaient s'évanouir quand Nash leur a fait un clin d'œil en se levant pour aller jouer à son tour. Je me suis assis sur un des bancs près de Cora et j'ai baissé la tête pile au bon moment pour éviter de me prendre une claque de Rule derrière la tête. Je lui ai lancé un regard noir, mais ses yeux glacés disaient clairement qu'il ne rigolait pas.

– Si tu fais encore un coup comme hier soir, je me servirai de tes intestins pour changer les cordes de ta Les Paul.

J'ai avalé ma salive car venant de n'importe qui cela aurait été une menace en l'air, mais pas venant de lui. J'ai hoché la tête.

– Je sais, mec, je sais. J'ai essayé de rattraper le coup. C'est bon, elle ne me déteste pas.

Ses yeux froids m'ont inspecté minutieusement et il a dû décider que ce qu'il y avait vu était sincère, car la tension s'est relâchée de son corps.

– Tant mieux, parce que si elle te déteste, alors Shaw va te détester, et ça veut dire qu'il faut que je te foute des coups de pied et je n'aimerais vraiment pas être obligé de faire ça.

J'ai ricané et j'ai pris la pinte de bière que Rowdy me tendait.

– Tu aimerais beaucoup ça.

Il a haussé les épaules et a fait un signe de tête vers Cora qui se disputait avec Nash pour échanger ses Converse contre des chaussures de bowling.

– Qu'est-ce qu'il s'est passé avec elle ?

J'ai senti mon sourire s'affaisser et mes yeux s'aiguiser. Rowdy s'est assis sur la petite table et nous avons tous les trois rapproché nos têtes pour qu'ils puissent m'entendre même si je parlais à voix basse.

– Un truc qui sent mauvais à la maison, les gars. Quand je suis arrivé, elle était en train de faire fuir un mec. Elle m'a dit qu'il était entré de force et il voulait savoir où était un truc. Elle n'avait pas la moindre idée de ce qu'il cherchait, mais elle était bien secouée. Il s'est tiré sur une espèce de moto trafiquée, beaucoup trop vite pour que je puisse faire quelque chose. Après tout ce qu'il est arrivé à Shaw, ça ne me plaît pas du tout.

Rowdy a sifflé et Rule a grondé comme un animal.

– Tu as appelé les flics ?

Je me suis penché en arrière et ai croisé les bras derrière ma tête.

– Cora ne m'a pas laissé faire. Tu la connais, elle pense qu'on vit encore dans un western et que des choses comme ça n'arrivent pas ici. Elle a l'air de penser que ça n'arrivera plus, que le mec était juste un junkie qui cherchait de l'argent, ou un truc comme ça. Sa moto n'était pas dégueu et ce n'est pas possible qu'il ait choisi notre maison au pif. On est bien trop loin du centre pour un drogué qui veut juste trouver de la thune.

– Pas cool.

Rule avait l'air un peu secoué et je ne pouvais pas le lui reprocher. Il avait failli perdre les pédales quand Shaw avait été agressée et nous commencions tout juste à nous remettre de tout cela.

– Je sais, mais je ne veux pas en faire tout un plat si on se rend compte que ce n'était rien. Je vais demander à Ayden d'ouvrir l'œil et dire à Cora que les choses peuvent être aussi merdiques ici que sur la côte est. J'espère que c'était un incident isolé.

Rule a passé ses grandes mains dans ses cheveux et a plissé ses yeux, qui scintillaient comme de la glace sur un lac gelé.

– Il y a intérêt, parce que je ne survivrai pas une deuxième fois à un truc comme ça.

J'ai haussé un sourcil.

– Je les surveillerai. J'habite là-bas, tu sais, et j'essaie de tenter quelque chose avec Ayden.

Il a secoué la tête.

– Ça n'a rien à voir. Tu n'imagines pas ce que c'est quand quelqu'un que tu aimes est face à un danger pareil. Ça te change, ça fait de toi quelqu'un d'autre. J'ai eu du mal à m'en sortir quand Shaw a été agressée. Si quelqu'un faisait du mal à Ayden ou à Cora, je ne sais pas comment je réagirais.

Rowdy a tendu le bras et l'a poussé avec sa main. Rule lui a lancé un regard mauvais mais Rowdy avait un truc qui faisait que l'on écoutait ce qu'il avait à dire.

– On s'inquiète tous pour les filles, Archer. Personne ne veut qu'il leur arrive quoi que ce soit. Laisse Jet s'occuper de la maison. Dis à Shaw de faire attention et rappelle à Ayden d'ouvrir l'œil et d'être attentive. On est une putain d'équipe et personne n'a intérêt à l'oublier.

Il a fallu une minute avant que Rule cède, que ses épaules se détendent et que ses mains tatouées se relâchent. J'ai hoché la tête pour signifier mon accord, mais notre conversation a été écourtée par Cora qui s'est affalée sur le canapé entre Rowdy et moi pour faire la gueule à Nash car il l'avait obligée à porter des chaussures de bowling réglementaires.

Le sujet était clos, mais je ne pouvais pas m'empêcher de penser à ce qu'il avait dit, que lorsque l'on se souciait de quelqu'un aussi profondément, cela nous changeait, faisait de nous une autre personne. Dans son cas, décider qu'il pouvait aimer Shaw et, surtout, qu'elle pouvait l'aimer, avait fait de lui un mec totalement différent. Il était toujours très chiant, mais maintenant c'était un chieur qui ne s'intéressait plus seulement à lui-même. Il était le parfait exemple que l'amour peut améliorer une personne.

Je ne savais pas comment cela allait se passer pour Ayden et moi, passer d'amis à quelque chose de plus, et je ne savais pas s'il fallait que je devienne mieux ou pire. Tout ce dont j'étais sûr, c'était que je l'avais dans la peau, comme des gouttes d'eau froide à côté du feu qui vivait en moi depuis des années. Il y avait chez elle quelque chose de frais et qui apaisait toutes les parties de moi qui brûlaient depuis bien trop longtemps.

CHAPITRE 7

AYDEN

Je suis rentrée à la maison épuisée. Il y avait eu du monde au bar, ce qui m'arrangeait car j'en avais marre d'esquiver les questions de Shaw et ses regards interrogateurs à propos de mon couple, ou non-couple, avec Jet. Je n'étais pas prête à rentrer dans les détails avec elle, d'ailleurs je n'étais même pas prête à rentrer dans les détails avec lui. Lorsque Rule était arrivé pour la récupérer, il m'a forcé la main pour que je fasse le trajet en voiture avec eux. J'avais profité d'un moment où il avait été distrait par Lou pour me faufiler dans ma voiture. Il devait se passer un truc, car même s'il était autoritaire et dominant en général, Rule calmait le jeu avec moi car je ne me pliais pas du tout à sa volonté. Alors que je sortais du parking, j'ai reçu un texto de Cora qui me disait que je devais me garer dans l'allée et qu'ils avaient laissé les lumières allumées pour moi. Cela faisait très secret et excessivement prudent, ce qui me donna la chair de poule.

La maison était silencieuse quand je suis arrivée devant la porte d'entrée. La lumière de la chambre de Cora était éteinte. Je n'étais pas sûre de ce nouveau terrain où je m'aventurais avec Jet, donc même si la lumière était allumée dans sa chambre, j'ai décidé de prendre une douche afin d'avoir une minute pour mettre de l'ordre dans mes pensées. J'ai pris un pantalon de yoga et un débardeur extensible avant de marcher jusqu'à la salle de bains sur la pointe des pieds.

Je partageais la deuxième salle de bains avec Jet, et avant que j'aie commencé à fourrer régulièrement ma langue dans sa gorge, je n'avais jamais réfléchi à combien cela pouvait être intime. Par exemple, toutes les merdes qu'il mettait dans ses cheveux étaient étalées sur l'étagère, juste à côté de mes produits. Il avait une collection de grosses bagues en argent sur un côté du lavabo et un tas de médiators dans le porte-savon, à côté de mes bouteilles de parfum chics que je laissais là car j'étais trop fainéante pour les ranger. Une de ses ceintures, avec des clous en métal, était enroulée et posée sur les toilettes et la jupe de mon costume de pom-pom girl était en tas par terre. D'une certaine façon, sans même que je le remarque, ma vie était déjà si entrelacée avec la sienne que c'était facile. J'aimais bien que mes affaires soient emmêlées avec les siennes. Cela donnait un bordel plus intéressant, un peu comme nous.

En retournant vers ma chambre, j'ai dû m'arrêter devant la porte car de la musique s'élevait de l'autre côté du couloir. Ce n'était pas son habituel bruit hurlant qui me faisait saigner des oreilles et me donnait la migraine, mais une guitare douce et la plus belle voix que j'aie jamais entendue. Je ne reconnaissais pas la chanson car elle ne me rappelait rien, mais c'était assez séduisant pour que je jette tout sur mon lit et fasse demi-tour sans hésitation. J'ai frappé, et la guitare s'est arrêtée assez longtemps pour qu'il me dise d'entrer. Quand j'ai ouvert la porte, ma respiration s'est coupée quelque part dans ma poitrine et mon cœur a glissé lentement jusqu'à mes pieds avant de remonter dans ma gorge.

Jet était assis au milieu de son lit, ses longues jambes croisées. Il était torse nu, ce qui était déjà une distraction en soi, et l'énorme tatouage noir et gris qui recouvrait son torse avait l'air menaçant derrière la guitare acoustique qu'il tenait. Cette image m'a coupé le souffle et m'a rappelé pourquoi il remettait en cause toutes mes bonnes intentions. Sa tête sombre était penchée et il griffonnait quelque chose dans un carnet ouvert à côté de lui. Il avait l'air chiffonné et sexy, la rock star au repos, mais ce qu'il faisait avec cette guitare et sa voix quand il a chanté le couplet suivant a fait faiblir mes genoux. J'ai traversé la pièce, comme étourdie, sans me rendre compte qu'il m'attirait rien qu'avec sa voix.

Je me suis laissée tomber sur le côté du lit et l'ai considéré avec de grands yeux.

Il ne m'a pas regardée avant d'avoir fini, et à ce moment j'ai senti que mes yeux s'embuaient, que quelque chose, dans mon âme, avait été touché par ce que pouvait faire ce garçon. Il s'est penché par-dessus moi pour poser la guitare par terre et a glissé le carnet dans le tiroir de sa table de nuit. Ses yeux foncés me regardaient en silence et je n'ai pas pu m'empêcher de tendre la main pour le toucher. J'ai attrapé sa cuisse et me suis penchée pour que nous soyons face à face.

– Si tu peux chanter comme ça, pourquoi est-ce que tu montes sur scène et que tu hurles pour que personne ne te comprenne ? Tu es génial. C'était tellement beau, j'en ai mal au cœur.

Il s'est éclairci la voix et a haussé les épaules. J'avais l'habitude de le voir torse nu sur scène ou en passant dans le couloir, mais d'aussi près cela faisait beaucoup de peau tatouée. C'était impressionnant, cela me déconcentrait et j'avais envie de la toucher. Je ne savais pas où poser mon regard, donc j'ai opté pour ses yeux bleu nuit au halo doré.

– C'est de la musique, Ayd. Ça résonne toujours en chacun de nous.

– Mais tu as une voix magnifique. Tu pourrais être célèbre, genre vraiment célèbre.

Il a passé ses mains derrière sa tête et s'est penché en arrière, ce qui a fait se contracter ses abdos sous l'encre ; j'aurais pu en baver. Mes doigts me démangeaient car j'avais envie de tracer le petit chemin de poils sombres qui sortaient du haut de ce pantalon trop serré pour remonter sur ses abdos bien dessinés et tendus sous un voile d'encre noire et grise.

– Je pourrais aussi être célèbre en chantant du metal ou des berceuses. Mais ce n'est pas ce que je veux.

Je me suis mordu la lèvre car il était beaucoup plus compliqué que je ne l'avais toujours pensé. Je croyais que le groupe était un moyen de passer le temps, d'obtenir une reconnaissance. Je ne savais pas du tout qu'il était aussi doué et que ne pas être une superstar était un choix.

– Qu'est-ce que tu veux à long terme, Jet ? Où est-ce que tu vas avec tout ça ? Ça devrait être illégal de gâcher un talent pareil.

Le coin de sa bouche s'est soulevé et son sourire a chatouillé ma peau.

– Tant que je peux continuer à écrire des chansons qui sont assez bonnes pour que des belles filles aux cheveux bruns cognent à ma porte au beau milieu de la nuit, je serai heureux. Je te chanterai tout ce que tu veux, Ayd, si ça veut dire que tu continues à me regarder comme tu le fais en ce moment. Le long terme se décidera de lui-même bien plus tard.

Je savais que si je le laissais faire, il aurait tout pouvoir sur moi. S'il chantait pour moi de sa voix magnifique et jouait de la guitare rien que pour moi, avec ses mains chargées de grosses bagues et aux ongles vernis de noir, alors je serais tout à lui. Je savais que rien de cela, ni sa belle voix, ni ses cheveux décoiffés, ni sa peau tatouée ne faisaient partie de mon avenir, mais reporter cette question était une idée de plus en plus tentante. J'ai glissé ma main un peu plus haut sur sa cuisse et j'ai vu des petites étincelles sur ses pupilles. Il était ma tentation, et ce depuis un bon moment. Bonne Ayden ou mauvaise Ayden, nous le voulions toutes les deux, et rien que lui.

Je me suis penchée un peu plus pour que mes deux mains soient à plat de chaque côté de ses hanches. Nous étions face à face, et nos bouches n'étaient séparées que par nos souffles. Aucune partie de nos corps ne se touchait, mais je pouvais presque sentir l'électricité circuler de sa peau colorée à la mienne.

– Pourquoi j'ai l'impression que c'est toujours moi qui vais vers toi, Jet ?

Ma voix était à peine un murmure et j'ai vu ses lèvres tressaillir. Il a retiré ses mains de derrière sa tête et j'ai senti le froid de ses bagues frôler mes joues alors qu'il enroulait ses doigts dans mes cheveux, sur mes tempes.

– Je ne sais pas, Ayd.

J'aurais sûrement trouvé une réplique maligne à lui lancer, mais il m'a tirée sur ses jambes et nous a retournés, de sorte que je me suis retrouvée sur le dos et qu'il flottait au-dessus de moi, tout en muscles et peau tatouée. À ce moment, sa bouche était sur la mienne et cela n'aurait pas dû être choquant ou même surprenant, mais le fait d'être à l'horizontale, sans rien d'autre qu'un fin pantalon en coton entre moi et une érection très impressionnante, faisait passer tous les autres baisers pour un entraînement avant le vrai événement.

Avant Jet, je n'avais jamais été intéressée par des mecs décorés de la tête aux pieds, mais maintenant j'avais envie de toutes les choses qui faisaient qu'il était lui. Qu'il s'agisse des œuvres qui étaient imprimées sur sa peau ou des anneaux de métal sur ses tétons que je sentais se presser contre ma poitrine. J'avais aussi de la chance car ces décorations étaient accompagnées de deux pectoraux fermes, de biceps bien dessinés et d'un cul qui était encore plus beau dans ce lit qu'il ne l'avait jamais été sur scène.

Je n'arrivais pas à décider où poser mes mains en premier. C'était comme avoir d'un coup tous les cadeaux que j'avais toujours voulus. J'avais l'impression d'avoir été affamée ma vie entière et que, maintenant, je n'avais plus qu'à goûter le festin à sept plats qu'était Jet Keller. J'allais me transformer en bête gloutonne. Il se débrouillait assez bien pour me faire perdre le fil de mes pensées, en attaquant ma bouche de baisers qui avaient plus de mordant et de piquant que ce à quoi j'étais habituée. Il maintenait ma tête et jouait avec sa langue à un jeu d'attaque et de retraite qui me faisait gémir. Mon seul recours était de glisser mes mains autour de sa taille étroite et d'enfoncer mes ongles dans le muscle ferme au-dessus de ses fesses. La pression a suffi à lui faire relever la tête, et je n'ai pas pu retenir un souffle de satisfaction en moi en voyant cette lueur dans ses yeux. L'extérieur doré était complètement avalé par une lumière voilée et passionnée, et sa bouche était humide. Quand sa langue est passée dessus, mes genoux se sont instinctivement pliés pour qu'il soit logé pile là où il devait être. J'ai glissé deux doigts sous le haut de son pantalon et j'ai haussé un sourcil.

– Comment tu enlèves ça ?

Il avait baissé la tête et faisait une chose incroyable au tendon de mon cou avec sa langue, donc sa réponse était étouffée contre ma peau qui frémissait au moindre de ses touchers. J'ai enroulé ma longue jambe autour de la sienne et me suis collée contre la partie de lui que je voulais et à laquelle on me refusait l'accès.

– Sérieux, ce pantalon est absurde. Comment je suis censée l'enlever ?

Tout ce que je portais était élastique et pensé pour être confortable et se faire des câlins dans un lit. Je lui ai fait une grimace et il s'est relevé tout en m'enlevant mon débardeur dans le même mouvement. Le regard qui est passé sur son visage lorsqu'il m'a contemplée a provoqué une vague de chaleur dans ma poitrine et sur mon visage. Je prenais soin de moi et je n'étais pas stupide, je savais que je n'étais pas moche. Mais ce regard dans ses yeux… je ne m'étais jamais sentie aussi estimée, aussi adorée qu'à cette seconde précise. Il y avait quelque chose de sérieux dans ces yeux noirs, et si je m'arrêtais pour y réfléchir, j'allais paniquer et foncer dans ma chambre. Heureusement, il a dû le sentir car il a grimpé sur moi pour se mettre debout et a commencé à défaire la boucle de sa ceinture.

– Il n'est pas si serré que ça.

Je me suis relevée avec mes coudes dans le dos pour admirer le spectacle et l'implorer de se dépêcher de mes yeux gourmands.

– Si, il l'est, et là, il me bloque l'accès.

Il a arrêté de tripoter sa braguette une seconde pour me regarder, mais je me tortillais pour sortir de mon pantalon de yoga et cela a suffi pour qu'il s'active. Le jean et le cuir ont fait du bruit en tombant par terre et j'ai eu un moment de surprise car je me suis retrouvée non seulement face à une érection impressionnante et des abdos fermes, mais aussi à un anneau que je ne m'attendais pas à trouver là. Comme Shaw et moi nous disions tout, je savais que le groupe de mecs aimait ce genre de trucs, mais je n'en avais jamais vu avant, et encore moins si près de moi. Je me suis léché la lèvre et j'ai pointé mon doigt dans sa direction.

– Qu'est-ce que je suis censée faire de ça ?

Il a ri un peu et a poussé les cheveux qui tombaient sur son visage.

– En profiter ?

J'ai secoué légèrement la tête tandis qu'il attrapait ma cheville et me tirait jusqu'au bord du lit, si bien que je me suis retrouvée beaucoup plus près de lui, plus que ce à quoi j'étais prête. L'impatience montait et fumait sous la surface, mais la peur de l'inconnu était toujours là et ce métal à un endroit inattendu était une distraction bienvenue.

– Ça ne fait pas mal ?

Il a encore ri et j'avais envie de le toucher. Je tendais la main avec hésitation, j'avais peur de lui faire mal, peur de mal faire. Il a pris ma main, l'a enroulée autour de sa verge et l'a serrée.

– Je l'ai depuis un siècle. Je n'y pense même plus. Tu peux le toucher, tu peux le lécher ; d'ailleurs tu pourrais faire les deux assez régulièrement.

J'ai fait glisser ma main d'avant en arrière et je l'ai senti frémir un peu sous mes doigts. Je l'ai lâché et ai frôlé doucement le métal avec mon index. Il était chaud car il avait été collé contre sa peau et la petite boule au milieu de l'anneau était toute lisse. C'était aussi sexy qu'intimidant.

– Ça devrait être intéressant.

Il m'a fait un clin d'œil et s'est penché pour prendre un préservatif dans la table de chevet à côté de son lit. J'étais certaine que l'impatience allait me tuer. Il m'a tendu le petit paquet brillant et m'a repoussée sur le lit. J'ai enroulé mes bras autour de ses larges épaules et ai regardé ses yeux, qui contenaient tout ce que j'avais toujours voulu.

– Il faut qu'on te fasse sortir de ta boîte, Ayd. Les meilleures choses ne se trouvent jamais dans la normalité.

Il avait raison. Mais la normalité était rassurante et personne n'était jamais blessé, jugé ou ostracisé dans la normalité. Et ce n'était pas le moment d'avoir ce débat, car il m'embrassait encore et faisait à mes tétons dressés des choses que seul un gars qui jouait de la guitare comme lui pouvait faire. Sa façon de me toucher, la façon dont ses doigts appuyaient sur ma peau, dont ses dents laissaient des marques, et la façon dont le métal placé çà et là me donnait la chair de poule effaçait tous ceux qui avaient un jour essayé de me toucher. Il était dur et doux à la fois, sa bouche était en velours et en acier et je me suis demandé si je pourrais jamais revenir de ce moment avec lui.

Seul Jet pouvait faire cela. Seul Jet me faisait oublier que je n'étais pas une fille qui s'abandonnait simplement à la passion et à l'oubli, et seul Jet me faisait hurler son nom lorsqu'il écartait mes jambes et me touchait, me caressait, me faisait toutes les choses qu'il avait faites dans la salle de bains des loges, la veille au soir. Seulement cette fois, après avoir vu des petites étoiles, je l'ai retourné sur le dos pour pouvoir grimper sur lui. Ce garçon pouvait jouer d'une femme aussi bien que d'une guitare, il n'y avait pas de doute.

J'ai baissé les yeux sur lui, étendu sous moi, et quelque chose en moi s'est débloqué. Je l'avais voulu depuis si longtemps. Il était tellement impressionnant, il était talentueux au point que cela faisait mal de l'entendre et il était indéniablement somptueux. Je me fichais de l'avenir quand je le regardais, je me fichais que ses projets n'aillent pas plus loin qu'une guitare et une jolie chanson. Tout ce qui m'importait, c'était qu'il n'arrête jamais de me regarder comme il le faisait à cet instant, et que quand il disait mon nom de sa voix magnifique, il le dise comme si c'était les paroles de sa chanson préférée.

J'ai utilisé mes deux mains pour lui mettre le latex, car je n'étais pas encore sûre à cent pour cent de ce que je pouvais faire de l'anneau au bout, et honnêtement, j'étais nerveuse. Le sexe, c'était juste un truc que j'avais déjà fait. Parfois c'était bien, parfois, non, mais ce qu'il était en train de se passer était un niveau au-dessus. Je savais qu'une fois que j'aurais sauté le pas, quiconque passerait après lui n'aurait pas la moindre chance. Je l'ai ressenti alors que je le regardais me regarder. Cela avait mis du temps à arriver, et maintenant, la réalité de la chose était aussi puissante que l'acte en lui-même.

Il y avait quelque chose, dans sa manière de me toucher un peu plus durement, de m'embrasser un peu plus longtemps, de me pousser un peu plus loin que je ne serais allée en temps normal, qui rendait tout cela différent. C'était comme si chaque endroit qu'il touchait, chaque endroit où atterrissaient ses lèvres devenait ultrasensible et surstimulé. J'avais l'impression que j'allais sortir de ma peau. Aucune partie de moi n'échappait à ses bons soins minutieux et attentionnés, personne n'avait jamais été aussi attentif à mon corps. Je crois qu'il a même réussi à découvrir des zones érogènes que je ne connaissais pas moi-même, comme ma nuque et l'intérieur de mon poignet, la courbe sous mes seins, mes côtes. Partout où ses mains se posaient, ses lèvres suivaient et j'avais l'impression qu'il essayait de laisser sa trace sur le moindre centimètre de mon corps pour que personne d'autre ne puisse jamais y venir. Le contraste entre la caresse douce du bout de sa langue et la boule dure et métallique au milieu était plus érotique que tout ce que j'avais connu. Aucune partie de moi n'a échappé à un petit mordillement entre ses dents et au moment où je ne pouvais plus le supporter, au moment où j'étais plus que mouillée et désireuse, j'ai dû rassembler tous mes efforts pour ne pas exploser lorsqu'il m'a tirée au-dessus de lui.

J'ai posé ma main sur son cœur, dont je sentais les battements réguliers sous mes doigts, et j'ai regardé le masque squelettique de l'ange de la mort qui me regardait derrière mes doigts. Jet a placé ses mains sur ma taille et m'a soulevée comme si je ne pesais rien. Avant qu'il puisse me laisser retomber, avant qu'il puisse m'empaler sur son sexe qui s'étirait entre nous, j'ai sifflé entre mes dents et ai posé mon front contre le sien.

– Ça va tout changer.

Mes mots étaient étranglés, j'ai senti son ventre se contracter en dessous de moi. Cela me brûlait de la meilleure des façons. Il était chaud, il était dur et il touchait en moi des endroits qui n'avaient jamais été touchés avant, j'en étais sûre. Ce petit anneau au bout de son sexe tirait et frottait contre ma chair tendre qui ne résistait pas à cette sensation, ce qui a accéléré ma respiration et mon rythme cardiaque. Je n'allais pas tenir longtemps, à ce rythme-là. Entre l'attente et le fait que c'était tout simplement Jet, j'allais passer de l'autre côté d'une seconde à l'autre. Des palpitations ont parcouru la longueur de sa queue, je les ai senties jusqu'à mes orteils lorsqu'il m'a redescendue, et nous avons tous les deux gémi à cause de l'intensité de ce contact. Ses yeux noirs se sont fermés lorsque j'ai commencé à bouger, pour trouver un rythme qui me faisait haleter et le faisait grogner. Rien ne serait jamais aussi bon, ne semblerait jamais aussi parfait. J'ai posé mes mains sur les plaines de sa peau douce et tatouée, tendue sur ses muscles contractés, et j'ai laissé sa façon de bouger, sa façon de me toucher comme si j'étais précieuse, m'emporter.

Comme j'y étais presque, il a posé ses mains sous mes fesses et nous a retournés d'un seul mouvement bien maîtrisé. Il m'a embrassée longuement, a mis ses mains dans mes cheveux, et j'ai vite découvert que, concernant le piercing au bout de sa bite, il était vrai que tout ce que j'avais à faire était de me détendre et d'en profiter. La bille de métal a touché mon clitoris une fois, une seule fois et c'était fini. J'ai repris mon souffle et je l'ai laissé me manipuler comme il le voulait, et quand il a eu terminé, nous sommes restés allongés, épuisés et engourdis. Enfin il s'est tourné pour me regarder de ses yeux aussi embrumés que ce que je ressentais.

– Parfois, les choses doivent changer, parce qu'elle ne peuvent pas rester telles qu'elles sont.

Je ne savais pas quoi répondre à cela. Nous aurions dû faire ça depuis longtemps, c'était évident maintenant. Le sexe pouvait être un truc anecdotique et peu mémorable. Mais ça, ça ne l'était pas.

Quand il est revenu au lit après s'être lavé, il m'a enveloppée d'un bras autour de ma taille, tout en me tirant vers lui et en passant son bras au-dessus de ma tête pour éteindre la lumière. Je me suis dit que c'était un changement que j'aimais trop et cela m'inquiétait. Je me suis endormie avec ses doigts entrelacés dans les miens sur mon ventre, alors qu'il fredonnait le refrain de *Tennessee Whiskey* de George Jones. Jet allait me détricoter de toutes les façons possibles, et je ne savais pas si j'allais pouvoir l'en empêcher.

Le lendemain matin, le réveil de mon téléphone s'est déclenché et j'ai eu un moment d'affolement en me réveillant, entourée de peau nue. J'avais mal d'une façon très agréable, et j'ai dû lutter pour ne pas me recroqueviller contre lui au lieu de m'en aller discrètement. Il m'a fallu une minute pour trouver mes vêtements par terre et rentrer dans ma chambre. Quand je me suis aperçue dans le miroir au-dessus de la commode, j'ai eu un rictus. J'avais l'air dépravée. Mes cheveux partaient dans tous les sens, j'avais les paupières lourdes, les yeux rêveurs et une marque de morsure très nette sur le côté de mon cou. Il n'y avait pas de temps mort avec Jet. Il savait ce qu'il faisait, et c'était inscrit sur moi de la tête aux pieds. Le fait que j'avais absolument et complètement perdu le contrôle avec lui, que je m'étais laissée emporter par l'instant ne m'avait pas échappé, ni à moi, ni à mon reflet dans le miroir. Et je dus combattre une vague de panique.

Je me suis changée, ai mis mes vêtements pour courir et me suis fait une queue-de-cheval approximative avec mes cheveux emmêlés. J'allais prendre mon iPod, mais bizarrement je n'avais pas envie d'écouter des chansons bisounours sur l'amour et le désespoir. Puis j'ai traversé le couloir en espérant que Jet dormait encore et que Cora serait toujours terrée dans sa chambre. Je remplissais ma bouteille d'eau à l'évier quand la voix chantante de Cora s'est élevée du salon.

– J'en connais une qui a l'air bien reposée.

J'ai fermé les yeux pendant une seconde et ai lâché un gros mot entre mes dents. Je l'ai regardée derrière mon épaule. Elle avait toujours son pyjama rose et la malice brillait dans ses yeux vairons.

– Ouaip.

Elle a pointé son index et avait l'air plus sérieuse, tout à coup.

– Il faut que tu fasses attention, Ayd.

J'ai froncé les sourcils car il était trop tôt pour cette conversation, au propre comme au figuré.

– Prudence est mon deuxième prénom, Cora.

– Peut-être mais celui de Jet, c'est Passion, et il peut vraiment s'emballer quand quelque chose est important pour lui. Si tu ne veux pas t'emballer, il vaut mieux que tu sois honnête avec lui.

Je ne pouvais pas parler de cela avec elle, sachant que je ne savais pas moi-même ce que j'étais en train de faire, donc j'ai pris ma polaire légère et ai remonté la fermeture Éclair.

– C'est noté. Je reviens.

– Eh, sois prudente. Il se passe des trucs bizarres.

J'ai haussé un sourcil.

– Tu as remarqué aussi le mec qui traîne dans le coin ?

– Quoi ? Non ! Mais il y a un taré qui a essayé d'entrer hier.

Un frisson d'alarme est parti de ma nuque pour descendre toute ma colonne vertébrale. Entre les appels du Kentucky et ce mec que je n'arrêtais pas d'apercevoir, je ne pouvais pas me dire qu'une tentative d'effraction était une coïncidence.

– Tu as appelé les flics ?

Elle a fait non de la tête.

– Je l'ai menacé à coups de taser et il s'est tiré. Je suis sûre que c'était un junkie perché ou un truc dans le genre, mais fais attention à ce qui t'entoure si tu cours toute seule.

J'ai hoché la tête, mais en réalité il fallait que je fasse attention à ce qui m'entourait pour de nombreuses raisons. Je marchais vers la porte d'entrée, en réfléchissant à ce qui pouvait bien forcer quelqu'un à menacer ma nouvelle vie, ma nouvelle maison, lorsqu'elle a dit mon nom. J'aurais dû savoir, d'après la jubilation dans le ton de sa voix, que j'allais le regretter si je me retournais. Elle était debout sur le canapé avec les deux mains en l'air et secouait ses dix doigts. Elle m'a dit en chantant : « Tu vaux dix points ! » Si j'avais eu quelque chose de moins lourd que ma bouteille d'eau, je le lui aurais jeté au visage. Au lieu de cela, j'ai levé les yeux au ciel et ai bondi par la porte.

Elle avait raison, j'avais dix bons points. Mais ça craignait, parce que je ne voyais pas comment, après hier soir, nous étions censés être amis avec un gros bonus sans franchir la ligne et en vouloir plus. Je ne pouvais pas gérer cela. Jet donnait envie à l'ancienne Ayden de se lancer dans tout le côté « bons moments », ce qui était très dangereux pour ma tranquillité d'esprit et ma façade soigneusement élaborée.

J'ai couru lourdement en essayant de laisser l'épuisement physique faire son travail pour que ma tête arrête de tourner. J'étais presque arrivée au parc et j'étais déjà essoufflée, lorsqu'une berline a ralenti à mon niveau. Je l'ai regardée du coin de l'œil alors que je n'y aurais pas prêté attention si j'avais écouté de la musique. J'ai ralenti et je suis restée fichée sur place lorsque la voiture s'est arrêtée près de moi et que la fenêtre s'est ouverte. En temps normal, j'aurais continué à courir. D'ailleurs, si j'avais été maligne, j'aurais dû continuer à courir, mais quand le conducteur s'est penché par la fenêtre avec le sourire désinvolte que je connaissais bien illuminant son visage, je suis descendue du trottoir pour aller sur la route.

Je me suis appuyée sur le capot de la voiture avec une main et j'ai croisé son regard couleur d'ambre, exactement la même teinte que moi. C'était vraiment la seule caractéristique que nous partagions, puisque nous n'avions pas le même père. Asa avait les cheveux blonds et faisait à peu près la même taille que moi. Il était beau et il le savait. Il savait aussi certainement que j'étais tout sauf contente de le voir ici.

– Comment m'as-tu trouvée ?

Il m'a souri et j'ai senti mon cœur se serrer. Quand il vous regardait comme ça, il était quasi impossible de lui refuser quoi que ce soit, même si je savais d'expérience que la seule personne qui comptait pour Asa, c'était Asa. Aimer mon grand frère a été la chose la plus difficile que j'ai faite de toute ma vie.

– Quel genre de grand frère je serais si je ne prenais pas de nouvelles de ma petite sœur ?

– Le genre de grand frère que tu as toujours été. Qu'est-ce que tu fais là ?

Je ne pouvais pas lui céder un centimètre, sinon il allait s'emparer des milliers de kilomètres que j'avais mis entre nous au prix d'un dur labeur.

– Il faut que je te parle de quelque chose. J'ai des petits soucis qui se préparent à la maison et j'aurai peut-être besoin d'un peu d'aide.

Il y avait toujours des problèmes, avec Asa, et s'il disait qu'ils étaient petits, cela signifiait qu'ils étaient sûrement déjà énormes et que nous allions tous les deux nous retrouver au milieu d'une tempête. Il était comme ça. Il remuait la merde et laissait quelqu'un d'autre, généralement moi, trouver une solution pour tout nettoyer. Il ne s'arrêtait même pas pour me demander comment j'avais fait, il partait du principe que je le ferais et que je trouverais toujours un moyen.

J'ai fait non de la tête et je me suis décollée de la voiture.

– Non.

Il a haussé son sourcil blond.

– Comment ça, non ?

J'ai frotté mes bras car j'avais soudain très froid, même si la température n'était pas très basse.

– Juste non. Non, je ne vais pas t'aider. Non, je ne vais pas te donner d'argent. Non, tu ne peux pas squatter chez moi. Peu importe ta question, ma réponse est non, pas moyen. Je me débrouille bien ici, Asa. Je défonce tout à la fac, j'ai des amis géniaux et un boulot cool. Tu ne vas pas débarquer et foutre la merde.

Il s'est contenté de sourire, avec ce sourire qui à l'époque me faisait secouer la tête et le suivre dans je ne sais quelle magouille. Mais maintenant, il me hérissait les poils de la nuque.

– Tu as oublié ton petit copain classe dans ta liste, petite sœur.

J'ai froncé les sourcils car aucune personne saine d'esprit n'aurait dit de Jet qu'il était classe, mais je n'allais pas lui tendre la perche.

– Il faut que j'y aille, Asa. Arrête de m'appeler et de raccrocher, et si tu as des potes qui rôdent, dis-leur de se calmer. Les mecs avec qui je traîne n'ont pas peur d'en venir aux mains.

Une ombre a bougé dans les profondeurs ambrées et scintillantes de ses yeux. Je connaissais bien ce regard. Je le voyais assez dans le miroir. C'était de la peur.

– Je ne t'ai pas appelée, Ayd, et je viens d'arriver aujourd'hui. Tout seul.

J'ai plissé les yeux car c'était possible qu'il dise la vérité, mais je n'avais aucun moyen d'en être sûre.

– Sérieux.

Je ne pouvais pas me faire entraîner dans ce qu'Asa essayait de fuir. J'avais passé beaucoup trop de temps à faire des choses pour qu'il reste vivant et n'atterrisse pas en prison, au lieu de faire des soirées pyjama et d'essayer de devenir pom-pom girl.

– J'aimerais pouvoir dire que c'était sympa de te voir, Asa, mais j'ai arrêté de mentir. J'espère que tu vas te sortir de ce que tu fuis mais ce n'est plus mon job de tout réparer pour toi. Maman aurait dû te prévenir avant que tu viennes me chercher.

Je me suis retournée vers le trottoir, en sentant son regard brûler dans mon dos alors que je m'éloignais.

– On dirait que tu cours toujours, Ayd. Tu n'as pas encore compris que l'horizon s'éloigne de plus en plus, tandis que le passé reste exactement là où tu l'as laissé ?

Cela faisait partie de ce qui rendait Asa si dangereux. Il pouvait décrypter un inconnu à cent kilomètres. Mais moi, moi, il me connaissait déjà en long, en large et en travers et il n'avait même pas d'efforts à faire pour tirer sur mes faiblesses et mes peurs. Je ne lui ai pas répondu, et je me suis mise à courir le plus vite que je pouvais, vers le parc. Je ne me faisais pas d'illusions, je savais que ce ne serait pas la dernière fois que je croiserais Asa. S'il avait des problèmes, il n'allait pas partir. Il fallait que je m'assure que ce qu'il avait fait venir de Woodward ne pouvait pas répandre le chaos et le drame sur toutes les merveilleuses choses que j'avais construites ici, à Denver.

CHAPITRE 8

JET

Je me suis réveillé tout seul, ce qui n'était pas très surprenant. Ce qui m'a interpellé, c'est le fait que cela m'ait énervé.

Amis améliorés, c'était bien joli, mais après cette nuit j'avais le sentiment qu'il se tramait autre chose que nous ne pouvions ignorer. Nous collions, simplement. Nous fonctionnions ensemble. S'il y avait bien deux personnes qui étaient faites pour avoir des relations sexuelles régulières, c'était nous. Je n'étais pas assez arrogant pour croire que j'étais un amant incomparable, mais cela avait été un très bon moment et cela m'agaçait qu'elle soit partie si vite. Je ne savais pas si c'était mon ego ou autre chose, et je n'aimais pas cela.

Je me suis roulé hors du lit et j'ai sauté sous la douche. Le temps que je sorte, mon téléphone n'avait pas arrêté de sonner, posé sur la table de chevet depuis la veille. J'ai enfilé un jean rouge et un tee-shirt noir. Je glissais les pieds dans mes bottes en ignorant un énième appel de mon père lorsque j'ai vu que les premiers appels manqués venaient de Dario Hill, le chanteur d'Artifice. J'avais énormément travaillé avec lui sur leur dernier album et c'était principalement grâce à eux que nous avions tourné au Metalfest, l'année précédente. Ils étaient sous le feu des projecteurs en ce moment et Dario avait de moins en moins de temps pour discuter. J'ai donc commencé à paniquer un peu, à me demander si le vieux m'avait pris de court et avait essayé de les contacter directement pour leur tournée en Europe.

J'ai repoussé ma serpillière de cheveux mouillés en arrière et je l'ai rappelé en jouant avec la bague qui était sur mon pouce. Je m'attendais à devoir laisser un message, mais Dario a décroché au bout de deux sonneries.

– Mec, j'ai essayé de t'appeler toute la matinée.

J'ai ramassé ma guitare qui était restée par terre et ai passé mes doigts sur les cordes.

– Ouais, je me suis couché tard, j'ai eu du mal à émerger ce matin.

Il a rigolé.

– Tu t'es bien amusé, on dirait.

Je n'étais pas sûr qu'« amusé » soit le mot juste, « bouleversé », plutôt, mais Dario n'était pas la personne avec qui en parler.

– On peut dire ça. Alors, quoi de neuf ? Je croyais que vous vous prépariez à partir en Europe pour la tournée du nouvel album.

Aller en Europe, ce n'était pas rien. La visibilité mondiale que cela procurait était énorme, et c'était enthousiasmant de jouer dans de nouvelles salles, pour un public plus exigeant. Le metal de l'autre côté de l'Atlantique battait le metal américain à plate couture.

– C'est pour ça que je t'appelle, en fait.

Je me préparais mentalement à ce qu'il me dise que le harcèlement de mon père dépassait les limites, que ce soit sur le plan amical ou professionnel, et j'ai loupé un accord du morceau que je jouais distraitement. J'ai lâché un gros mot et reposé ma guitare.

– Le groupe que le label avait choisi pour nous accompagner a capoté. Je ne sais pas ce qui s'est passé, mais ils ne sont plus d'actualité, et il nous faut un remplaçant très vite. Ils nous ont filé quelques noms, mais aucun avec qui j'ai spécialement envie d'être sur la route pendant trois mois. J'ai donné votre nom et j'ai cru que le dirigeant du label allait pisser dans son froc. Pourquoi tu ne m'as jamais dit qu'ils vous couraient après pour vous faire signer avec eux, depuis genre, toujours ?

J'ai soupiré.

– Parce que je ne veux signer avec personne, et encore moins avec quelqu'un d'aussi gros.

– Putain, Jet, tu es bien tordu comme mec.

– Estime-toi heureux. C'est grâce à ça que je t'écris des chansons qui déchirent.

Il a ri une nouvelle fois avant de vite redevenir sérieux.

– Viens avec nous en tournée. Je ne devrais pas te demander ça, parce qu'Enmity est bien meilleur que nous, mais ça serait marrant et ça vous donnerait une visibilité incomparable. Ce n'est que trois mois et tu sais que vous êtes parfaits pour ça.

Trois mois… Être aussi loin de ma mère alors que mon père était à Denver me filait la chair de poule. Sans compter qu'il fallait que je décide ce que j'allais faire avec Ayden. Si je partais trois mois, lorsque je rentrerais, elle serait sans doute dans les bras d'un mec avec une veste en tweed et des empiècements en cuir sur les coudes. Je savais ce qu'elle voulait, mais ce dont elle avait besoin était tout autre chose. Si j'étais en Europe, je la voyais très bien se convaincre de retourner à l'ennuyeux et au prévisible.

– Je ne sais pas, mec. Un des gars vient d'avoir un gamin et j'ai plein de trucs chiants à régler ici. C'est un assez gros engagement.

Je l'ai entendu soupirer.

– Jet, tu es de loin le musicien le plus doué que j'ai rencontré, et je ne parle pas que de metal. Personne n'est meilleur que toi sur scène, personne ne peut écrire une chanson comme toi. Je comprends que ça te suffise d'être un grand nom sur la scène locale mais c'est vraiment là que tu vas t'arrêter ? Sois réaliste, comment tu peux laisser passer la chance de faire une tournée en Europe aux frais du label ?

Objectivement, je savais qu'il disait vrai, mais une part de moi, celle qui avait peur de ce que mon père était capable de faire, ne pouvait simplement pas céder, en tout cas pas tout de suite.

– Laisse-moi parler aux gars et je te rappelle.

Un autre soupir, que j'ai quasi senti à travers le téléphone.

– Tu n'as que quelques jours, bonhomme. Il faut que notre première partie soit fixée avant la fin de la semaine, et on part le 1er mars.

Je n'avais pas l'impression que cela me laissait assez de temps pour retourner tout cela dans ma tête, mais il fallait au moins que je voie ce que les autres membres du groupe en pensaient. J'allais raccrocher, mais il m'a arrêté.

– Eh, dernière chose, le label a reçu un coup de fil d'un mec qui a dit qu'il te connaissait et qui voulait s'incruster dans la tournée. Ça te dit quelque chose ? J'ai annoncé aux gars que je te demanderais avant d'accepter, mais honnêtement il avait l'air un peu taré.

Maintenant, c'était mon tour de soupirer. J'ai passé mon pouce entre mes yeux et j'ai senti mes molaires claquer entre elles. C'était un combat quotidien de ne pas étrangler ce vieux con, et plus je vieillissais, plus c'était dur de me retenir.

– Dites-lui non. En fait, dites-lui mille fois non. S'il essaie de rappeler, dites-lui que vous allez le faire surveiller par la sécurité. Il n'a pas à s'approcher de votre tournée ni de votre groupe.

Ce qui voulait dire que j'allais devoir lui trouver une autre occupation pour qu'il ne pourrisse pas la vie de ma mère. Peut-être que la meilleure chose à faire aurait été de l'envoyer en Europe avec Dario et espérer qu'il ne revienne pas. Mais même si cela me dégoûtait, il était mon problème, il l'avait toujours été, et je n'allais pas infliger ce crétin à un ami.

– D'accord, mais sérieusement, Jet, réfléchis bien à la tournée. C'est parfait pour toi et ça ne pourrait pas arriver à un meilleur mec ou à un meilleur groupe. Vous méritez de la reconnaissance.

Je lui ai dit au revoir en grognant et j'ai glissé le téléphone dans ma poche. Je suis passé dans la salle de bains pour dompter mes cheveux, me brosser les dents et enfiler ma ceinture. Apparemment, Ayden était déjà passée par là, car tous ses trucs de fille étaient rangés et son habituelle collection de vêtements abandonnés avait disparu. Ce constat m'a rappelé son départ de ce matin et j'ai marmonné des obscénités dans ma barbe en allant vers la cuisine. Cora s'affairait, déjà prête pour le travail. Elle a levé les yeux vers moi avec un regard entendu tandis que je m'affalais sur une des chaises.

– Ayd est déjà partie ?

Elle est venue vers moi avec une tasse de café et un sourire.

– Oui. Elle s'est levée tôt, elle est allée courir et elle s'est rendue en cours. Tout va bien entre vous ? Elle m'a paru un peu sèche après être allée courir.

J'ai laissé tomber ma tête en arrière et j'ai fixé le plafond.

– Je n'en ai pas la moindre idée.

Elle s'est assise en face de moi et j'ai baissé la tête pour la regarder. Il y avait dans ces yeux multicolores un truc qui faisait que l'on savait qu'elle voyait et comprenait plus de choses qu'elle ne le laissait paraître. Cora pouvait cerner les gens mieux que personne, et si elle avait une idée de ce qu'il se passait avec Ayden, j'étais tout ouïe.

– Je crois qu'il se passe plus de choses sous la surface que Ayd ne veut bien le montrer. Je veux dire, ça fait un moment que je vis avec elle et elle ne parle jamais du Kentucky ou de sa famille, ni de sa vie avant la fac. Même Shaw ne connaît que les grandes lignes. C'est comme si elle n'avait pas existé avant de déménager ici pour ses études. Parfois, c'est ce que les gens choisissent de ne pas dire qui est l'histoire la plus importante.

Je suis resté bouche bée devant elle, car je n'imaginais pas qu'elle avait une vision d'ensemble aussi claire. Parfois on passait à côté de ses qualités, car son personnage de princesse punk était trop perturbant.

– C'est comme toi.

Elle m'a montré du doigt et a appuyé sur le bout de mon nez avec son ongle fluo.

– Tu ne m'as pas dit que tu étais allé voir ta mère, hier. Comment ça se fait ?

J'ai grogné et ai passé mes deux mains dans mes cheveux, en me mettant du gel partout.

– Parce que je n'aime pas en parler. Nash a une grande gueule.

– Non, Nash est un vrai ami qui sait combien tu te flagelles en prenant la responsabilité du mariage raté de tes parents. Un jour, tu vas devoir admettre que ta mère est une grande fille, responsable des choix qu'elle a faits et qu'elle continue à faire. Tu as fait ce que tu pouvais pour l'aider, pour la sortir de là et c'est évident qu'elle ne veut pas partir. Tu ne peux pas porter ce fardeau toute ta vie, Jet.

Elle tenait à peu près le même discours que Nash hier, mais c'était une chose de comprendre qu'ils avaient raison, et c'en était une autre de pouvoir tout lâcher et m'en aller. Donc je lui ai dit la même chose qu'à Nash.

– C'est ma mère.

Seulement Cora n'était pas Nash, et elle n'était pas du genre à se contenter de cet argument pendant que je continuais à me torturer sur le sujet. Elle a posé une de ses petites mains sur la mienne et l'a serrée.

– Oui, c'est vrai, ce qui veut dire qu'elle devrait être là pour prendre soin de toi et être fière de toutes les choses incroyables que tu fais. Elle devrait être contente de savoir combien son fils est talentueux, et elle devrait être ta plus grande fan. Ce qu'elle ne devrait pas faire, c'est laisser sa relation malsaine avec ton père te garder accroché à cette ville et à elle, alors que tout le monde, et Jet, je dis bien

TOUT LE MONDE sait que tu pourrais faire tellement mieux.

Je ne pouvais pas la contredire car elle avait raison. Ils avaient tous raison, mais cela ne changeait rien au fait que j'étais pétrifié à l'idée de ce qu'il arriverait à cette femme si je laissais tomber. Je n'étais pas sûr de pouvoir me regarder dans le miroir si jamais cela arrivait, et aucun succès ou réussite personnelle ne valait que je prenne ce risque. Je n'allais même pas parler de la tournée avec Artifice, car cela n'aurait fait que jeter de l'huile sur le feu. Si je restais à Denver pour occuper le vieux, il y avait moins de risques qu'il la détruise complètement.

– C'est comme ça, pour l'instant.

Elle a haussé un sourcil.

– Mais ça pourrait être différent. Regarde Ayd et toi. Les choses peuvent rester comme elles sont pendant longtemps, puis ça change car il n'y a pas le choix.

J'ai haussé les épaules.

– Peut-être.

Elle a levé les yeux au ciel et s'est mise debout.

– Il faut que j'y aille si je ne veux pas être en retard. Arrête d'être le cliché du musicien maudit et fais en sorte que Ayden te parle. Au fait, elle était à dix points quand je l'ai vue ce matin, donc félicitations, le tombeur.

Cela m'a tiré un rire surpris et m'a sorti un peu de mon humeur maussade.

– Je t'avais dit que j'en aurais une, un jour.

Elle a ri et m'a fait un clin d'œil de son œil bleu.

– Eh bien, le truc, c'est que toi aussi tu as dix points, et je ne crois pas que tu aies jamais dépassé les cinq avant. Vous êtes bien ensemble, Jet, peu importe la forme que ça prendra. Ne la laisse pas te convaincre du contraire.

J'étais un peu sceptique.

– Ouais. Je ne sais pas pourquoi, mais j'ai l'impression que ça va être beaucoup plus dur que ça en a l'air.

Après que Cora a été partie travailler, j'ai glandé quelques heures et j'ai essayé de terminer la chanson sur laquelle je travaillais la veille quand Ayden m'avait pris en embuscade. Elle était triste et la mélodie me faisait mal dans la poitrine. Il lui manquait encore quelque chose, mais je n'arrivais pas à mettre le doigt dessus. Trop de choses tournaient en boucle dans ma tête, la tournée et une certaine fille du Sud, donc j'ai posé ma guitare dans son étui et je suis allé au studio. J'étais censé terminer avec Black Market Alpha plus tard ce soir, mais mon humeur actuelle n'augurait rien de bon pour travailler, surtout si Ryan se ramenait avec ses fanfaronnades débiles et son arrogance mal placée.

J'ai mixé quelques morceaux, bidouillé certains des miens, et j'ai envoyé un texto à tous les gars du groupe pour leur dire que nous devions nous voir. Mon père m'a appelé trois fois, je l'ai envoyé trois fois sur messagerie. J'hésitais à appeler Ayden mais le téléphone, cela marchait dans les deux sens. Si elle voulait parler, elle pouvait me contacter. Après tout, ce n'était pas moi qui l'avais abandonnée dans le lit après une nuit de sexe torride. Sans que je m'en rende compte, l'après-midi était passé et Ryan a débarqué dans le studio avec le reste de son équipe. C'était dommage que le chanteur soit une petite merde, car les autres mecs étaient vraiment cool et je me retrouvais beaucoup en Jorge. Ils étaient en train de s'installer lorsqu'un texto a fait biper mon portable à côté de moi.

J'étais surpris et, je l'avoue, content de voir que c'était Ayden.

TU ES OÙ ?

AU BOULOT.

TOI ? TU BOSSES ? ;-)

Cela m'a fait grimacer. Qu'est-ce qu'elle pensait que je faisais de mes journées quand je n'avais pas de concert ? Comment croyait-elle que je payais mes factures ?

QUAND J'EN AI ENVIE. POURQUOI ?

JE VOULAIS SAVOIR SI TU AVAIS FAIM.
MON DERNIER COURS EST ANNULÉ
ET JE SUIS AFFAMÉE.

JE NE PEUX PAS PARTIR. JE SUIS
AU MILIEU D'UNE SESSION.

JE PEUX VENIR JUSQU'À TOI.

C'était bizarre. Je ne laissais jamais personne rentrer dans le studio hormis les gars avec qui je bossais ou mon propre groupe. Cet endroit était ma bulle. Je venais ici pour échapper à toutes les choses que je n'arrivais pas à gérer dans la vraie vie. La laisser venir me semblait être un truc important et j'ai pris dix bonnes minutes avant de lui répondre.

D'ACCORD. MAIS TU VAS PEUT-ÊTRE
LE REGRETTER. JE CROIS QUE LES GARS
AVEC QUI JE TRAVAILLE NE CONNAISSENT PAS
UNE SEULE CHANSON DE KENNY CHESNEY.

TRÈS DRÔLE, PETIT CON. QU'EST-CE QUE
TU VEUX QUE JE T'APPORTE ?

PEU IMPORTE. JE NE SUIS PAS DIFFICILE.

NON JET, TU ES TOUT SAUF FACILE.

J'ai gardé les yeux rivés sur le téléphone comme s'il allait finir par m'expliquer ce qu'elle voulait dire. Les mecs du groupe s'impatientaient, donc je lui ai dit de prendre des pizzas et des Coors Light pour pouvoir les nourrir aussi. Je lui ai expliqué comment venir au studio. Je n'arrivais pas à décider si j'étais content qu'elle veuille venir me voir ou si j'avais peur de la laisser entrer dans mon sanctuaire. J'ai décidé de flotter entre les deux et de me concentrer sur mon travail le temps qu'elle arrive. Il y avait un problème avec le groupe, la moitié des gars ne se parlait pas et Jorge avait un temps de retard sur les trois quarts des morceaux. Après avoir recommencé le même morceau six fois de suite, j'étais prêt à tous les trucider.

J'ai tapé des mains sur la console de mixage et j'ai coupé l'interrupteur qui enregistrait tout dans le studio. J'ai fait craquer mes doigts et je suis entré ; ils se lançaient tous des regards noirs et Ryan me faisait la grimace.

– Qu'est-ce que tu fous, mec ? C'est notre dernier jour en studio et on t'a déjà tout payé.

J'ai fait tourner la bague que j'avais sur le majeur avec mon pouce et je lui ai rendu son regard mauvais. Le gamin ne me connaissait pas assez bien pour savoir que je ne me laisserais pas impressionner par sa suffisance juvénile et son talent médiocre.

– Qu'est-ce qu'il se passe, aujourd'hui ? Vous êtes mauvais, et je veux dire vraiment mauvais. Vous faites de la merde et je ne veux pas bosser avec ça. Vous avez oublié que vous êtes un groupe et que vous devez jouer la même chanson en même temps ? C'est quoi, ce bordel ?

Ryan a bombé le torse et Jorge a jeté ses baguettes par terre. Les deux autres m'ont fait la grimace tandis que Ryan s'est avancé pour me pousser sur le torse.

– Fais gaffe. C'est nous qui te payons, tu te rappelles ?

J'ai donné une claque dans sa main et j'ai plissé les yeux avec un air menaçant.

– Ouais. Vous me payez pour faire un album qui attirera l'attention d'un gros label qui voudra vous signer, pas un album qui ressemble à un bruit de casseroles tombant dans une cuisine. Je ne veux pas attacher mon nom à un truc qui n'est même pas écoutable. Donc, c'est quoi votre problème ?

Jorge a donné un coup de poing dans une cymbale.

– Ouais, Ry, pourquoi tu ne lui dis pas ce qu'il se passe ? Pourquoi tu ne lui racontes pas que tu t'es approprié toutes les chansons que j'ai écrites et tous les concerts qu'on a faits ensemble dans ton interview avec la fille de *Shred* ? Pourquoi tu n'expliques pas à Jet que ce nouvel album est une collaboration entre lui et toi, et que nous, nous sommes juste à ton service ?

Il a frappé la cymbale une nouvelle fois.

– Tu n'as pas besoin de nous, si ? Pourquoi tu ne finis pas l'album tout seul, parce que j'en ai marre.

J'ai fait un pas en arrière quand Jorge a fait le tour de la grosse batterie. Ryan avait pris une jolie couleur violacée et ses yeux sautaient frénétiquement de moi à son batteur. Je me suis gratté le menton et lui ai fait remarquer mon regard interrogateur.

– Tu sais écrire des chansons ? Tu sais faire une bonne mélodie et un refrain comme Jorge ?

Il a froncé les sourcils et a avalé sa salive.

– Non.

– Tu joues de la guitare ?

– Non.

– Tu joues de la batterie ?

– Je ne vois pas le rapport.

Je me suis penché en arrière et j'ai croisé les bras sur mon torse.

– Est-ce que tu es un artiste solo, Ry ? Parce que dans ce cas-là, ça veut dire qu'il faut qu'on efface tous les morceaux qu'on a déjà enregistrés et qu'on recommence du début.

Il a ouvert la bouche et le micro dans sa main est tombé par terre.

– Non. Pas possible. Ce qu'on a enregistré l'autre jour, ça tue.

– Exactement. Ça tue, parce que Jorge écrit d'excellentes chansons et que tu as un excellent groupe derrière toi. Sans ça, tu n'es qu'un petit con qui sautille sur scène et qui hurle du charabia incompréhensible. Je ne collabore pas avec le charabia incompréhensible. Tu as intérêt à te demander ce que tu peux leur apporter Ry, et pas l'inverse, parce que je te garantis que si Jorge s'en va, je lui trouve un autre groupe dans la seconde. Tu ne seras plus qu'un souvenir pour un mec qui t'a vu jouer une fois quelque part. Il faut que tu redescendes de ton nuage tout de suite et que tu arrêtes de gaspiller le temps de tout le monde. Car j'ai autre chose à faire que de baby-sitter un mec qui se prend pour une rock star.

Il m'a regardé sans rien dire, il essayait d'évaluer à quel point j'étais sérieux. Et je l'étais, car je savais que tout seul j'étais un bon chanteur, mais je ne pourrais pas faire ce que je faisais sans les gars, et un talent comme celui de Jorge ne devait pas être sous-estimé. Ryan et moi étions en plein duel de regards quand j'ai entendu un sifflement et que Jorge a lancé :

– C'est qui, cette nénette ? Oh mon Dieu, je suis amoureux. Elle a même de la bière et de la pizza.

J'ai regardé derrière moi et j'ai vu Ayden poser ses affaires dans la régie. Elle avait une grosse fleur en soie dans ses cheveux bruns et ses lunettes posées sur son nez. Elle portait un jean skinny plus moulant que le mien, si c'était possible, et une sorte de haut blanc souple qui tombait entièrement d'une de ses épaules. Ouaip, c'était une jolie nénette, et maintenant qu'elle était là, dans mon cercle rapproché, c'était loin d'être aussi perturbant que ce que j'avais imaginé. Elle m'a fait un signe de la main et s'est laissée tomber sur mon fauteuil. Je lui ai fait un signe du menton et me suis retourné vers Ryan. Je me demandais intérieurement pourquoi cela me semblait si naturel qu'elle soit là.

– Écoute, si j'ai un conseil à te donner, c'est de ne pas foutre en l'air un bon groupe. Vous êtes bons, mais seulement quand vous jouez ensemble. Revois ton ego à la baisse et présente tes excuses à ton groupe. Je ne mettrai pas mon nom sur quelque chose dont je ne suis pas fier et là, tout de suite, ça sonne très très mal. Mais pour l'instant, on va manger de la pizza et boire quelques bières. D'accord ?

Il s'est tu un long moment mais a fini par hocher la tête et s'est dirigé à contrecœur vers Jorge, devant la console, qui regardait Ayden bidouiller son téléphone. J'ai ouvert la porte et ai failli trébucher quand elle m'a souri.

– Salut.

– Salut aussi. Je ne t'ai pas vue ce matin.

Elle a tiqué et a posé son téléphone.

– Je suis désolée, il fallait juste que je…

Sa phrase s'est terminée avec un haussement d'épaules.

– … coure.

Je me suis penché et ai mis mes mains sur le dossier de la chaise. Je la regardais d'au-dessus et elle n'avait d'autre choix que de lever les yeux vers moi. Il y avait quelque chose dans ces yeux teintés de whisky, quelque chose de puissant et de clair. Cette fille était dangereuse. Je voulais lui faire des choses, faire pour elle des choses que je n'avais jamais voulues avant.

– Il faut que je te dise, Ayd, je préfère quand tu cours vers moi, pas quand tu t'enfuis.

Elle a penché sa tête un peu en arrière et a levé ses mains pour les poser sur ma taille. Je voulais imprimer tous les détails d'elle dans mon cerveau. Je voulais me souvenir de chaque regard, chaque toucher, chaque goût. Plus j'avais de temps avec elle, plus cela ressemblait aux montres molles tatouées sur mon bras, comme si elle n'était qu'une illusion, un rêve auquel j'essayais de m'accrocher avant qu'elle ne disparaisse.

– Je ne m'enfuyais pas, Jet. C'est juste que je ne suis pas sûre de savoir ce qu'on est en train de faire et ce que je dois en penser.

– Moi non plus, mais ce n'est pas plus logique d'y réfléchir tous les deux, plutôt que de ruminer tout seuls ? Quoi que ce soit, ça marche bien pour l'instant, donc contentons-nous de ça.

Elle a retroussé le nez, ce qui était mignon avec ses petites lunettes sexy, et je n'ai pas pu m'empêcher de l'embrasser. Je voulais rester professionnel car nous avions un public, mais elle avait un goût de café et de secrets. Sans parler du fait qu'elle avait glissé ses doigts sous mon tee-shirt et les enfonçait dans ma peau. J'aurais pu l'embrasser toute la journée, pour toujours, mais elle me montait à la tête plus vite que l'alcool auquel me faisaient penser ses yeux, et j'étais encore un peu énervé qu'elle m'ait lâché ce matin. Je l'ai mordillée doucement et me suis éloigné du fauteuil, ce qui l'a fait tourner avec un cri de surprise.

– Sérieux, Ayd, on est tous les deux intelligents. Pourquoi on ne peut pas faire ça, que ça marche entre nous ?

Elle a posé le pied par terre pour que le fauteuil arrête de tourner et a haussé une épaule.

– On peut. Je veux essayer. J'essaie juste de faire attention. Par le passé, j'ai fait de mauvais choix et ça a laissé de vilaines traces.

J'ai tendu une main, qu'elle a attrapée pour l'aider à se relever. Je l'ai tirée pour lui faire un câlin et ai calé sa tête sous mon menton. Nous nous emboîtions bien, comme si nous étions exactement prévus pour cela. Elle a mis ses mains dans les poches arrière de mon jean et a posé son front dans mon cou.

– Tu peux me dire comment éviter de faire ça, Ayden. Je veux bien t'écouter. Les seules traces que je veux laisser, c'est celles que tu aimes voir sur toi.

Ses cheveux doux ont frôlé mon cou et elle m'a serré un peu plus fort.

– Un jour, peut-être, mais pour l'instant on essaie de profiter de ce que c'est, sans passé qui nous plomberait.

J'ai senti mes sourcils se lever, mais les mecs du groupe étaient entrés et nous n'étions plus seuls. J'ai passé ma main le long de sa colonne vertébrale et ai donné une tape sur ses fesses avec le plat de ma main. Elle a sursauté et m'a repoussé.

– En général, je crois que c'est le mec qui parle comme ça.

Ses yeux ambrés étaient amusés, et tout ce que je voulais était la déshabiller et mettre mes mains partout sur elle. Elle était simplement différente, et je ne savais pas quoi faire d'elle ou du fait qu'elle me mettait dans un tel état aussi vite. Je n'ai pas eu le temps de retourner cela dans ma tête, car Jorge s'est glissé entre nous de force et s'est présenté à Ayden en lui secouant la main de bas en haut d'une façon qui était comique à regarder. J'ai fait quelques pas en arrière et j'ai pris une bière, tandis que Ryan faisait de son mieux pour la charmer. Elle les regardait tous avec de grands yeux et elle s'est rassise dans le fauteuil pendant qu'ils essayaient tous de discuter avec elle.

J'ai observé cette petite scène en riant. C'était une très jolie fille et elle savait se défendre. Je l'avais vue se dépêtrer de mecs bourrés considérablement plus vieux que ces gars-là sans efforts, mais, peut-être parce que je la regardais et qu'il se passait un truc indéfini entre nous, elle les étudiait prudemment et n'était pas décontractée comme à son habitude. Ils lui lançaient une série de questions : Comment nous nous connaissions ? Est-ce qu'il y avait quelque chose entre nous ? Quel était son groupe préféré ? Est-ce qu'elle avait déjà entendu parler d'eux ? Quelle était sa chanson préférée ? Est-ce qu'elle allait rester et les regarder jouer ? Elle est restée bouche bée devant eux jusqu'à en avoir probablement assez, puis elle est venue se placer solidement à côté de moi. Elle a passé un bras autour de ma taille et les a regardés comme si c'était une meute de loups et pas une bande d'ados musiciens en manque.

– Ils sont toujours comme ça ?

– Quand il y a une jolie fille dans les parages, oui. Tu n'es pas au courant que la plupart des gars qui lancent des groupes ou apprennent à jouer d'un instrument le font pour coucher ?

Elle a levé les yeux vers moi et j'ai ri en voyant l'incrédulité dans son regard vif. Je lui ai tendu la bière et ai fait signe à tout le monde de retourner au travail. Maintenant qu'elle était là, tout ce que je voulais faire était en finir ici et la ramener à la maison, ou la plaquer contre un mur, ou encore l'emmener à l'arrière de ma voiture. Je n'étais pas difficile, mais j'étais impatient. Elle était comme la musique, une chose dont j'avais absolument besoin, que je sentais profondément dans mon sang, et je ne savais pas quoi en penser.

– Bizarrement, je crois que tu n'avais pas besoin de ça pour coucher quand tu avais leur âge, si ?

Je l'ai regardée du coin de l'œil et je suis retourné à ma console de mixage. Elle m'a suivi et a continué à prendre quelques gorgées de la bière en traînant derrière mon épaule. Maintenant qu'ils avaient un public si intéressant, les gars ne déconnaient plus et ils ont entamé le morceau qu'ils n'arrêtaient pas de massacrer avec une vigueur et un enthousiasme retrouvés.

– Non. J'ai appris à jouer de la guitare parce que je voulais écrire des chansons. J'ai rejoint un groupe parce qu'il y avait des choses que je voulais dire, et sauter dans tous les sens en criant des paroles de punk, à l'époque, ça me correspondait bien.

Elle a posé sa main dans ma nuque et j'ai frissonné légèrement, car ses mains étaient froides à cause de la cannette de bière.

– Et maintenant, tu hurles des paroles de heavy metal parce que tu es énervé contre ton père et ta mère, et ça te correspond bien.

Elle a dit cela comme une évidence et cela m'a fait frissonner à nouveau, car elle avait parfaitement raison.

– Moi aussi je peux écouter, Jet. Peut-être que tu pourras me dire pourquoi tu es si énervé, et que je pourrai t'aider.

J'ai poussé quelques interrupteurs et bougé quelques boutons pour baisser la guitare.

– Peut-être que quand tu seras prête à me parler de tes mauvais choix passés, on pourra faire un festival où on partage tout.

Ma colère me suivait depuis si longtemps, vivait dans un endroit si sombre de moi-même que j'ignorais ce qu'il se passerait si je la sortais en pleine lumière. J'avais peur qu'elle ait le pouvoir de tout recouvrir et de réduire mon monde en cendres. Ses doigts froids sont descendus de ma nuque sur mon épaule, qu'elle a serrée doucement.

Nous sommes restés comme cela pour les trois morceaux suivants. Elle regardait tandis que je donnais des instructions aux gars et que j'essayais d'avoir la meilleure piste possible pour chaque morceau. À un moment elle m'a rendu la bière, et avant même que je m'en rende compte, nous avions plié tout l'album et il était presque minuit. Les gars étaient excités et voulaient sortir. Les disputes précédentes étaient oubliées car ils savaient, tout comme moi, que nous venions de produire un album mortel qui leur permettrait de signer avec un label sans hésitation.

Je voulais avoir Ayden seule et nue, à part ses lunettes, donc j'ai décliné l'invitation et les ai poussés vers la sortie. Elle est restée et s'est mise à nettoyer le bazar. J'allais fermer la porte à clef quand Jorge s'est arrêté et a fait demi-tour jusqu'à moi. Il m'a tendu la main et a serré la mienne avec conviction.

– Tu es vraiment un musicien incroyable, Jet. Personne d'autre n'aurait été capable de faire ce que tu viens de faire.

J'ai hoché la tête en réponse à son compliment.

– Et cette fille…

Il a laissé échapper un long sifflement.

– À ta place, j'écrirais des chansons sur elle à la moindre occasion, frère. Donc je ne sais pas ce que tu fais, mais continue, parce que je veux carrément être toi quand je serai grand.

J'ai ricané et lui ai fait un doigt d'honneur. Quand je suis retourné dans la salle d'enregistrement, Ayden était dans le studio et passait un doigt sur le manche d'une de mes guitares électriques que je gardais là. Elle était si parfaite, tellement à sa place, que quelque chose a chaviré dans ma poitrine et j'ai eu du mal à respirer pendant une seconde. Lorsqu'elle s'est retournée, ses yeux étaient sérieux et quelque chose remuait à l'intérieur.

– Jet, je ne savais pas que tu faisais tout ça.

– Comment ça ?

Elle a fait un signe de main pour désigner tout le studio et a passé ses doigts sur les cordes de la guitare, émettant un son aigu.

– Le studio, comment tu es avec les gars. Je n'imaginais pas que tu étais une espèce de dieu du rock. Le son que tu as donné à ces garçons, je veux dire, tu sais combien je déteste cette musique, mais tu en as fait quelque chose de très beau.

En général, je haussais les épaules lorsque quelqu'un me complimentait sur ce que je faisais, mais pas là, pas quand Ayden me découvrait.

– C'est ce que j'aime.

– C'est plus que ça, non ? Tu es né pour faire ça.

– Oui.

Tout ce whisky et ce mystère, tout ce à cause de quoi Ayden était au-dessus de tout le reste, tout cela m'a frappé de plein fouet. Je n'arrivais toujours pas à la comprendre mais quand elle m'a souri, qu'elle a accroché ses bras autour de mon cou et m'a demandé si j'étais prêt à y aller, la seule réponse que je pouvais lui donner était : « Oh que oui. »

CHAPITRE 9

AYDEN

J'étais en retard, ce qui n'était pas mon genre. Mais maintenant que je ne passais plus mes nuits toute seule et que Jet aimait me réveiller avec ses mains et sa bouche, c'était de plus en plus fréquent.

Je n'avais pas eu de nouvelles d'Asa depuis deux jours, tout le monde était encore à cran à cause de la tentative d'effraction (qui était liée à mon frère d'une manière ou d'une autre), mais je ne voyais plus l'inconnu rôder dans le coin. La vie se déroulait normalement. J'avais le pressentiment que cela allait représenter un vrai défi de garder les choses avec Jet sous contrôle. L'homme et le musicien en lui étaient composés de milliers de couches que je n'avais jamais remarquées auparavant. Et maintenant que je savais que sa réalité dépassait de loin mon fantasme, je me sentais glisser plus loin encore.

Tout ce qu'il faisait, il le faisait avec une intensité et une concentration que je ne lui soupçonnais pas.

Il était motivé et, apparemment, très demandé. Son téléphone sonnait à n'importe quelle heure du jour et de la nuit et il était sans cesse en train de courir pour préparer tel ou tel concert, gérer telle ou telle crise avec un groupe. Il se passait quelque chose, dans son groupe, qui le rendait nerveux et fébrile. Il ne voulait pas en parler mais d'après ce que j'avais compris, les autres gars voulaient qu'il accepte une tournée et ils étaient énervés qu'il ne soit pas d'accord. Il y avait aussi des coups de téléphone qui le mettaient de mauvaise humeur pendant des heures, et quand je lui en parlais, il haussait les épaules et changeait de sujet. Comme je n'étais pas encore prête à ce qu'il dissèque mon passé, je me suis dit qu'il valait mieux laisser tomber. Mais cela me faisait mal de le voir traverser quelque chose de difficile.

Et puis il y avait le fait qu'il me chantait des chansons tous les soirs. Je ne savais pas comment m'empêcher de tomber complètement amoureuse de lui, m'empêcher de rêver de plus, alors que tous les soirs je m'endormais avec cette voix merveilleuse qui me chantait des chansons sur l'amour et la déception. Pour un mec qui avait un tatouage morbide géant sur le torse et deux petites cornes de diable percées sur les oreilles, il connaissait un paquet de vieilles chansons country et folk du Sud. Certains soirs, c'était Johnny Cash et Patsy Cline, d'autres, c'était Hank Williams Senior et Waylon Jennings. Je n'aimais pas vraiment la vieille country, mais je ne pouvais pas nier que quand c'était Jet qui chantait, je voyais la différence de qualité d'écriture, par rapport à ce que j'écoutais habituellement. Je savais aussi que, malgré tous mes efforts, il y avait de moins en moins d'endroits où je voulais être à part dans ses bras. Cela m'a rappelé quand j'étais petite, et je me suis dit que c'était triste que ma mère ne nous ait jamais chanté de berceuses en nous bordant. Dans le sud des États-Unis, toutes les bonnes mamans chantent pour leurs enfants. C'était juste une chose de plus que j'avais loupée, et que j'avais trouvée dans cette nouvelle vie que je m'étais construite.

J'étais en train d'essayer de me souvenir si j'avais terminé mes devoirs et si j'avais préparé mon uniforme pour le travail, lorsque je me suis arrêtée brutalement. En bas de l'escalier qui menait au bâtiment des sciences, j'ai reconnu deux silhouettes familières, et mon estomac est tombé en chute libre. Adam hochait vigoureusement la tête et un blond que je ne connaissais que trop bien faisait de grands gestes théâtraux, ce qui faisait rire Adam à gorge déployée. Ce n'était pas une bonne chose qu'Asa soit là, et c'était encore pire qu'il ait décidé de choisir Adam parmi les personnes de mon entourage. J'ai plissé les yeux vers mon frère, lorsqu'il s'est retourné et m'a aperçue. Il a souri de toutes ses dents, et j'ai immédiatement su qu'il manigançait quelque chose. Il jouait son personnage de brave garçon, fait pour être charmant, séduisant, tandis qu'il dépouillait sa victime ou laissait un champ de ruines derrière lui.

– Qu'est-ce que tu fais là ?

J'ai essayé de ne pas sursauter quand il a passé un bras autour de moi et m'a fait ce qui était censé être un câlin fraternel. Je connaissais Asa, et tout cela était sa façon de me prévenir qu'il valait mieux jouer le jeu, ou qu'il y aurait des conséquences.

– Eh bien, tu as été tellement occupée par les cours, le travail et tes amis, je me suis dit que je viendrais voir sur place où ma petite sœur passe son temps. J'ai croisé ce jeune homme qui m'a dit que vous étiez assez proches tous les deux. Je lui ai répondu que c'était bien que tu aies un gentleman qui garde un œil sur toi, que tu méritais ce qu'il y a de mieux.

Je lui ai lancé un regard noir du coin de l'œil et lui ai donné des coups de coude dans les côtes jusqu'à ce qu'il me lâche.

– Je t'ai dit que j'étais occupée. Je n'ai pas le temps de m'occuper de toi.

Je l'ai fixé jusqu'à ce qu'il soit obligé de regarder ailleurs. Je ne voulais pas qu'il soit là et peu importe ce qu'il pensait faire avec Adam, il fallait que cela s'arrête tout de suite.

– Je suis déjà en retard pour mon cours. On pourra se voir plus tard.

Je voulais qu'Asa prenne le premier avion qu'il trouve vers le Kentucky.

Adam a touché doucement mon bras et a sorti son fameux sourire gentil.

– J'ai un peu de temps libre. Je peux faire visiter le campus à ton frère pendant que tu es en cours, si tu veux.

Oh que non, c'était exactement ce que je ne voulais pas. Adam était trop gentil pour rester seul avec Asa. Mon frère avait une stratégie et il fallait que je trouve ce que c'était. J'ai répondu : « Non, ce n'est pas la peine » en même temps qu'Asa gazouillait : « Ça serait super. » Nos yeux ambrés assortis ont échangé un regard mauvais. Avant, tout ce que je voulais était qu'Asa me protège et s'occupe de moi car nous étions de la même famille. Je voulais qu'il se rende compte des sacrifices que je faisais pour lui, et qu'il les apprécie. Depuis, j'avais compris que les liens du sang ne suffisaient pas à faire une famille, et que les sacrifices ne valaient rien. J'avais enchaîné je ne sais combien de mauvaises décisions pour lui, mais maintenant j'avais ma propre vie et ma propre voie, et il n'allait pas foutre ça en l'air ni me tirer en arrière.

Adam avait dû sentir la tension qui montait entre nous, car il s'est éclairci la voix et a passé sa main dans sa nuque.

– Bon, je vais chercher un café. Asa, c'était sympa de te rencontrer et si tu veux, la proposition de visite est toujours valable, mais je vais vous laisser en discuter. Ayd, je dois dire que ça fait plaisir de te voir, tu as l'air en forme.

J'ai soupiré et ai attrapé le bras de mon frère alors qu'il amorçait un mouvement pour suivre Adam.

– Merci. C'était sympa de te voir aussi.

J'ai tenu Asa jusqu'à ce qu'Adam ait disparu, puis je l'ai retourné pour qu'il soit face à moi. J'ai poussé au milieu de son torse et j'ai été satisfaite en le voyant faire une petite grimace.

– Qu'est-ce. Que. Tu fous ?

Il a passé la paume de sa main à l'endroit où je l'avais poussé et m'a regardée en plissant les yeux.

– Qu'est-ce qui est arrivé aux bonnes manières que tu avais ?

– Qu'est-ce que tu essaies de faire, Asa ? Je t'ai déjà dit que je ne t'aiderais plus. Si tu crois que tu vas pouvoir manipuler Adam, tu te trompes. Il est intelligent et il est fauché. Les étudiants n'ont pas d'argent.

Il a poussé ses cheveux blonds de son visage et a appuyé sa hanche contre la rampe de l'escalier. J'ai vu deux jeunes filles le mater et j'ai eu envie de leur crier que les mecs comme Asa étaient un poison, et qu'elles devraient avoir un mécanisme de défense inné qui leur dise de se méfier. Il leur a rendu leur sourire puis s'est tourné vers moi avec un regard froid et calculateur. Voilà l'Asa que je connaissais. J'avais dû me battre tellement durement pour me séparer de ce frère.

– Il est peut-être pauvre, mais sa famille ne l'est pas, et ce garçon est fou amoureux de toi. Quand je lui ai dit que j'étais ton grand frère, je crois qu'il a eu du mal à ne pas me demander ta main.

J'ai fait un pas en arrière, comme s'il m'avait physiquement frappée, et ai cligné des yeux.

– Il n'y a rien entre nous. On était ensemble mais ce n'était pas sérieux, et c'est fini.

– Fini pour toi, mais pas du tout pour lui. Il se fout même que tu couches avec le mec qui a un groupe. Je te parie qu'il croit que c'est juste une phase. Après tout, quelle fille peut résister à un mec qui joue dans un groupe, hein, Ayd ?

J'ai dû me concentrer sur ma respiration. Le fait qu'il sache pour Adam était grave, mais le fait qu'il sache pour Jet était pire. J'ai senti mes poings se crisper.

– Qu'est-ce qu'il se passe, Asa ? Pour de vrai ? Je ne joue plus à tes petits jeux, et si tu n'es pas honnête avec moi ça ne me dérangera pas de dire à plusieurs mecs très grands et très tatoués que l'effraction chez moi, était ta faute. Je te jure que ça ne va pas bien se finir pour toi.

Il a plissé les yeux car il détestait être menacé, et l'être par moi était une première.

– Je t'ai dit que j'avais des ennuis.

J'ai croisé les bras et j'ai essayé de ne pas trembler.

– Quel genre d'ennuis ?

– J'ai pris quelque chose qui ne m'appartenait pas et maintenant des gens très méchants et très énervés veulent le récupérer.

Désormais, je ne pouvais plus retenir mes frissons.

– Qu'est-ce que tu as pris ?

Une véritable peur s'est allumée dans ses yeux jumeaux des miens, et j'ai senti mon estomac se transformer en parpaing.

– Disons que ce n'est pas quelque chose que je peux facilement remplacer.

Je me suis dit qu'il parlait de drogue ou d'argent, ce qui voulait dire que les gens qui le recherchaient n'étaient pas seulement méchants, mais très très méchants. Une fois de plus, il s'était mis dans une situation qui se finirait en prison ou dans une tombe.

– Combien d'argent ?

Il a mis longtemps à répondre. Il a regardé au loin au-dessus de ma tête pendant cinq bonnes minutes avant de laisser son regard redescendre sur moi.

– Vingt mille.

J'ai eu envie de vomir. C'était comme un coup de poing dans le bide. J'ai fermé les yeux et je me suis concentrée pour prendre de grandes respirations.

– Oh mon Dieu.

– J'y suis jusqu'au cou, Ayd. Ils vont me tuer si je ne fais rien.

– Donc la première chose qui t'est venue à l'esprit, évidemment, c'est de venir détruire tout ce que j'ai construit ici. C'est de venir me demander de sauver ta peau comme je l'ai toujours fait, peu importe ce que cela voulait dire pour moi ?

– On est une famille, on prend soin les uns des autres et on fait ce qu'on peut pour survivre.

J'ai grincé des dents.

– Ouais, sauf que ça a toujours été moi qui devais prendre soin de toi, Asa. C'est fini. Je ne coucherai plus avec quelqu'un pour qu'il ne te casse pas les jambes parce que c'est la seule solution. Je ne traînerai plus avec des mecs qui sont trop vieux pour moi, ou qui veulent seulement se servir de moi pour t'atteindre. Je ne me ferai plus de lignes de coke pour m'anesthésier et oublier comment je me sens. Je m'en sors bien ici, et je ne te laisserai pas, toi et tes choix débiles, foutre la merde.

Il m'a lancé un regard noir.

– Tu ne veux pas m'aider, mais tu veux bien baiser avec le premier mec venu qui sait jouer de la guitare.

Mon frère, ma chair et mon sang, admettait presque qu'il avait connaissance des choses déplorables que j'avais faites pour qu'il reste en un seul morceau. Cela me faisait me sentir encore plus mal que d'habitude et j'ai culpabilisé à cause des décisions vraiment atroces que je prenais régulièrement à l'époque. Je l'ai à nouveau poussé et me suis approchée de lui.

– Je couche avec QUI je veux, et QUAND je veux, Asa. Tu n'as aucun droit, surtout après tout ce que j'ai fait pour toi. Je ne te le dirai qu'une seule fois, laisse Jet tranquille. Ce n'est pas un mec sympa comme Adam. Il n'est pas con, et ton petit numéro de bouseux ne marchera pas sur lui.

Il a sauté de l'escalier et m'a adressé un regard noir.

– Ah ouais, et qu'est-ce que tu crois que tes nouveaux amis vont penser de la Ayden dévergondée ? Est-ce qu'il y en a un qui sait ce que tu faisais pour passer le temps, comment tu gagnais ta vie ? Est-ce qu'ils savent d'où tu viens en vrai, ou est-ce qu'il ne connaissent que la version proprette et qu'ils la prennent pour argent comptant ? Même si le petit rockeur s'en fiche, que diront les autres ? Est-ce qu'il te verrait toujours de la même façon si les autres décidaient que tu n'es rien qu'une raclure de caravane ?

J'ai pris une inspiration et me suis penchée en arrière. C'était précisément ce dont j'avais peur, mais c'était une attaque très douloureuse venant de lui. La moitié de mes passages sur le trottoir, c'était à cause de lui car j'avais voulu le sauver. La moitié du temps, c'était à cause de lui que j'avais fait les choses que je gardais enterrées. Jusqu'à ce jour, je n'avais pas la certitude qu'Asa avait la moindre idée de jusqu'où j'étais allée pour qu'il reste en vie, et s'il le savait, comment pouvait-il oser m'en demander davantage ? J'aimais mon frère, et j'aimais penser que quelque part à l'intérieur il m'aimait aussi, mais je n'en étais pas sûre et c'était la raison pour laquelle je ne pouvais jamais lui faire entièrement confiance.

J'ai enfilé la cape d'indifférence que je m'étais cousue depuis la dernière fois que j'avais vu

Woodward et j'ai monté l'escalier pour aller en cours sans me donner la peine de lui dire au revoir. J'étais énervée car j'avais déjà loupé la moitié du cours.

– Peu importe. Ce que je fais avec Jet ne te regarde pas, mais quoi que ce soit, je n'ai pas l'intention de m'y engager au point que mon passé devienne important. Ne t'approche pas d'Adam, et laisse-moi tranquille. Si je trouve un moyen de t'aider pour l'argent, je te le dirai, mais c'est tout, Asa. Je ne ferai pas ça avec toi, ni pour toi. Je crois que ça me tuerait de devoir assister à ton enterrement même après tout ça.

– Je n'ai pas tout mon temps, Ayd, donc même si tu ne peux pas m'aider, il faut que je trouve une solution.

– Tu aurais peut-être dû y penser avant de décider de faire les poches d'une bande de criminels.

Il a repris ce sourire qui me donnait la chair de poule.

– Chasse le naturel et il revient au galop, petite sœur. Cela te ferait peut-être du bien de t'en souvenir.

Je l'ai regardé s'en aller et j'avais l'impression que le monde se retournait sous mes pieds. Asa était sans pitié, c'était un combattant et il se foutait de blesser ou d'écraser des gens pour obtenir ce qu'il désirait. Il fallait que je trouve une idée, et vite, ou il allait méthodiquement détruire ma vie à Denver. J'ai laissé échapper une exclamation de surprise lorsqu'une main s'est posée sur mon épaule. Shaw a levé les mains comme pour se rendre et s'est moquée de moi.

– Un peu nerveuse, non ?

J'ai grogné et je me suis passé les mains dans les cheveux.

– Ouais, on peut dire ça.

Ses yeux verts et brillants se sont affûtés, inquiets.

– Tout va bien ?

Elle était ma meilleure amie. Elle m'aimait et je savais qu'elle ne me jugerait pas. Mais l'idée de m'ouvrir entièrement, de lui donner accès à toutes les saletés et à la méchanceté qu'Asa faisait remonter m'a littéralement glacée de l'intérieur.

– Ouais, j'imagine que je suis toujours en alerte. Tu sais, je garde l'œil ouvert et tout ça.

– Il vaut certainement mieux prévenir que guérir.

J'ai hoché la tête distraitement et je me suis résignée à louper mon cours et à devoir trouver tout un tas d'argent très vite.

– Quoi de beau, de ton côté ?

Elle a levé les yeux au ciel et a passé ses longs cheveux derrière ses oreilles.

– Toujours fâchée avec Rule à cause de la maison. Je lui ai dit que j'adorerais emménager avec lui, s'il me laissait payer la moitié. Il a pété un câble.

Je l'ai suivie dans l'escalier et je l'ai laissée parler en acquiesçant avec une oreille compatissante. Nous nous sommes arrêtées devant la classe de notre prochain cours et j'ai tiré sur le bout de sa tresse pour qu'elle reprenne son souffle.

– Shaw, réfléchis une seconde en te mettant à sa place. On parle d'un mec qui a du mal à créer des liens avec les gens, qui a du mal à s'engager dans quoi que ce soit, et il veut t'acheter une maison. Pour toi et moi, c'est logique que tu veuilles payer la moitié, puisque tu es riche à millions, mais pour lui, c'est comme si tu lui enlevais quelque chose qu'il veut faire pour toi, pour vous deux, et comme si tu le rendais moins important. En plus, ce serait avec l'argent de tes parents, qui le DÉTESTENT, et il ne veut sûrement pas accepter un seul centime de leur part après la manière dont ils t'ont traitée. Il veut faire ça pour toi, Shaw. Pourquoi est-ce qu'il ne pourrait pas prendre soin de toi ? Tu as un amour inconditionnel pour lui depuis des années. Ça ne pourrait pas être ta récompense ?

Elle a cligné des yeux, écarquillés, puis a grommelé :

– Eh bien, merde, pourquoi est-ce que je n'ai pas vu ça ?

J'ai rigolé.

– Parce que tu essaies d'éviter d'être blessée. Mais il préférerait se manger le bras que de te faire à nouveau du mal. Détends-toi et profite du fait que vous vous aimez.

Elle a haussé un sourcil et a ouvert les portes de la salle. Elle avait déjà sorti son portable et écrivait à Rule. Je voulais vraiment le meilleur pour eux deux. Ils avaient eu une histoire compliquée et ils méritaient un peu de répit.

– D'où vient cette soudaine cascade de conseils romantiques ? Tu as Jet dans la peau, ou quoi ?

Jet était plus que dans ma peau. Il me faisait ressentir des choses qui étaient purement effrayantes, et, avec Asa qui traînait dans le coin, il y avait un grand risque que tout explose douloureusement autour de moi. J'avais besoin de retrouver la maîtrise, la ferme mainmise que j'avais sur ma vie depuis que j'avais atterri à Denver quelques années plus tôt. Je devais me souvenir que j'étais l'unique responsable de mon destin, pas Asa ni Jet.

– Jet est très différent de ce que je pensais, il y a beaucoup de choses que je n'avais pas imaginées ou vraiment comprises.

Et je ne parlais pas seulement de ce que j'avais trouvé dans son pantalon. Elle souriait en regardant la réponse qu'elle avait reçue sur son téléphone, mais elle m'a tout de même répondu.

– C'est vraiment facile de croire que ces mecs sont tous les mêmes à cause de leur look ou de leur façon de parler, mais une fois qu'ils s'ouvrent, c'est une autre paire de manches.

J'ai soupiré et ai pêché un crayon au fond de mon sac.

– Je l'aime vraiment beaucoup, Shaw. Je veux dire, beaucoup. Il me chante des chansons le soir et ça me fait presque mal au cœur. La façon dont il me regarde, j'ai l'impression qu'il essaie de me démonter et de me reconstruire en mieux.

Sa bouche s'est entrouverte.

– Wow.

– Je sais. Je ne suis pas prête pour tous ces trucs-là avec lui.

– Pourquoi ? Si c'est ce que tu ressens avec lui, pourquoi ne pas sauter à pieds joints ?

– Parce que je ne pourrais plus contrôler ce qu'il se passe entre nous.

Elle allait répondre quelque chose, mais elle a dû s'arrêter car le professeur avait commencé le cours. J'avais l'impression que ma vie partait dans un tourbillon. Tout ce que je voulais, c'était me construire une voie vers un avenir en béton, un moyen de ne jamais retomber là où j'avais été. Maintenant, non seulement mon passé me menaçait comme le canon d'un fusil, mais mon avenir était lié à un mec qui se fichait de la sécurité et de la stabilité, mais me donnait l'impression d'être la seule chose au monde importante à ses yeux. C'était troublant, stressant, et plus je passais de temps à y penser, plus le parpaing dans mon ventre s'alourdissait. Jet était un gars super, mais le problème était que je n'étais pas vraiment une fille super, et je n'étais pas prête à ce qu'il le sache. Ma seule certitude était que je n'étais pas prête à ce qu'il prenne les rênes et décide de ce que notre relation était ou n'était pas.

Après la fin du cours, je savais que Shaw allait vouloir revenir sur le sujet et je n'avais franchement pas besoin de cela, donc quand un camarade de classe lui a posé une question, j'en ai profité pour filer. J'avais d'autres problèmes à régler, comme savoir où j'allais bien pouvoir trouver de l'argent pour Asa. En étant réaliste, je savais que j'aurais pu demander de l'aide à Shaw. Elle n'avait peut-être pas autant d'argent à disposition, mais elle était la seule personne que je connaissais qui avait une chance de s'approcher de cette somme. J'avais environ cinq mille dollars d'économies, mais cela partait vite, entre la fac et le loyer, et de toute façon cela n'aurait pas été suffisant pour garder Asa en vie. J'avais encore deux cours et je devais faire la fermeture au travail, mais il fallait que j'arrive à joindre ma mère pour être sûre qu'elle allait bien. Je l'ai appelée deux fois, sans succès, et j'ai tenté de ne pas paniquer. Cela me donnait la chair de poule de penser qu'Asa était aussi imprudent et inconscient des conséquences que ses actes avaient sur ceux qui l'entouraient. J'avais espéré et prié pour qu'en quittant Woodward je laisse derrière moi toutes les choses terribles que mon frère trimballait.

Shaw m'a envoyé un texto pour me dire très clairement que nous n'avions pas fini de discuter et j'ai commencé à appréhender ma soirée de travail avec elle. Je ne savais toujours pas comment faire avec Jet, et essayer d'expliquer les choses à Shaw ne m'aidait pas à me décider. Je traversais le parking en courant car j'étais encore en retard lorsque mon téléphone a sonné. Comme c'était ma mère qui me rappelait enfin, je me suis arrêtée et ai décroché, essoufflée.

– Salut, maman.

– Pourquoi tu m'as téléphoné toute la journée, Ayden ? Je suis occupée.

C'était ma mère. Bloquée perpétuellement dans la vie d'une fille enceinte à seize ans. Je ne crois pas que sa maturité émotionnelle ait jamais dépassé ce stade.

– Tu savais qu'Asa venait à Denver ?

– Bien sûr que oui. Tu lui manques et il voulait te voir.

J'ai dû me mordre la lèvre pour ne pas lui lancer d'insultes.

– Non, maman, il y a au Kentucky des gens à qui il doit beaucoup d'argent. Il est venu pour que je l'aide, comme d'habitude.

– Asa est un bon gars, Ayd. C'est bien d'aider ton frère.

C'était toujours la même chose. Chaque fois qu'il allait en prison, chaque fois que des voyous venaient cogner à sa porte, chaque fois qu'il se servait de moi ou d'elle, il restait tout de même un gentil garçon à ses yeux et cela ne changerait jamais.

– D'accord, maman, mais fais attention, hein.

– Tu t'inquiètes trop, ma fille. Entrer dans ta belle école, ça n'a rien fait d'autre que te faire devenir comme tous les gens d'ici dont tu te moquais, avant.

J'ai soupiré, j'ai fermé les yeux et j'ai serré le téléphone un peu plus fort dans ma main.

– Les choses changent.

Elle a ricané.

– Non, bébé, les gens changent. Pas les choses.

C'était à cause de ce raisonnement qu'elle allait passer le reste de sa vie dans une caravane à Woodward. J'ai raccroché et j'allais monter dans la Jeep pour aller au travail, quand j'ai entendu quelqu'un appeler mon nom. Shaw arrivait en courant et parlait au téléphone avec agitation. J'ai posé mes affaires sur le siège passager et j'ai fait le tour du capot pour la rejoindre à mi-chemin. Nous commencions à la même heure au bar, donc j'ai pensé qu'elle avait un problème avec sa voiture ou qu'il se passait quelque chose avec Rule et qu'elle allait devoir se faire remplacer. En revanche, je ne m'attendais pas à ce qu'elle attrape mon bras et me lance :

– Jet s'est fait arrêter !

Au début, j'ai cru qu'elle plaisantait. Après tout, en partant en cours ce matin je l'avais laissé, bien emmitouflé sous la couette et satisfait. Je ne comprenais pas comment il aurait pu se mettre assez dans le pétrin pour se faire arrêter entre-temps. J'ai rigolé un peu.

– Tu te fous de moi.

Elle a secoué la tête, et ses cheveux blonds ont volé dans tous les sens.

– Non. Cora vient de me prévenir. Les mecs ont tous les trois abandonné le salon. Je suppose qu'il a appelé Rowdy pour qu'il paie sa caution mais ils y sont tous allés. Elle m'a dit qu'elle avait dû menacer Nash physiquement pour qu'il lui dise ce qu'il se passait. Elle a essayé de t'appeler, mais elle est tombée sur ta messagerie.

J'ai regardé l'écran de mon téléphone et j'ai vu qu'en effet j'avais eu deux appels manqués de la part de Cora pendant que je parlais à ma mère. Je l'ai juste fixé bêtement, en essayant de remettre dans l'ordre tout ce qu'il arrivait à ma vie auparavant si bien rangée.

– Pourquoi l'ont-ils arrêté ?

– Elle n'a pas pu me dire. Les gars sont partis en plein milieu de leurs rendez-vous et elle essayait de trouver de nouvelles dates pour les clients et de garder la boutique. Tu veux que je te conduise au commissariat ? Tu as l'air un peu pâle.

Je ne savais pas ce que je voulais faire. Je voulais m'enfuir dans un monde où Asa était dans le Kentucky, où je fantasmais sur Jet en silence et où je faisais comme si ma relation avec Adam allait marcher. J'ai secoué la tête et me suis retournée vers la Jeep.

– S'il avait voulu que je vienne, il m'aurait appelée au lieu d'appeler Rowdy. Il faut que j'aille travailler.

– Ayden ?

J'avais entendu son ton interrogateur, mais j'ai levé une main. J'avais besoin de retrouver un semblant de normalité, juste pour une seconde.

– Pas maintenant, Shaw. Je lui parlerai en rentrant à la maison. Je ne sais pas ce qu'il s'est passé, mais si c'était assez grave pour qu'il se fasse arrêter, il y a des chances que les gars lui soient plus utiles que moi pour le moment.

Elle a froncé les sourcils et, pour la première fois depuis que nous nous étions rencontrées en première année, je l'ai vraiment vue me juger.

– Je ne suis pas sûre d'être d'accord, Ayd.

J'ai simplement secoué la tête.

– Eh bien, ce n'est pas à toi de décider. On se voit au bar.

Je l'ai vue me regarder, pleine de confusion, les sourcils froncés, tandis que je sortais du parking et me dirigeais vers le bar. Mes méninges tournaient dans mille directions à la fois, j'avais vraiment du mal à tout remettre à sa place. Je m'inquiétais pour Asa, je m'inquiétais pour Jet et, peut-être le plus important, je m'inquiétais pour moi.

Je sentais que le contrôle me glissait des mains, je sentais que les murs, que j'avais érigés précisément pour que ces choses n'arrivent pas, commençaient à s'écrouler et je ne tenais le coup qu'en m'accrochant du bout des doigts. La personne que j'étais et celle que je voulais être étaient en train de se déchirer en deux parties distinctes, me rendant vulnérable et écorchée. Je n'avais pas la moindre idée de comment j'allais faire pour recoudre le tout, ni même si je le voulais.

CHAPITRE 10

JET

Lorsque m'a mère m'a appelé, hystérique et en pleurs, j'aurais dû savoir que ce n'était pas bon. En temps normal elle était trop abattue, trop intimidée pour faire autre chose qu'être découragée et désespérée. Mais pas cette fois. Cette fois elle sanglotait et répétait que mon père allait la tuer, et même si j'aurais préféré continuer à baigner dans mon exceptionnelle extase post-sexe matinal, j'ai enfilé un pantalon et j'ai traversé la ville le plus vite possible pour voir ce qu'il se passait là-bas.

J'ai fait crisser les freins de ma voiture en arrivant devant la maison et j'ai monté l'escalier comme s'il y avait le feu. Je ne me suis pas embêté à frapper, j'ai poussé la porte, et avant même que j'aie eu le temps de m'arrêter pour reprendre mon souffle ou voir précisément ce à quoi j'avais affaire, mon père est arrivé de la cuisine comme un boulet de canon et m'a plaqué par terre devant la porte. J'ai atterri sur le ciment craquelé avec un bruit sourd, et j'ai vu des étoiles pendant quelques secondes car ma tête avait frappé fort contre le sol. Avant que j'aie pu reprendre mes esprits ou même poser les mains par terre pour me relever, mon père s'est jeté sur moi et son poing est entré en contact avec ma joue. J'ai senti la peau se déchirer et j'ai eu un sursaut juste à temps pour éviter le second coup qui m'aurait sûrement cassé le nez. J'ai attrapé ses poings gesticulants et j'ai senti mon estomac se retourner sous l'odeur d'alcool rance et de délire âcre qui se dégageait de tous ses pores. Nous faisions à peu près la même taille, mais j'étais sobre et je m'étais assez battu pour savoir comment prendre le dessus. Je l'ai poussé et me suis relevé tant bien que mal, et je l'ai regardé de haut. J'ai touché mon visage ensanglanté et lui ai jeté un regard mauvais.

– Qu'est-ce que tu fous, mec ?

Il a commencé à hurler quelque chose, mais c'est à ce moment que ma mère a décidé de dévaler l'escalier. C'était une catastrophe ambulante. Son haut était déchiré et ses cheveux volaient dans tous les sens, mais ce qui m'a fait voir rouge, ce qui a alimenté le feu contre lequel je luttais pour garder un semblant de contrôle et l'a fait exploser, c'est qu'elle avait non seulement un œil au beurre noir mais aussi une lèvre ouverte et des larmes qui coulaient sur son visage trop blanc. Il était évident que peu importe ce qui avait entraîné mon père dans son saccage alcoolisé, je n'étais pas sa première victime de la journée. Elle pleurait et criait en même temps que nous devions arrêter, que nous devions rentrer avant que les voisins n'appellent la police, mais je m'en fichais.

J'ai craché le sang qui avait coulé de ma joue dans ma bouche et j'ai dit à mon père :

– Je vais te tuer.

Il s'est relevé en titubant et m'a regardé avec des yeux noirs, comme si j'étais le fautif.

– Un peu comme tu as tué mes rêves ? Sans toi et l'autre salope débile, j'aurais pu continuer à faire ce que je voulais. Faire des tournées dans le monde entier, voir des super groupes. Tu as tout gâché, petit con égoïste. Je t'ai demandé une seule chose. Regarde ce que tu m'as fait faire !

Ses paroles n'avaient aucun sens et de toute façon, elles n'avaient pas d'importance. Je ne voyais que ma mère qui pleurait et je n'entendais que sa voix qui lui demandait d'arrêter. Rien ne pouvait plus m'arrêter. Le feu que je contenais depuis si longtemps était sorti et il pouvait bien tout brûler sur son passage, je m'en foutais.

Il était bien imbibé, donc quand je l'ai frappé, il est vite tombé. J'ai entendu ma mère crier mon nom, de très loin, et j'ai ressenti une immense satisfaction en voyant qu'il était loin d'être aussi rapide que moi. Mon coup a atterri sur son nez avec un craquement réjouissant. Je ne sais pas combien de fois je l'ai frappé, et je ne sais pas qui a appelé les flics, ni si ma mère pleurait pour moi ou pour lui. Ce n'est que lorsque j'ai entendu le clic des menottes et que le policier, qui semblait avoir le même âge que moi, m'a poussé à l'arrière de sa voiture de patrouille que je me suis rendu compte de ce que j'avais fait.

Mon père était étendu sur l'allée, immobile. Son visage était couvert de sang et un ambulancier était en train de placer un masque à oxygène sur son nez et sa bouche. Ma mère, ma pauvre mère, avec ses taches noires et bleues, dégoulinante de larmes, s'agrippait à sa main inerte et tentait de le rassurer. Je crois qu'une partie de moi est officiellement morte quand elle est montée avec lui à l'arrière de l'ambulance pour l'accompagner à l'hôpital. Le jeune flic m'a adressé un regard ferme, comme s'il avait déjà vu cela un million de fois et m'a demandé :

– Vous voulez me dire ce qu'il se passe ?

J'ai soupiré et j'ai laissé ma tête tomber contre le dossier. Ce n'était pas ma première fois à l'arrière d'une voiture de police, mais j'avais le pressentiment que ça allait être la plus grave.

– Il l'a frappée. En général il la traite comme de la merde, comme une moins que rien, mais aujourd'hui il a levé la main sur elle. J'ai pété un plomb.

Le policier m'a regardé attentivement.

– C'est lui qui a fait ça à votre visage ?

J'avais oublié ma joue et j'ai touché l'intérieur avec ma langue. Cela piquait toujours mais cela ne saignait plus, donc je me suis dit que je n'aurais pas besoin de points de suture.

– Ouais. Il m'a sauté dessus dès que j'ai ouvert la porte.

Mes mains commençaient à gonfler, les jointures de mes doigts étaient ouvertes et écorchées. La réalité de ce que je venais de faire commençait à peser lourdement sur mes épaules. Le flic a hoché la tête et a tapé le toit de la voiture.

– Ils disent tous les deux que vous avez commencé. Le vieux veut porter plainte pour coups et blessures.

J'ai grogné. Je pouvais parier qu'il accepterait de retirer sa plainte à la seconde où j'accepterais de parler à Artifice et de l'envoyer en tournée.

– Il faut qu'on vous amène au poste et qu'on vous coffre. Il y a quelqu'un que vous pouvez appeler pour vous faire sortir ?

J'ai hoché la tête et lui ai fait appeler Rowdy. Je lui ai raconté ce qu'il s'était passé en version abrégée et j'étais sûr qu'il préviendrait toute la cavalerie. Mais j'avais eu assez d'expériences avec la police durant ma jeunesse débridée pour savoir que je devrais quand même passer une bonne journée en garde à vue. Le policier n'a pas essayé de m'interroger ou de me donner un tas de conseils que je ne voulais pas entendre en m'emmenant au poste, et je lui en ai été reconnaissant. J'ai aussi apprécié qu'il ne m'ait pas demandé mille fois si je voulais savoir comment allait mon père. Je ne voulais pas savoir, ni pour lui, ni pour ma mère. C'était la goutte d'eau. J'allais faire la tournée européenne. J'allais réfléchir à signer avec un label, si c'était ce que les gars voulaient, je ferais tout cela, tout ce que je m'étais retenu de faire à cause d'elle. Ce que je n'allais plus faire, en revanche, c'était continuer à essayer d'être la sentinelle entre ma mère et cet enfoiré.

Ils m'ont arrêté, ont pris mes empreintes digitales, m'ont enlevé mes bagues, ma ceinture, mon portefeuille et mon téléphone, et ils m'ont mis dans une cellule avec un mec qui était forcément là pour une histoire de drogue. Il était nerveux et n'arrêtait pas de me demander si j'avais une clope, même si c'était évidemment interdit en garde à vue. Je me suis assis sur le banc et j'ai regardé le plafond pendant ce qui m'a semblé durer des heures. Le temps passait, de plus en plus de gens étaient poussés dans la cellule, et je restais immobile. Je crois que j'essayais de me fondre dans les briques du mur et de faire disparaître cette journée.

Comment étais-je censé expliquer tout ça à Ayden ? Nous n'en étions pas vraiment encore à l'étape « paie la caution pour sortir ton mec de prison » de notre relation. Putain, je n'étais même pas sûr que nous en soyons à l'étape « relation » de notre relation. Quelque chose me disait que ce petit obstacle allait passer comme du death metal à un enterrement. Elle avait déjà du mal à voir plus loin qu'un bon moment au lit avec moi, et je ne voulais surtout pas lui donner raison.

La nuit était tombée depuis longtemps quand ma caution a enfin été acceptée. Je devais me pointer au tribunal la semaine suivante pour déterminer ma peine, et le flic qui m'avait arrêté m'a raccompagné jusqu'à Rowdy, qui m'attendait, les bras pleins de paperasse. Il avait une expression grave et j'ai compris qu'il n'était pas content. Le policier m'a tendu un sac qui contenait mon bordel et m'a serré la main.

– Ça vaut ce que ça vaut, mais j'aurais préféré de loin passer les menottes à votre père. Je vois ça tous les jours. Je comprends que vous essayiez juste de défendre votre mère. Il y a trop de gamins qui se retrouvent dans cette situation, et la plupart sont beaucoup plus jeunes que vous.

J'ai soupiré et je l'ai remercié. Rowdy m'a donné une tape dans la nuque et m'a quasi traîné hors du commissariat. J'étais étonné qu'il soit tout seul, mais en allant vers son SUV noir, il m'a chuchoté :

– Le flic a dit que tu avais laissé la Challenger aux Heights avec les clefs dessus. Nash a convaincu Rule d'aller la chercher avec lui et de la déposer chez toi.

Je n'y avais même pas pensé, alors j'ai marmonné un merci et je l'ai regardé du coin de l'œil.

– Merci d'être venu me chercher, mec.

Il a balayé ma réponse d'un revers de main.

– T'inquiète.

– Sérieux, je te revaudrai ça.

– OK. Arrête ça et dis-moi ce qu'il s'est passé.

J'ai frotté mes poings contre mes yeux et j'ai essayé de m'éclaircir les idées. Je ne voyais que ma mère qui pleurait avec son cocard. J'avais encore envie de tabasser le vieux.

– C'était un gros merdier : mon père m'a foutu par terre, ma mère avait un cocard, et finalement une plainte pour coups et blessures a été déposée contre moi.

J'ai plié et déplié mes doigts et cela m'a arraché une grimace car cela tirait les éraflures sur ma peau.

– Je l'aurais tué. Sérieux, Rowdy. Je n'étais vraiment pas loin.

Il s'est tu pendant un long moment et je me suis dit que j'avais peut-être franchi une limite dans notre amitié, mais lorsqu'il a parlé, sa voix était calme et ne comportait pas de reproche.

– Il l'aurait mérité. Aucun homme ne devrait jamais frapper une femme.

J'ai grogné, j'avais envie de m'arracher les cheveux.

– J'ai beau tourner tout ça sans cesse dans ma tête, je n'arrive pas à savoir combien de temps ça a duré, et pourquoi elle n'a rien dit. Elle est montée dans la putain d'ambulance avec lui, pour aller à l'hôpital. Elle saignait et elle avait un œil au beurre noir et elle a suivi ce connard dans l'établissement où elle travaille. Elle n'a pas dit un mot quand ils m'ont passé les menottes et m'ont poussé dans la voiture, même pas « merci ». J'en ai marre, mec. C'est fini.

– Il te faut un avocat.

– Ouais, j'imagine que ce serait mieux.

– Parle à ta mère. Fais en sorte qu'elle leur dise que c'est lui qui l'a frappée en premier.

J'ai secoué la tête.

– Elle ne le fera pas. Je veux dire, j'aurais dû le voir venir. C'était de pire en pire. J'ai refusé de le placer avec Dario et les gars d'Artifice. Il voulait partir comme roadie sur leur tournée. Non mais tu y crois ? J'ai refusé, il lui a tapé dessus, et puis il a essayé de me casser la gueule. Il est fou.

– Qu'est-ce que tu vas faire ?

Telle était la question. Qu'est-ce que j'allais faire ? Comme je n'avais pas la réponse, je me suis tu. J'ai été content de voir la Challenger garée dans l'allée. J'étais aussi rassuré de constater que la Mini de Cora n'était pas là, ni la Jeep d'Ayden. Je ne savais pas encore ce que je voulais leur dire, et je voulais d'abord me débarrasser de la puanteur de la garde à vue et me remettre la tête sur les épaules. Je me suis tourné vers Rowdy et lui ai fait un demi-sourire qui n'avait rien de drôle.

– Dis aux mecs que ça va. Surtout à Nash. Ce n'est pas mon premier tour de rodéo avec mon vieux, et je doute que ce soit le dernier.

– On est là, Jet. Ne t'en fais pas.

J'ai hoché la tête pour lui dire merci et je suis sorti du SUV. Il était près de minuit et je me sentais sale et lessivé. Tout ce que je voulais était me laver, physiquement et mentalement. J'avais l'impression que j'aurais dû le voir venir à des kilomètres. Avant de changer d'avis, avant de laisser la culpabilité ou quoi que ce soit d'autre se mettre en travers de mon chemin, j'ai envoyé un texto à Dario pour lui dire que les gars et moi étions partants pour la tournée. Je m'occuperais plus tard de ce que cela voulait dire pour Ayden et moi. Pour l'instant, j'avais besoin de quelque chose de tangible sur quoi me concentrer et canaliser mon énergie, et monter un super spectacle pour le jouer à l'étranger était exactement ce qu'il me fallait. J'ai éteint mon téléphone avant de voir ce qu'il me répondait et suis entré dans la salle de bains.

J'ai laissé toutes mes affaires tachées de sang en tas sur le sol et j'ai fait couler l'eau la plus chaude possible. Quand la vapeur a envahi la pièce, je suis rentré sous la douche et j'ai laissé l'eau brûlante couler sur ma tête et mes épaules. Je voulais me nettoyer de toute cette journée, mais cela paraissait impossible. J'avais un père à l'hôpital et un passage au tribunal qui planait au-dessus de ma tête, et peu importe la chaleur de l'eau, ces deux choses n'allaient pas disparaître. J'ai plié mes mains sous l'eau et ai regardé distraitement le sang séché tomber dans le siphon avec l'eau. La coupure sur mon visage commençait à piquer. J'allais la nettoyer lorsque la porte en verre s'est ouverte et que j'ai senti des mains douces glisser autour de ma taille et se placer sur mon ventre. Un baiser léger comme une plume s'est posé sur ma nuque, et je l'ai sentie placer sa joue sur ma colonne vertébrale.

Elle était tout en peau douce, mains douces, poitrine douce, et sa voix était la plus douce que j'aie jamais entendue. Tous les coups et les douleurs lancinantes de la journée se sont évanouis, un par un, et ont coulé dans le siphon avec tout le reste. La tension terrible tapie en moi a commencé à s'alléger lorsque j'ai posé ma main abîmée sur les siennes, plus petites.

– Mauvaise journée ?

Son accent était un peu plus prononcé qu'à l'accoutumée et je voulais croire que c'était parce qu'elle s'inquiétait pour moi, qu'elle se souciait vraiment de moi comme je me souciais de plus en plus d'elle. Je l'ai sentie se rapprocher de moi, et tout l'avant de son corps était collé contre mon dos. Une autre partie de mon corps s'est à nouveau tendue mais c'était bien plus agréable. Il suffisait que cette fille me touche pour que plus rien d'autre ne compte.

– J'ai connu mieux, c'est sûr.

Elle a remonté une de ses mains et l'a posée contre mon cœur. J'étais sûr qu'elle pouvait le sentir tambouriner quand elle me touchait. L'autre main est descendue, et cela a presque suffi à me faire oublier ma journée de merde. J'avais envie de me retourner, de passer mes bras autour d'elle, mais ce dont j'avais besoin à ce moment était de la laisser me tenir, la laisser me remettre en un seul morceau.

Alors j'ai gardé les yeux fermés et ai déplié mes mains pour les appuyer contre le mur. Je ne voyais plus le visage battu de ma mère, je ne sentais plus la tête de mon père se casser sous mes doigts. Tout ce qui comptait, c'était Ayden.

Ses doigts suivaient sur ma queue un tracé qui me chatouillait. Je sentais chaque frôlement, chaque mouvement de sa main dans ma poitrine. J'étais sûr qu'elle percevait le rythme de mon cœur, et chaque fois qu'elle me serrait ou qu'elle passait sa main sur l'anneau au bout, cela résonnait en moi et je sentais son sourire dans ma nuque. Elle a déplacé la main qui était sur mon torse pour passer ses doigts sur mon piercing au téton, et pendant une seconde j'ai cru que mes genoux allaient lâcher. Généralement, elle ne faisait pas trop attention à mes piercings. Le fait qu'elle s'y attarde maintenant, qu'elle prenne si bien soin de moi, je crois que c'est cela qui m'a fait basculer.

Elle m'a embrassé derrière l'oreille et a passé sa langue sur le pic qui en décorait le dessus. Ses mains malignes ont fait à l'anneau au bout de ma bite quelque chose qui m'a fait souffler son nom, et je savais que c'était impossible que je tienne encore très longtemps. Je me suis mordu la lèvre inférieure et ai bougé en rythme dans sa main mouillée. Sa paume était douce et flexible, comme si elle savait exactement ce qu'il me fallait. Lorsqu'elle a serré ses dents fortes sur le tendon de mon cou, tendu par l'effort pour prolonger le plaisir et profiter de chaque seconde d'oubli qu'elle m'offrait, c'en a été fini de moi. Son rire a caressé doucement mon épaule et j'ai senti sa joue se poser contre ma peau humide. Tandis que je haletais encore, elle a touché les muscles tendus de mon ventre.

– Ça va mieux ?

Je me suis secoué pour faire partir l'eau de mon visage et ai tendu la main pour fermer le robinet. Je me suis retourné pour la regarder. J'ai vu ses beaux yeux s'écarquiller lorsqu'ils se sont posés sur l'entaille dans ma joue, et j'ai levé les mains pour qu'elle voie les dégâts qu'elles avaient subis aussi.

– Pas vraiment…

Elle a tendu la main pour toucher mon visage, mais j'ai fait un mouvement en arrière avant qu'il y ait contact. Je voulais qu'elle n'ait aucun rapport avec toute cette mocheté, même si ce n'était qu'un geste de réconfort et d'inquiétude. Je l'ai tirée contre mon torse pour que nous soyons collés l'un à l'autre, avec nos peaux mouillées et nos corps glissants, et j'aurais voulu que ce moment ne s'arrête jamais. Elle a passé ses bras autour de moi et j'ai failli m'étouffer avec un soupir de soulagement. Il y avait une partie de moi qui ne savait pas du tout ce qu'il se passait dans la tête de cette fille. Je pensais vraiment que me voir dans ce sale état suffirait à lui faire dire : « C'était marrant, Jet, mais je n'ai pas le temps pour ça. » Au lieu de cela, elle a posé ses mains sur mon cul et a frotté sa douce joue contre celle que j'avais encore intacte.

– J'étais censée faire la fermeture, mais je m'inquiétais pour toi. J'ai dû harceler Shaw pour qu'elle reste à ma place. Tout le monde était en panique.

J'ai soupiré dans ses cheveux et ai ouvert la porte. J'ai d'abord enroulé une serviette autour d'elle, ce qui était dommage car il y avait peu de chose au monde que j'aimais plus que Ayden nue, puis j'en ai accroché une autre autour de ma taille. Je ne savais pas si elle voulait aller dans ma chambre ou dans la sienne donc je l'ai suivie, ce qui avait en plus l'avantage de me donner une vue sur ses longues jambes nues. Elle a choisi ma chambre, sans surprise. Elle aimait bien quand je jouais de la guitare ou que je travaillais sur des morceaux, et je pense qu'elle savait qu'après la journée que je venais de passer, j'aurais besoin de coucher des choses sur le papier pendant la nuit. Je ne savais pas comment elle faisait, mais peu importe ce que nous étions, couple ou pas, Ayden Cross était la personne qui me comprenait, tout simplement. Rien que cela, c'était assez pour que je me soucie d'elle comme je ne m'étais jamais soucié de personne d'autre ; il me semblait très facile de tomber amoureux d'elle, et de ses secrets.

Elle a laissé sa serviette tomber et a rampé sur la couette rouge. Ces jambes, ces cheveux bruns et ces yeux dans lesquels brûlaient des histoires fugaces et toutes sortes de tentations qui me maintenaient en transe… quel spectacle ! Tout ce que je voulais faire était la regarder. Elle m'a fixé pendant une bonne minute, je ne savais pas quoi lui dire, alors j'ai considéré mes mains déchirées et ai froncé les sourcils en pliant et dépliant mes doigts.

– Tu n'étais pas obligée de partir en avance. Je m'en serais sorti jusqu'à ce que tu rentres.

Un de ses sourcils noirs s'est soulevé et un côté de sa bouche s'est relevé pour former un petit sourire sexy. Elle s'est penchée en arrière en s'appuyant sur ses coudes et ses seins ont fait des choses que tout homme sur la planète voudrait voir, même au prix de sa couille gauche.

– Arrête, Jet. Je m'inquiétais pour toi. Tout l'après-midi, j'ai hésité à venir au poste, mais je me suis dit que si tu avais voulu que je sois là, tu m'aurais appelée. Je savais que les gars s'occuperaient de toi, mais il fallait que je vienne pour m'occuper de toi à ma manière. Je vais te demander ce qu'il s'est passé et on va en parler honnêtement, parce que j'ai vu tes mains, Jet, et je sais que ce qui t'a poussé à bout doit être grave. Mais je ne vois pas pourquoi il faudrait qu'on ait cette conversation avant de faire toutes les cochonneries que je vois flotter dans tes yeux, donc ramène ton beau petit cul dans le lit.

Elle a tapoté le lit à côté d'elle et cela m'a fait rire. J'ai laissé tomber la serviette et ai laissé son regard ardent voyager partout sur moi. J'y ai vu de l'appréciation, et quelque chose de plus profond qui m'a frappé de plein fouet quand j'ai attrapé sa cheville et écarté ses longues jambes. Elle a soufflé entre ses dents, et cette fois c'est moi qui ai haussé un sourcil. Elle était belle et toute lisse. Partout où je la touchais, elle était douce et soyeuse, et je savais qu'elle avait un goût de sucre et de cannelle. Elle allait tellement bien dans mon lit que j'avais du mal à me souvenir d'un temps où elle n'en était pas un élément régulier. J'ai passé ma main le long d'une de ses jambes et ai chatouillé son genou. Elle a plissé les yeux et je lui ai souri.

– Quoi ?

– Arrête de jouer avec moi.

Son ventre était plat et se courbait délicatement entre ses hanches. Je me suis penché et l'ai embrassée juste en dessous du nombril. J'ai laissé ma langue descendre jusqu'à ses plis mouillés puis je me suis arrêté, et je l'ai entendue me lancer une insulte. Ses doigts se sont emmêlés dans mes cheveux encore humides et ses jambes se sont relevées de chaque côté de mes côtes.

– Je veux m'occuper de toi comme tu t'es occupée de moi.

Je l'ai embrassée à nouveau, mais plus bas cette fois, et je l'ai entendue inspirer et lâcher un juron simultanément. Ses cuisses se sont tendues de chaque côté de ma tête. J'ai passé le barbell qui était au milieu de ma langue contre son clitoris et j'ai senti un spasme dans tout son corps lors de ce contact délicat. Cela m'a fait rire, ce qui l'a fait me tirer les cheveux.

– Putain, Jet, tu vas détruire mon idée de ce que le sexe est censé être.

Tant mieux. Elle n'avait pas besoin de savoir ce qu'était le sexe avec qui que ce soit d'autre à compter d'aujourd'hui, et je voulais que ce soit mieux avec moi qu'avec tous ceux qu'elle avait connus.

J'ai à nouveau utilisé ma langue sur elle, plus profondément et plus durement, puis je l'ai enroulée autour d'elle et ai aspiré jusqu'à ce qu'elle se cambre en dessous de moi et que sa peau frémisse partout où nous nous touchions. Ses ongles se sont enfoncés dans mon cuir chevelu et j'ai effleuré le pic velouté de son sein avec mes doigts abîmés, jusqu'à ce qu'elle murmure mon nom et commence à se défaire sous mes mains et dans ma bouche. Ayden jouissait comme elle faisait tout le reste, gentiment et en douceur. J'aurais pu la garder dans ma bouche toute la journée pour le restant de mes jours, mais elle était impatiente. De toute évidence, cette partie de la soirée était terminée, car elle s'est tortillée en dessous de moi et je l'ai laissée me pousser pour me retrouver sur le dos. J'ai coincé les mains derrière ma tête et je l'ai regardée, avec mes yeux aux paupières lourdes, se pencher par-dessus moi pour aller chercher un préservatif dans la table de chevet.

Elle faisait toujours particulièrement attention quand elle me mettait le latex. Je crois que le bout de métal en bas l'intimidait encore un peu. Je savais qu'elle l'aimait bien, mais elle était toujours très délicate quand elle le touchait, comme si elle n'était toujours pas sûre de ce qu'elle devait en faire. Je n'avais de mots pour exprimer combien je voulais qu'elle passe sa langue chaude autour, qu'elle le goûte, qu'elle sente le métal dans sa bouche. Non pas que je me plaigne, elle n'était pas timide et j'adorais ce qu'elle faisait à mon corps. J'aimais quand elle perdait le contrôle et enfonçait ses ongles dans mon dos, quand elle oubliait de garder un couvercle sur toute cette passion et cette faim qui bouillait et moussait entre nous, et qu'elle me mordillait ou tirait mes cheveux juste un peu plus fort que ce qu'elle avait prévu.

Elle a balancé une longue jambe par-dessus ma taille et s'est élevée au-dessus de moi. Je ne voyais plus que l'ambre qui me regardait d'au-dessus. Elle a planté ses dents dans sa lèvre inférieure lorsque j'ai pris sa main et que je l'ai serrée fort autour du bout de ma bite. Elle a haussé les sourcils et j'ai vu de l'inquiétude passer sur son visage rougi. Une pulsation a parcouru l'anneau de la meilleure façon possible et je lui ai fait un sourire en coin.

– En selle, cow-girl.

Elle a rougi, a pris une teinte rose clair, puis s'est laissée tomber sur moi, ce qui nous a fait grogner tous les deux. Nous collions bien ensemble. C'était tout, nous collions. Elle s'est penchée en avant pour m'embrasser et le contact de ses tétons dressés sur les miens nous a fait tous les deux siffler entre nos dents par plaisir. Elle a appuyé son front contre le mien et a trouvé un rythme qui m'a fait enfoncer mes doigts dans ses hanches et jurer dans ma barbe. Chaque fois qu'elle remontait, sa chair gonflée poussait et tirait contre la mienne d'une manière qui me donnait envie d'exploser. Nous étions tous les deux assez rassasiés grâce à nos gâteries, donc pendant cette lente montée, cette escalade ténue vers l'orgasme, nous nous regardions attentivement. C'était bien plus intime, bien plus personnel que toutes les relations sexuelles que j'avais eues jusqu'à présent. Je voyais qu'elle se remplissait, je sentais ses muscles palpiter et tirer contre moi, mais c'était ses yeux, ces yeux dans lesquels je voulais boire encore et encore, qui m'ont fait passer de l'autre côté. Pour une fois je pouvais la voir, voir qu'il y avait de la place pour moi, et je l'ai embarquée dans un orgasme qui nous a tous les deux laissés transpirants, à bout de souffle et cherchant quelque chose à quoi s'accrocher.

Elle s'est effondrée sur moi, a croisé ses mains sur mon cœur et a posé son menton dessus. J'ai bougé une main et l'ai passée dans ses mèches brunes.

– J'ai cassé la gueule à mon vieux aujourd'hui.

J'ai vu ses yeux s'attarder sur la coupure dans ma joue.

– Pourquoi ?

Je ne pouvais pas croiser son regard, donc j'ai regardé le plafond et j'ai laissé les événements de ma vie glisser là, dans le cocon agréable qu'elle avait tissé autour de moi.

– Il est nul. Il est nul en tant que parent, il est nul en tant que mari, il est nul en tant qu'homme et il est nul en tant qu'être humain en général. Il s'est mis dans la tête que mettre ma mère enceinte avait fait dérailler la géniale fête qu'était sa vie avant qu'on en fasse partie, et il a passé des années à nous en vouloir, à elle et à moi, pour ça. Il veut boire et faire la fête, et vivre comme s'il avait dix-huit ans, et au passage il la fait se sentir inutile et très mal. Je suis parti de chez moi pour m'éloigner de lui, et j'ai toujours essayé de garder un œil sur lui, mais aujourd'hui il était bourré et il l'a frappée. J'ai carrément pété les plombs quand j'ai vu ça. Il m'a frappé le premier, mais après j'ai vu ma mère avec un cocard et je ne pensais plus qu'à le tuer. Je crois que je lui ai cassé le nez et il est à l'hôpital. Mais le pire…

Elle ne disait rien, elle me regardait juste parler en écoutant mon cœur battre en dessous.

– Le pire, c'est qu'elle est montée dans l'ambulance pour aller à l'hôpital avec lui, alors que je me faisais traîner derrière les barreaux. Je ne peux plus faire ça et j'ai l'impression d'être une merde.

Elle a levé une main et, du bout de son ongle, a tracé autour de ma bouche une ligne qui s'était retournée en une grimace dure.

– Il y a une limite à ce qu'on peut sacrifier pour sa famille. Tu ne peux pas être éternellement en colère et blessé parce qu'elle ne te laisse pas l'aider. À un moment, il faut que tu reconnaisses qu'elle a fait son choix, et ce n'est pas toi.

Et finalement, c'était cela qui faisait le plus mal.

– Je suis convoqué au tribunal dans quelques jours. Il a porté plainte pour coups et blessures.

– Il t'a frappé le premier. Revendique la légitime défense.

J'aurais pu, mais le fait est que si la police n'était pas arrivée, je serais probablement inculpé pour homicide à l'heure qu'il est. J'ai soupiré quand elle a sorti ma main de ses cheveux et a déposé un baiser sur toutes les jointures de mes doigts. Je ne savais pas ce que cela faisait de guérir, mais j'en savais assez pour comprendre que c'était ce qu'elle essayait de me faire. Cela calmait un peu le brasier qui traînait toujours sous la surface.

– On ne choisit pas sa famille, ni d'où on vient, Jet. Tout ce qu'on peut choisir, c'est qui on veut devenir malgré eux et à cause d'eux.

J'ai posé ma main sur sa joue et passé mon pouce sur sa pommette. Pour moi, elle avait toujours l'air élégante et raffinée, comme si elle était une chose chère qu'il faut savourer et apprécier telle une belle récompense. Je ne comprenais jamais pourquoi elle laissait entendre que cela pourrait être une image soigneusement créée.

– Pourquoi tu ne parles jamais d'où tu viens ou de ta famille ? Je veux dire, pas juste avec moi. Cora m'a dit que tu ne parlais jamais de ta vie avant la fac. Ça craignait tant que ça ?

J'ai vu les portes se fermer et les murs remonter, même si nous étions toujours tout nus et intimement connectés. Sa bouche s'est pincée et tout le trouble dans ses yeux s'est éteint. J'ai pensé qu'elle allait essayer de s'éloigner de moi, alors j'ai calé ma main dans sa nuque, sous ses cheveux, et je l'ai maintenue là. Elle m'a lancé un regard noir mais n'a pas essayé de partir. Elle a laissé tomber ses deux mains et a relâché sa tête, sa joue s'est retrouvée collée contre le visage menaçant du tatouage sur mon torse. Elle a posé ses mains de chaque côté de ma cage thoracique et a répondu en regardant le mur.

– Ça ne craignait pas tant que ça, mais moi, je craignais.

– Qu'est-ce que ça veut dire, Ayd ?

J'ai passé ma main sur la courbe de son dos. Qu'importe la partie du corps de cette fille que je touchais, je le ressentais dans tout mon être. Elle a lâché un souffle qui m'a donné la chair de poule.

– Ça veut dire que je n'étais pas vraiment quelqu'un de bien, il n'y a pas si longtemps. Il y avait trop de garçons, pour trop de mauvaises raisons. Il y avait de la drogue et un mépris général de la loi ; les gens n'avaient d'intérêt pour moi que s'ils pouvaient me servir. J'avais l'habitude de faire n'importe quoi, et je dis bien n'importe quoi, pour arriver à mes fins et je me foutais de blesser des gens ou de l'image que ça donnait de moi. J'étais une catastrophe, car on me voyait comme ça. On ne pensait pas que j'étais intelligente. On ne pensait pas que j'arriverais un jour à me démerder pour partir, et si un prof ne s'était pas intéressé à moi et ne m'avait pas obligée à reprendre ma vie en main avant qu'il ne soit trop tard, je leur aurais probablement donné raison.

Elle me décrivait une inconnue. Cette personne semblait si éloignée de la fille dynamique étalée sur moi que je n'arrivais même pas à les imaginer dans la même pièce, et encore moins dans le même corps.

– Je ne sais même pas quoi répondre à ça. Je ne connais pas cette fille.

Son pouce parcourait mes flancs et caressait la peau entre chaque côte. C'était apaisant, elle m'apaisait, et tout ce que je voulais était qu'elle soit le baume qui éteindrait le feu une bonne fois pour toutes. D'après le ton de sa voix et le fait qu'elle ne me regardait toujours pas, j'ai compris que dans sa tête je ne serais pas là pour toujours, peu importe comment nous étions au lit, ou l'effet que nous avions l'un sur l'autre.

– Non, mais elle, elle te connaît. Elle sait que je me sens déchaînée et incontrôlable avec toi. Elle sait qu'à cause de toi je suis prête à faire n'importe quoi pour t'avoir, peu importe les conséquences et les obstacles. Parce que tu m'atteins comme personne auparavant et que tu es plus addictif que tous les trucs illégaux auxquels j'ai touché dans le passé.

Et surtout, elle sait que quand je suis avec toi, je ne pense qu'à toi et moi, et au temps qu'il va nous falloir pour trouver un endroit où sc foutre à poil, ou dans combien de temps je vais pouvoir me blottir dans tes bras et te laisser me chanter des chansons. Je ne pense pas à l'avenir, à la fac, ou à toutes les choses importantes sur lesquelles je dois travailler pour avoir ma propre vie. Tu pourrais faire de moi ce que tu veux, Jet, et je ne veux pas que ça arrive.

J'ai posé ma main sur son cul et j'ai tiré sa cuisse pour qu'elle soit étalée sur moi. Il fallait que je me lève et que je m'occupe de mes affaires, mais je ne voulais pas bouger. Mon bras avec les montres molles de Dalí entourait son épaule, et une fois de plus je ne pouvais pas m'empêcher de penser que chaque minute que je passais avec cette fille était une minute qui devrait me durer toute une vie quand elle serait partie.

– Et si ce n'était pas important ? Si elle comptait autant pour moi que cette version de toi ? Je ne veux pas te contrôler, Ayd, je veux juste être avec toi.

Elle a soupiré et a embrassé mon sternum.

– Même moi je n'arrivais pas à m'occuper d'elle, Jet, et je ne crois pas que tu pourrais y faire grand-chose.

Je voulais lui dire que tout cela n'était pas important. Je voulais lui dire combien elle comptait pour moi. Que mis à part les gars, personne ne s'était occupé de moi avant et que je ne savais pas quoi faire quand elle s'inquiétait pour moi, mais j'avais le sentiment que c'était assez énorme pour me faire penser que je pourrais tomber amoureux d'elle et vouloir la garder pour toujours. Je voulais lui dire que je ne voyais pas de place dans ma vie ou dans mon lit pour quelqu'un d'autre qu'elle, et qu'elle me donnait l'impression que toutes les chansons d'amour que j'avais écrites ou chantées jusqu'à ce jour n'avaient aucun sens avant qu'elle fasse partie de ma vie. Mais je ne l'ai pas dit, car je savais qu'elle n'était pas prête à l'entendre, et je n'étais pas sûr de ce que ces sentiments signifiaient pour moi.

Mais j'allais m'accrocher à elle aussi longtemps que possible, jusqu'à ce que le feu soit trop chaud et me brûle vif de l'intérieur, et qu'elle ne puisse rien faire d'autre que le regarder me consumer.

CHAPITRE 11

AYDEN

Le jeudi, c'était soirée filles, et ce depuis que Shaw, Cora et moi avions habité ensemble. Certains soirs, nous nous retrouvions simplement autour d'une bouteille de vin pour regarder des films à l'eau de rose, d'autres, nous nous pomponnions et allions danser, et puis il y avait des soirées, comme aujourd'hui, où nous voulions simplement oublier tout ce qui nous était tombé dessus pendant la semaine. Nous sommes sorties avec l'unique objectif de finir bourrées. J'avais vite appris la leçon et j'évitais de choisir les cours du vendredi matin, car les soirées comme celle-ci conduisaient à des réveils terribles.

Shaw avait choisi un vieux bar vers la treizième rue, pas loin de là où elle habitait. Cora et moi avons pris un taxi, car il était assez clair que la soirée allait se finir en beauté. Nous savions toutes les deux qu'il n'y avait pas moyen que nous soyons en état de conduire. Nous avons commencé par un pichet de bière, et j'ai maudit les gars. Il fut un temps, nous aurions attaqué avec des margaritas, mais après tout ce temps passé avec eux, je crois que c'était un réflexe de commander un pichet de Coors Light fraîche. Le pichet en a entraîné un autre, et lorsque le troisième s'est posé sur la table, Shaw était prête à ajouter des shooters au menu. J'étais du type tequila, elle aimait le whisky et Cora s'en tenait au Jäger. Il n'a pas fallu longtemps pour que la conversation dévie vers des sujets ridicules et que nos rires deviennent forts et agaçants.

Les yeux bicolores de Cora étaient immenses et Shaw avait mis la main devant sa bouche pour contenir son rire. Je la fixais car elle nous expliquait, de façon typiquement Cora, qu'elle n'avait jamais compris comment nous pouvions être amies toutes les trois, sachant qu'elle avait une connaissance si intime de l'entrejambe des gars. J'ai haussé un sourcil.

– Tous ?

Elle s'est léché les lèvres et a penché sa tête sur le côté.

– Qu'est-ce que tu veux dire ?

– Tu les as tous vus ?

Shaw a pris un air choqué tout en riant et m'a poussé l'épaule.

– Ne lui demande pas ça.

– Pourquoi ?

– Il doit bien y avoir une sorte de secret professionnel.

J'ai levé les yeux au ciel.

– Elle fait des piercings, elle n'est pas médecin, et je suis curieuse.

Cora m'a adressé un sourire coquin et, même si je devais admettre que j'étais contente de savoir que c'était elle qui avait mis cet anneau à Jet et pas une pouffe bizarre, c'était étrange de l'imaginer avec ses mains sur cette partie de lui. Elle nous a commandé une autre tournée et a fait un geste pour nous dire de nous rapprocher. Shaw avait peut-être protesté par principe, mais je connaissais cette lumière dans son regard vert et je savais qu'elle était aussi curieuse que moi.

– Tous. Enfin, tous sauf le grand frère. Je ne l'ai vu qu'une fois et j'ai vu qu'il était trop coincé et pas du tout dans ce genre de délire. C'est Rule qui en a le plus, Rowdy a un peu moins de matériel, et Jet et Nash ont la même chose. Et laisse-moi te dire, ce n'est pas facile de passer une aiguille en métal dans certaines parties des mecs que tu considères comme tes meilleurs amis. J'ai cru que Rowdy allait s'évanouir et Nash a voulu me taper.

J'ai dû me servir d'une serviette en papier comme éventail. Il n'y a pas si longtemps, l'idée d'être avec quelqu'un qui avait des tatouages et des bijoux comme ceux-là m'aurait fait rire. Maintenant que je savais comment c'était, que je savais que personne ne serait jamais capable de faire ce que Jet faisait, je ne pourrais plus retourner au classique ennuyeux. D'après le regard rêveur sur le visage de Shaw, j'ai compris que c'était pareil pour elle. J'ai avalé ma tequila et ai levé le petit verre en l'honneur de Cora.

– Eh bien, au nom de toute la population féminine de Denver, je te salue et t'offre notre gratitude éternelle. Beau travail, Cora.

Cela les a fait rire, et Shaw a hoché la tête pour acquiescer.

– Ouaip, merci.

– Mais je vous en prie, Mesdames. Vous savez, il fallait bien que je fasse quelque chose pour aider ces crétins. Ce n'est pas comme s'ils avaient pu trouver des filles seulement avec leur personnalité. Ils sont atroces.

Shaw a ricané car c'était bien connu que Rule pouvait être vraiment con quand il le voulait, mais j'ai secoué la tête.

– Jet n'en a pas besoin. Sa personnalité est très bien. Il est génial.

Elles ont toutes les deux tourné la tête vers moi et si j'avais été sobre, je ne leur aurais jamais tendu cette perche. Shaw a posé ses yeux brillants sur moi.

– D'ailleurs, vous en êtes où, à ce sujet ?

J'aurais bien aimé le savoir.

– Nulle part. On est amis, on aime bien être ensemble et il est important pour moi, vraiment. On se voit tous les deux, rien de plus, rien de moins.

Sauf que c'était un bon gros mensonge. Il y avait beaucoup plus. Jet était d'humeur changeante et plus renfermé depuis son passage en garde à vue. Je savais que c'était en partie dû à son combat pour accepter ce qu'il se passait avec sa mère, mais il y avait autre chose qui le rendait secret et méfiant. Chaque fois que j'entrais dans sa chambre et qu'il était au téléphone, il raccrochait. Il passait un temps fou au studio et il semblait que le groupe lui demandait beaucoup plus de temps que d'habitude. D'après les bribes que j'avais réussi à récolter, on aurait dit qu'il prévoyait de repartir sur la route et je ne comprenais pas pourquoi il ne voulait pas tout simplement m'en parler. Ce n'était pas comme si j'avais mon mot à dire, mais quand même, cela aurait été sympa de savoir combien de temps il comptait partir. Je détestais l'admettre, mais l'idée de dormir seule quand il ne serait pas là me faisait mal au ventre.

Il n'avait pas non plus parlé du procès. Il avait embauché un avocat et ils avaient repoussé la date de deux semaines. Je savais qu'il était inquiet des conséquences de sa condamnation sur son emploi du temps, mais il ne semblait pas trop s'en faire pour la peine en elle-même. Il pensait certainement qu'il n'aurait qu'une remontrance et des travaux d'intérêt général, mais cela m'inquiétait qu'il n'en parle jamais ou qu'il ne mentionne jamais son père et sa mère dans cette histoire. Je savais qu'il se débattait avec des choses assez lourdes et je voulais être là pour lui, mais il n'avait pas l'air de vouloir me laisser faire.

– Est-ce qu'il t'a dit pourquoi il s'était fait arrêter ?

J'ai acquiescé. Je savais que Rule avait tous les détails de la véritable raison, mais Jet disait à la plupart des gens qu'il s'était battu, donc je considérais que ce n'était pas mon rôle de leur expliquer son histoire familiale.

– Oui. Ce n'était pas sa faute.

Shaw a secoué la tête et ses cheveux blonds ont glissé en cascade, ce qui a attiré l'attention de mecs attablés plus loin. Ils avaient lancé des regards curieux vers nous toute la soirée et en temps normal cela ne m'aurait pas dérangée d'utiliser un sourire bien placé pour que l'on me paie un verre ou deux, mais avec un rockeur dans mon lit, cela ne me semblait pas correct.

– Ce n'est jamais leur faute, crois-moi. J'ai entendu Rule dire ça un million de fois.

Cora a roulé ses yeux expressifs et s'est penchée en arrière sur sa chaise.

– C'est parce que ces mecs-là sentent le sexe, le péché et le fun, personne ne les tient jamais pour responsables alors que c'est une bande d'abrutis la majeure partie du temps.

– Cette fois ce n'était pas Jet, l'abruti. Il a été victime des circonstances.

Elle s'est tournée pour me regarder et j'ai essayé de ne pas avoir l'air gênée.

– Je l'entends quand il chante le soir, tu sais.

J'ai senti la chaleur me monter au visage et je voulais changer de sujet, mais je savais que je n'aurais très probablement pas ce luxe. J'ai essayé de hausser les épaules nonchalamment.

– Il a une belle voix.

– Oui, c’est vrai, mais il ne l’a jamais utilisée comme ça avant que tu commences à dormir dans sa chambre.

J’ai posé une main sur ma gorge et ai refusé de croiser son regard.

– Tu sais, un de ces jours tu vas tomber sur LE mec et tu vas rester sur le cul, et ce sera à notre tour de te pointer du doigt les choses évidentes et énervantes.

Shaw a haussé les sourcils et a hoché la tête.

– Oh, j’ai hâte que ça arrive.

Cora a agité une de ses petites mains devant elle.

– Vous n’aurez pas besoin de me montrer ses défauts parce que je me réserve pour l’homme parfait.

Shaw et moi avons échangé un regard et sommes restées bouche bée face à elle. C’est Shaw qui a balbutié :

– Non mais tu te fous de nous.

Cora a secoué la tête.

– Non, pas du tout.

– Personne n’est parfait, Cora. Regarde Adam. Mignon, gentil comme on n’en fait plus, un avenir génial tout prêt devant lui, en plus on avait plein de choses en commun. Mais rien de tout ça ne compte, parce qu’il ne me troublait pas, alors que tout ce que Jet a à faire est de me regarder, me sourire un tout petit peu et je veux lui sauter dessus et l’embraser.

Shaw a hoché vigoureusement la tête.

– Ma version de l’homme parfait a essayé de me tabasser à mort et de me violer. Ça n’existe pas, meuf. Tu vas juste être déçue.

Elle a fait un signe dédaigneux de la main et a repris sa bière.

– Jimmy m’a brisé le cœur, l’a fait éclater en un million de morceaux. Je n’aurais jamais cru que quelque chose pourrait me faire aussi mal jusqu’à ce que je le trouve avec l’autre fille. Je ne revivrai plus jamais ça. J’attends le mec qui sera parfait. Pas de problèmes, pas de scandales, et aucun passé d’indisponibilité ou d’instabilité émotionnelle. Il y a forcément sur cette planète quelqu’un qui répond à mes critères.

Elle m’a montrée du doigt.

– Et Adam portait des pulls sans manches, donc c’était évident qu’il n’était pas fait pour toi.

Elle a ensuite pointé son doigt vers Shaw.

– Et tu es amoureuse de Rule depuis des siècles, donc même si tous les autres croyaient que le taré était parfait, au fond tu as toujours su que Rule était celui qu’il te fallait.

Cela nous a toutes les deux plongées dans le silence, alors j’ai soupiré.

– Cora, on t’aime, et certes, tu as si souvent raison que ça en devient agaçant, mais je crois juste qu’en l’occurrence tu mets la barre un peu trop haut.

Elle a marmonné quelque chose que je n’ai pas entendu et a essayé d’alléger la conversation en faisant remarquer :

– De toute façon, la plupart des mecs ne seraient pas jugés acceptables par le gang des tatoueurs. Ils sont cent fois pires qu'un père avec un fusil de chasse.

Nous avons toutes explosé de rire au point que Shaw a dû essuyer des larmes au coin de ses yeux.

– Ahh. Les grands méchants tatoueurs aiment trop leur petit lutin.

Cora a fait la grimace et lui a jeté une serviette en papier mouillée, ce qui lui a valu un jet d'emballage de paille de la part de Shaw. Comme nous étions en train de nous transformer en enfants de cinq ans, j'ai pensé que c'était le bon moment pour aller aux toilettes. Nous avions choisi de sortir dans un petit bar, donc j'avais mis mes bottes de cow-boy et une jupe en jean avec un tee-shirt noir serré qui portait le logo Jack Daniel's. C'était mignon mais pas trop tape-à-l'œil, et j'étais contente de ne pas devoir slalomer entre les tables et les chaises en talons, sachant que j'étais déjà chancelante, pour ne pas dire plus.

Les toilettes étaient crades, j'ai fait au plus vite et je me suis récuré les mains comme si j'entrais au bloc opératoire. Je me passais une couche de gloss en essayant d'évaluer à quel point j'étais bourrée en touchant le bout de mon nez, lorsque la porte de la petite pièce a fait du bruit. J'ai sursauté en arrière et j'ai crié que je sortais dans une seconde, mais cela n'a pas calmé la personne qui essayait de rentrer. Si j'avais été sobre, j'aurais probablement été beaucoup plus stressée. Mais quand la poignée usée a enfin lâché et que la silhouette est entrée dans la pièce avec moi, je n'ai eu qu'un sentiment de surprise.

Je n'avais pas vu Asa depuis quelques jours, mais cela ne voulait pas dire que je pensais qu'il avait arrêté de traîner dans le coin. En revanche, je ne m'attendais pas à ce que l'inconnu louche que j'avais vu dans mon quartier, l'homme que je soupçonnais fortement d'avoir emmerdé Cora, apparaisse dans ces toilettes sales et vienne directement vers moi. Il a pris mes épaules et m'a poussée contre le lavabo, et maintenant que seul un cheveu nous séparait, je n'avais plus aucune difficulté à me rappeler sa tête.

– Silas.

J'ai dit ce nom comme on prononce le mot « cancer », et c'était ce qu'il était vraiment. Silas Anderson était ce qu'il pouvait arriver de pire aux pires personnes, et si c'était lui que mon frère essayait de fuir, alors il ne m'avait raconté que la moitié de l'histoire. La raison pour laquelle je ne l'avais pas reconnu plus tôt était que la vie ne lui avait visiblement pas fait de cadeaux depuis que j'avais quitté Woodward. Il n'avait qu'un an de plus qu'Asa mais on aurait dit qu'il en avait cinquante. Sa peau était tirée et sale, ses yeux fous, enfoncés dans leurs orbites, et ses cheveux autrefois corrects pendaient maintenant, gras, autour d'un visage laid. C'était dur de croire qu'à un moment ce mec avait été considéré comme beau. C'était dur de croire qu'à un moment je ne trouvais pas que coucher avec lui était une si grosse corvée, si cela lui permettait de lâcher les basques à mon frère. Maintenant, rien qu'y penser me donnait la nausée et me faisait tourner la tête.

– Où est le carnet, Ayd ? Je sais qu'Asa est là. Je savais que cette baltringue ne résisterait pas et viendrait te trouver pour régler ses emmerdes, comme toujours. Il faut que je récupère ce carnet, maintenant.

J'ai essayé de me contorsionner pour qu'il me lâche, mais je n'avais pas assez de place et il était nourri par le désespoir et la panique.

– Je ne sais pas de quoi tu parles.

Mes dents se sont entrechoquées quand il a commencé à me secouer.

– Je ne sais pas ce que ton frère débile t'a dit, mais ce n'est pas une petite bêtise qu'il a faite. S'il ne rend pas le carnet, ils ne vont pas juste le tuer, ils vont faire passer leur colère sur ta mère et après ils viendront te chercher.

J'ai réussi à poser une main sur son torse et à le pousser assez fort pour me déplacer vers la porte.

– De quoi tu parles ? Asa m'a dit qu'il devait vingt mille balles à quelqu'un parce qu'il avait volé quelque chose.

Silas a explosé d'un rire qui m'a donné la chair de poule.

– Il est pas croyable ! Ce crétin a chopé le petit livre noir d'un club de motards du coin. Il y a toutes les sommes que tout le monde doit à tout le monde dans tout le sud du pays. Je ne sais pas ce qu'il avait l'intention d'en faire, mais maintenant il a des tonnes de gens au cul qui veulent le récupérer. Tu sais qu'il te vendrait plus vite qu'un cochon pour se sortir de ce bordel, Ayd. Dis-moi juste où est le carnet.

– Est-ce que tu as essayé de rentrer chez moi ?

Son regard a fait le tour de la pièce. Ses yeux étaient globuleux et fous.

– La petite pute a failli me mettre un coup de taser dans les couilles.

– Tu as eu de la chance qu'elle ne te tire pas dessus. Elle vient de Brooklyn, et elle ne déconne pas.

– Arrête d'éviter ma question. Je sais qu'il est là. Je t'ai suivie pendant des jours en attendant qu'il vienne te demander de tout arranger. Comme il l'a toujours fait.

J'ai essayé de ne pas avoir une convulsion de dégoût quand ses yeux m'ont scannée de la tête aux pieds.

– Je ne fais plus ça pour lui, rien du tout. C'est à lui de nettoyer son bordel.

J'ai cherché à être le plus claire possible.

– Je ne sais pas où il est et je n'ai pas entendu parler d'un carnet.

Silas a lancé un gros mot et j'ai sursauté quand son gros poing s'est écrasé sur le vieux miroir au-dessus du lavabo et l'a explosé en faisant pleuvoir une douche de verre cassé.

– Ce n'est pas un jeu, Ayd. Il y a une troupe de motards en colère qui vendent de la drogue et des flingues et qui n'auront aucun problème à enterrer toute ta famille dans le fond de la forêt si ça les arrange. Asa a foutu la merde et j'essaie juste de limiter les dégâts.

– En me suivant partout ? En foutant les boules à ma coloc parce que tu essaies de rentrer chez moi ? On n'est pas à Woodward. Ici, tout ça, ça ne passe pas.

J'ai ouvert la porte et lui ai lancé un regard noir.

– Je vais parler à Asa. Si j'arrive à le convaincre de rendre ce carnet, tu as intérêt à ce qu'il n'arrive rien à ma mère. Mais il y a des risques qu'il ait déjà fait une connerie avec et que les vingt mille balles, ce soit juste pour pouvoir disparaître. C'est Asa, tu sais de quoi il est capable.

Les yeux gélatineux de Silas ont couru du haut de ma tête jusqu'au bout de mes bottes.

– Toi aussi, Ayd, et si tu penses une seule seconde que cette petite merde refuserait de vendre ton petit cul au club pour sauver sa peau, tu te trompes sérieusement et ton université de riches ne t'a rien appris.

En sortant des toilettes, je tremblais de partout. J'avais tout fait pour que mon passé n'interfère pas avec ma nouvelle vie, tout fait pour oublier les choses que j'avais faites et la façon dont j'avais vécu, mais il semblait que mon destin était tracé. À cet instant, je pouvais dire en toute honnêteté que je détestais mon frère, que je détestais tout ce qu'il représentait, et pourtant j'allais quand même devoir trouver un moyen de le garder en vie. Cela m'agaçait de ne pas pouvoir le laisser accroché à la corde de sa propre stupidité et cupidité.

Quand je suis revenue à notre table, je n'ai pas du tout été surprise de voir que nous avions de la visite. Shaw était assise sur les genoux de Rule pendant qu'il finissait sa bière, et Jet avait pris place sur le siège que je venais de quitter. Ils riaient tous à cause de ce que Cora disait, et j'ai senti mon cœur couler. C'était la famille que j'avais toujours voulue. C'était les gens sur qui je pouvais compter, qui m'aimeraient dans les bons et les mauvais moments sans rien demander en retour, et tout ce que j'avais fait était les tromper, leur faire croire que je valais mieux que la réalité.

Le regard sombre de Jet a croisé le mien et je me suis forcée à sourire. Tellement de questions brillaient dans ces profondeurs noires. J'aurais tellement voulu pouvoir répondre ne serait-ce qu'à une seule d'entre elles. Je me suis arrêtée à côté de lui et j'ai souri pour de vrai quand sa main est passée autour de ma taille.

– Qu'est-ce qu'il se passe ?

– On était chez Rule et Shaw a lancé un SOS. Je me suis dit que comme je n'étais pas loin, je pouvais faire un saut et vous ramener, pour que vous n'attendiez pas un taxi.

C'était gentil, il était gentil, et tellement sexy que cela en devenait ridicule. Putain, oh putain, ce qu'il était sexy ! Ses cheveux noirs partaient dans tous les sens comme ils aimaient le faire, et il portait un tee-shirt noir serré à manches longues, avec un pentagramme et un crâne de vache dessus. Je suis sûre que c'était le logo d'un groupe que je n'avais jamais entendu, mais cela lui allait bien, presque aussi bien que le jean noir extra serré qu'il aimait porter et qui était coincé dans le haut de ses rangers ouvertes. J'aimais tout chez lui, des anneaux en argent qu'il avait à chaque doigt aux pointes de démons qu'il avait sur les oreilles. Il avait l'air d'une rock star et j'étais bien placée pour savoir que ses compétences ne s'appliquaient pas que sur scène. Je me suis léché les lèvres et ai senti ses doigts pousser plus fort sur la peau douce de ma hanche.

– Eh bien, c'est très sympa de ta part.

Je ne voulais pas penser à Asa, ni à Silas, ni à ma mère. Tout ce que je voulais était être seule avec lui et le laisser me faire tout oublier. Je pourrais m'endormir avec sa voix dans les oreilles, et faire comme si tout allait bien. Rule a ri et a haussé un sourcil. Ses piercings lui donnaient un air malicieux et ténébreux, et je comprenais très bien pourquoi Shaw avait été à sa disposition aussi longtemps.

– Pas besoin de nous remercier. C'est complètement à notre avantage que vous soyez alcoolisées. En venant, je disais à Jet que la soirée filles est mon jour préféré, parce que Shaw revient toujours prête à s'amuser.

Elle a eu une exclamation outrée et lui a donné une claque sur le bras. Les gars ont ri et je n'ai pas pu m'empêcher de sourire quand je l'ai vue devenir rose vif sous nos regards insistants. M'amuser avec Jet, bourrée ou sobre, me paraissait bien plus drôle que de rester dans ce bar, donc j'ai essayé de croiser son regard pour lui faire comprendre que dès qu'il voulait partir, je le suivais. Cora a commandé une autre tournée de shooters et ensuite il a été l'heure de rentrer. Elle était affalée sur Jet et moi, et il a dû plier son petit corps à l'arrière de la Challenger. Il nous a lancé un regard ferme à toutes les deux et nous a prévenues que si nous vomissions dans son bébé, nous devrions nettoyer, bourrées ou pas. Cora a trouvé cela désopilant et s'est mise à rire, jusqu'à en perdre son souffle.

Jet a sifflé et a klaxonné lorsque nous avons dépassé le gros pick-up de Rule. J'ai vu Rule lui faire un doigt d'honneur, mais cela ne l'a pas du tout déconcentré de ce qu'il faisait à Shaw. Il l'avait pressée contre la portière du côté conducteur, et elle avait ses bras autour de son cou et ses jambes autour de sa taille.

J'ai essayé de ne pas faire de grimace quand la musique est sortie des enceintes. C'était tellement fort et violent, je détestais que ce soit là-dedans qu'il se reconnaisse. Il a baissé le son en haussant les épaules.

– Wolves in the Throne Room.

– C'est quoi, ce nom de groupe ?

Il m'a regardée rapidement du coin de l'œil.

– Un nom génial.

J'ai ricané et me suis installée dans le siège. Nous n'allions jamais nous mettre d'accord sur le plan musical, et je n'allais jamais lui demander de venir danser de la country. En plus, si jamais il essayait de me traîner dans la fosse, je l'étranglerais.

Cora marmonnait quelque chose à l'arrière et s'était retournée, elle était allongée sur le ventre avec le visage collé contre la banquette en cuir. J'ai sursauté un peu quand la main de Jet s'est posée sur ma cuisse, juste là où ma jupe s'était remontée.

– Tu avais l'air stressée quand tu es revenue à la table. Tout va bien ?

J'étais à un cheveu de tout lui dire. Asa, Silas et tout ce bordel moche et sordide, mais j'ai juste posé ma main sur la sienne et je l'ai remontée sur ma cuisse.

– Les toilettes étaient crades, et j'étais surprise de te voir. Tu as été très occupé depuis quelques jours. Je pensais que tu serais encore au studio.

Son pouce caressait ma peau et est remonté encore plus haut, jusqu'à ce que je doive me rappeler de respirer, et que nous n'étions pas seuls.

– Ouais, je bosse juste pour monter quelques trucs.

J'étais bourrée, mais pas assez pour ignorer qu'il restait volontairement très vague.

– Monter des choses pour quoi ?

Il a soupiré et a arrêté de me caresser pour serrer sa main sur ma jambe. J'ai frissonné et ai bougé un peu sur le siège, ce qui lui a donné encore meilleur accès à ma chair rapidement prête et mouillée.

– Tu veux vraiment en parler maintenant ?

J'ai eu un moment de pause et ai plissé les yeux, agacée.

– Eh bien, je commençais à me demander si tu allais m'en parler à un moment, ou juste me demander de t'amener à l'aéroport un beau matin.

Son pouce a atteint le bord de ma culotte, et pendant une seconde j'ai oublié que je m'efforçais d'être énervée contre lui, car j'ai vu des petites étoiles devant mes yeux.

– Je pars en tournée pour quelques mois.

J'ai inspiré entre mes dents quand je l'ai senti pousser le tissu en dentelle de son chemin. Je voulais jeter un coup d'œil à Cora pour être sûre qu'elle était toujours sonnée, mais j'avais peur de bouger.

– Pourquoi c'est si secret ? Tu pars souvent en tournée, non ?

Il a soupiré à nouveau et j'ai failli lui mettre un coup de poing, car il a entièrement enlevé ses doigts explorateurs. Je suis sortie de ma torpeur en voyant que nous étions garés devant la maison. Je me tordais pour aider Cora à sortir de la voiture, lorsqu'elle a littéralement foncé depuis la banquette et m'a bousculée pour sortir.

– Il faut que j'aille pisser tout de suite !

Elle a couru si vite jusqu'à la porte d'entrée que l'on n'aurait jamais deviné qu'elle était presque comateuse deux secondes plus tôt. J'ai rigolé et j'allais la suivre dans la maison, mais Jet s'est penché pour refermer la portière. Il a coupé le contact et l'autoradio s'est éteint, et il n'y avait plus que lui et moi dans le cocon douillet de l'habitacle.

– Je pars en Europe. On y va avec Artifice, donc ce n'est pas comme d'habitude. Je ne suis jamais parti aussi longtemps avant, ou aussi loin, parce que je m'inquiétais toujours de ce qu'il allait arriver à ma mère. Maintenant, il y a d'autres raisons pour lesquelles ça me déchire en deux.

– Parce que tu as peur qu'il la frappe encore ?

– Arrête, Ayd, tu sais que ce n'est pas de ça que je parle.

Ses yeux étaient encore plus foncés avec tout ce silence autour de nous.

– Tous les jours, j'attends que tu me dises que c'était sympa, mais que tu as mieux à faire. Je ne veux même pas te dire ce qui me passe par la tête quand je songe à t'annoncer que je vais partir sur la route pour trois mois.

J'ai mordu ma lèvre inférieure. J'ai appuyé une main sur son épaule et l'autre sur le volant, pour me soulever au-dessus de lui et me mettre à califourchon sur lui. J'ai placé mes mains de chaque côté de son visage et me suis penchée pour l'embrasser. Je ne voulais pas qu'il s'inquiète à cause de moi, à cause de ce qu'il se passerait dans ma tête, quand il serait parti. Je voulais qu'il parte en tournée et qu'il fasse ce qu'il aimait, juste pour lui, pour une fois, sans tout son passé. J'ai effleuré sa langue avec la mienne, joué avec le piercing au milieu et laissé mes dents tirer et mordiller sa lèvre. Je l'ai embrassé comme il m'embrassait toujours, comme s'il était le dernier homme sur lequel je poserais ma bouche.

J'ai passé mes mains sur ses épaules et l'ai regardé droit dans les yeux.

– Est-ce que tu vas chanter des anti-chansons d'amour énervées à quelqu'un d'autre quand tu seras là-bas ?

Il a ri en toussant et a déplacé ses mains pour les mettre sur mes fesses, où ma jupe était remontée à un niveau indécent.

– Non.

– Est-ce que tu vas trouver quelqu'un d'autre à qui chanter des vieilles chansons de country sentimentales avant de te coucher ?

Il s'est raidi car j'avais réussi à passer mes mains entre nos corps, là où nous étions pressés l'un contre l'autre, et à défaire la boucle de sa ceinture. Je n'étais pas sûre d'avoir assez de place pour manœuvrer avec ce pantalon serré, mais j'étais plus que prête à tenter ma chance.

– Non, Ayd. Je ne veux faire ça que pour toi.

Il était chaud et dur entre mes mains et il avait l'air prêt à continuer le spectacle car j'ai entendu du tissu se déchirer et senti l'air frais de la nuit sur ma peau nue, là où ma culotte ne recouvrait plus mon derrière.

– Alors arrête de t'inquiéter pour tout le monde sauf toi. Je serai là quand tu reviendras, et peut-être que d'ici là je serai prête à avoir cette conversation qui te démange tellement. Au jour le jour, tu te souviens ?

Il a grogné quand je me suis penchée pour l'embrasser à nouveau. J'en avais assez de parler, assez de réfléchir, je voulais juste qu'il rentre en moi et je me fichais que nous soyons dehors, dans sa voiture, alors que deux lits nous attendaient à moins de cent mètres. J'avais beaucoup plus de mal à ignorer la mauvaise Ayden lorsqu'il était chaud, excité et délicieusement palpitant entre mes jambes. La rencontre avec Silas, et tout ce qui se préparait avec Asa, avait tendance à la faire remonter à la surface.

– Il faudra qu'on ait une conversation d'ici là, Ayden, et tu le sais.

Il était pile où je le voulais, le bout et l'anneau froid tout contre. Je m'apprêtais à descendre, à l'engloutir et à disparaître dans la sensation qu'il était le seul à pouvoir me donner, lorsque ses longs doigts se sont soudain douloureusement enfoncés dans mes deux fesses. J'ai levé la tête pour le regarder, affamée et frustrée qu'il fasse le difficile. L'ivresse sexuelle qu'il provoquait était bien plus forte qu'une bouteille entière de Patrón, et il allait se faire engueuler s'il ne me donnait pas ce que je voulais.

– Jet, sérieux, ça peut attendre.

J'ai essayé de bouger, de descendre et de m'asseoir sur lui, mais il avait une trop bonne prise sur moi et j'étais coincée entre ses mains fermes et le volant.

– On ne peut pas faire ça ici, Ayd. Je n'ai rien sur moi.

J'étais prête, plus que prête, et je sentais que lui aussi. Je l'ai encore embrassé et j'ai laissé la mauvaise Ayden sortir de sa boîte, j'étais tellement fatiguée de la garder enfermée.

– M'en fous.

Et c'était vrai, en tout cas cela l'était à ce moment-là. Le lendemain, je le regretterais sûrement. Et même dans cinq minutes, je serais probablement en pleine crise de panique, mais à cet instant, je ne voulais que lui. Cela n'avait rien à voir avec la tequila qui tournait dans mon sang. Il avait suffi que lui s'en soucie, qu'il se soucie assez de moi pour freiner, alors que je sentais combien il était dur et aussi près que moi du précipice.

Il essayait toujours de m'enlever de ses genoux, mais c'était vain. J'étais trop excitée et il était trop dur, et il y avait quelque chose d'un peu fou et de très sexy dans le fait d'être à l'avant de sa voiture. Ce n'était pas possible qu'il se retienne encore très longtemps. Lorsque j'ai senti la pression froide du métal, pour une fois pas entravée par le préservatif, j'ai failli m'évanouir. Je voyais flou et j'ai cru l'entendre jurer, ou peut-être qu'il m'a dit qu'il m'aimait. Dans tous les cas, ses mots se sont perdus dans les sensations qui brûlaient ma colonne vertébrale et me faisaient haleter contre sa gorge. Ses mains me tenaient si fort que j'allais avoir des bleus, et j'étais tellement contente d'avoir eu l'idée de porter une jupe. Lorsqu'il me souleva et me tira vers le bas, je ne savais même plus quel jour nous étions.

Je répétais son nom, car pour moi, c'était la seule chose qui avait un sens à cet instant, et je l'ai entendu grogner quelque chose de cochon et incohérent. Il allait perdre les pédales, exploser dans tous les sens et m'emporter avec lui, quand soudain il a bougé en dessous de moi et je l'ai senti sortir. J'étais trop proche de la ligne d'arrivée pour que cela fasse une différence. J'ai tremblé et frémi, je me suis effondrée sur lui et je l'ai entendu grogner et murmurer mon nom. Quand j'ai été capable de rouvrir les yeux et de reprendre mon souffle, je ne pouvais rien faire d'autre que le regarder avec de grands yeux. Il m'a embrassée sur la joue et a bougé pour nous remettre plus ou moins en ordre. Il était encore dur comme un poteau en acier, pressé contre moi, et j'ai vu qu'il faisait une drôle de tête, comme s'il avait mangé quelque chose d'acide. J'ai pris sa mâchoire dans ma main tremblotante et l'ai obligé à me regarder. Ses muscles se tendaient et se relâchaient, et ses yeux noirs au halo doré contre nature me déshabillaient.

– Pourquoi as-tu fait ça ?

Ma voix était particulièrement rauque.

Il a placé ses mains sur ma taille et m'a déplacée, juste assez pour que j'arrête d'écraser l'impressionnante érection entre nous. Il a laissé sa tête tomber en arrière et m'a regardée en plissant les yeux.

– Je ne te laisserai pas te servir de moi pour prendre de mauvaises décisions qui te donneront une excuse pour me fuir, Ayden. Quand tu partiras, il faudra que tu aies une vraie raison, pas juste parce que tu perds le contrôle avec moi et que ça te fait flipper.

Je ne savais pas quoi répondre, car même si l'endorphine faisait encore un peu effet, je savais qu'il avait raison. Quand j'y penserais objectivement, le lendemain matin, une partie de jambes en l'air non protégée sur le siège avant d'une voiture était exactement le genre de chose qui me ferait partir en courant. C'était exactement le genre de chose que je voulais avoir laissé loin derrière moi. Je cherchais un moyen de mettre un peu de distance entre lui et la nouvelle moi, et la meilleure façon de le faire était de laisser l'ancienne moi faire ce qu'elle voulait de lui.

Je l'ai laissé me serrer dans ses bras, ce qui a à nouveau aligné les meilleures parties de nos corps. Je ne savais pas ce que j'allais faire avec lui à long terme. J'avais le pressentiment que j'allais finir par lui briser le cœur, et le mien par la même occasion. Là, tout de suite, tout ce que je voulais était m'occuper de lui comme il s'était occupé de moi.

– Rentrons, Jet.

Je n'ai pas eu besoin de lui demander une seconde fois.

CHAPITRE 12

JET

Le lendemain matin, je savais que quelque chose avait changé avant même d'ouvrir les yeux. Normalement, des jambes infinies étaient emmêlées avec les miennes et un nuage de cheveux bruns doux comme des plumes était étalé sur mon visage et mon torse. Mais là, elle était recroquevillée de son côté, ses mains étaient repliées sous sa tête et son maquillage avait coulé sous ses yeux encore fermés. On aurait presque dit qu'elle avait pleuré pendant la nuit.

Après toute la tequila qu'elle avait bue, elle avait forcément la gueule de bois et, qui plus est, je n'avais pas été tendre avec elle la veille. Mais il y avait autre chose, une chose qui la travaillait et que je ne voyais pas, mais que je ne sentais que trop bien. C'est d'ailleurs ce qui m'avait arrêté hier dans la voiture. J'avais eu l'impression que quelque chose se dressait physiquement entre nous, que je ne pouvais pas surmonter pour l'atteindre, elle. Cela avait failli me tuer, cette lutte contre mon corps, ma bite, mais je savais au plus profond de moi que si je laissais faire, elle se servirait de cela pour s'éloigner.

J'allais la réveiller, embrasser son épaule dénudée et peut-être d'autres zones intéressantes recouvertes par la couette écarlate, mais mon téléphone a sonné et les cris de Mastodon ont rempli la pièce. J'ai rampé pour aller répondre avant que Ayden ne se réveille, mais c'était trop tard. Elle a gémi et a pris sa tête entre ses mains, comme si cela allait aider. Au moment où j'ai répondu, elle avait remonté la couverture au-dessus de sa tête et me lançait des gros mots dont mes potes auraient été fiers. J'ai rigolé doucement et ai donné une petite claque à la courbe de son cul sous la grosse couette. Ce n'était pas le genre de Von d'appeler avant midi, mais tout le groupe se donnait à fond pour préparer notre spectacle avant la tournée.

– Comment ça va ?

Il y avait beaucoup de bruit derrière lui, des voix énervées et des sirènes, combinées à la voix paniquée de mon guitariste. Une sueur froide a parcouru mon échine.

– Mec, il faut que tu viennes au studio. Tout de suite.

J'étais déjà debout et je cherchais un pantalon par terre.

– Qu'est-ce qu'il se passe ?

Je n'avais pas vu Ayden sortir la tête des couvertures, mais je sentais ses yeux brillants me regarder alors que j'enfilais un tee-shirt et mes bottines.

– Quelqu'un est rentré. Ils ont tout pris.

J'ai bugué car cela n'avait pas de sens.

– Comment ça ?

Question idiote, mais mon cerveau tournait à cent à l'heure dans tous les sens. Je me disais surtout que si mon père était impliqué, aucun tribunal ne pourrait m'empêcher de le tuer pour de bon, cette fois. Ayden a sorti ses longues jambes du lit et je l'ai regardée distraitement remettre ses vêtements de la veille. Mais cette fois, elle a mis mon tee-shirt à manches longues avec le crâne de vache. J'aurais pu ne pas assimiler le fait qu'elle était super sexy, mais c'était Ayden, donc j'ai assimilé.

– Tout. Les instruments, le matériel d'enregistrement, tout. C'est comme si quelqu'un était venu avec un camion et avait tout vidé. J'ai appelé les flics, et les autres mecs du groupe, mais il faut que tu viennes parce que tu es le propriétaire et que tout est à ton nom.

J'ai passé ma main libre dans mes cheveux et ai chopé mes clefs. Ayden me les a prises des mains et a secoué la tête. Elle a prononcé : « Je conduis » sans un son et m'a poussé par la porte. Heureusement, Cora était toujours hors d'état de nuire, je n'aurais pas eu le temps ni l'envie de lui expliquer pourquoi nous fuyions la maison comme s'il y avait le feu à mon lit.

– Dis aux flics qu'il y a une alarme sur tout le bâtiment, et il y a aussi des caméras de surveillance, si ça peut aider.

J'ai vu Ayden me regarder du coin de l'œil avec une expression que je n'ai pas su déchiffrer, j'étais trop occupé à calculer le total des pertes dans ma tête. Rien qu'avec les instruments, on n'était pas loin de vingt mille, mais le matos d'enregistrement coûtait facilement trois fois cette somme. Je ne voulais même pas m'imaginer essayer de tout remplacer, à la limite il fallait racheter ce dont nous avions besoin pour la tournée. Cette idée a fait bouillir le sang dans mes veines et a fait passer des éclairs rouges dans mes yeux. Si c'était mon père, rien sur cette Terre ne m'empêcherait d'anéantir tout son monde dans les flammes et de danser sur la carcasse de notre relation.

J'ai entendu Von répéter les informations que je venais de lui donner, et derrière lui j'ai entendu quelqu'un enchaîner une belle litanie de jurons.

– Les flics veulent savoir si tout était assuré.

J'ai pouffé et me suis tiré les cheveux par frustration.

– Oui, évidemment. Même les métaleux ont besoin d'une assurance.

Cela lui a arraché un rire et j'ai soupiré car j'étais soudain épuisé.

– Mais peu importe. Il va falloir qu'on rachète tout, au moins pour la tournée.

– On peut utiliser du matos de secours, s'il le faut.

– Non. On s'est engagés pour la tournée, engagés à être une première partie de qualité pour faire connaître Artifice dans le monde entier, je ne veux pas décevoir Dario. On achètera du neuf.

– On a les moyens ?

– Probablement pas, mais c'est comme ça. J'arrive dans une minute.

J'ai jeté un coup d'œil à Ayden et j'ai remarqué qu'elle maltraitait sa lèvre inférieure. Elle a dû se sentir observée, car elle a aussi regardé dans ma direction et a forcé un sourire auquel je ne croyais pas une seconde. Elle était redevenue tout en ombres et en fumée, et la Ayden que je commençais à connaître, celle de qui j'étais sûr de tomber amoureux, était partie. À la place, j'avais cette fille qui me regardait comme si nous nous connaissions à peine.

– Tu n'es pas obligée de rester. Tu peux me déposer et je demanderai à un des gars de me ramener quand j'en aurai fini avec la police.

Elle n'a rien dit, mais j'ai vu ses mains se serrer sur le volant et j'aurais donné n'importe quoi pour savoir ce qu'il se passait dans sa tête trop compliquée.

– Je te parie un million que c'est mon père qui est derrière tout ça. Ça l'énerve qu'on doive aller au tribunal, que je n'aie pas cédé et que je ne lui aie pas donné ce qu'il voulait. C'est sûrement sa façon de se venger et pour une fois c'est assez efficace.

– Tu as des caméras de surveillance ?

Sa question semblait un peu forcée.

– Ouais. Le matériel est cher et les instruments sont les meilleurs qu'on puisse trouver. En plus, il arrive que d'autres groupes laissent leurs affaires, donc je fais tout pour les garder en sécurité. Pourquoi ?

Elle ne voulait pas me regarder mais sa bouche était tirée et faisait une grimace. J'aurais presque voulu oublier les flics et la traîner dans un endroit calme et isolé pour l'obliger à me parler, mais ce n'était pas réaliste. Elle a haussé les épaules et a continué à triturer sa lèvre.

– Juste pour savoir. Je n'imaginais pas que ça coûtait autant.

J'ai soufflé longuement et ai appuyé sur mes yeux avec la base de mes mains.

– Ce n'est pas juste un passe-temps, un groupe avec qui je m'amuse le week-end. C'est mon boulot, c'est mon gagne-pain, Ayden. Évidemment que j'ai fait ce qu'il fallait pour le protéger.

Nous sommes tombés dans un silence tendu. Je ne savais pas quoi lui dire, je ne voulais pas me défouler sur elle et empirer les choses. Lorsque nous nous sommes garés devant le studio, le bâtiment était entouré de voitures de police, et tous les mecs du groupe étaient devant, avec un air à la fois énervé et frustré. J'ai posé la main sur la poignée de la portière et j'ai sursauté quand sa main douce s'est posée sur mon bras avant que je sorte de la Jeep.

Ses yeux topaze étaient aussi durs que la pierre dont ils avaient la couleur, et avant qu'elle dise quoi que ce soit, je savais que ce serait mille fois plus dévastateur que ce que j'allais trouver dans le studio.

– Je suis vraiment désolée, Jet. Je ne sais pas vraiment ce qu'on était, mais je ne peux plus. C'est… Ça ne marche plus pour moi. Je ne le sens plus comme quelque chose au jour le jour et je ne peux pas gérer ça.

J'aurais pu lui rendre les choses faciles, et laisser tomber. Après tout nous n'étions pas en couple, mais j'étais à vif et ouvert en deux, et c'était un putain de mauvais timing de me faire ça maintenant. J'ai plissé les yeux et j'ai bougé pour qu'elle retire sa main.

– Ouais d'accord, Ayd. Tu devrais surtout être désolée que je puisse te faire jouir alors qu'un connard en pull sans manches en est incapable.

Je l'ai vue grimacer, et elle a murmuré mon nom comme si je l'avais frappée. J'ai levé une main et ai ouvert la porte.

– Arrête. Ne me sors pas l'argument que tu as réussi à trouver dans la nuit parce que, quoi que ce soit, on connaît tous les deux la vraie raison. Le problème est que tu ne veux pas t'ouvrir. Et c'est la merde parce que j'aurais pu tomber amoureux de toi. Putain, c'est probablement déjà le cas. J'ai des choses à faire, mais j'imagine qu'on se recroisera.

Elle n'a pas redit mon nom, et je ne me suis pas retourné, mais j'ai pris une incroyable quantité de plaisir à claquer la portière derrière moi, assez fort pour faire trembler toute la voiture. Von et Catcher m'ont rejoint, et j'ai refusé de regarder derrière moi quand elle est sortie du parking. Il y avait un cratère dans ma poitrine, un endroit grand ouvert duquel tout ce feu et cette émotion dévorante que j'essayais de contrôler pouvaient s'échapper. L'ironie de la chose était que la seule personne qui m'avait soulagé de la brûlure, qui m'avait permis d'échapper aux flammes était celle qui m'avait à nouveau déchiré. Déchiré et laissé béant, tout ce venin terrible pouvait désormais se déverser sur le monde.

Nous avons passé des heures à dresser une liste du matériel disparu pour la police. Ils ont pris les enregistrements des caméras et je leur ai dit de ne pas être surpris si les images montraient que le voleur était mon père. Je leur ai dit que je voulais qu'ils lui collent tous les chefs d'accusation qu'ils pourraient trouver. Le reste du groupe était stressé, et ils commençaient à me taper sur les nerfs, aussi je les ai fait partir en leur promettant de m'occuper de tout en attendant l'expert de l'assurance.

J'étais épuisé à force de tout retourner dans ma tête. Je savais que l'histoire avec Ayden ne serait pas quelque chose de permanent, mais j'avais quand même l'impression qu'elle m'avait arraché le cœur de la poitrine puis qu'elle me l'avait rendu quand elle avait décidé qu'elle ne s'en servirait pas. Au jour le jour, tu parles, c'était plus que cela, cela avait toujours été plus que cela. Je n'aurais pas dû la laisser me distraire et j'aurais dû avoir cette conversation dans la voiture la veille. Je ne savais pas pourquoi elle avait changé aussi vite, tout ce que je savais était que cela faisait mal et qu'elle s'était éloignée de moi plus que jamais.

Ce n'était pas juste, ni pour elle ni pour moi. Il y avait eu tellement de tension, tellement d'attraction entre nous que j'aurais dû savoir dès le début que cela ne fonctionnerait jamais entre nous s'il n'y avait que du sexe, mais quelque chose me disait que si j'avais accepté son offre il y a des mois, je ne serais pas dans ce bordel aujourd'hui. Si je l'avais eue alors que sa garde était baissée, j'aurais eu des chances de dépasser le mur avant qu'elle ne le reconstruise. Maintenant c'était trop tard, et j'allais juste devoir faire comme si la femme qui comptait tant pour moi ne m'avait pas laissé tomber.

Quand l'expert est enfin arrivé, j'avais atteint un état de rage extrême. J'étais certain que le gars était terrifié à l'idée de rentrer dans le bâtiment vide avec moi, mais c'était son boulot, il n'avait pas le choix. Tout ce qu'il restait de mon équipement rutilant était un tas de câbles emmêlés et le fauteuil pivotant sur lequel je m'asseyais. Les photos du groupe et les posters qui décoraient les murs pendaient n'importe comment et une unique cannette de Coors Light trônait renversée par terre, avec une flaque de bière en dessous. Tout était vide et creux et on aurait dit un dépotoir, ce qui reflétait parfaitement mon état psychologique.

Après avoir envoyé à l'expert – qui avait hâte de fuir mes ondes meurtrières – une tonne de photos des instruments et du matériel d'enregistrement par e-mail depuis mon téléphone, j'ai lentement tourné dans l'espace vide et désolé en me frottant les tempes. Tout ce que je voyais était ce paysage nu, et tout ce que je sentais était ce cratère en moi qui était chaud et dangereusement incandescent. Avant que je comprenne ce qu'il se passait, quelque chose s'est détaché de moi. Comme lorsque j'avais vu ma mère et son cocard, mais cette fois c'était mon avenir qui était battu et brisé. La musique était la seule chose que j'avais aimée et qui m'aimait inconditionnellement en retour, et elle était aussi tombée entre les mains d'un agresseur inconnu. J'ai lancé un cri qui a résonné contre les murs, j'ai pris les rares morceaux de meubles qu'il restait et les ai jetés contre la vitre qui entourait l'espace d'enregistrement. Un million d'éclats de verre se sont éparpillés sur le sol. J'ai enlevé toutes les photos qu'il restait sur les murs, arraché les posters et rouvert les blessures des jointures de mes doigts jusqu'à ce que mes mains dégoulinent de sang. J'ai donné un coup de pied dans la cannette, faisant gicler de la bière éventée dans toute la pièce au passage, et j'ai arraché les câbles du mur et les ai balancés par terre. J'ai foutu le bordel. Après cela j'étais haletant et transpirant, mais la fureur qui m'écorchait de l'intérieur était redescendue à un seuil acceptable. J'avais encore envie de taper dans quelque chose, de défoncer quelqu'un, alors j'ai posé mes mains sur mes genoux et me suis penché en avant pour reprendre mon souffle avant que la chaleur ne me brûle les yeux.

Je ne sais pas combien de temps je suis resté ainsi, mais quand un sifflement a résonné dans l'espace dépouillé, cela m'a surpris et je me suis retourné prêt à me battre. Rowdy avait les mains dans les poches de son jean et ses yeux couleur océan étaient empathiques face au constat de la dévastation, que ma crise de nerfs en cours empirait encore.

– Qu'est-ce que tu fais là ?

Je ne voulais pas avoir l'air méchant et ingrat, mais je passais la pire journée de merde de toutes les journées de merde, et je n'avais plus un gramme de gentillesse en moi.

– Ayden m'a appelé. Elle m'a expliqué en gros. Elle s'est dit que tu aurais peut-être besoin d'un ami, ou de quelqu'un sur qui taper. Je suis là pour l'un ou l'autre.

J'ai juré et me suis effondré sur le sol. Des morceaux de verre se sont coincés dans mon jean mais je n'avais plus assez d'énergie pour en avoir quelque chose à faire.

– Elle t'a aussi dit qu'elle m'avait lâché ? Elle m'a laissé en plan parce que c'est comme ça, et qu'importe ce qu'on était, on ne l'est plus.

Il regardait tout autour, observait en détail, et d'après l'expression de sa bouche j'ai su qu'il comprenait combien c'était grave, combien cela allait être difficile de tout gérer avant la tournée.

– Non, mais elle n'avait pas l'air en forme, donc je me suis douté qu'il s'était passé quelque chose.

J'ai ricané et ai fermé les yeux une seconde.

– Je lui ai dit que je partais en tournée, je lui ai dit que je pourrais l'aimer, et je nous ai empêchés de baiser sans protection à l'avant de la Challenger. Puis elle m'a largué, juste après que j'ai appris que tous mes biens avaient été volés. Journée de merde !

– Elle t'a expliqué pourquoi ?

– Ce n'était pas la peine. Ce n'est pas comme si on était en couple ou même qu'on sortait ensemble, ou rien de sérieux comme ça.

– Ça ne lui ressemble pas.

Mon cœur s'est serré si fort dans ma poitrine que j'ai dû me frotter le torse avec la paume de ma main pour soulager la pression.

– Eh bien, c'est moi qui suis assis là comme si je m'étais pris un coup de pied dans les couilles et fait rouler dessus par un semi-remorque, et il me semble bien que c'est une brune aux yeux de whisky qui a fait ça. Donc, ouais, ça lui ressemble beaucoup.

Il a secoué la tête et pas un seul de ses cheveux n'a bougé de sa coiffure des années cinquante qu'il affectionnait.

– C'est sûrement plus compliqué que ça. Elle avait l'air aussi mal en point que toi et n'importe quel idiot qui vous croise peut voir qu'il y a quelque chose de puissant entre vous. Putain, je l'ai vu la toute première fois que tu as posé les yeux sur elle au Goal Line, et pourtant j'étais bourré.

– Le sexe.

J'ai lâché un souffle.

– Il y a une super alchimie entre nous et le sexe est fou, c'est tout ce qu'il y a, tout ce qu'elle voulait.

– Je ne crois pas que ce soit toute l'histoire.

– En tout cas c'est celle qu'elle raconte et maintenant il faut que je me démerde avec ça, et le procès, et ma famille pourrie. Je n'ai pas le temps d'essayer de relire ni de réécrire le passé.

Il a joué du bout du pied avec la cannette écrasée qui avait subi mon courroux tout à l'heure.

– Tu crois que ton père a quelque chose à voir là-dedans ?

– Qui d'autre ça pourrait être ? Il est trop arrogant pour me demander ce que je fais, donc je pense qu'il ne sait pas que j'ai un système de sécurité.

– Peut-être que si on le voit sur les vidéos, tu pourras t'en servir pour faire tomber les accusations de coups et blessures.

– S'il est sur les vidéos, je vais le foutre en taule pour le plus longtemps possible. Je n'ai pas peur des travaux d'intérêt général mais si je peux le faire enfermer quelque temps, je saurai qu'il ne pourra pas lever la main sur ma mère pendant que je suis en tournée.

– Tu n'as pas tort.

Il a posé ses mains sur ses hanches et a jeté un dernier regard à l'espace détruit.

– Tu veux rester ici broyer du noir encore un peu, ou tu veux trouver un bar miteux pour qu'on se bourre la gueule ?

Ce que je voulais vraiment, c'était prendre ma guitare et trouver un endroit calme où je serais tout seul pour écrire les chansons les plus tristes de l'histoire, à propos d'une fille qui ne voulait tout simplement pas de ce que je désirais lui donner. Cela avait l'air plus dangereux que de me noyer dans une bouteille de Jameson, donc j'ai pris la grande main qu'il me tendait et l'ai laissé m'aider à me relever.

– Direction le bar.

***

Dès que j'ai ouvert les yeux, le lendemain matin, deux choses m'ont paru évidentes. La première était que je ne portais pas de pantalon, la seconde était qu'essayer de boire une bouteille de whisky entière pour oublier une fille aux yeux couleur whisky n'était pas une bonne idée. J'ai grogné et ai essayé de tourner la tête, ce qui a fait exploser la douleur. Heureusement, je sentais le cuir du canapé qui collait à mes jambes nues, donc je n'ai pas eu à tendre la main pour vérifier que j'étais seul. Je n'avais rien contre le fait de noyer mon chagrin, mais rentrer avec une fille pour me venger ne me semblait pas bon, ni juste pour la partie adverse. J'étais content que, bien qu'il n'ait pas semblé se soucier de mon foie, Rowdy ait réussi à garder mon cœur brisé à l'intérieur de mon pantalon – d'ailleurs je me demandais bien où il était, celui-là.

Il m'a fallu cinq bonnes minutes pour me retourner, et dix de plus pour trouver le courage d'ouvrir les yeux. Quand j'y suis parvenu, je n'ai pas pu faire autrement que de grogner et jurer que je ne boirais plus jamais comme cela. Comme toujours, ce serait une promesse que je trahirais le plus vite possible. J'ai entendu Rowdy dans la cuisine et un éclat de rire féminin, donc j'ai fait l'effort herculéen de me lever pour mettre mon pantalon. Je n'étais pas en état d'être sympa avec je ne sais quelle fille qu'il avait ramenée du bar, et j'étais encore moins en état de le faire en boxer. Un grognement m'a échappé et un troupeau d'hippopotames s'est mis à faire des claquettes derrière mes yeux quand je me suis assis sur le canapé. J'ai entendu Rowdy marcher jusqu'à moi avec sa copine, mais rien ne pouvait me faire bouger plus vite.

J'ai pris la tasse de café qu'il me tendait par-dessus le dossier du canapé avec gratitude, et j'ai essayé de ne pas grimacer en avalant une poignée d'antidouleurs et d'éviter le regard de la blonde qui partait vers la porte. Elle était jolie, en tout cas elle avait l'air, à travers le brouillard de ma gueule de bois, et je me suis vaguement souvenu d'elle et de son amie qui nous avaient rejoints à un moment dans la soirée. Elle m'a adressé un sourire que je n'avais pas la capacité de lui rendre, puis s'est tournée vers Rowdy, qui avait appuyé une hanche contre le canapé et se foutait ouvertement de ma gueule.

– Dommage qu'il ait été si triste. Heather aurait adoré tripoter tout ça.

Sachant que j'étais quasi à poil, j'ai juste fermé les yeux et je suis retombé contre les coussins du canapé, tout en priant pour que les dieux du lendemain de soirée m'engloutissent. J'ai entendu Rowdy ricaner et la porte d'entrée s'ouvrir, puis se refermer. Nous étions assez familiers des coups d'un soir, et celle-ci avait fait bien moins d'esclandre que d'autres. C'était naze que ce soit moi qui aie l'impression de finir honteux, alors que je n'avais même pas couché avec elle.

– Putain, qu'est-ce qu'il s'est passé ?

Rowdy a bougé et a laissé tomber sa stature imposante dans le fauteuil inclinable de l'autre côté de la pièce. Ses yeux étaient sérieux, il n'avait pas l'air de rire, aussi je me suis demandé s'il avait eu des difficultés à ramener la blonde à la maison à cause de moi.

– Tu ne m'as jamais dit que tu étais amoureux d'Ayden.

J'ai cligné des yeux, surpris, et mon cœur a gonflé. J'aurais bien froncé les sourcils mais j'avais le sentiment que cela m'aurait tué, donc j'ai penché la tête un peu sur le côté et je l'ai regardé prudemment.

– De quoi tu parles ? Je t'ai dit que j'étais accro à elle.

Il a secoué la tête et a pointé son doigt sur moi.

– Accro, ce n'est pas la même chose qu'amoureux. Mais pourquoi tu l'as laissée partir, hier ?

– Je ne sais toujours pas de quoi tu parles.

C'était un mensonge, mais comme je ne savais pas d'où il tirait ses informations, je n'étais pas encore prêt à m'avouer vaincu.

– Jet…

Il a soupiré si profondément que j'ai presque senti son exaspération rebondir sur le plancher.

– Tu as bu ton poids en whisky hier soir. Pour la plupart des mecs, ça aurait voulu dire que tu as passé la nuit avec la tête dans les chiottes ou allongé dans un jardin. Toi, mon ami, tu as passé la nuit à raconter à tout le monde qu'une fille aux yeux couleur de whisky venait de te briser le cœur. Comme ça ne suffisait pas, une très jolie et très gentille fille a trouvé ça mignon que tu joues l'amoureux transi, que tu dises que tu ne coucherais plus jamais avec personne car tu n'étais pas un étalon à disposition, et que s'il fallait un pull sans manches pour qu'elle t'aime, alors tu ferais péter le losange. Ladite bombasse voulait quand même rentrer avec toi, et d'ailleurs elle avait quasi la main dans ton froc quand tu l'as appelée Ayden, pas une fois, pas deux, mais trois fois. Après, elle te trouvait juste triste. Tu étais une épave, et tu l'es toujours. Du coup je ne comprends pas, si tu ressens ça pour une fille qui a aussi clairement des sentiments pour toi, pourquoi tu la laisses juste s'en aller.

Je n'étais pas du tout d'humeur pour ce genre de discussion à cœur ouvert. D'ailleurs je n'étais pas d'humeur à parler d'Ayden, ni de rien de ce qu'il s'était passé hier, mais Rowdy n'allait pas me lâcher et ce n'était pas comme si j'avais hâte de rentrer à la maison pour tomber sur elle ou sur Cora.

– Elle s'enfuit toujours. Elle n'arrête pas de me répéter que je ne la connais pas vraiment, et elle m'a dit assez clairement, même l'hiver dernier, qu'elle ne voulait qu'un plan cul. Je n'ai pas la force d'être l'erreur de quelqu'un. Regarde ce que ça a fait à ma mère. Je vais faire cette tournée. Je vais écrire un album entier où les chansons expliqueront combien c'est la merde de se faire piétiner le cœur par une fille avec des jambes immenses et des bottes de cow-boy, et peut-être que si je suis assez bourré, j'emmènerai une Espagnole dans mon lit et je la laisserai me murmurer toutes sortes de choses que je ne comprendrai pas dans l'oreille.

Nous nous sommes fixés pendant un long moment et j'ai grogné quand il m'a jeté mon jean depuis l'autre bout de la pièce, et que celui-ci a atterri au milieu de mon torse.

– Je pense que tu es con de croire que tout ça va aider. Je pense que tu devrais juste lui dire ce que tu ressens. Je pense que tu devrais exiger de savoir précisément pourquoi elle fuit. Ta mère accepte la responsabilité de la tristesse de ton père, et elle s'en nourrit en le laissant se comporter comme le fou qu'il est. Ayden est juste persuadée qu'elle a besoin de quelque chose de différent, et si tu pouvais lui montrer qu'elle a tort, ça vous ferait économiser beaucoup de chagrins à tous les deux. En plus, tu ne parles pas espagnol.

Il fallait que je me concentre beaucoup plus que la normale pour mettre ma jambe dans mon jean serré.

– On s'en fout. J'ai un groupe. C'est une langue universelle.

Il a secoué la tête et s'est poussé hors du fauteuil.

– Qu'est-ce que tu vas faire avant de partir ? Tu n'as pas oublié que tu habites dans le même appart qu'elle, hein ?

Je me suis figé, car je n'avais pas pensé à cela. Si elle ramenait quelqu'un à la maison, un mec avec une veste de costard et un attaché-case, un mec avec des cheveux bien coiffés et des lunettes d'intello, un mec qui serait tout l'opposé de moi, il y avait de bonnes chances que ma rage explose et brûle la maison entière. Même si elle ne ramenait personne, il y aurait forcément une gêne atroce entre nous et cela me faisait frémir rien que d'y penser. Ajouté à cela la grande gueule de Cora et sa tendance à remuer les couteaux dans les plaies pour s'amuser, et les prochaines semaines allaient être un cauchemar.

Je savais que Rowdy me laisserait squatter son canapé aussi longtemps que je le voulais, mais je n'avais pas spécialement envie d'assister à sa parade d'adieux tous les matins. En temps normal j'aurais investi le studio, mais le voir détruit et vide était trop dur pour moi pour le moment. Nash et Rule n'avaient pas de place, et même si je pouvais surfer de canapé en canapé chez les mecs du groupe, il me fallait une base de repli depuis laquelle opérer le temps de m'occuper du matériel de remplacement pour la tournée. Cela voulait dire que j'allais devoir ravaler ma fierté et faire face à ma sublime tortionnaire, comme un grand.

– Je suppose que je vais devoir supporter.

– Tu vas devoir garder ta braguette fermée. Cora ne te laissera pas ramener des groupies à la maison, même si c'est Ayden qui a décidé que c'était fini. Elle dira qu'elle ne fait que la protéger.

J'ai lâché un gros mot.

– Je ne suis pas vraiment d'humeur pour un troupeau de groupies, en ce moment.

C'était vrai. Le sexe avec des filles sans nom et sans visage avait joué son rôle dans ma vie, mais maintenant je voyais combien c'était creux et superficiel. Être de l'autre côté et avoir l'impression que l'on s'est servi de moi comme défouloir sexuel, avait complètement changé ma vision de toutes les filles que j'avais virées sans pitié le lendemain matin. C'était la raison pour laquelle j'avais repoussé Ayden, l'hiver précédent. Déjà à ce moment-là, je savais qu'une nuit avec elle pouvait me foutre en l'air.

– Jet, je te le dis parce que je crois vraiment que tous les deux, vous avez un truc qui peut durer. Quand tu trouves quelqu'un, quelqu'un qui te comprend, qui voit comment tu fonctionnes, ça vaut le coup de se battre. Tu ne voudrais pas te retourner cinq ans plus tard et te demander ce qu'il aurait pu se passer. Crois-moi, ce genre de regrets et ce genre de « et si », ça peut te ronger l'âme jusqu'à ce qu'il n'y ait plus rien.

Je l'ai regardé comme si je ne l'avais jamais vraiment vu avant. Rowdy était le mec marrant. Le premier à proposer un bar ou un after. C'était celui qui était vendu avec une blague et un sourire facile. Depuis toutes ces années d'amitié, après toutes les fois où nous nous étions avoué nos plus grands secrets avec l'aide de l'alcool, il n'avait jamais laissé entendre quelque chose comme ça dans son passé.

– Tu parles en connaissance de cause ?

Il a gardé les yeux rivés sur moi et a haussé les épaules. Ce n'était clairement pas un sujet sur lequel il voulait s'attarder, ce qui était probablement une bonne chose, sachant que j'avais encore l'odeur d'un fond de bouteille de whisky et que ma tête tapait comme un solo de batterie de Slayer.

– Écoute, mec, je comprends que ton père et ta mère ne t'ont pas donné une bonne image de ce qu'est un couple solide, et je sais qu'aucun d'entre nous ne recevra le premier prix dans la catégorie monogamie et fin heureuse. Mais je crois que tu peux reconnaître le destin quand il est sous ton nez.

Je savais qu'il y avait de la vérité dans ce qu'il me disait, mais je n'arrivais toujours pas à associer l'image de la personne que Ayden pensait vouloir pour être heureuse avec le mec que j'étais vraiment et que j'avais l'intention de rester. Je pensais qu'il n'y avait juste pas moyen que nous soyons ensemble si elle ne voulait pas s'ouvrir complètement à moi. Non pas qu'être ensemble ait encore été une option pour nous, de toute façon.

CHAPITRE 13

AYDEN

– Un matin, tu te réveilles et tu te rends compte que si les choses ont toujours été comme ça, ça ne veut pas dire qu'elles doivent le rester. J'avais tellement l'habitude qu'on me traite de pute, de salope, de cas soc' et de toutes sortes de choses qui allaient avec la vie que je vivais que je n'avais jamais pensé pouvoir laisser tout cela derrière moi. Il s'en est fallu de peu et, à la seconde où j'ai passé la frontière du Kentucky, la Ayden qui était perdue et habituée à ce qu'on se serve d'elle et à se servir des autres avait disparu. En général elle ne me manque pas du tout, mais ces derniers temps, c'est plus compliqué.

Je serrais le café entre mes mains et mes yeux se perdaient dans le liquide sombre comme s'il détenait les réponses à toutes nos questions existentielles. Je sentais le regard vif de Shaw qui me disséquait, mais jusqu'à présent elle n'avait rien dit et m'avait laissé parler. Nous étions dans le coin d'un café près de la fac, et d'après sa position tendue, je savais qu'elle n'était pas vraiment fière de moi. Je l'avais appelée hier en pleine panique et elle avait accepté de me rendre l'énorme service que je lui avais demandé, à condition que je lui avoue tous les détails sordides qui m'avaient menée à la situation terrible dans laquelle je me trouvais.

– Je n'ai jamais connu mon père, et franchement, je ne crois pas que ma mère le connaissait vraiment non plus. On vivait dans une caravane pourrie dans la partie pauvre de la ville, qui elle-même n'est pas vraiment huppée. Ce n'était pas rare qu'elle ramène des hommes bizarres ou qu'on n'ait pas à manger ou pas d'électricité pendant un temps. Maintenant, avec du recul, je me rends compte qu'elle a fait ce qu'elle avait à faire pour qu'on ait un toit sur la tête, et ça pourrait expliquer pourquoi mon frère Asa est devenu comme ça. Les gens ne sont pas importants pour lui, ils sont juste des moyens d'arriver à ses fins, et pendant longtemps, j'ai été son pion préféré.

Je sentais la honte me brûler le fond de la gorge, mais ces larmes avaient déjà coulé il y a longtemps, et si je pleurais maintenant, ce serait à cause de l'expression de trahison, de déception absolue qui était passée sur le visage de Jet devant le studio.

– J'étais jeune et bête, et au début j'ai trouvé ça tellement cool que les copains de mon grand frère veuillent traîner avec moi et coucher avec moi. Je pensais que j'étais populaire, que je dépassais le stéréotype de la fille paumée. Finalement, c'est devenu évident qu'Asa se servait de moi et de ma réputation bien méritée de fille qui aimait s'amuser, de fille qui ne disait jamais non à rien ni personne, tout ça pour rencontrer les gamins qui avaient de l'argent, de la drogue, ou tout autre chose qu'il voulait avoir à ce moment-là. C'est incroyable de voir tout ce qu'on peut faire avec une minijupe et une mauvaise réputation, et Asa a exploité ça le plus possible. Si j'avais été plus maligne, peut-être plus consciente de qui j'étais et de ce qu'il se passait, je me serais épargné beaucoup de regrets et de souvenirs douloureux.

J'ai finalement pris le risque de regarder Shaw et une partie de son regard vert s'était adouci, mais sa bouche était toujours crispée et formait une ligne qui ne semblait pas prête à me pardonner.

– J'ai commencé à déconner avec la drogue pour que ce soit plus supportable, pour ne plus avoir l'impression que j'étais exactement comme tout le monde me voyait. La moitié du temps, je couchais pour éviter des ennuis à Asa ou parce que je pensais que ça l'aiderait à se sortir d'une merde dans laquelle il s'était mis, ce qui me faisait me sentir très mal, à chaque fois. À cette heure, je ne lui ai encore jamais demandé s'il savait ce que ça m'avait coûté de l'aider à tout prix. On n'en a jamais parlé, parce que je crois qu'on ne pourrait plus se regarder en face si la vérité sortait.

La bouche de Shaw était toujours tirée, mais elle ne disait rien et attendait que je poursuive.

– J'avais au lycée un prof de sciences qui gardait un œil sur moi. J'avais toujours réussi à avoir d'assez bonnes notes, même si j'étais plus souvent absente que présente en cours. Je suppose qu'il a vu un potentiel gâché, la fille piégée par son environnement, et je crois qu'il avait eu Asa quelques années plus tôt, donc il savait de quoi mon frère était capable. Il a menacé d'appeler les services sociaux si ma mère ne se réveillait pas, et je crois que ça l'a motivée à dire à Asa de se calmer. Monsieur Kelly m'a obligée à remplir des dizaines de dossiers de demande de bourses et m'a harcelée jusqu'à ce que j'obtienne une note quasi parfaite à mes examens. Je crois que je savais que c'était ma seule chance de sortir de Woodward, et que si je ne le faisais pas, j'allais finir shootée et payer mon loyer en écartant les jambes, comme ma mère.

J'ai bougé un peu, mal à l'aise dans le siège, et j'ai jeté un regard autour de moi pour être sûre que personne n'écoutait notre conversation. J'avais honte d'évoquer tout ça en public. Ce n'était pas que je n'avais pas confiance en Shaw, mais c'était une blessure qui n'avait jamais vraiment cicatrisé.

– J'ai obtenu une bourse pour DU. Ça ne couvrait pas tous les frais, et monsieur Kelly tenait tellement à ce que je me sauve de Woodward et de l'influence d'Asa qu'il a pris de l'argent dans ses économies pour combler la différence. J'ai trouvé la Jeep dans une décharge et des gars qui faisaient de la mécanique me l'ont réparée contre de l'herbe que j'avais volée à Asa. J'ai pris la route et je ne me suis jamais retournée. Quand on a emménagé dans la même chambre, que je t'ai vue toute sage et élégante, je me suis dit que je serais comme ça à compter de ce jour. Personne ne me forcerait plus à faire ce que je ne voulais pas faire, personne ne remettrait en cause ma valeur en tant que femme, personne ne douterait plus du fait que je sois intelligente et déterminée. J'allais être toutes les choses que ma mère n'avait pas eu la chance d'être, et je ne retournerais plus jamais à Woodward. Asa était concrètement mort à mes yeux.

J'ai lâché un souffle et j'ai vu Shaw hausser un sourcil. C'était là qu'arrivait le service que je lui avais demandé.

– Seulement Asa n'est ni mort ni en prison. Il est à Denver et il a apporté toute la merde de Woodward avec lui. Il y a un mec qui s'appelle Silas qui est ici aussi, qui fait des choses atroces pour des personnes horribles dans le Kentucky. C'est lui qui a essayé d'entrer quand Cora était à la maison. Apparemment, Asa a volé quelque chose à un gang de motards et ils veulent le récupérer, méchamment. Silas fera n'importe quoi pour avoir ce carnet, et je connais assez bien Asa pour savoir qu'il fera tout ce qu'il pourra pour le garder, s'il pense qu'il peut gagner de l'argent avec. Asa a toujours compté sur moi pour régler tous ses problèmes et je suis certaine que ma mère l'a envoyé ici pour que je m'occupe de lui.

Shaw a tapé ses ongles sur la table et a penché la tête sur le côté.

– D'accord, Ayd, tout ça, ça craint vraiment, et je suis contente que tu m'aies enfin tout raconté. Je pourrais tuer les personnes qui t'ont fait du mal. Mais je ne comprends pas tout ce que cette histoire moche a à voir avec ta rupture avec Jet, alors que tu es clairement folle de lui. Et qu'il ne te ferait jamais de mal.

J'ai grimacé, car rien sur cette Terre ne pourrait jamais effacer l'expression de son visage quand je l'avais déposé au studio. La lumière qui encerclait ses yeux foncés s'était affaiblie au point de devenir noire.

– On n'était pas ensemble, donc on n'a pas vraiment rompu.

C'était tout ce que je pouvais faire pour limiter les dégâts, même si c'était un mensonge éhonté. Je ne l'avais pas simplement quitté, lui et ce que nous construisions ensemble, j'avais fait ce que je faisais de mieux et je m'étais enfuie. J'étais surprise car Shaw était petite, mais quand elle le voulait, elle avait suffisamment de caractère pour paraître bien plus imposante. Je ne m'attendais pas à ce qu'elle se recule en poussant sur la table, et je ne m'attendais pas à ce qu'elle me regarde de haut avec des yeux noirs comme si je venais de donner un coup de pied à un chiot.

– On s'est mises d'accord pour que tu me dises la vérité, Ayd. Si tu ne peux pas faire ça, je ne reste pas assise là à t'écouter. Je suis déjà assez énervée que tu aies pu croire que les histoires de ton passé feraient une différence pour moi. Tu sais de source sûre que Rule était un queutard, probablement pire qu'on se l'imagine, et je l'aimais quand même. J'osais espérer que tu me croies capable de voir au-delà de n'importe quoi, pour reconnaître toutes les choses merveilleuses qui font que tu es toi.

Elle allait partir. Elle s'est même retournée en soufflant avant que je tende la main pour attraper son bras. Mon cerveau avait du mal à appréhender le fait qu'elle était en colère à cause de Jet, de la façon dont je l'avais traité, et pas parce que je lui demandais de me prêter vingt mille balles, ou parce que mon passé était si atroce et que je le lui avais caché aussi longtemps.

– Shaw…

J'essayais de trouver les mots, mais elle était lancée.

– Non, Ayd, écoute-moi. Je t'ai vue avec lui, l'autre soir. Putain, j'ai vu comment tu le regardes depuis plus d'un an. Non, ce n'est pas un mec qui va bosser dans un bureau et remplir des papiers pour un salaire fixe. C'est le mec qui va te retourner la tête et qui va te faire oublier toutes les limites que tu t'es fixées parce que tu as peur. Jet se foutra de ton passé ; il en a un aussi et ce n'est pas du joli. Comme une lâche, au lieu de lui en parler, tu t'es enfuie quand il avait besoin de toi. Tu l'as laissé tomber alors qu'il s'apprête à partir en tournée pour trois mois, et tu l'as presque mis au défi de foutre sa bite dans toutes les groupies européennes qu'il va croiser, juste pour qu'il arrête de penser à toi.

Je l'ai rassise sur la chaise en face de moi et j'ai attendu que les regards curieux que sa crise avait provoqués se détournent. Mon cœur était déjà comme une lourde pierre dans ma poitrine. Quand Jet n'était pas rentré la veille, j'avais passé en revue tous les pires scénarios que je pouvais imaginer, en boucle. Pour la première fois depuis des siècles, je m'étais endormie en pleurant, avec son tee-shirt encore sur le dos, en regrettant qu'il ne soit pas là pour tout arranger.

– Écoute, j'étais obligée d'arrêter. Tu ne connais pas mon frère, mais cambrioler le studio de Jet et voler tout ce qui compte pour lui, c'est exactement son genre. Je refuse que quelqu'un d'important pour moi soit la victime de mon frère. Jet mérite de partir sur cette tournée, d'avoir quelque chose juste pour lui, enfin. Je devais faire ça pour le protéger.

Elle a soupiré longuement et a serré ma main. Un peu de colère s'était estompé de ses yeux de jade.

– Je crois que Jet est un grand garçon. Je pense que si tu étais honnête avec lui, non seulement il serait capable de se protéger tout seul, mais il te protégerait aussi.

J'ai fait non de la tête avec véhémence.

– Asa n'apporte que des problèmes, et il faut qu'il parte.

– Et alors ? Tu crois que si c'est lui qui a cambriolé le studio, tu peux juste lui donner l'argent et il te rendra le matos ? Je ne comprends pas.

– Je veux l'argent pour voir si je peux récupérer le carnet et faire partir Silas, et qu'il me lâche. Asa ne s'intéresse qu'à Asa. Si je lui dis qu'il y avait des caméras au studio, il y a de bonnes chances qu'il prenne l'argent et se tire.

– Et si c'est le père de Jet ? Rule et Nash en parlaient hier soir. Ils ont l'air de penser que son père est le suspect numéro un. Apparemment, il y a une sale histoire que ni l'un ni l'autre ne voulaient partager avec moi.

C'était à mon tour de soupirer.

– Je ne peux pas prendre le risque. Si ce n'était pas Asa cette fois, ce sera lui la prochaine fois. Il est assez clair que personne n'est à l'abri de lui et des catastrophes qu'il peut engendrer. Plus les gens sont proches de moi, plus les dégâts sont importants. Je ne veux pas mettre Jet en première ligne.

Nous nous sommes regardées pendant un long moment. Je voyais les rouages tourner dans sa tête, et je voyais qu'elle essayait de rassembler toutes les pièces du puzzle. Je savais que, quoi qu'il arrive, elle serait là pour moi. Shaw m'aimait, et j'étais avec elle quand son monde était parti dans tous les sens, je savais donc qu'il était impossible qu'elle me laisse en plan au moment où le mien ne tenait plus qu'à un fil. J'ai ravalé ma peur, me suis mordu la lèvre, et je lui ai dit la vérité que je taisais depuis si longtemps.

– Écoute, je ne m'y connais pas en amour, ou en destinée, mais je me suis attachée à lui. Il me fait sourire juste quand on est dans la même pièce. Quand il me touche, j'oublie de respirer et quand il chante pour moi, oh mon Dieu, quand il chante, je n'ai pas de mots pour décrire ce que ça me fait. Il a ses propres combats, son côté obscur est difficile à ignorer, mais cela ne l'empêche pas d'essayer de venir vers moi. Je n'ai jamais ressenti ce que je ressens pour lui, avec personne d'autre. Je déteste qu'il ait pu penser que j'étais si pure et fragile, mais maintenant j'ai l'impression d'être en mille morceaux à cause des remords et des regrets, parce qu'il sait exactement combien je suis dure et peu fiable. Je suis peut-être amoureuse de lui mais je ne peux pas, parce que je ne veux pas être celle qui va le détruire.

Je sentais les larmes me monter aux yeux, donc j'ai enfoncé mes ongles dans mes mains pour les retenir.

– Je n'ai plus pensé à la question de mon avenir bien rangé et je n'ai plus comparé ce que serait ma vie avec lui par rapport à un mec comme Adam, depuis qu'il m'a embrassée dans la salle de bains le jour de la Saint-Valentin au Fillmore. Il est juste…

J'ai laissé ma phrase en suspens et j'ai dû fermer les yeux pour que l'émotion ne déborde pas.

– Tout. Il est tout ce que je veux.

Shaw a juré doucement dans sa barbe.

– Alors ne fais pas ça, Ayd. Tu fais une grosse erreur. Non seulement je crois qu'il est ce que tu veux, mais il est ce dont tu as besoin.

Cette conversation me rappelait quelque chose. Nous avions longuement échangé lorsqu'elle essayait de trouver quoi faire avec Rule, donc je savais qu'elle voulait sincèrement ce qu'il y avait de mieux pour moi et qu'elle voulait me voir heureuse. Mais elle ne comprenait pas à quoi j'avais affaire, personne ne comprenait sans avoir rencontré Asa. Je ne sais pas comment j'ai pu croire que je pourrais jouer avec le feu et ne pas me brûler.

– Écoute, Shaw, j'ai vraiment besoin de ton aide. Il se passe ce qu'il se passe avec Jet, mais avec Asa il y aura un effet boule de neige, jusqu'à ce que Silas n'ait plus d'autre choix que de s'en prendre à moi, ou pire, à Cora. Laisse-moi m'en occuper et peut-être, juste peut-être, que quand Jet reviendra de sa tournée, on pourra trouver une solution.

Certes, cette idée me donnait envie de vomir, mais j'étais bel et bien réaliste.

– Je sais qu'Asa est une merde et qu'il ne mérite pas que je me donne autant de mal pour l'aider. Je le déteste la plupart du temps, je déteste l'image qu'il m'a donnée de moi quand j'étais plus jeune, mais ma mère a tout fait, je dis bien tout, pour qu'on reste ensemble et qu'on ait un endroit au chaud et au sec pour dormir. Je ne lui dois pas grand-chose, mais je lui dois d'essayer de sauver Asa de lui-même une dernière fois.

Elle a pris ma main et l'a serrée fort contre sa paume, pour que je comprenne que ce qu'elle allait dire était sérieux et venait du cœur.

– Tu n'as pas besoin de sacrifier Jet pour Asa, alors que c'est clair que l'un pourrait t'aimer toute ta vie, et l'autre veut juste se servir de toi en fonction de ce que tu peux lui apporter. Tu sais, je parle en connaissance de cause.

Je le savais, mais je savais aussi que si Silas mettait la main sur Asa et le remettait aux gens à qui il avait volé le carnet, cela allait mal se terminer. Je me fichais pas mal du sort d'Asa, mais si je pouvais éviter à ma mère l'ultime désarroi de devoir enterrer son fils dans une fosse commune, je le ferais, et en vérité je ne pouvais pas me contenter de le laisser mourir. Le bonus était que je pouvais éloigner Asa de tous les gens qui comptaient pour moi, et Jet était le premier sur la liste.

– Et s'il t'arrive quoi que ce soit, si un seul de tes cils est abîmé pendant que tu essaies de rattraper les conneries de ton frère, je n'hésiterai pas à appeler la police. Tu peux lui faire savoir que je vais en parler à Rule, donc il a intérêt à se méfier de la colère des mecs quand ils connaîtront toute l'histoire. Il s'inquiète pour toi et il n'apprécie pas trop que les gens qu'il aime se fassent manipuler injustement par leur famille.

J'ai passé une main sur mon front et j'ai essayé de calmer mes pensées qui couraient au galop. Cela faisait plaisir de savoir que j'avais une armée de mecs tatoués et ostensiblement dangereux pour me défendre, mais c'était aussi énervant que personne ne comprenne que je devais m'occuper d'Asa à ma façon. S'il était responsable du cambriolage au studio de Jet, j'allais le détruire de mes propres mains.

Shaw a fouillé dans son sac et en a sorti une enveloppe pour la laisser tomber sur la table avec un claquement. Je l'ai regardée comme si c'était un serpent vivant, prêt à me mordre. Je n'arrivais pas à croire qu'elle allait juste me donner tout cet argent, qu'elle n'allait pas me faire signer un accord avec mon sang pour garantir que je la rembourserais. Ses yeux étaient rivés sur les miens et je détestais cet apitoiement qui y brillait.

– Je l'ai pris sur une de mes cartes de crédit. Mon père est tellement occupé à essayer de se couvrir pour son divorce qu'il ne s'en rendra pas compte immédiatement.

J'ai avalé ma salive et j'ai dû retenir la soudaine montée de bile dans ma gorge. Tout cela semblait tellement sale et anormal.

– Je te rembourserai.

Elle a fait un signe nonchalant de la main, comme si les vingt mille n'étaient que vingt dollars.

– Un jour. Si tu veux me rembourser plus vite, sors-toi la tête du cul et arrange les choses avec Jet. Dis-lui tout, il mérite de savoir avant de partir.

Cela m'a fait prendre une inspiration et grincer des dents. Elle s'est levée et s'est penchée au-dessus de la table pour me faire un bisou sur la joue.

– Je t'aime, Ayd, j'espère vraiment que tu vas réparer tout ça avant que ce soit foutu.

Je l'ai regardée sortir du café et j'ai eu l'impression que le monde ne tournait plus rond. J'ai dû cligner des yeux plusieurs fois pour évacuer l'obscurité qui commençait à envahir l'extérieur de mon champ de vision. L'univers se moquait de moi, celle que j'étais avant se moquait de moi. Elle me regardait depuis sa caravane à Woodward et me rappelait que j'aurais beau mettre de la distance entre elle et moi, je serai toujours Ayden Cross, cas soc', et réparatrice perpétuelle de toutes les erreurs faites par les gamins Cross. J'ai pris l'argent sur la table, l'ai ajouté aux cinq mille dollars que j'avais pris sur mon compte, et j'ai attendu que la silhouette menaçante qui était restée assise dans le café tout le temps que j'étais avec Shaw vienne jusqu'à moi. Cela ne m'aurait pas étonnée que Silas prenne l'argent et exige de savoir où était Asa, donc j'avais mis au point un plan qui garantissait la sécurité de tout le monde.

Silas avait l'air encore plus mal en point que dans la lumière tamisée des toilettes du bar, et j'ai détesté la façon dont il a posé ses yeux sur moi.

– Où est ton frère ?

J'ai remis mes mains autour de mon café et l'ai regardé droit dans les yeux.

– Je ne sais pas, mais je vais le trouver et récupérer le carnet.

Il n'a rien dit pendant un bon moment et j'ai vu son regard passer sur le sac, par terre, où j'avais rangé l'argent.

– Tu crois que tu peux te démerder pour qu'il esquive les emmerdes sans représailles ?

J'ai secoué lentement la tête.

– Je te rendrai le carnet, mais pas touche à Asa. Il ira au Canada, ou au Mexique, ou je ne sais pas où, et tu nous laisses tranquilles, ma mère et moi.

– Les gens à qui il l'a volé ne marchent pas comme ça. Vengeance par le sang, Ayd. Tu es assez intelligente pour savoir ça. Putain, tu étais déjà trop intelligente pour les conneries où Asa te traînait. Personne n'a jamais compris ce que tu foutais là, même si on était bien contents de t'avoir. Pour nous tous, c'était sûrement notre seule chance de se taper une fille aussi bonne que toi.

Cela me donnait envie de gerber, mais je me suis contentée de lever les yeux au ciel. Je savais comment faire pour que les mecs comme Silas me donnent ce que je voulais. Je pouvais flirter, lui lancer des phrases suggestives, l'emmener dans un lit et lui faire oublier son propre nom, mais je lui ai plutôt adressé un regard ennuyé et ai pianoté sur la table avec mes ongles courts.

– Si tu veux le carnet, c'est le deal.

– Comment tu sais qu'Asa l'a encore, ou qu'il va te le donner ?

Je ne le savais pas, mais mon frère n'était pas le seul bon menteur de la famille.

– Il me le donnera, sinon je te file Asa et tu en feras ce que tu voudras. Je ne lui ai pas demandé de se pointer et de foutre le bordel dans ma vie parfaite ici. Si Asa ne veut pas accepter mes règles du jeu, qu'il tente sa chance avec toi et les motards.

Il a plissé les yeux avec un air intransigeant.

– Il va me falloir une sorte de garantie.

J'ai fait comme si cela ne me surprenait même pas. Je me suis penchée et ai sorti les cinq mille dollars. Je les ai poussés vers lui, en faisant attention que nous ne nous touchions pas.

– C'est le dernier service que je rends à Asa. S'il veut voler et s'embrouiller avec des gens qui pourraient le tuer aussi facilement qu'ils lui jettent un regard, je laisse tomber. Je vais récupérer le carnet, Silas, mais si tu continues à me suivre, que tu fais chier ma mère ou ma coloc, je te jure qu'il y a beaucoup de gens dans cette ville qui seront prêts à faire ce qu'il faut pour que tu ne retournes jamais dans le Kentucky.

Il m'a regardée sans ciller. Je crois qu'il essayait d'évaluer si j'étais vraiment sérieuse, et il a dû trouver le signe qu'il cherchait.

– Il me faut le carnet avant ce soir.

J'ai plissé les yeux.

– Je t'appelle quand je l'ai.

– On n'a plus beaucoup de temps, Ayd.

J'ai ramassé mon sac et me suis reculée de la table.

– Heureusement que j'ai toujours été rapide, alors.

Je lui ai fait écrire son numéro sur une serviette avant de sortir du café.

Quand je suis arrivée à la Jeep, la première chose que j'ai faite a été d'appeler la maison. J'ai demandé mille et une fois à ma mère si elle avait un moyen pour que je contacte Asa, mais c'était comme parler à un mur. J'ai essayé de lui expliquer à quel point les choses étaient graves, qu'elle était peut-être en danger, mais comme d'habitude, elle m'a envoyée bouler et m'a dit que déménager en ville m'avait rendue paranoïaque.

J'ai rappelé plusieurs fois le mystérieux numéro du Kentucky. J'ai même envoyé quelques textos, mais aucune réponse n'est arrivée. J'étais au bord de la crise de nerfs car je ne pouvais rien faire pour arranger les choses sans contacter Asa. Je m'apprêtais à me taper la tête sur le volant et à hurler de frustration, lorsqu'une ampoule s'est allumée dans ma tête. J'ai appelé Adam avec des mains tremblantes, et je me suis sentie encore plus mal quand j'ai entendu la joie sincère dans sa voix lorsqu'il a décroché.

– Salut, Ayd, je pensais que je n'aurais plus de tes nouvelles. Tout va bien ?

J'ai fermé les yeux et ai posé mon front contre le volant. J'avais tellement froid, et ce n'était pas à cause du climat de Denver. Simplement les choses qui se passaient dans ma vie autrefois parfaite me glaçaient.

– Non, rien ne va bien.

Je n'avais pas l'intention de balancer cela comme ça, mais je n'ai pas pu m'en empêcher.

– Ah, est-ce que je peux faire quelque chose pour toi ? Tu vas bien ?

Ce mec était foncièrement gentil, vraiment un mec sympa d'un bout à l'autre et je m'en suis encore plus voulu de ne pas pouvoir lui rendre son affection. Encore une preuve, si besoin en était, que ma relation avec Jet était bien plus grande, plus dévorante que ce que je pourrais avoir avec un autre, et je venais de le quitter. Mon cœur s'est replié sur lui-même et la douleur m'a coupé le souffle.

– J'ai juste besoin de savoir si tu as eu des nouvelles de mon frère. Il est assez sociable et je me suis dit que, comme il était à Denver, il avait peut-être mis en œuvre sa menace de te contacter s'il s'ennuyait.

Un silence m'a répondu à l'autre bout de la ligne et j'ai dû me retenir de jeter mon téléphone contre le pare-brise.

– C'est tout ? Tu n'as pas l'air en forme, Ayd.

– Ça n'a pas vraiment marché avec Jet. J'ai du mal avec ça en ce moment.

Il s'est éclairci la voix et cela a écorché ma peau comme des tas de tout petits rasoirs.

– Je dois dire que je suis assez étonné d'apprendre ça. Même si je voulais vraiment que ça fonctionne entre nous, je crois que ça a toujours été évident que tu voulais être avec quelqu'un d'autre. Je n'ai compris que c'était lui que le jour de la Saint-Valentin, mais je me dis que j'aurais dû le voir plus tôt.

– Malheureusement, les choses ne se passent pas toujours comme prévu. Mais honnêtement, il faut vraiment que je trouve Asa et il ne m'a pas dit où il dormait. Je ne peux pas le joindre.

Adam s'est tu à nouveau et je me suis mise à retenir mon souffle. Il a fini par soupirer si longuement que je l'ai senti à travers le téléphone.

– Je l'ai retrouvé dans un hôtel pour boire un coup il y a quelques jours, de l'autre côté de l'autoroute. Il est dans celui qui est à côté du stade. J'aime bien ton frère, Ayden. Ça a l'air d'être un mec très sympa et il m'a dit qu'il s'inquiétait que tu sois toute seule ici, sans ta famille pour veiller sur toi.

Oh oui, Asa était le gars le plus gentil du monde, quand il attendait quelque chose de la part de quelqu'un, et la seule chose qui l'inquiétait était de savoir comment j'allais l'aider à se sortir de sa dernière emmerde.

– Est-ce qu'il t'a demandé de l'argent ?

Si Adam avait joué le rôle qu'Asa lui avait attribué, j'étais foutue. C'était impossible qu'il négocie tranquillement avec moi s'il avait déjà de l'argent entre les mains. Adam a encore soupiré, et cette fois cela m'a énervée.

– Non. Mais il m'a demandé si tu travaillais beaucoup et a posé plein de questions sur ce que tu faisais dans la journée. Je te l'ai dit, il s'inquiète juste pour toi. J'ai cru comprendre que tu ne faisais pas beaucoup d'efforts pour rester en contact avec ta famille là-bas.

J'entendais la désapprobation dans sa voix, mais je n'ai pas laissé cela me déstabiliser. Adam ne s'était jamais vraiment approché de qui j'étais au fond, donc ce n'était pas grave s'il pensait que j'étais une fille et une sœur indignes. Je commençais à y voir plus clair. Toutes les parties de moi que j'avais détestées, que j'avais cherché à enterrer, m'avaient aussi permis de devenir la fille géniale que j'étais aujourd'hui. Si des gens géniaux comme Shaw et Cora, et un mec comme Jet, pouvaient se soucier de moi, alors les deux Ayden qui cohabitaient méritaient peut-être une pause.

– OK, merci Adam, prends soin de toi.

– Eh, Ayd…

Je voulais juste raccrocher et aller chercher Asa, mais je ne pouvais pas me conduire de cette façon, alors qu'il n'avait rien fait d'autre que se soucier de moi.

– Quand tu seras prête, quand ce qu'il s'est passé avec le rockeur ne sera plus aussi dur, tu pourras peut-être me passer un coup de fil.

Ma main s'est serrée autour du téléphone par réflexe. L'idée de retourner avec Adam, et qu'il puisse vouloir encore de moi, aurait dû me faire sauter de joie. Il était le partenaire parfait de mon futur de rêve, mais quand je m'imaginais avec quelqu'un qui n'avait pas des yeux noirs de velours et une voix qui me faisait trembler et frissonner, j'avais la chair de poule. Pour moi, il n'y aurait toujours que Jet, et j'allais devoir me faire à l'idée que je l'avais laissé partir.

– Merci Adam, mais je pense que je ne serai pas prête à être en couple de sitôt.

– Bon, même si tu as besoin d'un ami, je suis là.

J'ai mis fin à l'appel et ai jeté le téléphone sur le siège passager. J'étais chamboulée mais tout était clair comme de l'eau de roche, et je savais précisément dans quelle direction je devais aller. Pour la première fois depuis mon arrivée à Denver, je n'avais pas l'impression de vivre dans un mensonge.

J'ai traversé la ville pour arriver à l'autoroute, où étaient situés tous les hôtels et les motels à côté du stade. Pendant tout le trajet, j'ai gardé un œil sur le rétroviseur pour vérifier que Silas ne me suivait pas. Les hôtels n'étaient pas aussi beaux que ceux que l'on trouvait en centre-ville, mais c'était exactement le genre d'Asa. J'ai trouvé celui dont Adam m'avait parlé, et je suis entrée. Je savais que personne ne me donnerait le numéro de la chambre de mon frère d'emblée, mais s'il y avait une jolie fille à la réception, elle aurait inévitablement succombé à ses charmes.

C'était une jeune fille rousse, qui devait avoir deux ou trois ans de plus que moi et correspondait parfaitement à ce portrait. Elle avait le teint frais et l'air gentil, une victime idéale pour les machinations d'Asa. J'ai collé un beau sourire sur mon visage et j'ai attendu qu'elle soit toute seule à l'accueil. J'ai croisé les bras et les ai posés sur le comptoir, en essayant d'avoir l'air le moins menaçant et le plus innocent possible. J'ai réglé mon accent à pleine puissance pour qu'elle soit sûre qu'Asa et moi étions de la même famille.

– Salut, je suis censée rejoindre mon frère ici. Je viens d'arriver à Denver et je ne sais plus dans quelle chambre il est. Vous pensez que vous pourriez m'aider ?

Je l'ai vue me lancer un regard surpris. Rien qu'avec mes yeux, les gens se doutaient qu'Asa et moi étions frère et sœur, mais la différence de couleur de nos cheveux pouvait laisser un doute. Elle s'est mordu la lèvre, puis a regardé à gauche et à droite.

– Comment s'appelle votre frère ?

Je lui ai fait un sourire encore plus grand.

– Asa Cross. C'est un beau garçon, et je sais qu'il serait très reconnaissant si vous me donniez un coup de main. Denver est beaucoup plus grand que la ville d'où on vient et je me sens un peu dépassée, donc un peu d'aide serait la bienvenue.

J'en ai rajouté une couche sur le côté plouc et j'ai battu des cils. J'aurais dû me sentir coupable d'être encore une personne qui manipule pour avoir ce qu'elle veut, mais mon objectif était plus important que ses émotions. Elle a joué avec ses cheveux et a continué à regarder autour d'elle, comme si elle avait peur de se faire surprendre à faire quelque chose de mal.

– Hum, je n'ai pas le droit de donner les numéros des chambres, mais je peux l'appeler et lui dire que vous êtes là, et vous pourrez lui demander dans quelle chambre il est.

Je ne faisais pas spécialement confiance à Asa mais je me suis dit qu'il aurait envie de savoir ce que j'avais à lui dire, donc j'ai hoché la tête et ai gardé un œil sur le hall d'entrée au cas où. La fille a appelé et il n'a fallu que quelques secondes pour qu'elle sourie et rougisse en entendant ce que mon frère lui disait. Elle a gloussé, ce qui m'a donné un frisson, et a griffonné quelque chose sur un morceau de papier.

– Il m'a dit qu'il vous attendait et qu'il était très content que vous soyez enfin là.

Elle a posé une main sur sa poitrine et s'est penchée en avant, ce qui m'a fait reculer pour ne pas avoir le nez collé contre elle.

– Il est tellement mignon, et gentil. Je m'appelle Heather, n'hésitez pas à lui dire que j'ai été très contente de vous aider.

J'ai serré les dents et me suis forcée à sourire pour rester aimable et ne pas devenir méchante.

– Eh bien merci, Heather, je transmettrai le message. Vous êtes un ange.

J'ai pris le papier avec le numéro de la chambre et j'ai couru jusqu'à l'ascenseur. Je savais où il était, maintenant il fallait qu'il me laisse entrer. J'ai eu l'impression de rester des plombes dans l'ascenseur, en route une femme est montée avec un bébé qui pleurait, et elle n'arrêtait pas de s'excuser. J'avais envie de lui dire que je comprenais, car au fond de moi j'étais tout aussi agitée et je pleurais aussi fort que son bébé, mais je me suis contentée de sourire et de hausser les épaules pour lui dire que ce n'était pas grave, que cela faisait partie de la vie.

Quand j'ai trouvé la chambre d'Asa, je suis restée une seconde devant la porte à essayer de décider du meilleur plan d'action s'il ne me laissait pas entrer, mais il s'est avéré que je m'inquiétais pour rien. Alors que je levais le bras pour frapper à la porte, elle s'est ouverte et j'ai été tirée à l'intérieur par le poignet. J'ai trébuché, ce qui a fait rire Asa, et j'ai eu envie de le cogner rien que pour le principe.

Il portait un survêtement, l'air avachi et bien reposé, pas du tout comme s'il avait une horde de motards à ses trousses qui exigeaient des représailles.

– Qu'est-ce qu'il y a, sœurette ? Il t'a fallu un bon moment pour me trouver.

Je l'ai poussé et ai marché d'un pas décidé pour aller me laisser tomber sur le bord du lit défait.

– Silas est là.

J'ai vu ses yeux s'écarquiller et il s'est mis à faire les cent pas devant moi.

– Il attendait que tu te pointes. Il m'a parlé du carnet, et du gang de motards. Mais à quoi tu pensais, imbécile ?

Un feu s'est allumé dans ses yeux identiques aux miens et il m'a lancé un regard mauvais.

– Je pensais que dans ce carnet il y a tous les marqueurs, toutes les dettes dans tout le sud du pays. Tu te rends compte du pouvoir que ça représente ? Tu sais tout ce que je peux faire avec ces informations ? C'est plus qu'un joker pour sortir de prison, c'est un joker pour sortir de la caravane et aller jouer dans la cour des grands. C'est l'une des choses les plus intelligentes que j'ai faites. Je pourrai m'occuper de maman et m'assurer qu'on n'ait plus jamais à travailler grâce à ça. Tu pourrais rentrer et on pourrait redevenir une famille.

Je me suis demandé s'il se souciait vraiment de maman, ou si cela lui servait juste d'excuse, et je n'imaginais pas qu'il puisse penser que j'allais un jour retourner à Woodward. Asa était un bel homme avec de jolis mots, et c'était ce qui l'avait toujours rendu aussi dangereux.

– Il y a aussi des gens très motivés qui veulent te tuer, et faire du mal à maman et moi, pour le récupérer. C'est un cauchemar, Asa, et tu le sais. Tu es venu ici pour que je t'en sorte, donc c'est ce que je vais faire, mais d'abord, tu vas me dire si tu as quelque chose à voir avec le cambriolage du studio de Jet. Si c'est toi, je te balance à Silas et je m'en vais.

Il a eu un mouvement de recul et a plissé les yeux.

– Le rockeur ? Je ne savais même pas qu'il avait un studio. Je me concentrais sur le naze et sa famille de riches. Le mec est tellement amoureux de toi, je me suis dit que ce serait facile. Le gars du groupe avait l'air moins accessible.

J'ai soupiré et me suis appuyée sur mes coudes. Je ne savais pas si je devais le croire.

– Il a des caméras de surveillance, donc si tu mens, je le saurai et tu vas souffrir, parce qu'à côté de ces mecs-là, Silas est un boy-scout.

– Je te jure, Ayd, je n'ai rien fait au studio. Même si c'était sérieux avec ce mec, je ne crois pas que ce soit un type facile à embobiner. Tu sais que je suis plus malin que ça quand je choisis mes cibles.

Nous nous sommes tous les deux regardés de haut en bas, lui à la recherche de ce que je comptais faire, et moi à la recherche d'un signe de mensonge. J'ai plongé la main dans mon sac et en ai sorti l'enveloppe avec l'argent de Shaw. Je l'ai tapotée sur ma cuisse et j'ai vu ses yeux suivre le mouvement.

– Je veux que tu partes de cette ville. Je veux que tu sois loin de moi, et de maman. J'ai l'argent que tu m'as demandé pour faire ça.

Ses yeux ont sauté de l'argent à mon visage, puis sont retombés sur l'enveloppe. Je voyais les engrenages qui tournaient dans sa tête et la salive qui coulait de sa bouche.

– Où est-ce que tu as trouvé l'argent ?

– Pas ton problème.

J'ai répondu en grognant, un vrai grognement d'animal, car j'étais sûre que j'allais lui sauter à la gorge d'une minute à l'autre.

– Prends l'argent, Asa. Donne-moi le carnet. C'est la seule façon de régler ça.

– Le carnet vaut beaucoup plus que vingt mille balles, Ayd.

J'ai serré les draps dans mon poing et j'ai pris le temps de me calmer. Si je montais dans les tours, Asa allait en profiter et il fallait que je garde le contrôle de la situation.

– Ta vie aussi vaut plus que vingt mille balles. Je sais que ça tuerait maman si je devais rentrer pour identifier ton corps, Asa. Prends cette foutue enveloppe et tire-toi de ma vie, une bonne fois pour toutes. C'est une offre à durée limitée. Une fois que je sors de cette pièce, tu es tout seul quoi qu'il advienne et je ferai ce qu'il faudra pour me protéger, protéger maman et te protéger de toi-même, comme toujours.

– Qu'est-ce que ça veut dire ?

Il avait un ton las, comme s'il croyait que je ne pourrais jamais mettre mes menaces à exécution. Peut-être que l'ancienne Ayden ne l'aurait pas fait, mais j'étais un putain d'hybride d'ancien et de nouveau qui n'avait pas le temps de jouer aux jeux de mon frère, surtout pas quand j'avais le cœur brisé et que j'étais à fleur de peau.

Je me suis levée et lui ai tendu l'enveloppe.

– Ça veut dire que tu prends l'argent, ou j'appelle Silas en sortant. Je te l'ai dit, il me suit partout, et il est peut-être sur le parking en ce moment même. Si tu ne coopères pas, honnêtement je me fous de ce qu'il t'arrivera à compter d'aujourd'hui. Je n'ai pas la force de te sauver, de faire tout et n'importe quoi pour toi comme je le faisais avant.

Il a dû voir le sérieux de mon expression, et le fait que je n'avais rien à perdre, car il m'a pris l'enveloppe des mains et a jeté un coup d'œil à l'intérieur. J'ai vu ses yeux s'écarquiller en voyant tous ces billets, mais il n'est pas allé chercher le carnet. J'ai croisé les bras et ai tapé le bout de ma botte de cow-boy par terre. Je crois qu'il attendait de voir ce que j'allais faire, donc je ne l'ai pas lâché des yeux jusqu'à ce qu'il sorte un gros mot. Il a pris tout son temps pour aller vers sa valise et en sortir le petit livre à la couverture en cuir qui tenait dans la paume de ma main. Je n'arrivais pas à comprendre pourquoi les criminels ne pouvaient pas numériser leurs infos illégales et mettre un mot de passe pour sécuriser tout ça. Je l'ai attrapé d'une main quand il me l'a lancé, et je l'ai mis dans la poche arrière de mon jean. Sur le moment, j'avais l'impression qu'il pesait autant que mon cœur.

J'ai remis mon sac sur mon épaule et me suis dirigée vers la porte.

– Je suis sérieuse, Asa. C'est la dernière fois que je fais quelque chose pour toi ou à cause de toi. J'aime bien la vie que j'ai ici, j'aime la personne que je suis ici et je suis prête à faire n'importe quoi pour protéger ça. Même si tu es de mon sang et de ma famille.

Il a croisé les bras sur son torse nu et ses yeux rayonnants se sont mis à briller.

– Tu as changé, petite sœur. Tu es vachement plus dure qu'avant.

Je lui ai lancé par-dessus mon épaule :

– Tu as bien raison, et ce serait malin de ne pas l'oublier.

– Je sais que tu ne vas pas me croire, Ayd, mais les choses que j'ai faites, les choses que je ne t'ai jamais empêchée de faire, même si c'était évident que ça te tuait de l'intérieur, c'était pour qu'on s'en sorte. Je t'ai toujours aimée plus que tout. Tu as toujours été la seule qui me soutenait.

Je me suis retournée et j'ai dû me battre contre les larmes.

– Et toi, quand est-ce que tu m'as soutenue ?

Il a eu l'air perdu pendant une seconde, mais Asa était doué et pouvait faire paraître ce qu'il voulait. C'était nul que je ne puisse pas me fier à ce que je voyais briller dans ces yeux qui ressemblaient tant aux miens.

– De quoi tu parles, Ayd ?

Pendant une fraction de seconde, j'ai eu l'impression qu'il allait venir vers moi, pour essayer de me faire un câlin ou me consoler, mais c'était bien trop peu et beaucoup trop tard pour que cela existe entre nous. Peut-être qu'il ne savait vraiment pas, peut-être qu'il ne voulait pas savoir, mais de toute façon c'était trop tard et ces choses, ainsi que lui, faisaient partie de mon passé. Ce n'était pas une conversation que je voulais avoir avec lui. Lorsque je lui ai fermé la porte au nez sans répondre, j'ai fermé la porte sur un passé qui m'avait prise en otage pendant trop longtemps. Je n'étais pas sûre qu'Asa savait à quoi l'amour ressemblait, mais moi, oui, désormais. J'irais de l'avant, et tout ce qui compterait serait l'équilibre entre ce que je voulais et ce dont j'avais besoin. C'était bête car Jet Keller était la seule chose qui remplisse ces deux critères, alors que j'étais quasi sûre qu'il ne voudrait plus jamais avoir affaire à moi.

CHAPITRE 14

JET

La semaine passée avait été une torture. J'étais épuisé émotionnellement, je roulais sur la réserve et j'esquivais vingt-quatre heures sur vingt-quatre. Entre courir partout pour essayer de remplacer tout ce qu'il nous fallait pour commencer la tournée à la fin de la semaine suivante et essayer désespérément de ne pas croiser Ayden, j'arrivais à peine à tenir le coup.

Jusqu'à présent, j'avais réussi à passer la majeure partie de mon temps avec le groupe, à répéter et à travailler à fond, au point que je squattais au studio juste pour dormir sur un matelas gonflable, ou que je me traînais à la maison le soir bien après que Ayden était rentrée de son service au bar. J'écrivais des chansons qui me faisaient mal à la tête et au cœur ; d'ailleurs je crois que les gars du groupe en avaient marre des ballades sur les cœurs brisés.

Je ne savais pas quoi lui dire, et je ne savais pas comment la regarder sans que cela me déchire en lambeaux et me brûle. Je ne voulais pas être constamment énervé contre elle, ou lui laisser voir que le gouffre qu'elle avait laissé entre nous me tuait, aussi je me suis dit que pour ne pas devenir fou, la meilleure solution était la distance. Nos chemins se croisaient de temps en temps, le matin en allant dans la salle de bains ou dans la cuisine pour le petit déjeuner, et je devais admettre qu'elle avait l'air aussi cassée que moi. Rien de tout cela ne me faisait me sentir mieux, et le fait que Cora ne voulait pas me laisser tranquille m'encourageait à déserter la maison le plus possible.

En plus, j'avais dû me présenter devant le tribunal. J'étais comme une mèche sur un bâton de dynamite. Mon avocat ne cessait de me dire d'arrêter de jouer avec mes mains et d'avoir des tics nerveux, mais j'étais inquiet car mon père était assis de l'autre côté de la salle, avec ses blessures qui guérissaient et l'air plus en colère que jamais. Ma mère était assise derrière lui, et son regard sautait nerveusement de lui à moi. Son cocard était minutieusement recouvert de maquillage, je voyais bien qu'elle essayait très fort de ne pas pleurer. J'étais aussi incroyablement mal à l'aise dans mon pantalon à fines rayures et ma chemise blanche, qui me donnaient l'impression d'être un imposteur. Les fringues de tribunal étaient pourries, mais d'après la façon dont le juge regardait mes cheveux et les piques dans mes oreilles, j'ai compris que j'avais eu raison de bien m'habiller.

L'avocat de mon père, pour lequel ma mère avait dû se ruiner, a commencé en radotant que les coups et blessures étaient un délit grave, et que j'avais envoyé mon père à l'hôpital. Il a dit que j'avais fait entrer un traumatisme et une blessure dans la famille. Il a parlé du fait que j'avais eu des soucis avant, et en gros, a essayé de me dépeindre comme un hooligan sauvage incontrôlable.

Mon avocat a rétorqué que mon père avait amorcé la rixe et que je n'avais agi que pour protéger ma mère. Ils ont échangé comme cela pendant un bon moment, avec mon père qui soufflait toutes les trois secondes. J'essayais de bien me tenir, de ne pas lancer de regards noirs à travers la pièce. Le juge est intervenu pour dire qu'il avait vu bien trop d'affaires similaires dans ce tribunal, et bien que mon père ait voulu me mettre en prison, j'ai écopé exactement de ce que j'avais prévu : un gros paquet d'heures de travaux d'intérêt général, une mise à l'épreuve d'un an, et des amendes. Ils m'ont aussi fait payer les frais d'hospitalisation de mon père et appliqué une ordonnance de protection immédiate qui disait que je ne pouvais pas m'approcher à moins de cent mètres de lui ou de la maison pendant quatre-vingt-dix jours.

J'ai accepté le tout sans broncher et j'ai eu en plus le plaisir de voir mon père devenir violet quand j'ai demandé à reporter les travaux d'intérêt général et que j'ai vérifié que ma mise à l'épreuve ne m'interdisait pas de quitter le pays pour la tournée. J'ai entendu ma mère s'exclamer quand l'affaire a été déclarée jugée, mais le flic qui m'avait emmené à l'arrière de sa voiture a fait le tour de la table et a fait tomber un lourd dossier devant mon père. J'avais envie de me lever et de faire une danse de la victoire. Il avait fallu profiter de tous les contacts de mon avocat dans le milieu de la justice pour que cela se passe ainsi, et j'étais plus que ravi que ce soit le même flic qui ait l'honneur d'arrêter ce vieux connard.

– Est-ce que vous savez ce que montrent ces images, monsieur Keller ?

L'avocat de mon père était en train de paniquer et criait toutes sortes de conneries auxquelles personne ne prêtait attention, et ma mère a levé ses deux mains devant sa bouche quand les images claires et nettes de mon père en train de tout casser et de vider le studio se sont étalées sur la table.

Mon père est passé du violet à une autre couleur que je n'avais jamais vue avant et il s'est levé de sa chaise si violemment qu'elle est tombée en arrière, ce qui a tendu les membres du tribunal.

– Ce n'est pas moi !

Il m'a montré du doigt.

– Sale petite merde ! Tu m'as piégé !

Je me suis penché en arrière dans ma chaise et j'ai tout fait pour ne pas sourire.

– J'avais un système de sécurité pour éviter que ce genre de choses arrive. Ce n'est pas ma faute si tu t'es fait prendre, et tu peux être sûr que j'ai porté plainte.

J'ai fait un signe de tête vers le flic qui passait les menottes à mon père.

– C'était la dernière fois que tu t'es foutu de moi, mon vieux. C'est fini, et j'espère que tu vas pourrir en prison.

– Je suis ton père, Jet.

J'ai secoué la tête et me suis relevé.

– Non, tu ne l'as jamais été.

Je ne pouvais pas regarder ma mère, ni le juge, qui observait toute la débâcle avec des yeux tristes et entendus. Je ne voulais même pas penser à toutes les familles, en pire état que la nôtre, qui étaient passées sur ce banc. J'ai serré la main de mon avocat et j'ai accepté de signer tous les trucs qu'il devait mettre en place pour mes travaux d'intérêt général et mes frais de justice. Je lui ai demandé de voir avec le flic pour récupérer tout ce que mon père avait piqué, mais il n'avait pas l'air de croire que cela allait être possible.

Je sortais du tribunal, ma veste en cuir par-dessus ma chemise débile, quand j'ai entendu mon nom. Je ne voulais pas m'arrêter, je ne voulais pas lui parler, sachant que je saignais encore en pensant qu'elle avait choisi ce salaud plutôt que moi l'autre fois. Mais quelque chose en moi m'a fait me retourner et attendre qu'elle me rattrape. Ici, en pleine lumière, je voyais toutes les rides, toutes les marques sur son visage qui témoignaient d'une vie vécue dans la tristesse et la souffrance. Elle avait vraiment une sale mine et avait l'air d'être loin.

Il n'y avait même plus l'ombre d'une femme que je voulais appeler maman en elle.

– Jet, attends une minute, s'il te plaît.

J'ai juré dans ma barbe et j'ai regretté de ne pas fumer, cela m'aurait donné quelque chose à faire de mes mains. Je les ai fourrées dans les poches de ma veste et j'ai essayé de garder une expression neutre.

– Je ne crois pas qu'il nous reste grand-chose à nous dire, maman.

Elle jouait avec la poignée de son sac et refusait de me regarder droit dans les yeux.

– C'est ton père, Jet. Tu ne peux pas l'envoyer en prison.

J'ai soupiré. Je m'y attendais, mais cela me mettait quand même un coup.

– Si, je peux. Il m'a volé, il a détruit mon gagne-pain parce que je ne voulais pas céder à ses exigences. Non seulement je peux l'envoyer en prison, mais c'est là qu'il devrait être. Je pars en Europe pour trois mois, maman. Il ne suffira pas de me passer un coup de fil la prochaine fois que tu lui serviras de punching-ball. Je ne serai pas sur ce continent la prochaine fois qu'il dépensera tout ton salaire en bibine et en putes. Donc peut-être que si on le fait enfermer, tu verras enfin que tu es mieux sans lui.

Elle a touché sans le vouloir son œil encore jaunâtre.

– Il n'a fait ça qu'une seule fois et il n'aurait pas été si énervé si tu l'avais simplement aidé, comme tu m'aides toujours.

J'ai rigolé, et c'était un rire tellement brisé que je l'ai senti comme un coup de fouet entre nous.

– Tu essaies sérieusement de me dire que c'est ma faute s'il t'a tapé dessus ? Bien essayé, maman, mais ça ne passera plus. J'arrête d'essayer de t'apporter quelque chose de mieux, d'essayer de te tirer dans la lumière. Si tu veux vivre dans le noir, maman, c'est ton choix, et tu ne pourras plus en vouloir à personne sauf à toi-même.

J'allais m'en aller, mais sa main posée sur mon coude m'a arrêté. Sa lèvre inférieure tremblait et j'aurais aimé dire que cela me brisait le cœur, mais je savais que ce n'était pas pour moi ou pour elle qu'elle s'inquiétait, mais pour ce connard égoïste qui allait pourrir en cellule pour avoir voulu tuer mes rêves.

– Si tu t'en vas et qu'il est en prison, je serai toute seule, Jet. Je ne peux pas être toute seule.

Le dernier mot était un murmure que j'ai à peine entendu.

– Tu sais quoi, maman, être seul vaut mieux que de passer une seconde avec ce trou du cul. J'ai passé toute ma vie à essayer de te montrer que je pouvais m'occuper de toi, que je ne te laisserais jamais seule. Tout ça a changé quand tu les as laissés me pousser à l'arrière de la voiture de police parce que j'avais essayé de te protéger. Il est temps que tu commences à te protéger sans moi.

J'ai poussé sa main, ce qui a été étonnamment plus facile que ce que j'aurais cru. Je ne pouvais plus la regarder, je ne pouvais pas laisser son ombre me tirer vers le fond avec elle, donc j'ai fait un pas en arrière et j'ai dit :

– Je t'appellerai quand je serai rentré. Peut-être que ça te fera du bien de passer du temps seule, et qu'on pourra parler. Sinon, c'est fini pour moi. Si le vieux croyait qu'il pouvait foutre le bordel avec mon groupe et ma musique, j'espère qu'il a compris l'avertissement. Je l'ai toléré pendant des années parce que je m'inquiétais pour toi et que j'avais peur de ce qu'il ferait, mais maintenant je ne m'inquiète plus que pour moi. Au revoir, maman.

Je suis parti avec le pressentiment que je la quittais pour de bon. J'ai sorti mon téléphone de ma poche et j'ai appelé The Marked, le salon de tatouage où travaillaient tous les gars. Comme le salon pouvait voir qui appelait, Cora a été tout sauf professionnelle quand elle a répondu.

– Salut.

– Salut. Rowdy est dans le coin ?

– Tu viens de sortir du tribunal ?

Putain, ce petit lutin ressemblait plutôt à un pitbull quand elle avait quelque chose entre les dents.

– Ouais.

– Comment ça s'est passé ?

– Bien. Sérieux, Cora, j'ai envie de parler à Rowdy s'il n'est pas occupé.

– Tu sais qu'ils vont tous lui sauter dessus pour savoir ce qu'il s'est passé dès qu'il aura raccroché de toute façon, donc autant me le dire, comme ça je leur dirai. Ça fait gagner du temps à tout le monde.

J'ai soupiré et ai cédé.

– J'ai une tonne de travaux d'intérêt général, des amendes et une interdiction de l'approcher. Le vieux a eu droit aux menottes et à un voyage derrière les barreaux. Je suis sûre que ma mère va essayer de le faire sortir, mais le flic m'a dit que l'accusation de vol serait suffisante pour le garder là-bas un bon moment, et que la caution sera grosse. J'aimerais bien dire qu'il y restera tout le temps où je serai en Europe, mais je ne sais pas si c'est très réaliste. Ça va, Cora, vraiment.

Elle a marmonné quelque chose et j'ai entendu le nom de Rowdy résonner dans le salon.

– Je considérerai que ça va quand tu arrêteras de jouer à cache-cache avec Ayden et que tu iras juste lui parler.

– Cette porte s'est fermée, ma petite.

Je crois qu'elle allait me rétorquer quelque chose, mais j'ai entendu une bagarre et la voix rauque de Rowdy dans le téléphone.

– Yo.

– Et la victoire revient à l'équipe Jet.

– Tu m'étonnes, mec. Quoi de neuf ?

– À quoi ressemble ton planning, aujourd'hui ?

– Attends une seconde, je vais voir, enfin, si le diable de Tasmanie veut bien bouger son petit cul de mon chemin.

J'ai entendu Cora lancer un cri outré, et d'autres bruits de bagarre, mais cette fois des rires masculins se sont fait entendre en fond sonore.

– Mon dernier rendez-vous est à 16 heures et ça devrait aller vite, une fille qui veut une fleur de lys sur son pied.

– Tu veux commencer un truc sur moi ?

– Qu'est-ce que tu as en tête ? Un gros ou un petit ?

– Gros.

– On n'aura pas le temps de finir avant que tu partes.

– Je sais, je voudrais juste que tu le dessines et que tu fasses le tracé.

– Je t'écoute.

J'y pensais depuis que le studio s'était fait défoncer, depuis que Ayden m'avait arraché le cœur et l'avait jeté à la poubelle. Je voulais quelque chose qui capture ce que représentait la musique pour moi, comment le feu entrait et sortait avec mes paroles quand j'étais sur scène.

– Je veux un vieux micro à l'ancienne, cassé, genre ouvert en deux, avec plein de flammes qui en sortent. Il faut que ça ait l'air explosé et crade, pas *old school* ou traditionnel.

Je l'entendais noter ce que je disais sur un papier.

– Les flammes doivent être chaudes et incontrôlables, et tu peux les faire aussi grandes que tu veux. J'ai tout mon dos de libre, donc tu peux prendre autant d'espace que tu veux.

Il a sifflé entre ses dents.

– D'accord. Je vais faire un croquis et je te l'envoie. Si tu aimes bien, tu peux passer vers 17 heures.

– Ne t'embête pas à me l'envoyer, tu le dessines et on y va. Allez mec, tu me connais, ce tatouage c'est sur moi et ma musique. Je sais que tu as compris.

– Tu peux être complètement taré parfois, tu es au courant ?

C'était drôle car pour la première fois depuis longtemps, j'avais l'impression d'avoir une bonne compréhension des choses, et que la folie ne jouait aucun rôle là-dedans.

– On ne dit pas que le véritable art vient de la souffrance ou de la folie ?

Il a rigolé.

– Je crois que tu es tranquille de ce côté-là. À tout à l'heure.

En général j'évitais d'aller à la maison pendant la journée, au cas où je croiserais Ayden, mais je ne voulais pas rester dans mes vêtements de tribunal, aussi ai-je pris le risque. J'ai lâché un gros mot à voix haute en voyant sa Jeep garée dans l'allée. J'ai serré les dents et ai décidé que j'étais assez adulte pour supporter de la voir même si, quand je la regardais, cela me faisait mal partout.

J'ai ouvert la porte d'entrée et me suis figé net. De toute évidence, elle venait d'aller courir, car elle portait ce pantalon noir extensible qui donnait à ses jambes l'air de sortir d'un rêve érotique, et un soutien-gorge de sport, et rien d'autre. Cela faisait beaucoup trop de peau, et beaucoup trop d'Ayden pour moi dans mon état d'esprit actuel, donc j'allais juste passer à côté d'elle et carrément faire comme si je ne l'avais pas vue dans toute sa gloire, trop sexy pour mon propre bien. Mais apparemment elle avait autre chose en tête, car elle a posé sa bouteille d'eau et s'est appuyée contre le canapé pour me fixer.

– Comment s'est passé le procès ?

Je mourais d'envie de lui demander comment elle avait su où j'étais, mais je me suis rappelé que j'avais des vêtements classe et que Cora avait la plus grande gueule du monde. J'ai enlevé ma veste en cuir d'un mouvement d'épaule et l'ai posée à côté d'elle, puis j'ai compté à rebours jusqu'à dix avant d'être capable de lui répondre. Je voulais lui parler sans déverser et m'étouffer avec toute l'aigreur que je gérais tous les jours.

– Ça s'est bien passé.

Je l'ai vue regarder ailleurs. Elle était clairement aussi mal à l'aise que moi.

– C'est bien. Je suis contente pour toi.

J'ai laissé s'échapper un rire aigri et ai passé les mains dans mes cheveux, énervé.

– Ouais, c'est le rêve de tous les gosses d'envoyer leur père en taule parce qu'il t'a cambriolé ou qu'il a essayé de niquer l'opportunité de ta vie.

Mon sarcasme était comme une lame qui a tranché dans l'inconfort entre nous.

Elle s'est éclairci la voix et s'est décollée du canapé, puis elle a croisé les bras sur une poitrine dont j'allais rêver jusqu'à ma mort.

– Tu mérites d'être heureux, Jet. Tu mérites de prendre soin de toi, pour une fois.

– Ouais, je suppose.

J'aurais préféré que ce soit elle qui prenne soin de moi, et j'aurais préféré prendre soin d'elle, mais comme ce n'était plus envisageable, j'imagine que prendre soin de moi était ma seule option.

J'allais rejoindre ma chambre et ai commencé à déboutonner ma chemise. Ses yeux étaient vifs et suivaient le moindre de mes mouvements. Son téléphone a sonné sur la table de la cuisine et je me suis déplacé pour le lui lancer. Tout à l'intérieur de moi est devenu froid et immobile lorsque j'ai vu le nom sur l'écran. Pull sans manches. Le putain de Pull sans manches l'appelait, et j'allais incinérer la planète entière par la pensée. Sans rien dire, je lui ai tendu l'appareil et je l'ai dépassée à grands pas. Je me suis arrêté quand sa main s'est posée sur mon épaule. Ses yeux dorés brillaient sur moi d'une émotion que je ne pouvais pas identifier, mais j'étais tellement fatigué que cette fille me retourne puis me laisse tomber. Je ne pouvais plus perdre tout contrôle. Avoir la tête qui tourne, ce n'est drôle que peu de temps.

– Ce n'est pas ce que tu crois, Jet. Rien de tout ça n'est ce que tu crois.

Sa voix tremblait un peu et j'aurais voulu m'en soucier, j'aurais voulu l'embrasser et l'emmener dans mon lit, lui chanter des chansons, la supplier de venir en tournée avec moi, lui mettre la bague au doigt et lui demander d'être à moi pour toujours. Malheureusement, tout ce que je pouvais faire était hausser les épaules et plisser les yeux.

– J'essaie de ne pas y penser du tout, Ayd.

Je l'ai entendue inspirer rapidement mais j'ai continué à me diriger vers ma chambre. Je ne voulais pas entendre ce qu'elle avait à dire à l'idiot à losanges, donc j'ai claqué la porte de ma chambre et j'ai enlevé les vêtements qui me faisaient suffoquer, tout en me disant que j'aimerais pouvoir enlever tout aussi facilement l'émotion qui m'étranglait.

J'ai mis du Venom aussi fort que possible, pour la dissuader si jamais elle essayait de me suivre pour parler. La musique était tellement forte qu'elle me faisait mal à la tête, mais cela m'a distrait assez longtemps pour me permettre de régler des petites choses de dernière minute pour la tournée et arranger des détails qui étaient restés en suspens pour l'enregistrement de Black Market Alpha.

Vraiment, aider à créer des groupes, les lancer dans le vaste monde pour que d'autres personnes les entendent, cela me rendait plus heureux que tout en ce moment. Il y avait tellement de bonne musique que personne n'avait l'occasion d'écouter, parce qu'ils ne finissaient jamais célèbres, ne passaient jamais à la radio ni sur une grosse tournée. C'était dommage, et si je pouvais faire ma part pour changer cela, cela me donnait plus de fierté que tout ce que je ferais pour moi.

Quand je suis parti pour aller au salon de tatouage, il n'y avait aucun signe d'Ayden et je ne savais pas si je me sentais mieux ou pire. J'ai choisi de ne pas trop y réfléchir et me suis dirigé vers le centre-ville. Je n'aimais pas laisser la voiture garée sur l'avenue Colfax, donc je suis descendu un peu, en direction de l'appartement de Nash et Rule, dans un ancien immeuble victorien, et je me suis garé là. Il m'a fallu quelques minutes pour remonter jusqu'au salon, et même si j'étais un peu en retard, Rowdy était encore en train de travailler sur une fille à qui j'aurais donné seize ans à peine.

Cora a levé les yeux au ciel en me voyant et m'a dit que la fille était arrivée en retard, qu'elle avait peu de tolérance à la douleur, donc ce n'était pas gagné. Je lui ai dit que j'allais attendre, mais Rule est sorti de l'arrière-salle, les sourcils froncés en regardant son téléphone, et m'a demandé si j'avais une minute. Je n'étais pas vraiment d'humeur à ce qu'il me casse les couilles, mais le salon n'était pas très grand, je n'avais pas vraiment le choix. J'ai hoché la tête pour dire bonjour à Nash, qui nous a regardés sortir par la porte d'entrée en fronçant les sourcils. Mais il travaillait sur un motif très délicat sur le mollet d'un mec, donc il n'a pas bougé.

Rule a marmonné quelque chose devant l'écran de son téléphone et l'a remis dans la poche de son sweat-shirt.

– Rome rentre à la maison définitivement dans quelques mois.

Je ne m'attendais pas à cela, je ne sus pas quoi dire. Le grand frère de Rule était cool, un mec très classe qui ne se laissait pas emmerder, et je l'aimais beaucoup. Je savais qu'il y avait une tension avec la famille, autour du jumeau de Rule qui était décédé et avait réussi à garder un assez gros secret jusque dans sa tombe.

– C'est cool.

– Ça serait cool, s'il arrêtait de faire le connard. Je voulais qu'il reprenne mon bail à l'appart quand il reviendra, comme ça il n'aurait pas à s'inquiéter de trouver un endroit où vivre. Je sais qu'il ne va pas rentrer à la maison. Il ne parle toujours pas à mes parents.

J'ai passé ma main dans ma nuque et je me suis demandé pourquoi il voulait me confier cela loin des autres.

– S'il emménage dans l'appart, où est-ce que Shaw et toi allez vivre ?

– Je vais lui acheter une maison.

J'ai eu un petit mouvement de recul car je connaissais Rule depuis longtemps, et déjà que le fait qu'il s'installe avec une fille avait été un choc, alors l'idée qu'il crée un chez-soi permanent avec elle était tout bonnement impensable.

– Wow, mec, c'est une grande étape.

Il a haussé une épaule et s'est adossé contre la vitre de la façade du salon.

– Je ne le ressens pas vraiment comme ça. Elle est tout pour moi.

J'ai haussé un sourcil et ai imité sa position contre le verre froid.

– Tu penses au mariage et au bébé, là, Archer ?

Cela me laissait perplexe. Il était l'archétype du loup solitaire, et son historique de conquêtes était légendaire et presque effrayant. Mais une fois qu'il a eu décidé qu'il s'engageait avec Shaw, il l'avait fait avec l'intensité qu'il appliquait à tout dans sa vie.

– Honnêtement, mec, ce sera comme elle veut. Si elle veut une bague, je lui en achèterai une de la taille de sa tête. Si elle veut un gamin, je l'emmènerai dans le lit tous les soirs jusqu'à ce qu'elle en ait un, et je ne m'en plaindrai pas. Si elle veut qu'on reste comme on est maintenant, jusqu'à la fin des temps, alors ça me va aussi. La seule chose qui compte, finalement, c'est elle et moi. C'est de ça que je voulais te parler.

Son regard était sérieux et m'a épinglé contre la vitre. C'était dur de détourner les yeux de cette tempête de neige quand il la dirigeait vers quelqu'un à pleine puissance.

– Quand tu tombes sur la bonne, Jet, tu trouves un moyen. Tu déplaces des montagnes, tu changes ta vie et tu fais tout pour la garder avec toi. Je ne serais pas la moitié de l'homme que je suis aujourd'hui sans Shaw. Elle me rend meilleur, elle me rend heureux et j'ai bien vu que Ayden fait ça aussi pour toi.

J'allais l'interrompre, lui dire que ce n'était pas moi qui étais parti, que j'avais subi ses secrets et ses esquives, et que j'étais quand même tombé amoureux d'elle, mais il a levé une main pour m'arrêter.

– Je sais que les choses sont compliquées avec elle. Je sais qu'elle ne te facilite pas la tâche pour l'aimer, mais c'est à ce moment-là que c'est le plus important, crois-moi, j'ai été à sa place. Shaw m'a expliqué un peu les choses que Ayden doit affronter, c'est assez moche et c'est tout sauf facile, mais je sais que tu pourrais le supporter si tu poussais un peu.

J'ai froncé les sourcils et ai essayé de ne pas laisser ses mots tourner en rond dans ma tête. Je comprenais son point de vue, je comprenais qu'il pensait sincèrement que l'amour était une chose qui pouvait juste prendre le dessus. C'était très beau venant d'un mec comme lui, mais ce n'était pas lui qui se battait contre les murs que Ayden avait montés et ce n'était pas lui qui était là quand le téléphone avait sonné cet après-midi. J'ai soupiré et je l'ai regardé en coin. Je n'allais pas lui mentir sur ce que je ressentais pour elle, mais je n'allais pas non plus faire comme si j'avais l'espoir que les choses fonctionnent.

– Merci, Rule. Honnêtement, je comprends pourquoi tu dis ça et j'aimerais vraiment, vraiment pouvoir avoir avec Ayden le même genre de chose que tu as avec Shaw. Mais ce n'est pas comme ça.

Je sais ce qu'il se passe quand on essaie d'imposer quelque chose à quelqu'un, regarde mes parents.

Nous nous sommes fixés pendant une longue minute, ses yeux bleu pâle scintillant comme des diamants, pendant qu'il retournait mes paroles dans sa tête. Enfin, il a soupiré et s'est décollé de la vitre.

– Tout ce que je sais, c'est que si la personne vaut le coup, que le résultat vaut le coup, alors il ne faut pas abandonner.

J'ai suivi son exemple et me suis décollé de la vitre à mon tour. Un groupe de filles est passé et nous a matés, mais ni l'un ni l'autre n'avons prêté attention aux sourires séducteurs qu'elles nous ont envoyés. J'avais envie de donner un coup de pied dans quelque chose.

– Je suppose que le bonheur est tout relatif.

Nous sommes rentrés dans le salon. Rowdy raccompagnait la fille sur qui il avait travaillé à l'accueil. Cora lui a lancé un regard perçant et a été particulièrement désobligeante en encaissant ce qu'elle devait. Rowdy et moi nous sommes fait un check et il a eu un signe de tête vers l'arrière-salle où ils avaient tous un poste pour dessiner et une petite salle de pause.

– Viens derrière pour voir ce que j'ai fait. Si tu n'aimes pas, j'ai le temps de le modifier.

Rule m'a donné une claque sur l'épaule.

– Il a bossé dessus toute la journée. C'est franchement génial.

J'ai haussé un sourcil et ai suivi Rowdy à l'arrière du salon.

– Merci d'avoir fait ça aussi vite.

– C'est rare que j'aie un client qui me donne une liberté totale pour faire ce que je veux, je me suis bien amusé.

Le motif était énorme. Il allait prendre tout un côté de mon dos, du haut de ma fesse jusqu'à la base de mon omoplate. L'élément principal était le feu, avec des flammes enroulées qui léchaient un microphone à l'ancienne qui était ouvert au milieu, semblable à une bouche qui crie avec encore plus de flammes qui en sortaient. C'était sale, c'était méchant, c'était clair et plein de vie. Cela ressemblait exactement à ce que je ressentais quand j'étais sur scène, et les couleurs qu'il avait imaginées, le mouvement qu'il lui avait donné, cela avait plus l'air d'une peinture à l'aquarelle que des lignes classiques d'un tatouage. Je l'ai fixé pendant une bonne minute, en admiration, jusqu'à ce que Rowdy s'éclaircisse la voix, et j'ai remarqué qu'il avait l'air un peu nerveux.

– Est-ce que c'est à peu près ce que tu imaginais ?

J'ai ri, mais vraiment ri, tellement fort que j'ai senti les larmes me monter aux yeux.

– Mec, si je ne pensais pas que tu me mettrais un coup de poing, je t'embrasserais. C'est parfait. C'est exactement ce que je voulais.

– Il est grand. Ce soir, on ne pourra faire que le tracé, et rien qu'avec ça tu en as bien pour quatre ou cinq heures. Il faut que tu décides de quel côté tu le veux.

– Le côté opposé à l'ange de la mort.

Je me disais que cela aurait l'air mieux équilibré que d'avoir les deux du même côté, même si la faucheuse prenait la majeure partie de mon torse.

– Cool, donne-moi un moment pour tout installer et préparer le transfert. Nash m'a dit que quand il aurait fini avec le gars sur qui il travaille, il irait chercher des pizzas. Et Rule est parti chercher un pack de Coors Light. En revanche, il faut que tu attendes d'avoir fini de te faire piquer pour boire, sinon ça va faire ressortir l'encre. On va tous rester là.

J'ai accepté de bon cœur et me suis installé pendant qu'il allait s'occuper de tout. La question de ma famille était en quelque sorte réglée, et ma musique était au summum de son succès. J'avais le meilleur groupe d'amis du monde. Il y avait pourtant un trou béant en moi, laissé par une brune aux yeux de whisky. Rien ne m'aidait à avaler le fait qu'elle parlait toujours au Pull sans manches, et rien n'arrangeait le fait que nous n'arrivions pas à trouver un moyen d'être ensemble.

Laisser Rowdy me piquer avec un tas d'aiguilles pendant quelques heures semblait être un bon moyen de libérer de l'adrénaline et de l'endorphine, tout en laissant saigner un peu de cette émotion brûlante et foudroyante que Ayden avait réveillée.

CHAPITRE 15

AYDEN

Se sacrifier pour la personne que l'on aime, cela aurait dû me donner le sentiment d'être altruiste et apaisée. Seulement, en l'occurrence, cela me rendait malheureuse et mal à l'aise. Quitter Jet avant qu'Asa ne pose ses sales pattes sur lui, ou avant que tout le merdier que je pensais pouvoir contrôler ne vienne nous séparer, était beaucoup plus difficile que je ne l'avais pensé. Je ne savais pas quel était le pire, les confrontations bizarres que j'avais avec Jet quand je le croisais dans la maison, ou les nuits où il ne rentrait pas du tout.

Ça tournait en boucle dans ma tête, comme si j'étais folle, j'essayais de ne pas me demander avec qui il était ou ce qu'il faisait. Je l'avais toujours voulu sur un plan physique et sexuel, mais maintenant que je le connaissais, que je comprenais tout ce qu'il se tramait derrière ses yeux bruns, je voulais aussi le reste. Cela me brisait le cœur en un million de morceaux chaque fois qu'il me regardait comme si j'étais une plaque de verre et que ce qui était de l'autre côté n'avait aucun intérêt. Cela me tuait quand il regardait carrément à travers moi. En réalité, s'il avait regardé d'assez près, il aurait vu tous ces petits éclats de cœur qui n'étaient pas à leur place. Ils étaient dans ma gorge, dans mes mains, et perdus quelque part au fond de mon ventre.

Il s'en allait aujourd'hui. Quand j'étais partie courir, ce matin, il était en train de préparer ses affaires devant la porte, au téléphone avec celui qui venait le chercher. Une petite part de moi était contente que la tension qui demeurait entre nous parte à des milliers de kilomètres, mais j'avais surtout la sensation qu'une fois qu'il aurait passé la porte avec cette guitare, c'en serait fini pour de bon entre nous. Je savais qu'il méritait de connaître les vraies raisons de cette débâcle, mais je ne parvenais pas à trouver les mots justes pour lui dire.

Je n'avais pas eu de nouvelles d'Asa ni de Silas depuis plus d'une semaine. J'espérais que mon frère avait suivi mes conseils et avait trouvé une île déserte sur laquelle se terrer, mais le connaissant, j'avais des doutes. Je n'étais pas assez bête pour donner rendez-vous à Silas toute seule, donc j'avais donné le petit carnet qui m'avait pourri la vie à Lou, et j'avais dit à Silas de venir le chercher au Goal Line. Cela ne dérangeait pas Lou et il ne m'a pas posé un million de questions. En plus, il avait l'avantage de donner l'impression qu'il pouvait arracher les bras de Silas et le frapper avec sans le moindre effort, donc je me sentais plus en sécurité si c'était lui qui s'occupait de le lui remettre.

J'ai essayé d'appeler ma mère et de lui expliquer toute la situation, mais elle semblait toujours aussi peu concernée et voulait plutôt me parler d'un mec qu'elle avait rencontré au bar. Apparemment, il voulait qu'elle parte sur la route avec lui dans son gros semi-remorque, et elle avait l'air toute contente. Comme d'habitude, j'ai essayé d'être la voix de la raison, de lui dire qu'elle ne connaissait pas ce mec, et que s'ils s'engueulaient ou si elle décidait qu'elle ne l'aimait pas, il pourrait la laisser en plan où il voudrait. Elle ne voulait rien entendre. Elle ne m'a même pas dit merci, elle ne semblait pas reconnaissante que j'aie trouvé une solution pour qu'Asa reste en vie, en tout cas pour l'instant. Tout cela m'a rappelé pourquoi j'avais été si pressée de quitter Woodward, et pourquoi j'avais voulu que ma vie soit si différente.

Adam avait pris l'habitude d'appeler une ou deux fois par jour, maintenant qu'il savait que Jet et moi n'étions plus ensemble, si tant est que nous l'avions été un jour. Je voyais qu'il s'inquiétait sincèrement de savoir comment j'allais, mais j'avais dû lui dire plus d'une fois que je n'avais pas l'intention de sortir ou de commencer quoi que ce soit avec quelqu'un d'autre. Le fait était que personne ne pourrait jamais être en sécurité et en couple avec moi, que j'aie ou pas une carrière et un avenir stable financièrement.

Les choses de mon passé, les gens dans ma vie seraient toujours une menace et il était impossible que je puisse risquer de faire subir ça à quelqu'un d'important pour moi. Ce n'était pas juste.

Quand je suis rentrée, je me suis arrêtée pour reprendre mon souffle et j'ai failli trébucher, car Jet sortait de la maison et descendait les marches. Il s'est arrêté net en me voyant et a regardé le bout de ses rangers. Le regard dans ses yeux m'a brisé le cœur, et tout ce que je voulais faire était l'envelopper dans mes bras et lui dire que tout allait bien se passer. Je savais que ce n'était pas vrai, donc je me suis contentée d'appuyer ma hanche contre la rampe de l'escalier en fer forgé, et j'ai levé les yeux vers lui.

– Ça va ?

Il ne m'a même pas regardée, mais j'ai vu ses épaules se raidir et ses ongles s'enfoncer dans les paumes de ses mains. Je ne savais pas si j'étais amoureuse de cet homme, je pensais que je l'étais, mais je savais, avec une certitude absolue, que tout ce que je voulais était qu'il ne ressente plus jamais cette souffrance que je voyais en ce moment. Il méritait un minimum de paix, de répit face aux démons qui le hantaient, et même si cela voulait dire que je ne devais pas faire partie de sa vie, j'étais décidée à faire en sorte qu'il l'obtienne.

– Ça va.

Il a levé la tête pour me regarder et ses yeux étaient si sombres et tellement en colère que j'ai senti leur brûlure sur ma peau. Je comprenais mieux qu'il ne l'imaginait ce que cela faisait d'être blessé par quelqu'un que l'on aime, et je voulais lui dire, je voulais tout lui expliquer de ce sale bordel. Seulement il voudrait essayer de le réparer et on ne pouvait pas réparer Asa, et on ne pouvait pas remonter le temps et réparer la fille que j'avais été. On ne pouvait qu'aller de l'avant et avoir les choses pour lesquelles on a travaillé, construire une vie meilleure à partir de là, et avec un peu de chance devenir de meilleures personnes en chemin.

– Bon, amuse-toi bien sur la tournée. Je suis sûre que tu vas être génial.

Ce n'était pas naturel, et gênant, comme l'étaient désormais toutes nos conversations. Avant, nous pouvions nous parler, simplement nous regarder et savoir ce que l'autre pensait. Maintenant, nous étions juste deux personnes en souffrance pour des raisons différentes et qui essayaient de faire comme si cela ne les déchirait pas de devoir respirer le même air.

Je ne m'attendais pas à ce qu'il bouge, mais tout à coup il fut juste devant mon nez, avec le bruit des chaînes accrochées à son portefeuille et à sa ceinture, et le cliquetis des bagues sur ses doigts. Il a attrapé la rampe avec ses deux mains de chaque côté de mon corps. Ses yeux enflammés n'étaient qu'à quelques millimètres des miens, et je voyais la colère qui tirait les coins de sa bouche vers le bas, une bouche qui m'avait aimée de tant de façons différentes. Je savais que Jet avait beaucoup de rage en lui, je savais qu'il luttait pour garder sous contrôle le volcan d'émotions qui grondait à l'intérieur, mais je ne m'étais jamais attendue à le voir se déchaîner à cause de moi. Il brûlait et explosait contre ma peau découverte et tout ce que je pouvais faire était rester là et tenir bon, tandis qu'il me jetait un regard noir et a grogné :

– Est-ce que ça a la moindre importance ?

Je n'avais pas peur de lui, je n'avais pas peur de sa colère. Ce qui me terrifiait était que j'étais une personne de plus qui avait fini par le décevoir, qui avait choisi quelqu'un d'ignoble et de violent plutôt que lui. Ce n'était pas mon intention, mais c'était ce que j'avais fait, en définitive.

– Bien sûr que c'est important, ce qu'il y avait entre nous a toujours été important, tu es important. Mais on savait tous les deux dès le début que ce n'était pas censé durer, juste un bon moment, tu te souviens ? On n'est pas bons l'un pour l'autre, Jet.

Ces mots ont laissé un goût de terre sur ma langue. Je le voulais pour toujours, je voulais qu'il chante jusqu'à ce que je m'endorme tous les soirs, je voulais le voir sur scène et savoir qu'il rentrerait avec moi. Je voulais la totale, mais rien ne faisait partie de l'avenir que je m'étais préparé, et plus que cela, je voulais qu'il soit heureux. Je voulais qu'il ait quelque chose que personne ne pourrait ternir ni salir ; ni sa mère, ni son père, ni moi, et certainement pas mon petit con de frère. Il était super et si talentueux, et je savais qu'il méritait de grandes choses. Je refusais d'être un obstacle à cela.

Il s'est penché, encore plus près, si bien que nos nez se touchaient presque. Je frissonnais de la tête aux pieds, car cela faisait bien trop longtemps que je n'avais pas été pressée contre les lignes longues et fermes de ce corps souple. J'aurais toujours envie de lui, je serais toujours tentée par lui et j'ai eu besoin de tout ce que j'avais de self-control pour ne pas l'attraper et coller ma bouche sur la sienne, le supplier de me revenir, et exiger qu'il garde sa braguette fermée pendant la tournée. Mais je n'avais pas le droit de faire cela, donc je l'ai regardé attentivement et j'ai essayé de ne pas frémir.

– Pourquoi tu ne peux pas dire que c'est moi qui ne suis pas bon pour toi, que je ne suis pas ce que tu veux ? Car ça n'a rien à voir avec ce que je pense ou ce que je veux, Ayd. Je me serais vu avec toi pour toujours, et j'aurais pu te promettre tous les jours qu'il n'y aurait que toi et moi.

Cela a fait sauter mon cœur. J'avais envie de prendre son visage, d'embrasser cette bouche qui semblait avoir un goût amer. Je voulais seulement qu'il aille mieux. J'ai soupiré et ai secoué un peu la tête.

– Je veux le mieux pour nous deux. Je sais que tu ne comprends pas ça, je vois que tu ne le crois pas, mais c'est vrai. Je sais que je ne suis pas ce qu'il y a de mieux pour toi, Jet. J'ai des problèmes et toi aussi. Et on dirait bien que l'univers ou mon passé ne voulait pas nous donner une vraie chance.

Je ne serais jamais ce qu'il y avait de mieux pour personne, mais ce n'était pas le sujet. Il me regardait comme si j'étais en train de le tuer à petit feu, encore et encore. Il a lâché la rampe d'un violent mouvement en arrière qui m'a fait sursauter. Il m'a lancé un regard mauvais et a passé ses mains dans ses cheveux décoiffés. Il a descendu quelques marches, et j'étais désormais au-dessus de lui. Quand il a levé les yeux vers moi, la douleur que j'y ai vue m'a déchirée de toute part. Plus rien ne comptait et la vérité était trop évidente pour être ignorée.

Je l'aimais, je l'aimais comme je n'avais jamais aimé rien ni personne, et je me suis rendu compte que c'était pour cela que je pouvais le laisser partir. Je voyais combien cela lui faisait du mal, j'imaginais que j'avais l'air tout aussi mal, mais je savais que je le faisais pour les bonnes raisons, parce que je l'aimais, et cela me permettait de croire que nous finirions tous les deux par être bien. Le laisser partir pour son bien, pour le protéger de toutes les choses qui pourraient le faire souffrir s'il m'aimait aussi, cela valait la peine.

– C'est drôle, Ayden, parce que quand je suis avec toi, je me sens mieux. Je me comporte mieux, je chante mieux, et certains trucs qui me bouffent de l'intérieur ne me semblent plus aussi graves. Personne ne m'a jamais fait cet effet, donc si tu n'es pas ce qu'il y a de mieux pour moi, sincèrement je ne vois pas ce que tu penses que ça peut être.

Je me suis mordu la lèvre et j'ai cédé. J'ai sauté une marche plus bas et j'ai pris son visage grimaçant entre mes deux mains. Ses joues rugueuses grattaient mes mains et il était chaud, comme si tout ce qu'il ressentait à l'intérieur essayait de sortir par sa peau.

– Tu n'as besoin de personne pour te rendre meilleur, Jet. Tu es déjà le meilleur.

Je voulais seulement frôler sa bouche avec la mienne, seulement toucher ses lèvres, pour essayer d'adoucir les lames avec lesquelles nous semblions nous poignarder sans cesse. Comme d'habitude, quand il s'agissait de nous deux, nous sommes passés de – 10 à 40 °C en moins d'une seconde. Mes mains se sont emmêlées dans ses cheveux, ses mains se sont bloquées sur mes hanches, et le bisou chaste est devenu le genre de baiser que les gens partagent quand ils savent qu'il y a de fortes chances qu'ils ne se revoient plus jamais.

Ses lèvres étaient dures et sa langue insistante contre la mienne, et il y avait un degré de désespoir chez nous deux qui a transformé ce baiser en quelque chose de plus dangereux que ce que je pouvais gérer, maintenant que j'avais réalisé combien il comptait pour moi. Tout chez Jet était passionné, sa bouche, ses mains, et la façon dont il me tenait comme si j'allais m'échapper et m'enfuir d'une seconde à l'autre. Il m'embrassait comme s'il m'aimait et cela m'a brisée encore plus profondément. Je n'avais aucun doute que si nous avions été à l'intérieur, et pas debout devant la maison à côté du van et des gars, nous serions allés beaucoup plus loin.

Quelqu'un a donné un coup de Klaxon et Jet s'est reculé. Il m'a mordue un dernier coup pour me laisser un souvenir et maintenant, au lieu d'être en colère, ses si beaux yeux au halo doré avaient l'air tristes.

– Au revoir, Ayd.

J'ai dû retenir mes larmes. J'ai porté ses doigts tremblants devant ma bouche, comme si j'allais pouvoir le garder ici, avec moi pour toujours, et j'ai répondu en chuchotant :

– Au revoir, Jet.

Il a chargé son matériel à l'arrière du van et je suis restée plantée là. Juste avant qu'il ne ferme la porte, il m'a regardée et a fait un demi-sourire forcé. J'ai pété les plombs. Avant que le van ait quitté l'allée de la maison, j'ai foncé jusqu'à ma chambre et me suis jetée sur le lit. J'ai pleuré car je ne pouvais pas m'empêcher d'avoir l'impression qu'il me disait au revoir pour toujours, et j'ai pleuré car il n'y avait aucune solution. J'ai pleuré parce que ma mère ne grandirait jamais et que je ne pourrais jamais récupérer mon enfance. J'ai pleuré car, aussi atroce et manipulateur qu'il soit, j'aimais quand même ce rat d'Asa. Mais surtout, j'ai pleuré pour moi. J'avais passé tellement de temps à essayer de nier qui j'étais, et à travailler pour avoir un avenir stable, que j'avais gâché je ne sais combien de temps à éviter et à refuser la seule personne qui voulait vraiment me promettre un toujours. C'était n'importe quoi.

Je n'ai pas entendu Cora rentrer, mais j'ai senti mon lit s'affaisser lorsqu'elle s'est assise sur le côté. Ses doigts étaient froids lorsqu'elle a poussé les cheveux de mon visage.

– C'était brutal.

J'ai reniflé et j'ai essayé de m'essuyer le visage avec ma taie d'oreiller, mais mes yeux n'arrêtaient pas de couler.

– Qu'as-tu vu ?

– J'en ai vu assez pour savoir que le cœur de deux de mes meilleurs amis s'est brisé. Allez, Ayd, pourquoi tu fais ça ? C'est clair que vous êtes faits pour être ensemble.

Les larmes ont redoublé d'intensité et mon cœur s'est serré si fort que j'ai cru que j'allais devoir arrêter de respirer pendant deux minutes.

– C'est mieux.

Je ne savais pas combien de fois il faudrait que je le répète avant de parvenir à y croire. Elle n'a rien dit d'autre, et pour Cora c'était comme un miracle, mais elle est restée et a continué à caresser mes cheveux jusqu'à ce que j'aie fini de pleurer.

***

La première semaine sans lui a été horrible. Je me suis noyée dans le travail à la fac et j'ai pris toutes les heures supplémentaires que je pouvais au boulot, et pas seulement parce que j'avais un montant exorbitant à rembourser à Shaw. Il fallait que je m'occupe ou j'allais tomber en morceaux.

Mes amis me demandaient tous les jours comment j'allais, et tous les jours je mentais et je disais que j'allais bien. Je grinçais même des dents en écoutant Cora me donner des nouvelles du déroulement de la tournée. Apparemment, Enmity était encore plus populaire que le groupe qui était en tête d'affiche, ce qui n'était pas du tout surprenant. Jet était une superstar et maintenant toute l'Europe était au courant. Je me demandais si, en rentrant, il allait enfin signer avec un vrai label et être propulsé vers la véritable célébrité. Il méritait que l'on reconnaisse combien il était merveilleux.

Je courais plus que jamais. C'était la seule chose qui me fatiguait assez pour que je puisse dormir le soir. Malgré tout je me réveillais souvent et trouvais un lit vide. Quand cela arrivait, je tournais dans mon lit et finissais par abandonner, je sortais du lit et je traversais le couloir pour aller dormir dans le lit de Jet, car il avait encore son odeur et mon cœur avait moins mal.

Je pensais que je faisais du bon boulot pour tenir le coup, mais parfois je voyais Shaw me regarder comme si elle avait peur que je me casse en deux ou que je fasse un truc fou, comme tabasser Loren à mort avec sa propre stupidité. Il y avait des moments où Cora disait quelque chose, puis me regardait, et je comprenais soudain que j'étais censée rire ou apporter ma contribution, mais plus rien ne me semblait drôle. C'était nul. Je me sentais vide et creuse, et cela me faisait beaucoup plus mal que si quelqu'un savait à quoi avait ressemblé ma vie.

La deuxième semaine fut un peu mieux. J'ai arrêté d'écouter des guitares tristes et j'ai réussi à rester dans mon lit presque toute la semaine. La seule difficulté a été le jour où j'ai entendu Cora lui parler au téléphone. J'ai eu envie de la frapper, de lui prendre son portable pour savoir comment il allait et lui demander s'il avait trouvé une version de moi européenne pour l'aider à soigner son cœur brisé. Cette nuit-là, non seulement j'ai dormi dans sa chambre, mais avec son tee-shirt en plus. C'était pathétique.

J'avais environ mille messages dans mon téléphone que je n'avais pas envoyés. Je luttais nuit et jour pour ne pas les envoyer. J'avais envie de lui dire qu'il me manquait, que je l'aimais, et que personne ne prendrait jamais sa place. Au lieu de cela, j'écoutais des chansons de country tristes (des nouvelles, pas des vieilles) et je me répétais que c'était mieux comme ça.

Quand la troisième semaine est arrivée, j'étais passée maîtresse dans l'art de faire croire que j'allais bien. Shaw ne me jetait plus de regards bizarres, et Cora parlait de Jet comme si cela ne me coupait pas en deux chaque fois qu'elle prononçait son nom. J'avais même accepté quelques cafés strictement platoniques avec Adam, simplement pour insister sur le fait que je n'étais pas intéressée et que même si je pensais que c'était un mec super, mon cœur appartenait à quelqu'un d'autre. Il a pris ce que je disais avec des pincettes, mais il a continué à m'appeler, et tant que tout le monde chercherait encore des fissures dans mon socle d'indifférence, j'ai décidé que cela ne ferait pas de mal de le garder dans le coin. Je m'habituais au sentiment d'absence diffuse qui m'accompagnait, à l'idée que c'était ce à quoi ma vie allait ressembler désormais, car je ne pouvais pas remplacer quelqu'un comme Jet. Je ne pouvais pas échapper au fait qu'il était ce que mon avenir aurait dû être, si mon passé n'avait pas décidé qu'il n'avait pas encore fini de jouer avec moi.

Je me préparais pour le travail, j'étais dans la salle de bains et je cherchais inconsciemment des yeux les affaires que Jet laissait traîner, lorsque le fameux numéro du Kentucky qui m'avait appelée pendant des semaines s'est à nouveau affiché sur mon téléphone. Je voulais l'ignorer, mais c'était peut-être Asa, et comme je n'avais pas eu de nouvelles depuis plus d'un mois, je me suis dit qu'il valait mieux répondre. J'ai coincé le téléphone entre mon oreille et mon épaule tout en arrangeant mes cheveux, et j'ai répondu :

– Allô ?

Ce n'était pas Asa. Ce n'était pas Silas. Ce n'était pas ma mère. Ce n'était pas quelqu'un de qui je pensais avoir des nouvelles un jour.

– Bonjour, Ayden.

J'ai fait une pause d'une seconde, choquée par mon propre reflet dans le miroir.

– Monsieur Kelly ?

Je ne pouvais pas me tromper, avec cette voix gentille et cet accent du Sud que je connaissais bien. C'était la voix qui m'avait libérée de Woodward. C'était la voix qui m'avait convaincue que je valais mieux que toutes les choses que je faisais mal.

– J'imagine que c'est une surprise pour toi, mais il fallait que je te prévienne pour Asa.

Je voyais ma confusion dans le miroir.

– Asa ?

J'étais sûre que l'on entendait ma confusion autant que je la ressentais, mais j'avais du mal à tout rassembler. J'ai entendu un soupir à l'autre bout du téléphone.

– Tu sais que j'ai toujours cru au karma. Je pensais qu'en t'aidant, en te sortant de cette caravane et de l'emprise de ton frère, mon univers serait mieux aligné, et pendant un moment, ça a marché.

– C'est vous qui m'appelez depuis à peu près un mois ?

– Oui. Je savais qu'ils allaient envoyer Silas chercher Asa, donc je voulais savoir si tu allais bien. Je me suis dit que tant que tu répondais au téléphone, ça allait.

Je me suis appuyée contre le lavabo, car mes genoux me faisaient défaut, tout à coup.

– Que se passe-t-il avec mon frère, monsieur Kelly ?

J'ai entendu un autre soupir, plus lourd encore. Je devais ma vie à cet homme, mais j'ai soudain eu une vive suspicion qu'il allait passer dans la catégorie « rien de bon ne vient de Woodward ».

– Asa ne t'a pas donné tout le carnet quand tu lui as donné l'argent. Il manquait quelques pages et le club de motards n'a pas aimé.

C'était du Asa tout craché. Se contenter de ce qui était bien n'avait jamais été son style et la cupidité était un moteur trop puissant.

– Asa est parti depuis longtemps, monsieur Kelly. Je lui ai donné assez d'argent pour aller siroter des margaritas sur la plage pendant un moment. Je ne peux pas récupérer les pages.

– Oh je sais, Ayden, et ne t'inquiète pas pour les pages manquantes. Le club les a déjà récupérées, c'est pour ça que je t'appelle.

Mon ventre s'est retourné et j'ai senti l'obscurité commencer à tourner.

– Est-ce que mon frère est mort ?

Il y a eu un long silence à l'autre bout de la ligne et j'ai cru que j'allais tomber dans les pommes.

– Non, mais ce serait bien que tu rentres, parce que sincèrement, je ne sais pas combien de temps il lui reste. Il n'est pas en forme. Il est à l'hôpital à Louisville.

J'ai eu le souffle coupé et je me suis effondrée par terre. Le carrelage froid contre l'arrière de mes jambes a apporté un peu de clarté dans mes pensées tourbillonnantes.

– Qu'est-ce que vous avez à voir avec tout ça ?

Une chose était claire, maintenant : cet homme ne m'avait jamais aidée par pure bonté de cœur.

– J'aimerais ne rien avoir à y voir, j'aurais aimé te voir partir en voiture et ne plus jamais y penser, mais ça ne se passe pas comme ça quand on vit dans une petite ville comme la nôtre.

– Monsieur Kelly, s'il vous plaît, faites court.

– Mon nom est dans ce carnet, il y est depuis des années.

J'ai ri et toussé en même temps, et le bruit ressemblait plutôt à celui d'un animal mourant.

– Donc vous m'avez sauvée, tout ça pour finalement me sacrifier quand ça vous arrangerait ?

– Ton frère cherche les problèmes, Ayden. C'est à lui qu'il faut en vouloir, pas à moi. Quand j'ai décidé de t'aider, il fallait que je trouve l'argent quelque part, ce n'était pas possible qu'un prof en ait autant sous la main. Je fais des paris depuis longtemps, et parfois j'ai plus de chance que d'autres. J'étais dans une bonne période quand je t'ai aidée et maintenant…

Il a fait une longue pause et je sentais qu'il cherchait ses mots pour limiter les dégâts que cet appel faisait.

– Maintenant j'ai moins de chance et c'était soit trouver Asa et le carnet, soit finir à la morgue. Je suis désolé que tu aies dû t'en mêler, Ayden.

– Mon Dieu, pourquoi Asa était-il retourné à Woodward, sachant ce qui l'attendait là-bas ?

J'étais tellement perdue, confuse, mais une chose restait évidente : voilà une personne de plus qui s'était servie de moi pour arriver à ses fins. Être la seule personne qui savait où me trouver, la seule personne là-bas qui avait une idée de l'évolution de ma vie dans les montagnes avait été une trop bonne monnaie d'échange pour qu'il ne s'en serve pas.

– Parce que je l'ai appelé pour lui transmettre le message que s'il ne revenait pas, le club allait s'en prendre à toi.

J'ai sifflé entre mes dents.

– Vous les auriez envoyés ici ?

– C'est beaucoup d'argent, Ayden. Peut-être qu'un jour tu comprendras. C'est moi qui ai appelé l'ambulance une fois qu'ils en ont eu fini avec ton frère, donc peut-être qu'au lieu de me juger, tu devrais me remercier. Après tout, la vie que tu vis maintenant, peu importe comment tu y es arrivée, tu l'as grâce à moi. Je savais que je faisais exactement ce qu'il fallait en te sauvant de cette ville, je savais que tu avais quelque chose d'exceptionnel et je ne me suis pas trompé. Tu es devenue une jeune femme remarquable avec énormément de potentiel. Cela fait du bien à ma culpabilité de savoir que j'ai joué un rôle là-dedans.

– Asa est revenu à cause de moi ?

Cela n'avait aucun sens. Mon frère était égoïste, il était arrogant et la seule personne dont il se souciait était lui-même. L'idée qu'il se soit sacrifié pour ma sécurité était tout simplement folle.

– Oui. Il savait que quoi que le club lui fasse, ça n'aurait aucune commune mesure avec ce qu'ils t'auraient fait, s'ils avaient mis la main sur toi. S'il s'en sort, il aura peut-être appris une leçon. Je suis vraiment désolé que les choses aient dû se passer ainsi, Ayden. Tu mérites mieux.

Le téléphone est devenu silencieux à l'autre bout de la ligne. J'ai laissé le mien tomber par terre depuis ma main inerte. J'ai posé mon front contre mes genoux et je me suis concentrée pour ne pas m'évanouir. Cela faisait beaucoup à assimiler. Mon frère, monsieur Kelly, les choses avec Jet, tout s'effondrait autour de moi comme un château de cartes. Des pensées sur ce que j'aurais pu faire autrement ont commencé à s'entrechoquer dans ma tête. Les décisions que j'avais prises, les bonnes et les mauvaises, ont commencé à tourner en rond tellement vite que j'avais la tête qui tournait et envie de vomir en même temps.

J'ai entendu la porte de la salle de bains s'ouvrir et j'ai regardé Cora avec des yeux surpris. Je devais avoir une sacrée tête, car elle a paniqué un peu en disant mon nom.

– Putain, qu'est-ce qu'il se passe ? J'ai cru que tu étais tombée dans la douche.

Je me suis contentée de la regarder, ce petit lutin punk rock que j'adorais, et je me suis rendu compte que monsieur Kelly se trompait complètement. La vie que j'avais maintenant, je ne la devais à personne sauf à moi. Ces gens m'aimaient pour qui j'étais et m'aimeraient malgré qui j'étais. Ils m'aimaient peu importe ce que je leur donnais, sans poser de questions. Mes mauvais choix et la vie que j'avais menée avant d'en arriver là ne méritaient pas que j'en souffre éternellement, et essayer de protéger Jet de moi était stupide. Il était la seule personne qui comptait pour moi et qui me voulait simplement moi. Si je l'avais laissé faire, il aurait aimé chaque partie de moi et se serait assuré que nous étions tous les deux en sécurité contre les choses de notre passé qui continuaient de nous tirer dans l'obscurité.

J'ai cligné des yeux devant Cora avant qu'elle ne me mette une claque pour regagner mon attention.

– Il faut que je rentre.

Ma voix s'est cassée. Je crois que toutes les choses qui avaient fait de moi qui j'étais commençaient à déborder, mais je n'avais plus peur que les gens le voient. Je n'avais plus peur de voir cela tous les jours dans le miroir.

– Que tu rentres ? Où, dans le Kentucky ? Pourquoi ?

– Mon frère est à l'hôpital. Ça n'a pas l'air d'aller bien.

Elle s'est mise à genoux devant moi et a posé ses petites mains sur les miennes, qui étaient sur mes genoux.

– Oh non, tu veux que je vienne avec toi ? Tu veux que j'appelle Shaw ? Je ne savais même pas que tu avais un frère.

J'ai secoué la tête et l'ai laissée tomber en arrière, si bien qu'elle a cogné contre la porte du placard.

– Non. Ma mère s'est tirée avec un routier du nom de Daryl, ou Earl ou un truc comme ça. Ce n'est pas comme si elle allait revenir, de toute façon. Ce n'est pas une mère modèle. Il n'y a que moi et Asa, et en général je suis toute seule, mais il a été blessé parce qu'il essayait de bien faire les choses, pour la première fois de sa misérable vie. Maintenant il faut que je rentre et j'espère qu'il va s'en sortir, pour que je puisse lui mettre un coup de pied et le remercier, dans cet ordre.

Elle avait une expression choquée sur son joli visage.

– Je crois que tu ne m'en avais jamais dit autant sur ton passé, jamais.

J'ai fermé les yeux et j'ai soufflé.

– C'est parce que ce n'est pas une belle histoire, et que je passe beaucoup de temps à faire comme si ce n'était jamais arrivé. Sauf que maintenant, ça m'est revenu en pleine tête, et à cause de ça j'ai repoussé le seul mec que j'aie jamais aimé. Je pensais que Jet n'était pas bon pour moi car il donnait envie à toutes les anciennes parties de moi de se libérer et de reprendre le contrôle de la vie formidable que j'ai ici. Je crois que je me punissais pour les choses que j'avais faites dans le passé. Jet aurait été une récompense, et je refusais de l'accepter car je pensais que je ne le méritais pas.

Elle a bougé et s'est assise par terre en tailleur en face de moi. Je ne pouvais pas lâcher ses yeux aux deux couleurs. Le bleu d'un côté était intense et triste, et le marron était sombre et rempli d'empathie.

– Ayd, je ne sais pas qui a un passé de conte de fées, selon toi. Rule parle à peine à sa famille, la mère de Shaw est la méchante sorcière de l'Ouest, et Nash déteste le mari de sa mère au point qu'il est parti de chez lui alors que c'était encore un petit garçon. Rowdy ne connaît même pas ses parents, ma mère est partie avant que je sache marcher et m'a laissée avec un père qui oubliait que j'étais une fille dès que ça l'arrangeait, et on sait tous comment le père de Jet traite sa mère. Aucun d'entre nous n'a des arcs-en-ciel qui lui sortent du cul, meuf, donc je ne vois pas pourquoi tu crois que tu devrais souffrir seule.

J'ai enroulé mes bras autour de son cou et je l'ai laissée me faire un câlin. C'était tellement bien d'aimer mon amie, de savoir qu'elle était simplement là pour moi. Tout le reste, ce qui me forçait à rentrer à la maison, paraissait moins terrifiant.

– Merci, Cora.

– Tu es une super personne, Ayden, et tu mérites le meilleur.

J'ai passé mes mains dans mes cheveux et l'ai laissée me relever.

– Je l'avais. Je l'ai laissé partir.

– Il n'est pas parti bien loin. Appelle-le.

– Peut-être que quand je saurai ce qu'il se passe avec mon frère, je pourrai m'occuper de ça. Il est possible qu'Asa ne s'en sorte pas.

J'ai été surprise que cette idée me fasse une boule dans la gorge.

– Laisse-moi venir avec toi, ou appelle Shaw. Tu sais qu'elle lâchera tout et qu'elle affrétera même probablement un jet privé.

J'ai secoué la tête et ai commencé à enlever mon uniforme.

– Non. J'ai besoin de faire ça toute seule.

– Mais Ayd, s'il se passe quelque chose de vraiment grave, tu ne devrais pas avoir à t'en occuper seule.

– S'il se passe quelque chose de vraiment grave, je te promets d'appeler la cavalerie, OK ?

Elle m'a regardée pendant une seconde puis m'a serré le bras.

– Tu promets ?

Je lui ai fait un autre câlin.

– Promis.

– Bon, pendant que tu prépares tes affaires, je vais te prendre un billet d'avion, et je t'accompagne, d'accord ?

– Je t'adore, Cora.

– Eh bien, je suis adorable, donc je te comprends parfaitement.

Tandis qu'elle se promenait avec son téléphone, j'ai couru dans ma chambre et j'ai jeté tout ce à quoi j'ai pu penser dans un sac de voyage. J'ai appelé le bar pour leur dire que j'allais devoir manquer quelques jours, puis j'ai appelé Shaw pour lui expliquer rapidement. Cela m'a pris plus longtemps que prévu car elle insistait pour venir avec moi, et je n'ai réussi à m'en tirer que quand Rule lui a pris le téléphone des mains et m'a dit qu'il resterait assis sur elle jusqu'à ce que j'atterrisse. Cora m'a conduite à l'aéroport car elle m'avait trouvé un vol qui décollait tout de suite, et il ne m'a fallu que quelques heures pour atterrir à Louisville.

Être de retour dans le Kentucky était comme une petite claque dans la tête. Tout le monde bougeait un peu plus lentement et parlait un peu plus doucement, et le temps que je m'installe dans la voiture de location pour aller à l'hôpital, j'ai commencé à avoir l'impression de n'être jamais partie. Je n'ai pas eu à rouler longtemps pour rejoindre le centre de Louisville, l'hôpital de Woodward étant trop petit pour s'occuper d'Asa dans son état actuel. Pendant ce temps, tout ce à quoi j'arrivais à penser était qu'Asa devait tenir le coup au moins jusqu'à ce que j'arrive. Peu importait que mon frère ait tendance à être un petit con égoïste, personne ne méritait de mourir seul et effrayé. J'ai appelé avant d'arriver et j'ai appris qu'il était toujours en traumatologie et qu'il était inconscient. Cela m'a donné la chair de poule d'entendre la tristesse dans la voix de l'infirmière. Je détestais penser qu'il était là-bas à cause de moi.

Je n'ai pas eu à demander où il était, en arrivant. L'infirmière à l'accueil attendait apparemment de voir si quelqu'un allait venir pour le joli garçon tout cassé. Même à l'article de la mort, Asa avait toujours cet effet sur les femmes. Ils m'ont conduite jusqu'à une toute petite chambre et j'ai failli tomber par terre lorsque j'ai enfin posé les yeux sur mon grand frère.

Le garçon hors du commun ressemblait à une marionnette cassée. Il avait des tuyaux et des câbles qui sortaient de partout. Je ne voyais pas son visage à cause de la gaze qui l'enveloppait. Il avait un respirateur dans la bouche et je voyais le mouvement artificiel de son torse, ce qui voulait dire qu'il ne respirait pas tout seul. Ses deux bras étaient dans de gros plâtres et sa jambe était équipée de ce qui ressemblait à un instrument de torture médiéval. En mauvais état, le mot était bien trop faible. Il n'avait l'air ni humain ni vivant.

J'ai avalé ma salive et j'ai marché jusqu'à son lit. Un docteur est rentré avec un dossier et a eu l'air un peu surpris de me voir.

– Vous êtes de la famille ? On a essayé de contacter sa mère mais elle nous a dit qu'elle était dans l'Illinois et qu'elle ne reviendrait pas avant plusieurs semaines.

Je me suis éclairci la voix.

– Je suis sa sœur.

Le docteur m'a regardée par-dessus ses lunettes.

– Vous pourriez peut-être faire comprendre à votre mère que la situation est très grave. Elle voudrait peut-être être là si jamais son état s'empire. Il a une hémorragie cérébrale. On l'a mis en coma artificiel pour calmer le gonflement et pour voir si on pouvait l'arrêter. C'est une situation très délicate.

J'ai accroché mes mains autour de la rambarde du lit.

– Je vais rester avec lui. Elle ne reviendra pas.

– Ce n'est pas beau. Même s'il se réveille, il n'y a aucune certitude qu'il soit la même personne qu'avant. Sincèrement, c'est un miracle qu'il ait survécu aussi longtemps. Je n'avais jamais vu ça. Il a dû mettre des gens très méchants très en colère.

J'ai fermé les yeux.

– Il a un don exceptionnel pour ça.

– La police a lancé une enquête. Avec un peu de chance, ils trouveront quelque chose.

Ils n'allaient rien trouver. Woodward était une petite ville, et les choses ne fonctionnaient pas comme ça là-bas, c'était la bonne vieille loi du talion, œil pour œil. Je me suis penchée et ai embrassé sa tête pleine de bandages épais. J'avais encore toutes mes affaires dans la voiture. Il n'y avait aucun moyen que je retourne dans cette caravane, et il semblait que j'allais rester ici un moment, donc il fallait que je trouve un hôtel proche de l'hôpital.

– Je ne pensais pas qu'il nous restait quoi que ce soit en commun, Asa, mais apparemment, protéger les gens qu'on aime, même si ça manque de nous tuer, c'est une habitude des Cross. Il faut vraiment qu'on soit plus malins que ça, grand frère.

CHAPITRE 16

JET

Il y avait une blonde nue dans le lit, en face du coin repas où j'étais assis dans la chambre d'hôtel. Le fait que je sois bien plus intéressé par la bouteille de whisky en face de moi que par elle était un triste indicateur de mon état actuel. Elle parlait à peine anglais et elle était venue avec un des mecs d'Artifice après le concert, mais pour je ne sais quelle raison, elle m'avait collé toute la soirée, même si je n'étais pas du tout intéressé. C'était peut-être la barrière de la langue. Je ne comprenais pas l'allemand, et elle semblait penser que plus j'avalerais d'alcool, plus elle serait attirante à mes yeux, donc j'avais eu droit à un approvisionnement continu depuis que nous étions dans ma chambre.

Elle était jolie, grande avec des nichons d'enfer, elle avait des kilomètres de cheveux blonds et de grands et beaux yeux bleus. Le problème est qu'elle était là où il aurait dû y avoir une brune aux yeux d'ambre. Une partie de moi mourait d'envie de grimper dans le lit avec elle et de laisser le whisky et une fille douce éliminer le fantôme d'Ayden ne serait-ce que pour une minute. Malheureusement, une partie de moi plus importante savait que ce n'était qu'une solution temporaire, que j'aurais l'impression d'être une merde le lendemain matin, et que les gars s'inquiéteraient pour moi encore plus qu'ils ne le faisaient déjà.

Faire cette tournée me fatiguait, et je crois que j'avais du mal à le dissimuler. Les filles, les fêtes, l'alcool et la drogue ; cela faisait beaucoup de choses à digérer alors que j'essayais de soigner mon cœur brisé, et Dario et ses gars pouvaient essayer de me tenter avec n'importe quoi, je n'y trouvais pas d'intérêt. Le Colorado me manquait. Les gars du salon me manquaient, Cora me manquait et malgré tout, je m'inquiétais pour ma mère. Je ne pouvais pas cacher le vide que je ressentais en moi, là où Ayden aurait dû être, et il allait sans dire qu'elle me manquait plus que tout. Je ne pouvais pas arrêter de penser à elle, et je ne pouvais pas m'empêcher de voir toutes les choses que je ressentais dans le reflet de ses yeux à la teinte de miel. Je me sentais tellement seul sans elle, et je ne pensais pas une seule seconde qu'elle m'aurait attendu quand je reviendrais, pas même après ce baiser d'adieu.

Jusqu'à présent, le plus gros avantage d'être en Europe avait été de voir plein de très bons musiciens. Dans tous les pays où nous nous arrêtions, dans tous les bars où nous passions, il y avait des groupes underground qui jouaient. Des groupes géniaux menés par des gamins qui avaient souvent plusieurs années de moins que moi, et cela me rendait heureux chaque fois que nous pouvions les voir jouer. Une chose m'est apparue évidente. J'adorais écouter d'autres groupes jouer, j'adorais découvrir de nouveaux talents et les faire connaître, bien plus qu'être celui que l'on idolâtrait et que l'on flattait sur scène. Oui j'aimais jouer, j'adorais écrire des chansons et leur donner vie, mais je ne voulais pas du tout en faire mon métier.

Être en tournée, quelle que soit la partie du monde, devenait chiant au bout d'un moment. Je voulais mon lit, de préférence avec une jolie fille du Sud dedans, et je voulais une soirée qui ne soit pas dans un bar, passée à repousser des groupies et des métaleux. Je n'étais pas fait pour être une rock star, mais j'étais parfait pour aider les autres à le devenir. Quand je rentrerais, j'allais reconstruire le studio et me renseigner pour monter mon propre label. Cette idée m'excitait, effet que la blonde n'aurait jamais sur moi, même pas en rêve. Par chance, le reste du groupe avait l'air aussi usé que moi. Von voulait voir sa femme et son gamin, et il passait plus de temps sur Skype qu'au bar. Catcher traînait beaucoup avec les mecs d'Artifice et était plutôt content d'être sur la route, et nous surveillions Boone tous les jours et nous assurions qu'il tenait le coup, niveau sobriété. C'était difficile d'être sur la route pendant si longtemps et si loin de la maison, et nous avions tous peur qu'il ne replonge. Je pense qu'aucun de nous ne songeait à signer avec le label, et j'étais bien content. Le groupe était solide et cela m'aurait vraiment énervé que l'on doive se séparer parce que nous ne poursuivions pas le même but. Dario répétait que nous étions le meilleur groupe, que nous pourrions aller loin et faire des choses qu'Artifice avait à peine effleurées, et même si je le prenais comme un compliment, je n'en avais simplement pas envie. Tout ce que je voulais, la seule chose qui comptait, je n'y avais plus droit.

Je me suis levé lourdement, bourré mais pas assez, et j'ai regardé la fille. Il fallait qu'elle passe sous moi ou qu'elle prenne la porte, et mon cerveau fatigué n'était pas sûr de l'option qu'il allait choisir lorsque mon téléphone s'est mis à hurler du Jucifer dans ma poche arrière. Le décalage horaire au-delà de l'Océan était toujours étrange et le fait que ce soit Shaw qui m'appelle m'a glacé le sang. Je n'ai même pas percuté que la fille dans le lit m'insultait dans une langue étrangère, ni qu'elle me jetait la télécommande à la tête tandis que j'allais dans la salle de bains pour répondre au téléphone. Cela allait être une galère de me débarrasser d'elle.

– Salut Shaw, comment ça va ? Rule va bien ?

Je pensais déjà au pire, mon cerveau tournait à toute vitesse et je ne pouvais pas ralentir le rythme de mes pensées. L'Allemande énervée tambourinait à la porte de la salle de bains. Si j'avais été un poil plus alcoolisé, la situation dans son ensemble était si ridicule et hilarante qu'il y aurait eu des risques que je me marre à en crever.

– Salut, désolée de te déranger, mais il fallait que je t'appelle même si Rule m'a menacée de cacher mon téléphone si je le faisais.

– Qu'est-ce qu'il y a ?

Elle avait l'air stressée, ce qui m'a rendu stressé, et énervé que le Colorado soit à un océan d'ici. Quelque chose de très lourd a cogné contre la porte, et je me suis demandé distraitement si la fille avait pensé à mettre des vêtements avant de piquer sa crise. Peu importe le continent, une groupie en colère restait une groupie en colère.

– C'est Ayden.

Et en une seconde, le monde s'est arrêté. Il n'y avait plus de blonde énervée de l'autre côté de la porte. Il n'y avait plus de groupe. Il n'y avait plus rien d'autre que Ayden, et le fait qu'elle était trop loin. J'ai arrêté de respirer assez longtemps pour que la pièce devienne floue et il a fallu que Shaw dise mon nom pour me faire revenir à la réalité.

– Qu'est-ce qu'il se passe avec Ayden ?

J'ai essayé d'avoir l'air décontracté, mais je savais que j'avais misérablement échoué car Shaw a lâché un juron à voix basse.

– Écoute, il y a un paquet de choses qu'elle doit te dire, que tu dois l'obliger à te dire. Je comprends pourquoi elle t'a repoussé, et il faut que tu me croies, elle l'a vraiment fait parce qu'elle pensait te protéger, mais en ce moment, elle est toute seule et elle a besoin de toi. Elle ne m'a pas laissée partir avec elle et elle a refusé que Cora y aille, mais elle a besoin de quelqu'un, et sincèrement, ce quelqu'un, c'est toi.

– Shaw, tu sais que je suis à Hambourg, là, et que je suis censé être à Berlin demain après-midi, non ?

Elle a soupiré et j'ai entendu un bruit qui ressemblait à une tête qui se laisse tomber contre une surface.

– Je sais. Mais elle a besoin de toi.

– Je crois qu'elle m'a assez clairement fait comprendre qu'elle ne voulait pas de moi dans sa vie, Shaw.

De l'autre côté de la porte, quelque chose a cassé et j'ai fait une grimace. Il semblait que le prix de ma chambre venait de monter d'un seul coup.

– Son frère est à l'hôpital, Jet. Il s'est fait tabasser presque à mort, et personne ne sait s'il va s'en sortir. La mère d'Ayden s'en fout, donc elle est toute seule à l'hôpital de Louisville, à attendre de voir si son seul frère va mourir. Je sais que tu ne peux pas entièrement comprendre pourquoi elle t'a laissé en plan, mais en réalité elle voulait te garder à bonne distance pour que l'on ne te fasse pas de mal. Elle essayait juste de te protéger.

– De quoi ?

– D'une situation glauque et pleine de choses vraiment horribles. Elle est amoureuse de toi.

J'ai grincé des dents et j'ai donné un coup de pied dans la porte.

– Je ne savais même pas qu'elle avait un frère. Si elle m'aimait, tu ne crois pas que ça serait venu dans la conversation avant aujourd'hui ? Shaw, je sais que tu essaies d'aider, mais je crois que tu te raccroches à du vent.

Cette fois elle a juré à voix haute, et j'ai reconnu beaucoup de Rule dans son attitude quand elle s'est énervée contre moi.

– Arrête d'être aussi con ! Tu n'as rien besoin de lui donner, tout ce que tu as à faire, c'est d'être là. Elle a juste besoin que tu y ailles, Jet. Ce n'est pas si dur.

Je n'ai pas eu l'occasion de répondre.

– Je sais que tu souffres, mais elle aussi, et la seule chose qui fera que cela s'arrêtera, c'est quand l'un de vous se rendra compte que vous devez juste être ensemble. Tout simplement. Si tu ne peux pas voir ça, alors c'est que tu ne l'as jamais méritée. On se parlera plus tard, Jet.

Elle m'a raccroché au nez, me laissant sonné et abasourdi dans la salle de bains, à un million de kilomètres de la maison. Mon instinct me disait de mettre mes affaires dans un sac et de foncer à la rescousse, seulement la dernière fois que j'avais essayé de faire cela, j'avais fini en prison. J'étais tellement fatigué d'essayer de sauver des gens, des femmes en particulier, qui ne voulaient pas que je sois leur héros. L'idée que Ayden souffre seule, l'idée qu'elle essaie de gérer une telle chose toute seule me retournait de l'intérieur, mais elle ne voulait pas de moi. Si elle ne voulait pas de moi, je ne pouvais rien faire pour elle que ses copines ou Pull sans manches n'étaient pas capables de faire. En plus, j'avais une Allemande toute nue et très énervée avec qui je devais m'engueuler, et au moins c'était un problème concret que je pouvais résoudre.

***

Nous étions dans le train pour Berlin le lendemain et je me sentais atrocement mal. Je n'avais pas du tout dormi la nuit précédente ; se débarrasser de la Hambourgeoise sous stéroïdes avait été plus compliqué que prévu. Je ne pouvais penser à rien d'autre qu'au coup de téléphone de Shaw, et être dans le train, piégé entre une bande de métaleux en gueule de bois et des familles allemandes bruyantes, me donnait envie de m'arracher tous les cheveux et de m'enfuir en courant. Von était assis en face de moi, il regardait son portable entre deux siestes et paraissait insensible au bruit qui nous entourait, et je lui enviais la tranquillité qu'il semblait avoir naturellement.

– Ça va, mec ? Depuis ce matin, tu as l'air prêt à sauter par la fenêtre.

J'ai bougé dans mon siège, j'étais agité.

– Ça va.

– Vraiment ? Je ne te crois pas. Ça ne va pas depuis que ça a tourné court entre Ayden et toi. Ton corps est peut-être là, mais ta tête est toujours à Denver.

– Ça va. C'est juste que ça prend du temps de se remettre de quelqu'un comme elle. Je n'arrête pas de me dire que je devrais peut-être l'appeler.

– Mec, tu crois que tu parles à qui, là ? Je te connaissais déjà quand tu étais un petit gamin punk. Les filles n'étaient que des filles, avant Ayden. Elle est différente, on l'a tous vu. Putain, tu as chanté une vieille chanson le jour de la Saint-Valentin, Jet. Tu nous prends pour des cons ? On savait très bien pour qui tu chantais.

– Elle m'a touché, c'est tout.

– Tant mieux. Elle est intelligente, elle est canon, elle a assez de caractère pour résister à tes humeurs, et je parie qu'elle n'a pas peur des squelettes dans les placards de la famille Keller. Putain de merde, Jet, tu écris la meilleure musique du monde, tu es un meilleur front man qu'à peu près toutes les personnes qui ont un jour posé un pied sur scène, et globalement tu es un mec franchement bien. Tu devrais avoir quelqu'un comme Ayden dans ta vie. Arrête de croire que tu dois payer une espèce de dette débile parce que ton père est un enfoiré et que ta mère refuse de le voir.

– Wow, d'où ça venait, tout ça ?

– Faire cette tournée, c'était une chance incroyable. On avait tous besoin de le faire pour voir où on en était avec le groupe. Ce n'est pas ce que je veux, et ce n'est pas dur de voir que ce n'est pas ce que tu veux non plus. J'adore jouer, faire des festivals de temps en temps et jouer au Cerberus. Ça me va très bien, mais ça me va parce que quand je rentre, j'ai Blain et le bébé. Ce que je veux, c'est eux, c'est avec eux que je veux être, et c'est ce que je vois en toi en ce moment. Avant, c'était de la peur. Tu avais peur pour ta mère, peur de ce qui lui arriverait si tu la laissais tomber, mais c'est différent maintenant. Tu veux être là où Ayden est, même si elle t'a dit que c'était fini.

J'ai haussé un sourcil.

– Si on avait fait cette tournée l'année dernière, il y aurait eu une fille différente dans ta chambre tous les soirs. Tu aurais bu ton poids en whisky et tu aurais fait n'importe quoi comme les mecs d'Artifice. Admets-le, tu as changé.

J'ai appuyé mon front sur la vitre et j'ai regardé d'un œil absent le paysage allemand défiler.

– La seule autre personne qui m'a fait me sentir aussi mal, c'était ma mère.

– On a tous des trucs qu'on essaie de gérer et qu'on doit maîtriser. Tu as un moyen d'évacuer tout ça en montant sur scène et tu hurles. Mais peut-être que ta meuf n'a pas ça.

J'ai fermé les yeux et j'ai laissé tous les événements récents flotter dans mon esprit. Il avait un bon argument. J'associais toujours la colère que j'avais en moi au feu, à la chaleur et aux flammes, à des choses qui pouvaient brûler le monde dans lequel je vivais. Eh bien, si j'étais le feu, Ayden était l'eau. Elle était constamment changeante et en mouvement, elle reflétait les choses et changeait de forme à volonté. Elle était fraîche et acceptait le flux et le reflux en fonction de ce que la vie lui présentait. Nous n'aurions pas dû fonctionner ensemble, pourtant c'était le cas, et quand on nous mettait ensemble, tout devenait chaud et fumant.

– Comment suis-je censé réparer ça alors qu'on a un concert ce soir et un autre demain ? Comment je suis censé faire quoi que ce soit, alors que je suis ici et qu'elle est là-bas ? Qu'est-ce que je suis censé faire si elle ne veut même pas de moi là-bas, et si Shaw avait tort et qu'elle imaginait plus de choses que ce qu'il y a vraiment ?

– Arrête de faire le bébé et fais-le. Si Blain avait besoin de moi, tu peux être sûr que je vous laisserais tomber, bande d'imbéciles.

– Connard.

Il a rigolé un peu et a étendu ses grandes jambes.

– De toute façon tu ne pourras rien faire aujourd'hui, donc fais le concert ce soir, réfléchis demain, et laisse-nous gérer les prochains concerts en attendant que tu reviennes. Je peux te remplacer pour la majorité du chant, et ce que je ne peux pas faire, Catcher le fera. On ne sera pas aussi bons sans toi, mais on s'en fout.

J'ai fermé les yeux et ai retourné tout cela dans ma tête. Je ne voulais pas laisser tomber les gars, nous étions une équipe et c'était important, mais je savais aussi que ce ne serait bon pour personne si j'étais concentré sur autre chose. Même si elle me disait d'aller me faire voir pour de bon, au moins j'aurais essayé. J'ai sorti mon téléphone et ai appelé Cora.

– Salut.

– Salut, qu'est-ce qu'il se passe ?

Elle avait l'air endormie et je me suis rappelé le décalage horaire.

– Il faut que je sache où est Ayden dans Louisville.

– Quoi ?

Le sommeil avait quitté sa voix.

– Shaw m'a appelé et m'a dit ce qui était arrivé au frère d'Ayden. Je vais y aller.

– Oh, Dieu merci.

– Allez Cora, file-moi un coup de main.

– Je lui ai parlé hier. Ils ont dû lui faire une opération en urgence. Elle avait l'air terrifiée, et triste aussi. Avec Shaw, on en était à tirer à la courte paille pour savoir qui allait ignorer ses directives et prendre l'avion jusqu'au Kentucky. Son frère est au Baptist Hospital East, ou quelque chose comme ça. C'est en plein dans le centre-ville. Elle a besoin que quelqu'un soit là, Jet. Ne foire pas.

J'ai trouvé cela ironique, sachant que c'était Ayden qui m'avait laissé tomber, que tout le monde ait soudain peur que je fasse tout foirer.

– J'essaie de réparer les choses, ce qui est assez bizarre considérant que ce n'est pas vraiment moi qui les ai cassées.

Elle a ricané et j'ai fait craquer mes doigts et ai joué distraitement avec l'anneau autour de mon pouce.

– J'ai un concert à Berlin ce soir et je fais ce qu'il faut pour revenir aux États-Unis demain, mais ça va quand même me prendre un moment d'aller dans le Kentucky. Ce serait bien que vous gardiez un œil sur elle jusqu'à ce que je la rejoigne, si c'est aussi grave que ce que m'a dit Shaw.

– On la surveille. On l'aime aussi, tu sais.

J'ai ricané à mon tour.

– Oui, je sais.

– Tu vas lui dire que tu viens ?

Je ne m'étais pas encore décidé. Je voulais lui envoyer un message, pour lui dire que je pensais à elle, qu'elle ne serait pas seule quoi qu'il arrive. Je savais que si elle l'ignorait ou me disait que ce n'était pas le moment de la déranger, il y avait de fortes chances que je laisse entièrement tomber l'idée de la rejoindre et que je continue la tournée avec le groupe.

– Non. Je pense que c'est mieux d'y aller directement. Comme ça, si elle ne veut pas que je sois là, elle pourra me le dire, et on n'aura pas besoin que ça s'éternise.

– Jet, même si elle te dit qu'elle ne veut pas que tu sois là, elle ment. C'est ton boulot de le savoir, et de rester quand même.

Les femmes étaient beaucoup trop compliquées.

– Merci, Cora. Je t'enverrai un message pour te dire comment ça se passe.

– Ça va se passer comme ça doit se passer. J'ai foi en vous, les gars.

J'ai grogné et ai raccroché. J'ai joué avec le téléphone pendant quelques minutes, et j'ai fixé l'écran vierge jusqu'à enfin céder et écrire un message à Ayden. Nous ne nous étions pas parlé depuis ce baiser devant la maison quand j'étais parti.

JE PENSE À TOI. TU ME MANQUES.

Je n'ai pas eu de réponse avant une bonne demi-heure, mais elle était sur un autre fuseau horaire et je ne savais pas si elle dormait à l'hôpital, donc j'ai fait de mon mieux pour ne pas trop y penser. J'ai taxé un stylo et un bout de papier et j'ai travaillé sur le refrain d'une nouvelle chanson qui me taraudait depuis que nous étions partis. J'étais tellement perdu dans mes pensées que quand mon téléphone a sonné pour me signaler un nouveau message, je l'ai ignoré avant de me souvenir que je lui avais envoyé un texto.

TU ME MANQUES AUSSI.

Simple et efficace. C'était tout ce que j'avais besoin d'entendre.

CHAPITRE 17

AYDEN

J'étais tellement épuisée que je n'avais plus les yeux en face des trous. J'avais passé les trois dernières nuits à dormir dans le fauteuil le moins confortable du monde dans la chambre d'Asa et je ne supportais plus de m'engueuler avec ma mère au téléphone.

Asa avait eu des convulsions lors de ma première nuit dans le Kentucky, et il avait été opéré en urgence. Les médecins avaient dû creuser un trou dans son crâne pour diminuer le gonflement et permettre au sang de s'échapper. Le cœur d'Asa avait arrêté de battre deux fois, et ils m'ont dit que ce n'était même plus de la chance, tellement mon frère était passé près de la mort. Il ne s'était toujours pas réveillé, c'était très délicat, mais il fallait que je prenne une douche et si ma mère m'appelait encore une fois pour me dire qu'elle ne pouvait tout simplement pas venir, j'allais tuer quelqu'un. Je n'arrivais pas à croire qu'elle se comporte comme si Asa n'avait eu qu'un petit accident, alors que je lui avais dit qu'il avait failli y rester pas une fois mais deux, quand il était sur la table d'opération. S'il mourait et qu'elle me laissait enterrer mon frère toute seule, ce serait la dernière fois qu'elle entendrait parler de moi.

L'hôtel n'était pas exactement un cinq étoiles, mais je pouvais y aller à pied depuis l'hôpital et ils avaient une tonne de chambres libres, donc cela faisait l'affaire le temps que je connaisse la suite des événements. J'ai envoyé un petit message aux filles pour leur dire ce qu'il s'était produit, puis j'ai passé dix minutes à leur répéter à toutes les deux que j'allais bien, et que ni l'une ni l'autre n'avait besoin de sauter dans un avion. C'était les meilleures, mais il fallait que je m'occupe de ça toute seule. Je leur ai promis d'appeler si j'avais besoin d'elles et je suis restée fixée sur le message que Jet m'avait envoyé la veille.

J'étais assise dans la salle d'attente pendant l'opération d'Asa quand je l'avais reçu, et il m'avait fallu une demi-heure pour arrêter de pleurer en silence et lui répondre quelque chose. Savoir qu'il pensait à moi avait suffi à me faire tenir pendant les heures d'attente, et quand ils étaient venus me dire que le cœur d'Asa s'était arrêté, ce simple « Tu me manques » m'avait permis de garder la face.

J'ai pensé à lui renvoyer un autre message, mais j'étais trop fatiguée pour avoir les idées en place, et aucun mot ne semblait juste pour communiquer tout ce que j'avais à lui dire. Je voulais lui dire que j'avais besoin de lui, que c'était la chose la plus terrifiante que j'aie jamais eue à faire toute seule, que je ne voulais plus le repousser, que s'il pouvait aimer toutes les parties de moi, il n'avait qu'à se servir. Mais je ne voulais pas lui balancer tout cela alors qu'il se concentrait sur la tournée. Il avait des obligations importantes, et je pouvais attendre. Je lui parlerais à son retour, en espérant qu'il n'ait pas trouvé une remplaçante sur la route.

J'ai frotté mes yeux qui piquaient et me suis traînée dans l'escalier qui menait à l'étage de ma chambre. Jusqu'à présent, je n'y étais restée que cinq minutes pour poser mes affaires et me brosser les dents. Il y avait une famille de chaque côté de ma chambre, et j'espérais qu'ils soient sortis pour la journée, pour être au calme et pouvoir dormir une petite heure avant de retourner à l'hôpital. J'ai cligné plusieurs fois des yeux en arrivant sur le palier car il me semblait qu'une longue et fine silhouette était assise contre la porte fermée. J'ai secoué la tête une seconde pour être sûre que ce n'était pas mon cerveau en manque de sommeil qui me jouait des tours, car il n'y avait qu'une seule personne sur cette Terre qui porterait un jean slim violet au paradis des ploucs, et il était censé être à un million de kilomètres d'ici pour être une rock star.

– Jet ?

Son nom est sorti comme un murmure plutôt que comme un vrai son, mais il a dû m'entendre car il a tourné la tête et m'a enfin vue. Il s'est appuyé contre la porte où il était adossé et s'est levé. Il portait des lunettes de soleil foncées et un tee-shirt noir serré avec le logo d'un groupe, une sorte de crâne enflammé avec un pentagramme. Ses cheveux bruns étaient ébouriffés au point qu'on aurait cru qu'il ne les avait pas coiffés depuis des jours, mais sa bouche s'est relevée dans un demi-sourire, et tout à coup, je n'ai plus vu que cela. Il n'y avait plus d'hôtel décrépit, plus d'enfants qui criaient dans la piscine en bas, plus de frère entre la vie et la mort ; il n'y avait que Jet, et il était la seule chose au monde que je voulais. Je ne me suis pas rendu compte que j'avançais vers lui, que je courais. Je ne me suis pas rendu compte que je pleurais, encore, et je ne me suis pas rendu compte qu'il me rattrapait quand je lui ai sauté dessus assez violemment pour lui faire faire un ou deux pas en arrière. Je ne sentais que ses bras autour de moi et ses lèvres sur le dessus de ma tête, alors que je m'effondrais contre lui. J'ai essayé de l'escalader pour pouvoir enrouler mes jambes autour de lui.

– Qu'est-ce que tu fais là ?

Je n'étais pas sûre que mes mots soient clairs à travers mon hystérie. Il a mis une main sous mes fesses pour me soulever plus haut et son autre main est passée sur mes cheveux sérieusement emmêlés.

– Je suis là où je suis censé être. Heureusement que l'ado de la chambre d'à côté a flashé sur tes longues jambes, sinon je serais encore en train d'errer sur le parking. J'allais venir à l'hôpital si tu n'étais pas arrivée, mais je me suis dit que c'était plus sûr de t'attendre ici, si jamais l'état de ton frère était vraiment grave et que tu ne voulais pas que je sois là.

J'ai enfoncé mon nez dans le creux de son cou et je l'ai respiré. Il était tellement solide et réel. Je me suis juré que je ne le laisserais plus jamais partir. Il avait un goût salé à cause de l'humidité du Kentucky et de mes larmes qui coulaient sur le côté de son cou et sur le col de son tee-shirt.

– Je veux que tu sois là.

– Tu veux bien me donner la clef de ta chambre pour qu'on arrête de se donner en spectacle devant la gentille famille du Michigan ?

– Elle est dans ma poche arrière.

Je l'ai senti fouiller dans la poche de mon short découpé dans un vieux jean, et j'ai senti son torse monter et redescendre alors qu'il riait doucement contre moi.

– Il faut que je te dise, Ayd, si tu t'habilles comme ça quand tu es ici, je vais me mettre à adorer le Sud !

Je portais le short en jean avec mes bottes de cow-boy et un débardeur, ce qui était à peu près mon uniforme quand j'étais dans le Kentucky, mais pas vraiment adapté au Colorado, où le temps était beaucoup plus instable. J'ai senti qu'il ouvrait la porte et avançait à l'intérieur. Il continuait à me tenir et s'est assis sur le bord du lit. J'avais envie de lui dire que ce lit était probablement dégueu et qu'il devrait enlever la couette, mais surtout, je voulais qu'il continue à me tenir dans ses bras.

– Je suis tellement contente de te voir.

Il m'a caressé la nuque. J'ai fermé les yeux et l'ai laissé me calmer.

– Tu aurais pu m'appeler n'importe quand, Ayd. J'aurais pris le premier avion.

– Je ne sais pas ce que je fais, Jet. Je ne sais même pas comment j'ai tenu toute seule jusqu'ici.

J'ai soupiré dans sa nuque et je l'ai senti frissonner.

– Il y a des choses qu'il faut que je te dise, et il faut que tu me promettes que ça ne te fera pas fuir quand j'aurai fini.

Je l'ai senti se tendre un peu mais ses mains n'ont pas bougé et sa voix était posée quand il m'a répondu :

– Je ne partirai nulle part, Ayd. Je viens de traverser la moitié du globe pour être là. Je n'ai pas peur de toi, je n'ai pas peur de ça.

– Ça en fait au moins un sur nous deux.

Je me suis reculée pour que nous nous regardions et je me suis essuyé les joues avec le dos de la main. Il a levé le bras et a passé quelques mèches de mes cheveux derrière mes oreilles et son geste était tellement gentil, tellement attentionné que cela m'a presque fait pleurer, encore. J'ai pris une grande inspiration et je lui ai tout raconté.

Je lui ai parlé de ma mère. Je lui ai parlé de la caravane. Je lui ai parlé des garçons. Je lui ai parlé de la drogue. Je lui ai parlé du sexe. Je lui ai parlé de monsieur Kelly et de l'école, et enfin je lui ai parlé d'Asa. J'ai tout étalé aussi clairement et crûment que possible. J'ai levé le rideau pour lui montrer tous les secrets. Il n'a jamais sourcillé, il a continué à me regarder, il a gardé ses yeux noirs rivés sur les miens tout du long, et le halo autour gagnait en brillance et en netteté au fur et à mesure que je parlais.

Je lui ai parlé du fait que j'avais été hypnotisée la première fois que je l'avais vu sur scène. Je lui ai raconté combien j'avais eu envie de lui le premier soir où il m'avait dit non car d'après lui j'étais une fille trop bien, et à quel point cela m'avait perturbée pendant des mois, car je n'étais pas réellement une fille bien. J'ai ajouté que tout ce que je voulais était le protéger, que l'idée qu'Asa ait pu cambrioler le studio m'avait lancée dans une panique aveuglante, et que c'était pour cela que j'avais dû l'éloigner. J'essayais de tout sortir, d'expliquer toutes les décisions, bonnes ou mauvaises. J'allais lui dire qu'il m'avait beaucoup manqué, que je l'aimais et que je ne voulais plus qu'il parte, mais je n'en suis pas arrivée là car il m'a arrêtée en posant sa bouche sur la mienne.

C'était une manière efficace de stopper mon flot de paroles, et cela avait aussi l'avantage de me faire perdre le fil de mes pensées et de mieux m'installer sur ses genoux. Il a passé ses mains le long de mes bras nus et ses bagues ont tracé des chemins de métal froid sur ma peau.

– Ayden.

Son ton était sérieux et ses yeux noirs avaient un regard intense.

– Tu n'as jamais eu à faire tout ça toute seule. J'aurais été là pour toi.

J'ai laissé mon front tomber vers l'avant et s'arrêter contre le sien. Cet homme, qui était tout en métal et en tatouages et qui respirait la colère et la frustration, avait en réalité le cœur le plus doux et le plus gentil que j'avais rencontré dans ma vie. Maintenant que je savais combien c'était facile de le casser en deux, je me suis dit que c'était mon boulot d'en prendre soin.

– Je sais que tu aurais été là, mais tu es là maintenant au moment où j'ai le plus besoin de toi, et c'est tout ce qui compte pour moi. Si tu veux encore de mon « pour toujours », je te le donne, Jet. Personne d'autre ne s'en est jamais approché et tu es le seul à qui j'aie jamais voulu l'offrir.

Il a haussé un de ses sourcils bruns et m'a fait un sourire.

– Tu es amoureuse de moi, Ayd ?

J'ai fermé les yeux et je l'ai embrassé comme il venait de m'embrasser. Nous étions une telle évidence ensemble, même si nous n'étions pas logiques.

– Je suis amoureuse de nous, Jet.

Cela l'a fait rire et il m'a enveloppée dans une étreinte encore plus serrée.

– C'est encore mieux. Je n'aurais pas dû laisser mes blessures et mes propres peurs faire obstacle à ce que l'on soit ensemble. Je savais que tu étais une sprinteuse dès le départ, et je n'aurais pas dû être un idiot et abandonner la course aussi vite. Maintenant que je sais ce que tu essayais de régler de ton côté, je me sens encore plus minable. Juste pour te prévenir, si ton frère se sort de cette merde, il y a de fortes chances que je le renvoie directement dans un lit d'hôpital.

J'ai soupiré près de sa bouche et ai bougé pour descendre de ses genoux. Cela m'a tellement fait plaisir quand sa main s'est resserrée un tout petit peu pour me garder près de lui.

– Tu risques de devoir faire la queue. Asa, c'est Asa. Il sera toujours comme il est, mais il sera aussi toujours mon grand frère, et il a fait ce qu'il fallait pour moi quand il le devait. Tu es bien placé pour savoir qu'il est presque impossible de complètement tourner le dos à sa famille.

Il s'est penché en arrière pour s'appuyer sur ses coudes, et il m'a regardée me déplacer dans la chambre avec des yeux lourds.

– J'ai enfin lâché ma mère.

Je l'ai regardé par-dessus mon épaule. Si je n'avais pas été épuisée, si je ne pensais pas tout le temps à Asa et à son état critique, je lui aurais sauté dessus et je ne l'aurais pas laissé se relever avant des heures. Je me suis demandé si cela serait toujours comme cela entre nous, ou si le charme de toute cette peau tatouée et de ses yeux noirs et des piques sur ses oreilles allait s'épuiser.

– Tu ne l'as pas lâchée, tu lui as enfin donné un peu d'espace pour qu'elle trouve sa voie elle-même. Tu ne peux pas faire beaucoup plus pour elle.

– Je ne te lâcherai pas, Ayden, et je ne te donnerai pas d'espace, donc j'espère que tu es prête à t'en accommoder pendant longtemps. Tu m'as promis pour toujours, et je te prends au mot.

L'hésitation dans sa voix m'a brisé le cœur. Je détestais savoir que c'était moi qui l'avais mise là, que j'avais augmenté ses inquiétudes. Je connaissais bien l'envie de stabilité pour l'avenir, mais je n'avais jamais imaginé qu'elle arriverait sous la forme d'un beau garçon dans un jean trop petit, une guitare à la main, qui chanterait pour moi de sa voix magnifique.

– L'ancienne moi, la nouvelle moi, et tout ce qu'il y a entre les deux ou qui n'est pas encore là, tout est à toi, Jet.

Il s'est levé du lit et est venu droit sur moi, jusqu'à ce que nos orteils se touchent, et j'ai dû pencher la tête en arrière pour le regarder dans les yeux.

– On peut attendre que ton frère aille mieux pour parler de tout ça. J'ai quelques jours de libres avant de devoir repartir, et tu as l'air de dormir debout. Je suis là pour prendre soin de toi, pas l'inverse.

J'ai pris une de ses mains qui pendait le long de son flanc. Il m'a fallu quelques efforts pour retirer le gros anneau en argent de son doigt, mais une fois que je l'ai eu libéré, je l'ai tenu entre nous deux et l'ai regardé droit dans les yeux. Il m'observait attentivement mais il ne m'a pas demandé ce que je faisais.

– Est-ce que tu m'aimes, Jet ? Malgré tout ça, est-ce que tu m'aimes ?

– Ayden, je suis là. Bien sûr que je t'aime. J'aime l'ancienne toi, j'aime la nouvelle toi, et j'aimerai tout ce qu'il y a entre les deux.

Si nous n'avions pas été dans une chambre d'hôtel miteuse du Kentucky, j'aurais très probablement mis un genou à terre pour rendre ce moment plus théâtral, pour lui prouver combien j'étais sérieuse quand je disais que je ne m'enfuirais plus. Mais une fille doit se respecter. J'ai pris sa main gauche et j'ai déposé un baiser au milieu de sa paume.

– Jet Keller, je t'aime, et il n'y a pas d'avenir pour moi dont tu ne fasses pas partie. Je ne serai plus jamais dans le lit de quelqu'un qui n'est pas toi. Je me fiche que tu sois une rock star ou un vendeur de voitures, je veux juste qu'il y ait un « toi et moi » pour toujours. Veux-tu m'épouser ?

J'ai tenu son anneau devant lui et j'ai attendu qu'il me réponde. Sa bouche s'est ouverte et refermée comme celle d'un poisson, et on aurait dit que ses yeux allaient lui sortir de la tête. Toute cette situation aurait pu être comique, si je n'avais pas eu l'impression que j'allais avaler ma langue ou m'évanouir d'une seconde à l'autre.

– Tu es sérieuse, là ?

Sa voix a craqué un peu, et cela m'a étonnée. J'avais vu Jet dans beaucoup d'états, mais bouche bée avec une boule dans la gorge, c'était une première.

– On n'est pas obligés de le faire aujourd'hui. Ni demain. Putain, on n'est pas obligés de le faire cette année ou même dans cinq ans. Je veux que tu comprennes que je suis là, que je ne partirai pas et que je ne choisirai jamais quelqu'un d'autre que toi, Jet. C'est tout. Tu es tout.

– Ça ne devrait pas être moi qui te donne une bague, en chantant une ballade ?

S'il ne me répondait pas, j'allais lui mettre un coup de pied dans les couilles.

– Jet, tu m'as déjà choisie. Maintenant, je fais la même chose. Tu peux arrêter de faire le difficile et répondre à ma foutue question ?

Il m'a pris l'anneau et l'a remis à sa place habituelle sur son doigt.

– Oui, Ayden Cross, je t'épouserai avec plaisir. Étudiante en chimie de génie ou campagnarde aux pieds nus, je m'en fiche aussi. Je veux juste toi et moi.

J'ai sauté dans ses bras et je l'ai laissé me balancer. Cette fois, quand il m'a embrassée, c'était avec plein de promesses et toutes sortes de bonnes choses à venir.

– Bon, j'ai beau vouloir te mettre dans un lit pour faire tout autre chose que dormir, tu as vraiment l'air prête à t'effondrer, et tu n'imagines pas combien de temps j'ai passé dans les avions ces derniers jours.

On devrait reprendre un peu d'énergie et retourner voir ton frère. Tu pourras lui annoncer la bonne nouvelle.

J'ai hoché la tête contre son torse et l'ai laissé m'emmener jusqu'au lit. J'ai viré la couette moche par terre et j'ai été soulagée de voir que le drap ne comportait aucune tache douteuse. J'ai enlevé mes bottes de cow-boy du bout du pied et me suis étalée, j'ai grogné quand ma tête s'est écrasée sur l'oreiller plat. J'avais beau être très heureuse de le voir, être contente que les choses soient claires entre nous, sans plus aucun secret, je ne pouvais plus garder les yeux ouverts encore très longtemps. Je devais faire une sieste et retourner auprès d'Asa. Jet est monté dans le lit à côté de moi et m'a tirée au-dessus de lui, pour que je me serve de lui comme oreiller. J'ai posé ma joue sur son cœur, elle était sur la faucheuse qui y était tatouée, et j'ai fermé les yeux. Il a passé sa main du dessus de ma tête jusqu'en bas de ma colonne vertébrale.

– On va vraiment se marier ?

J'ai rigolé doucement.

– Ouais. Pourquoi pas ?

– Et si je voulais le faire très vite ?

J'ai tapoté la petite boule de son piercing au téton avec mon ongle à travers le tissu de son tee-shirt.

– Quand tu veux, Jet, je t'ai dit que je n'allais partir nulle part.

– J'ai l'impression qu'il faut que je te mette une pierre géante au doigt avant de reprendre l'avion.

J'ai soupiré et ai enroulé mes mains autour de sa taille.

– Tu peux faire ce que tu veux, tant que j'ai ma sieste avant.

Il a pouffé de rire et a dit quelque chose que je n'ai pas entendu, car je n'arrivais plus à combattre l'appel du sommeil. Maintenant qu'il était là, j'avais enfin le sentiment qu'il était possible que les choses se terminent bien.

J'ai dormi comme un bébé pendant deux heures. Le réveil s'est déclenché sur mon portable au bout d'une heure, mais apparemment j'étais tellement assommée que Jet l'avait éteint et m'avait laissée dormir une heure de plus. Lorsque je me suis réveillée, j'ai dû me dépêcher, j'ai essayé de prendre une douche à toute vitesse et de mettre des vêtements propres pendant qu'il envoyait des messages à tout le monde à Denver, pour leur donner des nouvelles. Il n'avait pas l'air beaucoup plus reposé que moi, mais il ne s'est pas plaint une seule fois, et quand je lui ai dit que j'allais probablement devoir passer une autre nuit à l'hôpital, il a simplement haussé les épaules et m'a dit qu'il resterait tant qu'ils ne le mettraient pas dehors.

Quand nous sommes arrivés à l'unité de soins intensifs, j'ai remarqué la façon dont les infirmières nous regardaient, et ce n'était pas seulement parce que nous étions dans le Sud et que son look se démarquait. Il y avait quelque chose dans ses cheveux fous et son attitude générale qui attirait l'attention, surtout celle des femmes, mais cela ne me dérangeait pas. Il était sexy, il portait un pantalon assez serré pour laisser peu de place à l'imagination, et ses yeux pouvaient briser des cœurs en un clin d'œil. Il était exceptionnel et il était à moi, donc j'allais en profiter. Il a passé son bras autour de mes épaules et m'a collée contre lui quand nous sommes entrés dans la chambre.

Asa n'avait pas l'air mieux. Il était toujours plein de bandages et inconscient, mais son torse montait et descendait à un rythme régulier. Il n'était pas mort, et en l'état actuel des choses, je considérais cela comme une victoire. Jet s'est assis dans le fauteuil qui avait été ma maison ces derniers jours et j'ai tendu la main vers le lit pour toucher le plâtre qui recouvrait la main d'Asa.

– Salut grand frère, j'ai amené quelqu'un pour te le présenter. Tu devrais te réveiller pour dire bonjour.

J'avais la gorge un peu serrée. C'était dur de le voir ainsi, c'était atroce de penser qu'il ne se réveillerait peut-être pas, et que s'il se réveillait, il ne serait plus le même trou du cul grincheux qu'il avait toujours été. Jet m'a tirée sur ses genoux et nous sommes restés longtemps assis comme cela. Nous avons parlé de la tournée et du fait qu'il était fatigué d'être sur la route, mais que c'était génial de visiter l'Europe. Il m'a dit qu'il pensait à monter un label, ce qui me semblait être la carrière parfaite pour lui, et que cela signifiait qu'il allait devoir voyager plus souvent entre le Colorado, Los Angeles, New York et Austin au Texas. Il avait l'air impatient, et j'étais contente pour lui. Je lui ai parlé de mon enfance à Woodward, et je lui ai dit qu'Asa était le meilleur menteur, le meilleur arnaqueur qui avait jamais vécu. Je lui ai dit que c'était pratiquement impossible de ne pas l'aimer, mais que quand c'était important, il avait fait ce qu'il fallait et s'était comporté comme doit le faire un grand frère. Je lui ai parlé de Silas et je lui ai expliqué que c'était lui qui avait essayé de rentrer dans la maison. À ce moment, j'ai cru qu'il allait monter une séance de lynchage grandeur nature, et j'ai proposé d'aller chercher du café et des choses à grignoter pour qu'il se calme.

Lorsque je suis passée à côté du bureau des infirmières, les deux jeunes filles étaient penchées l'une vers l'autre et parlaient des fesses de Jet. Elles m'ont toutes les deux lancé un regard surpris et inquiet, mais je n'ai pu que hausser les épaules et confirmer.

– Je sais. Croyez-moi, je sais.

La file d'attente au petit café m'a pris plus longtemps que je ne pensais, mais je ne savais pas depuis combien de temps Jet n'avait pas mangé, donc j'ai pris tout un tas de trucs différents en espérant que quelque chose l'aiderait à survivre. Quand je suis revenue à la chambre, la porte était entrouverte et j'aurais pu entrer, mais je me suis arrêtée car Jet était debout à côté du lit, et il parlait à la silhouette allongée d'Asa. Je n'avais pas l'intention de l'espionner, mais cela avait l'air intense et je ne voulais pas l'interrompre.

– Je vais épouser ta sœur.

L'idée que j'allais être avec Jet pour toujours me donnait encore la chair de poule.

– Ça veut dire que je vais la protéger. Ça veut dire que je vais la garder en sécurité et m'assurer que plus rien ne lui fasse jamais de mal. Je vais lui donner tout ce qu'elle a toujours voulu et tout ce dont elle aura besoin. Quand tu te réveilleras…

Il a fait une pause et j'ai senti combien il essayait de bien faire comprendre ce qu'il disait à Asa, bien qu'il soit inconscient.

– Si tu essaies d'être quoi que ce soit d'autre qu'un frère génial, encourageant et aimant, je jure sur tout ce en quoi tu crois que ce que les motards t'ont fait paraîtra ridicule quand j'en aurai fini avec toi. Je l'aime et je ne laisserai plus personne se servir d'elle, ou la manipuler. J'espère qu'échapper à la mort te donnera le signal d'alarme dont tu as tant besoin, parce que tu as une sœur super qui t'aime et qui est prête à supporter beaucoup de conneries. On pourra avoir à nouveau cette conversation quand tu pourras me répondre, mais j'ai pensé qu'il valait mieux mettre ça sur le tapis dès maintenant.

Je ne savais pas si cela me donnait envie de rire ou de pleurer, donc je me suis plutôt éclairci la voix pour qu'il sache que j'arrivais, et j'ai fini par rentrer dans la chambre. Je lui ai tendu le café et les snacks, j'ai posé ma main dans le bas de son dos et je lui ai fait un bisou sur la joue.

– Les infirmières trouvent que tu as un joli cul, même s'il est enrobé par un pantalon violet de meuf.

Il a haussé un sourcil.

– J'aime bien mon pantalon.

– Moi aussi. J'aime encore plus ce qu'il y a dedans.

Il a grogné et a ouvert un des sandwiches que je lui avais pris.

– Ne commence pas, Ayden. Ça fait un moment…

Je l'ai regardé par-dessus mon épaule et j'ai caressé les doigts d'Asa. C'était à peu près le seul morceau de peau visible sur son corps d'où ne sortait pas un tuyau ou qui n'était pas recouvert de gaze.

– Il n'y a pas eu de jolie Française ou d'Espagnole sexy pour te tenir compagnie ?

Je ne voulais pas vraiment avoir la réponse à cette question, mais je me suis dit qu'il fallait que je demande. Cela ne changerait rien, mais j'avais l'impression que j'avais besoin de savoir.

– Non. Et toi ? Pull sans manches ne lâchait pas ton téléphone, quand je suis parti.

J'ai fait non de la tête.

– Adam est un mec très sympa, mais ce n'est pas toi. C'était le problème avec lui depuis le début.

Je l'ai senti passer sa main à l'arrière de ma cuisse dénudée et j'ai dû réprimer les frissons qui ont suivi.

– Quand est-ce que tu dois repartir ?

– J'ai quatre jours, après il faut que je retrouve les gars à Amsterdam. Si tu as besoin que je reste, je resterai.

Je l'ai regardé et lui ai adressé un sourire triste et tordu.

– Non. Je ne sais pas comment il va évoluer dans les prochains jours, mais si j'ai besoin, j'appellerai les filles.

– Tu devrais les laisser venir, de toute façon. Elles se rongent les sangs pour toi, toutes les deux.

J'ai soupiré et je suis allée m'asseoir sur l'accoudoir du fauteuil. Il a posé une main sur mon genou et j'ai posé la mienne par-dessus.

– Quand j'étais petite, il n'y avait que moi et Asa. Maman était toujours ailleurs à s'occuper de ses affaires. Certes, il n'a pas toujours été le meilleur grand frère. Honnêtement, c'était une petite merde la plupart du temps, il s'est servi de moi pour des choses auxquelles je n'ai pas envie de penser, mais c'est ma famille, aussi dysfonctionnelle soit-elle ; j'ai quand même le sentiment qu'il faut que ça soit comme ça. Si son état s'aggrave, il faut qu'on soit tous les deux, tu vois ?

– Je suis désolé que tu doives gérer ça, Ayd, et je suis désolé pour les choses que tu t'es sentie obligée de faire par le passé.

– Moi aussi.

Nous avons adopté une certaine routine, les deux jours suivants. Je ne voulais pas que Jet soit obligé de rester tout le temps à l'hôpital, donc je le renvoyais dormir à l'hôtel quand les heures de visite étaient terminées, et je restais avec Asa. J'y retournais le matin pour prendre une douche, nous prenions un petit déjeuner puis nous passions le plus gros de la journée à veiller mon frère. Son état n'évoluait pas, et tout le monde essayait de me convaincre que c'était bon signe, mais je n'en étais pas si sûre. Il était toujours inconscient, il avait toujours besoin de la respiration artificielle, et les images de son cerveau ne montraient aucun signe de rétablissement.

Jet était un vrai champion. Il a tout encaissé sans bouger, il ne s'est pas plaint, n'a jamais laissé entendre qu'il n'était pas venu jusqu'ici pour dormir seul dans un hôtel pourri et boire des litres de café dégueulasse dans un hôpital. Il était solide comme un roc, et le seul divertissement de notre journée était de regarder les infirmières, chacune d'entre elles, des sexagénaires à celles qui sortaient de l'école, essayer d'attirer son attention. Il est rapidement devenu la star des soins intensifs. À un moment, il a décidé de me chanter toutes les vieilles chansons de folk du Sud qu'il connaissait. *Little Birdie, The Man of Constant Sorrow, Amazing Grace*, c'était comme un petit concert privé, et une fois qu'il avait terminé, toutes les femmes qui travaillaient aux soins intensifs étaient aussi amoureuses de lui que je l'étais.

C'était la veille du jour où il devait reprendre l'avion, nous étions tous les deux fatigués et Asa en était au point mort. Jet s'en voulait de devoir partir, il s'inquiétait pour moi et l'idée de me laisser seule le stressait. J'ai dû promettre de le tenir au courant de l'état d'Asa, et il a insisté pour que j'appelle des renforts si je devais rester une semaine de plus. C'était doux-amer. Il était tellement incroyable d'avoir mis sa vie en pause pour moi et d'avoir clairement prouvé qu'il voulait être avec moi sur le long terme que je voulais qu'il reparte en tournée en sachant que cela irait bien pour moi. J'aurais voulu qu'Asa se réveille et que les choses reviennent à la normale. Comme il semblait que rien de tout cela n'allait se produire, j'ai juste essayé de le rassurer en lui disant que cela irait, quoi qu'il se passe, et que je serais là à la fin de sa tournée.

Je parlais à Asa à voix basse, je lui parlais en détail de notre bande à Denver, de Rule et Shaw et de leur histoire d'amour de folie. Je lui ai parlé de Cora et de combien elle était surexcitée, marrante et imprévisible. De Nash et de Rowdy, et je lui ai expliqué que mon mec avait les meilleurs amis que l'on puisse imaginer. Mais surtout je lui ai parlé de Jet. Je lui ai dit combien il était doué, gentil, et que je l'avais aimé dès la première minute où je l'avais vu sur scène. J'ai évoqué le chemin escarpé que j'avais suivi pour enfin arriver à lui, lui confiant que je n'aurais jamais cru que quelqu'un comme Jet serait mon avenir. J'ai parlé et parlé. À un moment, alors que je lui disais combien ma vie était super, même s'il s'y était immiscé et avait tout bousculé, ses doigts se sont mis à tressaillir. Au début, j'ai cru que je m'imaginais des choses. J'ai cru que je prenais mes désirs pour des réalités, mais ils ont bougé une nouvelle fois et, quand j'ai levé la tête, des yeux assortis aux miens me regardaient.

J'ai piqué une crise et j'ai fait venir tous les infirmiers de l'étage pour qu'ils le tripotent et l'examinent. J'étais systématiquement poussée sur le côté tandis que les gens se déplaçaient autour de lui, mesuraient ses fonctions vitales et poussaient tous ses câbles et ses tuyaux. Ils étaient tombants et confus, mais ses yeux couleur de whisky restaient rivés sur les miens et j'ai su qu'il irait bien. Quand Jet est arrivé, j'étais survoltée. Asa avait ouvert les yeux, ses doigts avaient bougé, et toute l'équipe médicale avait l'air optimiste et pensait que c'était bon signe. C'était tellement un bon signe qu'ils ont insisté pour que j'aille enfin passer une nuit à l'hôtel, me disant qu'un grand obstacle avait été franchi. Au départ, je ne voulais pas y aller, au cas où il se réveille vraiment, mais c'était la dernière nuit de Jet à Louisville et je n'allais plus le voir pendant deux bons mois. Les textos sexy et le sexe par téléphone, cela ne faisait pas tout.

Jet m'a fait monter dans la voiture de location, et quand il est sorti du parking de l'hôpital je n'ai même pas remarqué qu'il prenait la direction opposée à celle de l'hôtel. J'étais perdue dans mes pensées et tellement folle de joie qu'Asa ait au moins ouvert les yeux que je ne faisais attention à rien, jusqu'à ce qu'il se gare devant le Brown Hotel. Il nous emmenait dans l'hôtel le plus beau, le plus classe et le plus cher de la ville. Mon short et mes bottes, ses rangers et son tee-shirt Lacuna Coil n'étaient pas vraiment la tenue appropriée pour ce vieil endroit très cher, mais cela semblait lui être égal.

– Qu'est-ce qu'on fait là ?

– C'est ma dernière nuit ici. C'est la seule nuit que je vais pouvoir passer avec toi pour les deux prochains mois, donc je le fais avec classe.

Je n'ai pas discuté et j'ai vu qu'il avait déjà réservé. Nous nous sommes présentés à l'accueil, où le réceptionniste nous a souri avec mépris. Cela semblait follement amuser Jet, j'ai donc fermé ma bouche et je l'ai laissé monter nos affaires dans la chambre chic. Je devais admettre que l'idée de dormir dans un vrai lit avec des draps propres m'excitait autant que l'idée de le déshabiller dessus.

– Oh, Jet, c'est…

Si je n'avais pas voulu poser un genou à terre sur la moquette sale de l'hôtel miteux, Jet n'eut pas ce problème. J'ai lâché une exclamation de surprise lorsque je me suis retournée et l'ai trouvé à genoux devant moi. J'ai mis la main devant ma bouche alors qu'il me tendait une bague aussi unique que lui. Elle était en platine et au milieu, une topaze brillante était entourée de minuscules diamants jaune canari. Je n'avais jamais rien vu de tel et je n'avais aucune idée d'où il avait pu trouver cela dans cette ville.

– Je t'ai dit que je voulais te mettre une pierre géante au doigt avant de partir.

J'ai pris la bague entre mes doigts tremblants.

– Elle est tellement belle. Où est-ce que tu as pu la trouver ?

– Rowdy. Je lui ai dit de me trouver quelque chose qui allait avec tes yeux et de m'envoyer plein de photos, et dans la journée, c'était fait. Mon pote a bon goût et tu as de beaux yeux.

– C'est vrai, il a bon goût. Je l'adore. Je t'aime.

– Je voulais juste que tu saches que tu ne seras pas seule, quand je partirai. Pour moi, c'est plus réel avec ça.

J'ai mis la bague et je l'ai regardé. Il était parfait, avec ses tatouages, piercings, cheveux décoiffés et jean trop serré ; toutes les choses qui faisaient qu'il était lui, qui faisaient Jet, étaient merveilleuses et exceptionnelles. Avec lui, je pourrais toujours être moi et peu importe sous quelle forme, et c'était un cadeau que personne d'autre n'avait été capable de m'offrir. Il serait lié à moi pour toujours. J'avais sa bague, j'avais son amour, je l'avais lui et je ne voyais qu'un seul moyen de le remercier et de lui montrer que je serais heureuse de n'être qu'avec lui pour toujours. Il ne savait plus quoi faire quand je l'ai plaqué au sol et que j'ai commencé à l'embrasser partout sur l'épaisse moquette de la chambre d'hôtel. Enfin, il n'a pas su quoi faire pendant une seconde, mais Jet restait Jet, et il s'est vite rattrapé, nous allions mettre le feu à cet endroit en un rien de temps.

CHAPITRE 18

JET

J'allais épouser Ayden. Cependant, dans un premier temps, j'allais essayer de ne pas perdre le contrôle pendant qu'elle enlevait mécaniquement mon tee-shirt et mon jean. Certes, nous avions probablement tous les deux beaucoup de frustration sexuelle à relâcher, mais je crois qu'avoir mis cette bague sur son doigt l'avait rendue un peu plus zélée dans son objectif.

Enfin, je ne me plaignais pas. Je n'aurais pas pu rêver d'un meilleur résultat après ce voyage. Tout ce que je voulais était qu'elle sache qu'elle n'était pas seule, qu'elle était importante pour moi et que je voulais travailler sur moi pour que nous puissions être ensemble. Maintenant, je l'avais pour toujours et il n'y avait plus d'incertitudes, plus de peur tenace qu'elle s'enfuie en courant à la première occasion. Nous étions juste deux personnes qui étaient faites pour être ensemble, et c'était tout.

Je voulais passer la nuit avec elle dans un endroit classe, lui montrer que même si c'était précipité et que nous étions sûrement trop jeunes pour parler d'un « toujours », je le pensais vraiment, que c'était sérieux et plus important que tout, pour moi. Je voulais aussi qu'elle ait quelque chose de beau à quoi se raccrocher si jamais l'état de son frère empirait. Mais elle avait retourné la situation, comme elle aimait tant le faire, et maintenant j'étais allongé par terre avec elle sur moi. C'était plutôt chouette et je m'apprêtais à la rouler sur le côté ou à la porter jusqu'au lit king size immense qui occupait une bonne partie de la pièce. Mais avant que je puisse formuler une pensée cohérente, elle a fait ce dont je mourais d'envie depuis longtemps et a mis sa bouche impertinente autour de mon sexe, avec le piercing et tout. Je suppose qu'elle n'avait plus peur et n'avait plus d'hésitations.

J'ai lancé une série de grossièretés qui étaient totalement hors sujet dans un endroit aussi ancien et royal, mais d'une certaine façon cela a rendu encore meilleur ce qu'elle faisait avec ses lèvres et sa langue. Je crois que je n'avais jamais été aussi dur, aussi en accord avec ce qu'il arrivait à mon corps, et je voulais tour à tour taper dans la main de celui qui lui avait appris à sucer et l'assassiner de sang-froid. Ma meuf savait clairement ce qu'elle faisait, et si je ne calmais pas très vite ses ardeurs, notre nuit ensemble, qui était censée être longue, mémorable et romantique, allait se terminer avant même d'avoir commencé. J'avais l'intention de lui dire cela, seulement sa petite langue maligne a fait quelque chose à l'anneau au bout de ma queue exactement au même moment où ses doigts ont touché les piercings de mes tétons, et mon pauvre cerveau a fait un court-circuit. Je ne pouvais que rester là et la laisser faire de moi ce qu'elle voulait.

J'ai marmonné son nom et je suis presque sûr que je lui ai dit que je l'aimais, et que je ferais tout ce qu'elle voudrait pour le restant de mes jours. Cela l'a fait rire. J'avais beaucoup de mal à me contrôler, donc j'ai arrêté d'essayer. J'ai passé mes doigts dans ses cheveux doux et je l'ai laissée s'occuper de tout. Chaque fois qu'elle passait le bout de sa langue autour de la boule de mon piercing, j'avais l'impression que ma tête allait exploser, en même temps que mon gland. Ses mains traçaient le motif du tatouage sur mon torse et ont fini sur la pièce entamée dans mon dos, tout en m'emmenant à un endroit où je n'étais encore jamais allé. J'étais sur le point d'exploser, donc j'ai utilisé ma main sur sa tête pour la tirer en arrière. Ses yeux me retournaient de l'intérieur, et je jure que j'aurais pu m'enivrer rien qu'en les regardant quand elle me fixait de cette façon.

Elle s'est léché la lèvre inférieure, qui était un peu gonflée maintenant, et j'avais envie de la mordre. Elle a haussé un sourcil et a rampé sur moi pour s'asseoir sur mon ventre, tout en chaleur humide et prête à partir.

– C'est toi qui m'as dit d'en profiter.

Je voyais qu'elle était contente d'elle d'après la lueur coquine dans ses yeux dorés et le sourire en coin sur son visage. Pour ne pas me laisser dépasser, j'ai glissé mes mains sous son débardeur. Ses yeux se sont agrandis et elle a opposé peu de résistance quand j'ai tiré le tissu par-dessus sa tête et l'ai jeté sur le côté. Son soutien-gorge était joli, en dentelle, mais il était sur ma route, donc il a rejoint le tas de vêtements à côté de nous. Avoir la chance de profiter de cette fille toute nue dès que j'en avais envie, c'était sans équivoque en haut de la liste des avantages à être avec elle. Des kilomètres de jambes bronzées, une taille joliment courbée, des seins ronds et hauts surmontés de jolis tétons roses, des yeux lumineux et des cheveux bruns soyeux, tout cela était à moi, elle était mon rêve qui se réalisait.

– À mon tour.

Je me suis levé et je l'ai emmenée avec moi. Ce n'était pas évident d'enlever ce short par-dessus ses bottes de cow-boy. Elle m'a jeté un regard bizarre quand je l'ai jetée au milieu du lit géant et que je suis monté sur elle. Je me suis penché pour embrasser le haut de ses hanches qui dépassaient et j'ai frissonné quand elle a passé la main dans mes cheveux.

– J'ai toujours mes bottes.

– Ouaip.

J'adorais ces bottes de cow-boy noires. J'adorais les voir sur elle. J'adorais qu'elles soient un lien avec ses racines tout en allant très bien à la nouvelle Ayden. J'allais assurément garder cette image d'elle ne portant rien d'autre que ses bottes pour retourner sur la route. Rien que cela suffirait à me faire tenir jusqu'à ce que je la retrouve.

Je l'ai embrassée sur le ventre et j'ai plongé ma langue dans le joli petit creux de son nombril, ce qui l'a fait frémir contre moi. Les talons de ses bottes se sont enfoncés dans mes fesses et cela m'a fait sourire avant que je descende et l'embrasse encore plus bas. Elle a dit mon nom dans une inspiration, et j'espérais bien pouvoir le lui faire prononcer de cette manière quand nous serions vieux. Ses mains sont devenues plus fermes et plus insistantes dans mes cheveux, j'ai passé ma langue tout le long de son pubis humide et j'ai touché son petit clitoris caché avec le bout de la langue. Elle s'est cambrée d'un seul coup et m'a serré entre ses jambes. Elle était parfaite pour moi et je voulais m'assurer qu'elle le sache.

Je l'ai léchée, je l'ai embrassée, je l'ai fait monter, et quand enfin j'ai fait entrer et sortir ma langue en elle comme j'avais l'intention de le faire à de nombreuses reprises avec ma queue affamée dans quelques secondes, elle n'a pas mis longtemps à s'ouvrir en deux en dessous de moi, en disant mon nom et en ondulant sous moi de la meilleure façon qui soit. Je me suis reculé, j'ai embrassé l'intérieur de sa cuisse crémeuse et j'ai remonté son corps étendu. Elle a mis ses mains autour de mon cou et m'a souri, avec des yeux rassasiés et resplendissants.

– Yiha…

C'était à peine un souffle sonore. Cela m'a fait rire. J'ai passé mon pouce sur l'arcade de son sourcil noir et ai embrassé les deux coins de sa bouche.

– Tu es la meilleure aussi. Tu le sais, non ?

Elle s'est tortillée un peu pour que les parties nécessaires de nos corps soient mieux placées, et chaque fois que le cuir de ses bottes bougeait contre moi, je jure que cela faisait tressaillir ma bite d'impatience.

– En fait, je crois qu'on est tous les deux assez blessés, mais ensemble ça marche et on s'améliore l'un l'autre.

Elle a passé son bras sur mon flanc et dans mon dos et a enfoncé le bord de ses talons sur mes fesses pour me faire bouger. J'allais lui dire de me laisser prendre un préservatif, mais cette fois c'était moi qui étais impatient et qui ne voulais pas ralentir. Je me suis glissé entièrement, dur, chaud et nu, et nous avons tous les deux grogné à cause de ce contact torride. J'ai juré et ses yeux se sont fermés quand j'ai commencé à bouger. Je me suis penché pour l'embrasser et ce baiser scella notre destin commun. Il n'y aurait plus personne d'autre pour moi, et je savais que c'était pareil pour elle. Nous étions indissociables, et quand elle a saisi la boule au milieu de ma langue, tout semblant de romance et de montée en douceur avait disparu. Je voulais juste rentrer en elle aussi loin et aussi profondément que je le pouvais.

J'ai soulevé ses hanches si brusquement qu'elle aurait sûrement l'empreinte de mes doigts sur sa peau le lendemain matin. J'ai fait des va-et-vient en elle jusqu'à ce que nous perdions tous les deux le contrôle et que je la sente avoir des spasmes. J'ai senti ses ongles dans mon épaule et l'emprise avide de son corps sur le mien, et cela m'a embarqué aussi. J'ai enfoncé mes dents dans le tendon de son cou quand elle a lancé sa tête sur le côté, puis j'ai adouci ma morsure avec un petit baiser. Je me suis effondré sur elle, en faisant attention de ne pas mettre tout mon poids. Lorsque les piercings de mes tétons ont frotté contre les siens, encore dressés, cela nous a fait gémir tous les deux.

– Ayd, tu vas me tuer, et même si j'aime tout ce contact peau contre peau, si on ne fait pas attention, on va se retrouver à gérer une chose pour laquelle on n'est prêts ni l'un ni l'autre.

L'idée de mettre un bébé dans son ventre ne me terrifiait pas autant que je l'aurais imaginé, mais ce n'était pas le moment. J'étais assez honnête pour admettre que je venais de l'avoir, et que je n'étais pas encore prêt à la partager. Elle a fait danser ses doigts le long de mon échine et a tourné la tête pour que nous nous regardions. Ses yeux étaient liquides, lisses et plus clairs que jamais.

– J'ai commencé à prendre la pilule après le loupé dans la voiture.

J'ai senti un de mes sourcils se hausser.

– Tu m'as largué le lendemain.

Si elle avait eu l'intention de retourner avec Adam après ça, il y avait de gros risques que ma tête implose.

– Je ne t'ai pas largué. J'étais perdue, et je crois qu'au fond je savais que ce serait toujours toi. Tu me consumes, Jet. Depuis toujours. Mieux vaut prévenir que guérir.

Je l'ai enveloppée dans mes bras et nous ai fait rouler pour qu'elle se retrouve au-dessus de moi.

– Tu sais, c'est ce que j'ai toujours ressenti. Comme si j'étais en feu à l'intérieur. J'étais tellement en colère contre mon père, tellement énervé par ma mère, je brûlais la vie à faire n'importe quoi, avec n'importe qui, et je crois que j'aurais probablement fini par me consumer tout entier. Quand je t'ai rencontrée, ça s'est un peu calmé. Je n'avais plus besoin de la scène pour tout sortir. Il suffisait que tu me regardes, ou que tu me dises quelque chose avec ton accent, et j'avais l'impression de pouvoir me canaliser. Si on se consume ensemble, et qu'on a un feu rien qu'à nous, je suppose que ce n'est pas une mauvaise chose.

Elle suivait les traits du visage de la faucheuse sur mon cœur avec le bout de son doigt.

– Tu en as besoin. Le feu, c'est ta passion, c'est ton moteur créatif. Tu as des réactions fortes aux choses qu'il se passe, et tu tiens beaucoup aux gens qui t'entourent. Je peux me débrouiller avec le feu qu'il y a en toi, Jet. Ça fait partie de toi.

C'était pour cela que je l'aimais. C'était exactement ce que Rule avait dit, je pourrais déplacer des montagnes pour elle, simplement pour qu'à la fin il n'y ait plus qu'elle et moi.

– J'aimerais beaucoup te garder dans ce lit toute la journée, mais je suis sûr que tu veux aller prendre des nouvelles d'Asa.

Elle a hoché la tête sous mon menton et s'est tortillée pour descendre. Elle a poussé mon tee-shirt et a cherché son téléphone. J'ai remis mon jean et ai pris le menu du room service. Je me suis dit que la moindre des choses après l'avoir épuisée pendant une heure était de la nourrir. J'ai commandé plein de choses qui allaient sûrement coûter aussi cher que mon billet d'avion, et j'ai raccroché quand elle s'est glissée derrière moi sur le lit et a passé ses bras autour de mes épaules.

– Il se réveille et repart, ils ne veulent pas encore lui enlever le respirateur parce qu'il n'est pas stable, et ils ne peuvent pas vraiment savoir à quel point il a été touché par le traumatisme crânien. Ils m'ont dit qu'il était réactif, et que c'était bon signe.

– J'ai commandé à manger. On peut grignoter et y retourner si tu veux.

Ses cheveux soyeux ont frotté contre ma joue quand elle a fait non de la tête.

– Non. Tu pars demain matin, et c'est important aussi.

– Je serai vite revenu. Je ne veux pas que tu t'inquiètes pour lui.

– Je suis encore en train d'essayer de lui pardonner d'avoir été une personne horrible. J'espère que c'est une sorte d'intervention divine, mais il y a de grandes chances qu'Asa soit toujours Asa. Quand tu vas partir, tu emporteras mon cœur avec toi, Jet, et ça ne changera jamais.

Je me suis penché un peu plus en arrière pour pouvoir l'embrasser, et cela commençait à devenir très intéressant, quand on a frappé à la porte. Je lui ai demandé de recouvrir ses jambes et je suis allé ouvrir à l'employé du room service à qui j'ai donné un bon pourboire car il n'a même pas jeté un coup d'œil vers elle. Mais quand je l'ai dit à Ayden, elle a tellement ri que des larmes se sont échappées de ses yeux. Apparemment les yeux du mec étaient collés sur moi et sur le fait que je n'avais pas pris la peine de refermer mon jean.

J'ai levé les yeux au ciel et nous nous sommes installés sur le lit pour déguster notre festin. Elle m'a parlé un peu plus de ce que cela avait été de grandir dans une caravane, elle m'a expliqué comment fonctionnaient les petites villes, et bizarrement, cela m'a rappelé la façon dont ma mère était tombée sous le joug de mon vieux. Cela me rendait encore plus fier d'elle, de son combat. Elle s'en était sortie et avait réussi à avoir une vie géniale. Elle était vraiment impressionnante sur tous les plans. Nous avons passé le reste de la journée au lit, et quand le soleil s'est couché, nous étions tous les deux épuisés et vidés de la meilleure façon qui soit. Je me suis endormi avec elle pelotonnée contre moi, et l'idée qu'elle serait là tout le temps a calmé quelque chose en moi qui n'avait jamais été immobile et silencieux auparavant.

Le lendemain matin, je me suis réveillé avec ses mains et sa bouche qui me faisaient des choses destinées à me rendre impossible de la quitter. Nous étions tous les deux essoufflés et en retard quand nous sommes montés dans la voiture de location pour aller à l'aéroport. Il fallait que j'aille jusqu'à New York et que je patiente deux heures avant d'embarquer pour Amsterdam, et l'idée d'être loin d'elle pendant deux mois m'énervait purement. Je m'inquiétais encore pour son frère, mais j'avais des obligations à respecter, et cela ferait partie de notre relation.

Le trajet en voiture était silencieux, donc je me suis mis à fredonner *Whiskey River* de Willie Nelson. Elle m'a lancé un regard de travers et a tapé avec ses doigts sur le volant.

– Comment est-ce que tu connais toutes ces vieilles chansons de country, alors que tu ne pourrais pas me chanter du Tim McGraw même si ta vie en dépendait ?

J'ai levé les yeux au ciel et me suis enfoncé dans le siège passager.

– Ma mère. Elle adorait la country. Elle m'en chantait quand j'étais petit. Elle a une assez belle voix, d'ailleurs.

– Et ton père était un rockeur ?

L'ironie de la situation m'a soudain sauté au visage.

– Ouais, mais c'était aussi un salopard sadique, donc l'histoire ne va pas se répéter avec toi et moi.

Elle a tendu la main et l'a posée sur mon genou.

– Je sais. En plus, ça m'embête de l'admettre, mais la maison était presque trop calme sans tout ce boucan que tu appelles de la musique.

Cela m'a fait ricaner et alors que je ne m'en étais même pas rendu compte, nous étions arrivés sur la zone pour déposer les passagers et nous devions nous dire au revoir. Elle est venue de mon côté de la voiture et s'est appuyée contre la portière. J'ai mis mes mains dans les poches arrière de son short et l'ai tirée pour que nous soyons collés. Elle a passé ses mains autour de mon cou et j'ai embrassé le bout de son nez.

– Je penserai à toi tout le temps.

– Non. Va t'amuser et être une rock star. Tout ce dont j'avais besoin, c'était que tu sois là.

– Appelle-moi si tu as besoin de moi.

– J'aurai toujours besoin de toi. Je t'appellerai juste comme ça.

– D'accord.

J'ai pressé ma bouche contre la sienne avec intensité pour lui faire comprendre qu'elle allait me manquer. Quand je me suis reculé, il y avait de l'humidité dans ses yeux et j'étais prêt à déchirer mon billet d'avion dans la seconde jusqu'à ce qu'elle m'adresse un demi-sourire.

– Je t'aime vraiment.

– Ça tombe bien que je t'épouse, alors.

Je lui ai fait un clin d'œil alors qu'elle me donnait une claque sur le bras.

Nous nous sommes dit un dernier au revoir. C'était triste mais supportable, car contrairement à la dernière fois, je savais qu'elle serait là quand je reviendrais. Elle portait ma bague, et elle m'avait donné son cœur et sa confiance. J'étais son avenir et elle était mon entièreté. Putain, je ferais peut-être partie du seul groupe de metal qui chanterait des chansons d'amour, finalement.

ÉPILOGUE

Le 4 juillet, quelques mois plus tard...

JET

– Je n'arrive pas à croire que tu aies un jardin avec une pelouse, un arrosage automatique et un barbecue. Ça fait sérieusement adulte, tout ça.

J'ai tendu une bière fraîche à Rule de bon cœur, bien qu'il me lançait un regard noir.

– Ce n'est pas moi qui porte une alliance.

J'ai regardé distraitement l'anneau en titane blanc sur ma main gauche. La même topaze qui décorait le doigt d'Ayden reposait sur le mien. Je lui avais dit que nous pouvions attendre qu'elle ait fini ses études, que mon nouveau business soit lancé, pour vraiment nous marier, mais après avoir été séparés deux mois, nous n'avions pas la patience. Dès que je suis rentré aux États-Unis, je l'ai embarquée à Las Vegas pour un week-end prolongé. C'était parti d'une simple cérémonie entre nous deux et avait fini en week-end de fête épique, quand tous nos amis avaient décidé de s'inviter pour l'événement.

Je savais qu'elle voulait quelque chose de plus formel, de plus traditionnel, mais chaque fois que je parlais d'organiser une réception ou une sorte de cérémonie ici pour tout le monde, elle levait les yeux au ciel et me disait qu'elle devait rembourser Shaw et que les frais d'hospitalisation d'Asa n'allaient pas s'envoler. Je l'ai laissée se servir de cette excuse un moment, puis j'ai fini par organiser quelque chose quand même.

– Je n'ai pas dit que c'était une mauvaise chose. La maison est top et le jardin déchire. C'est juste que je ne t'aurais jamais imaginé en train de t'occuper d'un grill en bon homme d'intérieur.

Ses yeux clairs étaient toujours aussi piquants que des éclats de glace et ses cheveux étaient toujours un mélange contrasté entre son brun naturel et un vert citron, coiffé en pics dans tous les sens. Mais maintenant, il y avait chez lui quelque chose de plus posé. Je me suis demandé si Ayden me faisait cela, je me suis demandé si c'était aussi évident pour les autres qu'avec elle j'avais trouvé ma place et avais éteint la majeure partie du feu de joie qui me brûlait vif.

Il a fait un signe de tête vers les filles assises plus loin, sur la terrasse en bois qui prolongeait la maison. Shaw était explosée de rire à cause d'une histoire que racontait le frère d'Ayden, laquelle était penchée en arrière et me regardait parler avec Rule. J'ai levé un sourcil en la voyant et elle s'est contentée de hausser les épaules. Asa aurait pu déshabiller une nonne avec son charme, mais depuis qu'il pouvait à nouveau se déplacer, il avait été irréprochable. Sa convalescence avait été longue et ardue. Il avait eu non pas un, mais deux revers importants, et Ayden avait décidé de recommencer son semestre à l'université après sa sortie de l'hôpital car elle avait manqué trop de cours pendant qu'elle veillait sur lui dans le Kentucky. Dès qu'elle a pu le faire, elle a rassemblé ses affaires et l'a emmené avec elle à Denver, donc je n'avais plus seulement la grande gueule de Cora à affronter, mais aussi le charme habile d'Asa.

Asa et moi n'étions pas exactement copains. Je ne lui faisais pas confiance, mais d'après ce que je voyais il restait réglo. Je crois qu'il avait une saine peur de ce que je lui ferais s'il emmerdait Ayden, et il semblait que sa rencontre avec la mort lui ait mis les idées un peu au clair. Cela m'embêtait car je savais combien leur relation était compliquée, mais je voyais qu'il aimait vraiment sa sœur. Je savais que Ayden espérait une transformation totale, mais ce mec était trop fin, trop doué pour décrypter les gens et en jouer, pour que j'arrive à y croire. Pourtant j'avais l'impression qu'il voulait sincèrement faire les choses bien pour sa sœur, donc rien que pour cela, je voulais lui donner une chance. Comme j'étais en déplacement au moins une ou deux fois par semaine pour le label, j'aimais savoir qu'il était à la maison avec les filles, même s'il avait encore un bras dans le plâtre et une attelle au pied.

– Il est presque aussi beau gosse qu'elle, hein ?

La question de Rule m'a fait revenir à la réalité et j'ai adressé un clin d'œil à Ayden avant de me retourner vers lui.

– C'est un chieur.

Rule a ricané et a retourné les steaks hachés qu'il surveillait.

– Shaw l'aime bien, ce qui me surprend après tout ce qu'il a fait endurer à Ayden, et Cora le trouve très drôle.

– C'est parce que c'est des filles, et ce mec a plus de bagou dans son petit doigt que nous deux réunis. C'est surréaliste.

Rule a un peu plissé les yeux, en regardant l'endroit où le reste du groupe était assis, en cercle, sur des chaises de jardin dans l'herbe. Rowdy et Nash s'amusaient avec un tas de feux d'artifice qui avaient l'air dangereusement illégaux. J'ai supposé qu'ils avaient dû les faire venir du Wyoming. Cora était assise à côté du grand frère de Rule, Rome, et ils n'avaient pas l'air satisfaits de la situation ni ravis d'être en compagnie l'un de l'autre.

– J'y connais quelque chose, en matière de frères chiants.

Je n'avais pas beaucoup vu Rome depuis qu'il était revenu d'Afghanistan. J'avais appris grâce au téléphone arabe, principalement Rowdy, que Rule et lui n'étaient pas particulièrement versés dans l'amour fraternel. J'imaginais que Rome était toujours énervé contre leurs parents à cause de l'histoire avec leur autre frère, et c'était assez évident que Shaw avait joué un rôle dans ce qu'il s'était passé, car l'aîné des Archer était à peine aimable avec elle, alors qu'il était dans sa maison. Je savais que Rome et Rule étaient proches, donc ce qu'il se passait allait devoir se régler d'une façon ou d'une autre, mais je crois que Rome était tendu et avait été assez imprévisible depuis son retour. Nash m'avait dit plusieurs fois, maintenant qu'ils étaient colocs, qu'il ne l'avait jamais vu boire autant. Je savais que les gars s'inquiétaient pour lui, mais Rome était le plus âgé et le meneur, donc je crois qu'ils avaient du mal à lui en parler.

Les yeux clairs de Rule sont revenus sur moi.

– Comment ça se passe avec le reste de la famille ?

J'ai haussé les épaules et ai regardé Ayden se lever et descendre les marches de la terrasse. Je me suis demandé si mon cœur allait toujours se retourner en la regardant. J'aurais pu la regarder marcher toute la journée sur ces jambes de folie, et j'ai donné un coup de coude dans les côtes de Rule quand j'ai vu qu'il les regardait aussi. Il a simplement haussé un sourcil, comme si c'était une réaction involontaire.

– Pareil, je suppose. Ma mère ne m'a pas pardonné de ne pas l'avoir invitée au mariage à Vegas, même si je lui ai dit qu'elle pouvait venir à condition qu'elle laisse le connard à la maison. Elle ne comprend pas. Ayd a même essayé de lui parler, elle a essayé de lui expliquer que tant qu'elle resterait avec lui, elle ne ferait pas partie de notre famille. Si on avait des enfants, pas question qu'il s'en approche. Des fois, j'ai l'impression de voir quelques rayons de soleil à travers les nuages, des petits signes d'encouragement, mais ils disparaissent tout aussi vite. J'ai des choses plus importantes sur lesquelles me concentrer, donc c'est ce que je fais.

Quand Ayden est arrivée à côté de moi, je l'ai tirée plus près en passant mon bras derrière sa nuque et ai posé un baiser sur sa tempe. Son bras est passé autour de ma taille et elle s'est appuyée légèrement contre moi. Rowdy avait presque fini la pièce qui prenait toutes mes côtes dans mon dos, et elle avait pris l'habitude de faire attention à ma peau sensible.

– Qu'est-ce que c'est que ces messes basses, tous les deux, comme une bande de filles ?

Rule a plissé les yeux en la regardant et j'ai rigolé.

– Drame familial.

Elle a fait une grimace et a volé la bière que j'avais dans la main.

– Beurk. Eh, tu vas rester ici toute la semaine ? Je pensais m'inscrire à un cours d'été pour rattraper ce que j'ai loupé au dernier semestre, mais si tu es là, je n'ai pas envie d'y aller.

Ce n'était pas évident de garder un équilibre avec nos emplois du temps. Je partais plus souvent que je ne l'avais prévu, car pour lancer le label il fallait trouver des groupes, et pour trouver des groupes il fallait que j'aille là où les groupes jouaient. Comme elle allait à la fac, elle ne pouvait pas venir avec moi. Ce qui était nul pour nous, mais nous apprenions à nous adapter.

Le premier groupe que j'ai signé et avec qui j'ai accepté de travailler était le groupe que Jorge avait monté après en avoir enfin eu marre des conneries de Ryan avec Black Market Alpha. Le groupe était incroyable, encore meilleur qu'Enmity selon moi, et je pensais vraiment que j'allais pouvoir faire de Jorge la star que j'avais toujours su qu'il était. J'adorais cela et c'était évident que j'avais trouvé ma voie, même si je jouais encore avec les gars et que j'écrivais des chansons quand je trouvais le temps. Le moment où je préférais chanter était le soir, pour Ayden. Je refusais toujours d'apprendre cette merde de nouvelle country qu'elle aimait, mais heureusement, les vieilles chansons tournaient toujours dans ma tête et elle ne se plaignait pas.

J'allais lui dire de s'inscrire au cours, car c'était important pour elle et que nous avions le reste de l'éternité pour être ensemble, mais je n'ai pas eu le temps. À l'autre bout du jardin, Cora a crié et une seconde plus tard, Rome était trempé car elle avait vidé sa bière sur sa tête, un exploit qui aurait été impossible si le mec avait été debout, car elle était toute petite et Rome était un géant. Nash l'a soulevée avant qu'elle puisse se jeter sur le soldat au regard noir, et Rowdy s'est interposé entre eux. Shaw a sauté sur ses pieds et a descendu les marches en courant tandis que Rule fonçait vers la mêlée. Asa ne pouvait qu'observer depuis la terrasse, car ses membres estropiés l'obligeaient à rester assez immobile, et Ayden et moi avons regardé toute la scène sans rien dire.

– Tu es un connard !

La voix de Cora était forte et tranchante tandis que Nash la portait vers nous. Elle montrait Rome du doigt et sa colère bouillonnante était tellement intense qu'elle en devenait vivante. Nash a continué à marcher en nous dépassant, et j'ai entendu Rule lancer à son frère :

– Il s'est passé quoi, c'est quoi ce bordel ?

Shaw avait l'air inquiète, à côté de Rule, lorsque Rome s'est levé. Le mec dépassait facilement les deux mètres et on aurait dit qu'il pouvait soulever un semi-remorque sans ciller. Il avait l'air bien énervé en plus d'être détrempé. J'ai baissé les yeux vers ma femme (eh ouais, je l'appelais ma femme dès que j'en avais l'occasion) et lui ai adressé un regard interrogateur.

– À ton avis ?

Elle a haussé une épaule et a posé sa main sur mon ventre sous mon tee-shirt. Son petit doigt est passé sous le haut de mon jean et cela m'a fait inspirer d'un coup. Elle me montait toujours à la tête plus vite qu'un verre de Jameson et rien ne serait jamais mieux que cela.

– Qui sait ? Cora a une grande gueule et elle n'a pas peur de donner son opinion à n'importe qui, même ceux qui n'en veulent pas, et Rome ne me paraît pas être le genre de mec qui reste assis à se faire écraser. Il est un peu vif.

Elle a descendu un peu son doigt et j'ai plissé les yeux. Elle m'a fait un sourire de lutin et a cligné de ses grands yeux.

Les choses se sont envenimées dans le jardin quand Rule a tendu le bras et a poussé son frère sur son torse massif. Shaw a crié quelque chose que je n'ai pas compris, et Rowdy l'a poussée du chemin quand le grand frère a rendu la pareille à Rule en le faisant tomber le cul par terre. Ils se sont emportés, des mots très crus ont été échangés, et avant que nous puissions faire quoi que ce soit, Rome nous a dépassés à grands pas et a claqué le portillon du jardin en sortant. Le rugissement de la Harley avec laquelle il était venu a retenti dans l'air plein de tension et nous nous sommes tous regardés en silence. J'ai soupiré et ai tendu le bras pour mettre mes mains dans les poches arrière d'Ayden.

– On ne s'ennuie jamais avec cette bande, hein ?

Elle s'est levée sur la pointe de ses bottes – celles-ci étaient rouges et c'était mes préférées – et m'a embrassé sur la mâchoire.

– On est une famille, et dans une famille, il y a toujours des problèmes. Ils trouveront une solution. Shaw les forcera. On va voir les feux d'artifice ?

– Il ne fait même pas encore nuit.

Elle s'est tortillée contre moi jusqu'à être collée face à mon torse avec les bras autour de mon cou.

Cette fille était juste ce qu'il y avait de meilleur et je ne le prendrais jamais pour acquis.

– Ce n'est pas de ces feux d'artifice-là dont je te parle.

Elle me faisait rire. Elle me rendait heureux. Elle était ma famille et mon avenir, et s'il avait fallu que nous abandonnions l'idée de ce que nous pensions vouloir afin de voir que nous avions seulement besoin l'un de l'autre, désormais c'était une évidence.

– Tu as déjà allumé la mèche, Ayd. J'espère que tu es prête à affronter l'explosion qui va suivre.

Elle a léché sa lèvre inférieure et m'a lancé un regard qui disait qu'elle n'aurait jamais peur du feu et de la chaleur que je dirigeais vers elle. Elle se tenait au milieu de tout cela et laissait les braises tomber autour d'elle. Chaque fois, elle s'en sortait indemne, et j'en avais un peu moins en moi. Nous allions partir sans dire au revoir à personne lorsque la tête de Cora est apparue sur le côté de la terrasse. Elle avait toujours l'air en colère mais il y avait autre chose qui dansait dans son regard bicolore.

– Vous voyez… Je l'ai toujours dit, vous êtes parfaits tous les deux. C'est ça que je veux.

Elle avait l'air tellement triste et mélancolique que cela m'a inquiété.

– Je n'arrête pas de te dire que tu as trop d'exigences.

Ayden a hoché la tête.

– L'amour, ce n'est pas parfait. C'est du boulot et parfois il faut faire plus d'efforts pour être amoureux que pour s'enfuir. Si tu continues à chercher la perfection, tu vas passer à côté du grand amour.

Elle a fait un geste de la main et s'est rapprochée pour s'asseoir à côté d'Asa, qui avait observé tout le spectacle en silence. J'aurais juré voir les engrenages tourner dans sa tête.

– Je saurai quand je le verrai.

Je ne savais pas quoi répondre à cela car Cora savait jauger les gens, mais quand il s'agissait de sa vie personnelle, elle était comme un dompteur de lions, elle faisait reculer tout le monde avec un fouet et une chaise, peu importaient la férocité ou la gentillesse du prédateur.

J'ai regardé Ayden et j'ai compris qu'elle pensait très probablement la même chose.

– Tu es prête à y aller ?

– Ouaip.

Et c'était comme cela. Nous marchions dans la même direction, plus de fuite, plus de peur, plus de secrets. Juste elle et moi, en harmonie, même si nous venions de deux extrêmes. J'étais son avenir parfait et elle était mon amour parfait, et c'est comme cela que toutes les bonnes chansons d'amour devraient se terminer. Et c'est comme ça que cela se termine… pour l'instant.

LA PLAYLIST DE JET

(Munissez-vous de boules Quies
si vous n'aimez pas le metal)

Slayer – *Love to Hate*
Danzig – *Twist of Cain*
Neurosis – *Black*
Metallica – *Master of Puppets*
Dystopia – *Backstabber*
Morbid Angel – *Rapture*
Mastodon – *Black Tongue*
Wolves in the Throne Room – *Astral Blood*
Jucifer – *Contempt*
Lacuna Coil – *Heaven's a Lie*
Memphis May Fire – *The Sinner, Vices,*
Prove Me Right
Venom – *Black Metal*

LA PLAYLIST DE JET POUR AYDEN

Crosby, Stills, Nash & Young
– *Love the One You're With*
George Jones – *Tennessee Whiskey*
Waylon Jennings – *Good Hearted Woman*
Merle Haggard – *Today I Started Loving You Again*
Willie Nelson – *Always on My Mind, Whiskey River*
Conway Twitty – *Hello Darlin'*
Johnny Cash – *I Walk the Line*
Hank Williams – *I'm So Lonesome I Could Cry*
Patsy Cline – *Crazy*
Tanya Tucker – *Would You Lay With Me*

LA PLAYLIST D'AYDEN

(Avec l'aimable autorisation de la personne que j'aime le plus au monde : ma maman !)

Zac Brown Band – *Colder Weather*
Kenny Chesney – *You and Tequila*
Eli Young Band – *Even If It Breaks Your Heart*
Brad Paisley & Alison Krauss – *Whiskey Lullaby*
Carrie Underwood – *Blown Away*
Lady Antebellum – *American Honey*
The Band Perry – *If I Die Young*
Kid Rock feat. Sheryl Crow – *Picture*
Blake Shelton – *Drink on It*
Hunter Hayes – *Wanted*

À PROPOS DE L'AUTRICE

Premièrement, je suis une fille… Oui, je sais, moi non plus je ne pensais pas devoir le préciser, mais après avoir reçu quelques mails curieux ces derniers temps, j'ai pensé que ça ne coûtait rien de vous le dire. Jay est le diminutif de Jennifer.

Je suis née et je vis dans le Colorado, et si vous habitez ici, vous comprenez pourquoi c'est une source de fierté. J'adore tout ce que le Colorado a à offrir et c'est pour cette raison que j'ai choisi de situer mes livres dans cette région que je connais. J'essaie d'écrire sur des choses que je connais, ce qui explique que mes histoires comportent beaucoup de rock and roll et de tatouages.

Je travaille dans le milieu des bars depuis mes années fac et je passe plus de quarante heures par semaine à observer les interactions entre les hommes et les femmes. Je crois que mon boulot me donne un aperçu inestimable de la façon dont les relations naissent et évoluent. J'adore ça.

REMERCIEMENTS

On me demande souvent de citer des personnes qui m'inspirent, et plutôt que d'écrire une page de dédicaces, j'ai pensé que je pourrais simplement répondre à cette question.

Ma mère. J'adore ma mère ; elle est tout ce qu'une mère doit être. Elle est aimante, forte, gentille, drôle, elle est ma plus grande fan et, dès que j'en ai besoin, elle sait me remettre en un seul morceau et me rappeler que je suis super et que je mérite de grandes choses. C'est ma meilleure amie et tout ce que j'ai fait de bien, je l'ai fait car elle n'a jamais douté de moi et ne m'a jamais remise en question. Même quand j'ai fait de mauvais choix ou quand elle détestait ce que je faisais à mes cheveux, elle ne m'a jamais, jamais laissée tomber.

Mon père. Mon père est le mec dont on parle dans tous ces livres. C'est un héros en chair et en os qui serait prêt à mourir pour ma mère et il a toujours, je dis bien TOUJOURS, fait ce dont j'avais besoin, qu'il s'agisse de réparer ma voiture ou de venir chez moi en urgence parce que je paniquais pour ci ou ça, et il était le seul à pouvoir m'aider. Il est purement et simplement mon héros, et vous ne croiserez jamais quelqu'un de plus classe que lui.

Ma mamie. Ma mamie est géniale. C'est la matriarche d'une famille de femmes fortes et déterminées et c'est grâce à elle que nous savons toutes ce que nous voulons et que nous savons à quel point la famille est importante. Elle ne m'a jamais tourné le dos quand je lui ai demandé de l'aide et, même avec ses problèmes de santé, elle est toujours l'une des dames les plus malignes et impertinentes que j'ai rencontrées.

Ma tante Linda. Ma tante est la personne la plus intelligente que je connaisse, et quand je lui ai envoyé un mail paniqué car *Rule* commençait à se vendre et que je n'avais pas la moindre idée de ce que j'étais en train de faire, elle n'a pas hésité à m'aider. Je lui soumets toutes mes décisions professionnelles et lui envoie régulièrement des mails dans lesquels je radote, en plein stress, et auxquels elle répond : « Ça va aller. Calme-toi et profite de ton succès. » Quand j'étais plus jeune, je voulais être elle. Cela m'arrive encore, parfois.

Ma meilleure copine. Ma meilleure amie est littéralement la voix de la raison dans ma vie. J'ai tendance à être mélodramatique et à m'énerver vite, ma Bestie est la seule personne au monde à pouvoir me faire lever la tête du guidon. On passe de super moments, elle vient du Kentucky et elle a toute l'insolence typique du sud des États-Unis dont on peut rêver. C'est une maman géniale, incroyablement généreuse et elle ne se lasse jamais, jamais de moi et des millions de questions que je me pose sur tout, tout le temps. Je l'aime à la folie et quand nos vies sont parties en cacahuètes en même temps, on ne s'en serait pas sorties l'une sans l'autre.

Enfin, celui dont on ne doit pas prononcer le nom. Si ma vie ne s'était pas retrouvée désarticulée et sens dessus dessous, je n'aurais jamais été obligée de trouver une nouvelle stratégie. Je ne me serais jamais forcée à faire quelque chose juste pour moi, à me mettre au défi pour prouver que j'en étais capable. Et j'ai gagné.

Je tiens à remercier tous les blogueurs et les blogueuses, abonnés sur Twitter et Facebook, et tous ceux qui ont pris une seconde pour m'envoyer un mail ou partager mon travail avec un ami. J'ai vite compris à quel point vous étiez importants dans ce processus, je vous remercie de partager cet amour et je vous prie de continuer à lire. Cela veut dire tellement pour moi. Chacun d'entre vous a joué un rôle essentiel dans l'élaboration de la prochaine étape de ma vie ! Merci, du fond de mon cœur tatoué.